컬러 오브 머니

The Color of Money

컬러 오브 머니

월터 테비스 지음 | 나현진 옮김

어느날
갑자기

1

고속도로와 마주한 선버스트는 평범한 모텔과 다를 바 없었다. 본 건물 뒤편에 콘크리트로 지어진 작은 집들 여섯 채가 무리 지어 있고, 그 앞에 자갈이 깨알같이 깔린 정원이 있었다. 모텔이라기보다는 콘도 같은 곳이었고, 플로리다 키스 제도에 있는 라르고 바로 아래에 있었다. 마이애미 공항에서 이곳으로 올 때만 해도 에디는 테라스와 테니스 코트가 있는 호텔 리조트를 상상했지만, 여긴 그냥 구식 콘도였다. 진홍빛을 발하고 있는 꽃 히비스커스 옆에 주차한 뒤 플로리다의 더위로 들어갔다. 청명한 바다가 한눈에 들어오는 4호실은 자갈길을 가로질러 저편에 있었다. 늦은 오후인지라 하늘에서 쏟아지는 햇살이 강렬했다.

에디가 4호실 앞에 다다르자마자 방충망 문이 벌컥 열리더니 덩치가 크고 뚱뚱한 남자가 밖으로 뒤뚱뒤뚱 걸어 나왔다. 버뮤다 반바지*를 입은 그 남자는 손에 젖은 수영복을 들고 있었다. 남자는 아담한 포치 끝으로 다가가 얼굴을 잔뜩 찌푸리며 수영복을 세게 비틀어 덤불 위로 물기를 짜냈다. 그 남자는 그 사람이 맞았다. 부쩍 나이가 든, 그리고 더 뚱뚱해진 그 사람. 확실했다. 에디는 손으로 햇빛을 가리며 맨 아래 계단으로 올라섰다. "조지 헤게르만, 맞죠?" 그가 상냥하게 말을 걸었다.

뚱뚱한 남자는 꿍얼대며 계속 수영복을 짰다.

"우리 아는 사이잖아요. 시카고에서……."

그가 돌아서서 에디를 바라보았다. "흠, 기억이 나는군."

"비즈니스 얘기를 좀 하고 싶은데요." 에디가 눈을 가늘게 뜨고 말했다. 뭔가 편치 않은 느낌이 밀려오기 시작했다. 정말이지 더워도 너무 더웠다. "일단 뭐 좀 마시면 좋겠군요."

뚱보는 다시 돌아서서 수영복 일을 마무리했다. 포치 끝에 나무로 된 난간이 있었다. 그는 수영복을 난간 위에 널고 잘 마르게 쫙 펼쳤다. 수영복 크기가 대단했다. 그가 에디에게 돌아서며, "지금 만으로 나갈 건데, 같이 가도 좋네."

에디는 얼마간 그를 응시했다. "보트 타고요?"

---

* 무릎 위까지 내려오는 약간 긴 반바지

"그렇네."

헤게르만은 버뮤다 반바지만 입고 선글라스를 낀 채 타륜* 앞에 서서 그의 작은 보트를 낮게 걸린 태양 쪽으로 퍽 능숙하게 조종했다. 물은 얕고 차분했으며, 에디가 봤던 어떤 바다보다 파랬다. 뒤편에 있는 모터가 가끔 한 번씩 으르렁 괴성을 내질러서 대화는 불가능했다.

잠시 후 헤게르만이 레버를 밀자, 보트가 플랫락 전갈처럼 수면 위를 통통 튀면서 덜컹 앞으로 나아갔고, 그에 맞춰 에디의 몸도 튀어 올랐다. 에디도 뚱보처럼 자리에서 일어나 앞에 있는 난간을 잡았다. 물보라가 그의 얼굴을 철썩 때리자, 선글라스가 흠뻑 젖었다. 두 사람은 나무들이 얽혀 있는 봉긋한 작은 섬을 지나가고 있었다. "저건 뭡니까?" 섬을 지나갈 때 에디가 소리쳐 묻자, 뚱보가 더 크게 외쳤다. "맹그로브**." 에디는 자신의 무지가 부끄러워 입을 꾹 다물었다. 이제 그의 셔츠는 물에 푹 젖었고 신발에도 물이 가득 들어찼다. 다시 자리에 앉아서 신발을 벗으려 했지만, 보트가 너무 심하게 흔들려서 뜻대로 되지 않았다. 물 색깔이 놀랍도록 선명한 옥색으로 변해 갔다. 구름 한 점 없는 하늘의 깊고 깊은 파란색이

---

* 손잡이가 달린 바퀴 모양의 장치
** 아열대나 열대의 해변이나 하구의 습지에서 자라는 관목이나 교목

눈부시게 펼쳐졌다.

그때 갑자기 헤게르만이 레버를 뒤로 당겨 보트를 쿵 멈춰 세웠다. 그러자 모터가 그르렁그르렁 낮게 읊조렸다. 에디는 신발을 벗었다. 두 사람 앞에 좁다란 해변이 있는 진짜 섬이 보였다. 둘은 그쪽으로 움직였다.

해변 뒤로 나무들이 빼곡하게 공간을 채우고 있었다. 나무들 사이를 비집고 나온 햇빛이 그들 쪽으로 야금야금 새어 나왔다. 몇백 미터 더 앞으로 보트를 몰고 나간 뒤 뚱보는 모터를 끄고 보트를 물 위에 표류하게 했다. 그러고는 옆 좌석에 있는 짐 싣는 곳을 열고 무언가 검은 물체를 조심스레 꺼냈다. 카메라였다. 같은 곳에서 튜브 모양의 검은 케이스를 꺼낸 다음 케이스 지퍼를 열고 30센티미터가 조금 넘는 렌즈를 빼서 카메라에 단단히 장착했다.

에디는 옆 좌석 위에 신발을 올려 두고, 뚱보가 그의 좌석 근처 갑판에 삼각대를 세운 뒤 카메라를 거치하는 모습을 지켜보았다. 에디는 질문을 하는 것보다 조용히 지켜보는 게 더 낫다는 걸 알고 있었다. 셔츠 주머니에 있는, 아직 개봉하지 않은 담뱃갑은 다행히 젖지 않았다. 담뱃갑을 열고 불을 붙인 다음 축축한 셔츠를 벗어 뱃전 너머 바닷물 위로 셔츠를 비틀고는 쫙 펼쳐서 옆의 빈자리에 널었다. 뚱보는 카메라 세팅을 마치고 렌즈를 나무들 쪽으로 향하게 했다. 그의 펑퍼짐한 엉덩이가 보트 뒷좌석을 가득 채웠다. 그 자리에서 옆으로 살짝 기울이기만 해도 뷰파인더에 눈을 댈 수 있었다. 에디는 등을 기댄 채 담배를 피우며 기다렸다. 수면에 잔잔한 물결이 일고 물결의 골이 무지갯빛으로 빛났다. 바닷물이 보트 옆쪽에서 고요하게 찰랑였다.

갑자기 나무들 가장자리에서 어떤 움직임이 감지되었다. 키가 큰 분홍색 새 세 마리가 유령처럼 그들 쪽으로 걸어왔다. 뚱보는 몸을 기울여 카메라 셔터를 찰칵대기 시작했다. 새들이 깜짝 놀라 푸드덕거렸다. 에디는 그런 광경을 본 적이 없었다. 새들이 진지하게 물가로 다가와 오른쪽 왼쪽을 살폈다. 가운데 있는 새가 무릎을 반대 방향으로 구부리며 몇 걸음 조용히 내딛더니 분홍 날개를 올리고 기다란 목을 쭉 빼내 날개를 부채 모양으로 펼쳤다. 새가 훌쩍 날아오르자 어쩐지 심령 같은 그 분위기가 사라져 버렸다. 남은 두 마리도 따라갔다. 세 번째 새가 날아올랐을 때, 마치 새의 긴 부리 끝 쪽에 전구 같은 게 자라고 있는 듯한, 이상하게 넙데데한 부위가 보였다. 커다란 생물체의 슬프면서도 어딘가 웃긴 모습이었지만, 그 새가 다른 새들과 같이 하늘 높이 솟아올랐을 때는 그들이 꿈 속을 날고 있는 것처럼 보였다. 새들은 섬 위를 한 바퀴 빙 돌고 나서 실험용 경비행기처럼 몸통에서 목을 쭉 빼내고 느릿느릿 고요하게 왼쪽으로 날아갔다. 에디는 소름이 돌았다. 뚱보는 새들이 시야에서 사라질 때까지 카메라로 쫓아가며 계속 사진을 찍었다. 새들이 보이지 않자, 그는 좌석 등받이에 몸을 기대고 커다란 팔을 좌석 뒤로 넘겼다. "됐군." 그가 걸걸한 목소리로 말했다.

"볼 만하네요." 에디가 말했다. 기분이 훨씬 나아진 느낌이었다. 새들이 나타나기 전에는 사실 속아 넘어간 기분이었다. 부질없는 짓을, 즉 야생 거위나 쫓는 일을 하는 게 아닌가 싶었다. 그러나 그 새들은 야생 거위가 아니었다. "왜가리예요?" 에디가 물었다.

"진홍저어새." 뚱보는 카메라를 해체하는 중이었다. 카메라를 보관함에 다시 집어넣은 뒤 옆쪽 갑판으로 손을 뻗어 덮개를 치우고 목이 은박지로 싸인 병을 꺼냈다. 그러더니 병을 따고 에디에게 건넸다. 라벨에 '도스 에퀴스'라고 적혀 있었다. 멕시코 맥주였다. "고마워요." 에디가 고마움을 표하자 뚱보가 꿀꿀거렸다. "암, 진홍저어새가 맞고말고." 뚱보는 또 다른 작은 초록 병으로 손을 뻗어 뚜껑을 땄다. 페리에*였다.

에디가 미소 지었다. "기억하기로 당신은 늘 수입 맥주만 마셨던 것 같은데요."

"요새 괜찮은 의사가 생겼거든. 그 양반 말을 좀 들어 볼까

---

* 프랑스산 천연 탄산수

싶어."

에디는 맥주를 크게 한 모금 마셨다. "내가 하려는 얘기는 투어에 관한 거예요."

뚱보는 페리에만 홀짝일 뿐 아무 말하지 않았다.

"케이블 TV 방송사에 근무하는 사람이 있는데, 그자가 우리 둘을 방송에 내보내고 싶다네요."

"무슨 말을 하는 건지 모르겠구먼." 뚱보가 말했다.

"우리가 전국을 돌아다니면서 경기하면 그걸 그자가 찍어서 케이블 TV에 방송하는 거예요. 〈와이드 월드 오브 스포츠〉에서 나올 거고요."

"ESPN*? 홈 박스 오피스**에서?"

"미드 아메리칸***이요."

"미드 아메리칸이 뭐지? 본사가 어디에 있는데?"

에디는 맥주를 한 모금 더 마셨다. "렉싱턴이요. 켄터키. 지금 내가 사는 곳이에요."

뚱보는 말하지 않았다. 그러고는 삼각대를 해체하기 시작했다. "어두워지기 전에 돌아가자고."

돌아가는 길에 뚱보는 타륜 뒤에 앉아서 보트를 천천히 몰

---

* 미국의 스포츠 전문 케이블 채널
** 1972년부터 운영하는 미국의 케이블 TV 민영방송
*** 미국 대서양에 접한 중부 주들에 방송을 송출하는 회사

았다. 물이 짙은 색으로 바뀌니 젤라틴처럼 부드러워 보였다. 물 위를 걸을 수도 있을 것 같았다. 이제는 태양이 그들 뒤로 넘어가 있었다. 에디는 선글라스를 벗었다. 두 사람은 맹그로브 섬을 지나 만을 향해 움직였다. 몇 분 뒤 뚱보가 입을 뗐다. "지난 15년간 자네 이름을 한 번도 들어 본 적이 없네."

"당구장을 운영하고 있었어요."

"아깝군." 뚱보가 말했다.

"처음에는 그럭저럭 괜찮았어요. 방송과 관련된 제안은 어떻게 생각하세요?"

"자세히 말해 보게."

"출연료로 600달러씩 지급한다는 계약이에요. 그리고 ABC 방송사나 다른 방송사에 팔리면 나머지 금액의 25퍼센트를 제공하고요. 그리고 비용도 지급해 준대요."

"스트레이트 풀*로?"

"네."

"도시는 몇 군데 가는데?"

"일곱 군데요. 두 달 뒤에 마이애미에서 시작할 거예요."

뚱보는 페리에를 다 마시고 갑판 뒤쪽에 잘 내려놓았다.

---

* 큐볼 하나와 1번부터 15번까지의 목적구를 사용한다. 순서에 상관없이 목적구를 포켓에 넣어야 하며 브레이크 샷을 제외한 모든 샷에서 넣고자 하는 목적구 번호와 포켓 위치를 말해야 한다.

"나는 필요 없네." 그가 말했다. "이미 6년 전에 은퇴했어."

둘은 맹그로브 나무들 무리로 다가갔다. 다른 나무 무리보다 더 거대했다. 뚱보는 그곳으로 향하는 보트를 멈춰 세웠다. 나무들 사이에 터널처럼 좁은 길이 나 있었다. 에디가 몸을 수그렸고, 그들은 나무들 사이를 지나갔다. 이제 둘은 검은 물의 골목을 따라 내려가고 있었다. 머리 위로 나뭇가지들과 곤충들이 바스락대고 부스럭대는 소리가 가득했다. 축축한 맹그로브의 마구 얽히고 음울하게 꼬인 뿌리가 그들 위로 뻗어져 잎사귀로 이루어진, 뚫리지 않을 것 같은 덮개가 되어 있었다. 원시적인 풍경이었다. 태초의 인류를 다룬 TV 프로그램에 나올 법한 모습이었다. 마치 뱀들이 우글대는 그런 곳 같았다.

에디는 어딘가 불편한 느낌이 들었고, 때마침 좁은 길이 확 트이더니 맹그로브로 둘러싸인 짙은 색의 방대한 호수로 들어섰다. 하늘엔 어스름이 내려앉아 그림자도 지지 않았고 주위도 온통 어둑어둑했다. 교회에 있는 기분이었다. 뚱보의 왼쪽 뱃전 아래에 스피닝 로드* 한 쌍과 릴이 고정되어 있었다.

"낚시하겠나?"

"그럼요."

---

* 스피닝 롤을 붙여서 사용하는 탄력성이 좋은 낚싯대

"자네 앞에 있는 밑밥 통 열어 봐. 미끼 새우가 있을 거네."

에디는 고리를 당기고 안을 들여다봤다. 이리저리 쏜살같이 움직이는 작은 새우들을 제대로 보기에는 빛이 충분하지 않았다. 몇 년 전에 단순히 집 밖에 나갈 일을 만들어 보려고 지렁이와 귀뚜라미를 미끼로 강에서 낚시해 본 적은 있었지만, 바닷물에서 낚시하거나 새우를 미끼로 쓴 적은 처음이었다. 뚱보가 그에게 가벼운 스피닝 로드를 건네며 말했다. "낚싯바늘 조심하게." 에디는 이를 악물고 밑밥 통 안으로 손을 뻗어 새우를 잡아챘다. 새우가 꿈틀대며 손바닥을 간지럽혔다. 뚱보에게 새우를 건넸다. "낚싯바늘이 어디로 들어가요?"

"꼬리로. 뿌리 근처에서 캐스팅*하자고. 뿌리에 낚싯줄 걸리지 않게 잘하고."

에디는 다른 새우를 잡고 꼬리에 훅을 넣었다. "뭐를 낚을 건데요?"

"맹그로브 도미." 뚱보가 팔을 나른하게 휘두르자, 낚싯대가 우아한 호를 그리며 흔들렸다. 퐁당 소리가 나면서 기슭에서 왼쪽으로 30센티미터 정도 떨어진 곳에 잔물결이 일었다. 예상대로 완벽한 캐스팅이었다. 에디는 낚싯대를 오른쪽으로 캐스팅했는데, 그것 역시 완벽했다. 노련하고 꽤 쓸 만한

---

* 낚싯바늘을 원하는 포인트에 정확히 던지는 것

팔이었다.

넣은 지 얼마 안 돼서 두 사람의 낚싯대가 휘어졌다. 물고기가 낚인 모양이었다. 릴을 당기자 손 크지는 않지만, 통통한 도미들이 올라왔다.

20분 후 너무 어두워지긴 했지만 그래도 열두 마리가 넘는 물고기가 줄에 걸려 있었다. 뚱보가 낚싯대를 치우면서 물었다. "마이애미 어디에서 경기를 치르게 된다고?"

"벤슨 백화점이요. 새로 오픈한 쇼핑센터예요."

"그다음엔?"

"신시내티요. 시카고. 로체스터랑 덴버에서요."

"백화점에서?"

"하나는 새로 연 영화관이에요. 앨버커키 근처인데 꽤 괜찮아요."

뚱보가 야간 항해등을 딸칵 켜고 시동을 걸었다. 보트를 돌려 그들이 들어왔던 곳으로 갔다.

"뱀이 없었으면 좋겠네요." 에디가 말했다.

"뱀은 없네, 패스트 에디." 뚱보가 안심시켰다. 그는 어두운 터널을 지나 땅거미가 내려앉은 만으로 에디를 다시 데리고 가서 보트를 해변 쪽으로 향하게 하며 액셀을 꾹 밟았다. 보트가 통통 팅기기 시작했다. 에디는 맨 가슴팍을 적시는 물보라를 맞으며 자리에서 일어나 난간을 붙잡았다. 어스름한 하늘 사이로 이슬라모라다의 불빛이 보였다. 그들은 5분 정도 계속 앞으로 나아갔고, 어느새 뚱보가 모터를 멈췄다. 그들은 천천히 부두 쪽으로 움직였다. 부두에는 각다귀들이 수은등 주위를 윙윙 맴돌고 있었다. "각다귀는 진짜 성가신 존재지." 뚱보가 말했다. "천박해."

"백번 맞는 말입니다."

"그런데 왜 날 보러 여기까지 내려왔나?"

그들은 물에 둥둥 뜬 채로 부두에서 얼마 떨어지지 않은 곳부터 부두까지 갔다. "음, 그러니까……." 에디가 말했다. "당구 말고는 내가 잘할 수 있는 일이 아무것도 없어서요."

뚱보의 콘도에는 큰 방이 세 개 있었고 비싸 보이는 가구들로 꾸며져 있었다. 뚱보가 클래식 음악을 틀고 생선을 손질했다. 그동안 에디는 소파에 앉아서 맥주를 마셨다. 밖은 이제 칠흑처럼 어두워졌고 따뜻한 산들바람이 방충망 사이로 스며들었다. 생선살을 그릴에 올리고 난 뒤 뚱보가 거실로 왔다. 아직도 반바지만 입은 채였다. "투어는 어떻게 다니지?"

"차를 렌트하거나 비행기 타고요. 둘 다 이용할 거예요."

"일등석인가?"

"우등석이에요."

"호텔 숙박비는 얼만가?"

"하룻밤에 60달러요."

뚱보가 고개를 저었다. "싸구려군."

"하루 식대는 40달러고요."

뚱보가 그를 쏘아보았다. "자네 케이퍼 좋아하나?"

"케이퍼요?"

"생선 요리에 올리는 거."

에디는 케이퍼가 뭔지 몰랐다. "먹어 볼게요."

뚱보는 주방으로 돌아가서 몇 분간 음식 준비를 하더니 잠시 후 양손에 커다란 접시를 들고 주방 밖으로 나와 테이블에 올렸다. 에디는 테이블로 다가가 자리에 앉았다. 전문가의 손길 같았다. 맹그로브 도미살이 노릇노릇 구워져 있고, 한쪽에 초록색 콩과 후추가 뿌려진 면발이 조금 있었다. 뚱보는 에디를 위한 맥주와 자기가 마실 페리에를 가지고 나와 자리에 앉았다. "당구를 안 친 지 6년이나 됐네." 그가 말했다.

"사람들은 절대 모를 겁니다." 에디가 씩 웃었다.

"건강이 아주 안 좋아."

"건강에 도움이 될 수도 있어요."

뚱보는 포크로 가득히 생선을 퍼 올렸다. "쇼핑센터에서 스트레이트 풀을 친다고? 라마다 모텔에 머물면서?"

"전에는 더 좋은 곳에 머물긴 했었죠."

"그런 말 하지 말게." 뚱보가 말했다. 그는 포크에 듬뿍 올려진 생선을 먹고 테이블에 내려놓았다. "게임당 1,000달러, 호텔은 하루에 100달러로 하지."

"안 돼요." 에디가 내뱉었다. "ABC를 살살 꼬드기지 않는 한은 안 된다고요."

"그러면 ABC를 꼬드긴 다음에 나한테 다시 얘기하게."

"그 케이블 TV 관계자가 이미 시도했어요. 그랬더니 ABC가 그자한테 자료 영상을 먼저 보고 싶다고 했다니까요."

"계약금은 어떻게 되나?"

"각자 500달러요. 서명하면 투어 중에 나올 거예요."

"한 게임당 1,000달러로 해오면 그때 다시 얘기하지. 내 전화기 써도 되네."

"뚱보……."

"저녁 식사 마저 하게, 패스트 에디."

두 사람은 디저트로 키라임 파이*라는 음식을 먹었다. 뚱보는 두 조각을 먹고 진한 커피 한 잔을 마셨다. 에디가 돈이 좀 있던 시절 즐겨 가던 레스토랑에서 식사하는 것과 비슷했다.

"시카고에서 자네가 날 이긴 뒤에," 뚱보가 입을 뗐다. "나는 자네가 돌아올 거라 생각했어."

---

* 키라임과 노른자로 만들어졌으며, 파이 껍질 속에 연유가 들어 있는 음식

"그땐 버트와 고든이 나를 압박하고 있었어요."

"그 사람들 죽은 지 10년도 더 됐네. 그들은 더 이상 당구와 관련이 없어. 어쨌든 그들은 이제 아니야."

"나도 알아요. 그래도 절대 다시 돌아가지 않을 거예요."

"이 투어는 자네 혼자 하는 건 어떻겠나? 난 이제 늙었어."

에디는 커피를 다 마셨다. "방송국 사람들이 우리 둘을 원해요. 케이블 TV 그 관계자가 말하길, 우리 보고 전설이라더군요."

뚱보가 자리에서 일어나 냉장고로 가서 파이를 한 조각 더 꺼내고 식기세척기 위에 있는 약통을 함께 가지고 왔다. "그들이 나한테 편지를 썼었네." 그가 말했다.

"에녹이 나한테 얘기했어요. 답장 안 했다면서요."

"나는 TV를 좋아하지 않아. 책을 읽거나 암실에서 작업을 하지."

한쪽 벽을 따라 커다란 케이스가 바닥 위에 놓여 있는데, 그 안은 하드커버 책들로 가득했다. 커피 테이블 위에 잡지 《오듀본》과 《뉴 리퍼블릭》 그리고 두껍고 칙칙한 책이 있었다. 에디는 뚱보가 요리하는 동안 그 두껍고 칙칙한 책을 집어 들었다. *철학 백과사전*. 뚱보는 세 번째 디저트를 다 먹고 알약 몇 알을 입에 집어넣은 다음 바로 이어서 커피를 꿀꺽 마셨다.

"그 백화점들 하고는 어때? 공정한가? 백화점에서 돈을 지불하나?"

"내 생각에는 비용이 거기에서 나오는 것 같아요."

"그러면 케이블 TV 관계자가 돈을 더 대야겠구먼."

"그자는 돈이 없어요. 이거 새로운 비즈니스라니까요."

"이상하군." 뚱보가 말했다. "우리가 전설이라면, 그보다 더 가치 있을 텐데."

"20년도 더 지났어요." 에디가 말했다. "요새 애들은 우리 얘기 들어 보지도 못했다고요. 오래된 큰 당구장들은 전부 문을 닫았고, 바(Bar)에 있는 테이블에서 에잇볼*이나 친다잖아요. 전부 변했어요."

"그런 말이라면 하지 말게."

"어떻게 할 거예요?"

"투자할 거야. MMF(단기금융자산 투자신탁)와 신용 등급이 AA인 채권에."

"이 집에 당구대 놓을 만한 방 있잖아요."

"나는 당구대를 원하지 않아." 뚱보가 말했다. "당구대 테두리를 따라 돌아다니면 발이 아프거든."

"당신은 내가 본 중 가장 훌륭한 스트레이트 풀을 쳤어요."

---

* 열다섯 개의 당구공과 하나의 큐볼로 경기를 진행하며, 마지막에 8번 공을 넣으면 승리하는 방식

에디가 말했다.

"자네가 날 이겼지."

"버트와 고든이랑 있을 걸 그랬나 봅니다. 그들이 내 돈 절반을 가져간대도 말이죠." 에디의 시선이 뚱보에게서 벗어나 물가에 있는 새들의 모습이 담긴 큼직한 사진 여섯 장이 걸린 벽으로 옮겨갔다. "몇 년 동안 규모가 작은 당구장이나 전전하다가 당구장 하나를 매입했고 바로 결혼했어요. 바보 같은 짓이었죠. 하지만 내가 중요한 경기나 그런 비슷한 뭐라도 했다면, 그들이, 버트와 고든이 내 팔을 부러트렸을 거예요. 그리고 나는 그들에게 내 돈의 절반을 주려 하지 않았을 거고요."

"이제는 마약이나 매춘을 할 차례군." 뚱보가 말했다. "또는 트럭 운전이나 하거나."

에디가 몸을 앞으로 기울였다. "나 이거 꼭 하고 싶어요, 뚱보. 다시 찾고 싶어요."

뚱보가 한동안 그를 바라보다가 입을 뗐다. "게임당 800달러에 하지. 그리고 한 끼에 10달러 이상."

"내 몫에서 빼야 할 텐데요."

"그렇지."

2

출입문을 열고 안으로 들어섰더니 내부가 너무 더워서 일단 에어컨부터 켜고 주차장으로 다시 나가야 했다. 그는 옆집 프레디 카드 샵에서 10분간 기다렸다가 다시 당구장 안으로 들어갔다. 당구대 열두 개가 회색 비닐 천으로 덮여 있었다. 내일 신문에 광고가 실릴 것이다. 그리고 그 뚱뚱한 개자식은 에디와 스트레이트 풀을 칠 때마다 그의 돈 200달러를 가져갈 거고, 이 질 좋은 브런즈윅 당구대들은, 테이블에 초록색 모직 베이즈*가 깔린 그 당구대들은 좀 있으면 팔릴 거다. 에디는 수년째 아침마다 당구대 테이블을 한 개도 빠짐없이 세심하게 솔질해 왔다. 이제 곧 있으면 어떤 의사의 집 지

---

* 당구대 테이블 덮개로 사용되는 펠트 직물

하실이나 대학교 내 남학생 사교 클럽에 처박히게 될 것이다. 누구도 큐대의 팁을 제대로 관리하지 않겠지. 큐팁 가장자리를 사포로 문지르는 사람 하나 없을 거고, 팁의 끝이 퍼지지 않게끔 가죽을 덧대는 사람도 없겠지. 사람들은 이제 그런 소일거리에 신경을 쓰지 않았다. 에디는 테이블 위에 최근 새로 산 베이즈를 깔고 압정 박는 망치와 천을 퍼는 도구를 직접 준비해야만 했다. 이런 일들을 처리하던 나이 든 남자 직원이 죽어서 그를 대체할 수 있는 사람이 없어서였다. 지독히도 수치스러웠다. 게다가 이제 당구장 절반은 마사의 소유였고 아파트와 자동차도 마찬가지였다. 대신 이혼 수당은 없었다. 그녀는 그를 너무 잘 알았기에 그렇게 하기로 했다. 일단 마사가 먼저였고, 미네소타 뚱보는 그다음이었다. 에디는 자기 몫을 손에 쥘 수 없었다. 20년 전 버트가 그를 타고난 패배자라고 불렀었는데, 늘 그렇듯 버트 말이 맞았다. 에디는 자신이 큐대를 다시 들어도 될 만한 최고의 당구 선수라는 사실을 모르지는 않았지만, 이제 50대에 들어선 그는 사실 빈털터리나 다름없었다.

그는 잠시 그대로 서서 묵직한 당구대들과 벽에 설치된 큐대 선반, 금속 재질의 탤컴 파우더 디스펜서, 술에 반쯤 취해서 샀으나 한 번도 제대로 간 적이 없는 올레핀 융단, 코카콜라 자판기, 담배 자판기, 3번 테이블 초록 천 위의 얼룩, 7번 테이블의 닳고 닳아서 해진 포켓들, 4번 테이블의 늘어진 레일, 그리고 공이 오른쪽으로 길게 굴러갈 때면 어김없이 공을 레일 방향으로 휘어지게 했던 테이블을 둘러보았다. 데스크 뒤편에 금전 등록기가 있고, 마사가 우편으로 부쳤던, 페이지마다 걸작이 인쇄된 메트로폴리탄 미술관 달력과 읽지 않은 책 네 권이 있었다. 그중 하나는 그레이엄 그린의 책이었다. 데스크 위에 각 당구대의 디지털 정보를 판독하고 시간제로 설정된 전자시계가, 12년 동안 꾸준히 그 자리를 지켰던 그 전자시계가 있었다. 지금은 한 시간에 2달러로 설정되어 있었다. 당구장 내부는 직사각형 모양이고 콘크리트 벽은 노란색, 바닥은 갈색이며 천장의 각진 셀로텍스*는 연기로 얼룩져 있었다. 전부 다 에디의 오른손 손바닥처럼 친숙했고 이혼한 아내만큼 익숙했다.

그는 데스크의 금전 등록기 옆의 경첩 부분을 들어 올려 라디오 뒤쪽 벽에 자리한, 거의 비어 있는 개인용 큐대 보관함으로 갔다. 주머니에서 열쇠를 꺼내 가운데 보관함을 열었다. 900달러짜리 발라부시카가 있었다. 발라부시카의 뭉툭한 하대는 리넨으로 감싸져 있고 상대에는 흠잡을 데 없는 단풍나무가 고상한 자태를 드러내고 있었다. 기다란 상아색의 상대

---

* 목제, 펄프, 짚 등을 접착제로 굳힌 단열재

끝부분에 프랑스산 가죽이 정교하게 덮여 있고, 중간 연결부위는 번쩍번쩍 윤이 나는 철제 재질이었다. 손에 느껴지는 큐대의 감각이 훌륭했다. 그 큐대는 그를 더 강하게 만들었다. 그는 큐대의 나사를 조심스레 풀고 데스크 아래에 있는 뱀피케이스를 찾아서 두 부분으로 해체된 막대기를 케이스 안으로 넣은 뒤 황동 버클이 달린 커버로 잘 감쌌다. 그리고 에어컨과 불을 끈 다음 큐대를 들고 밖으로 나갔다. 그는 뒤돌아보지 않았다.

비행기가 늦어지는 바람에 바로 쇼핑센터로 가야 했다. 택시에 올라타 큐대 케이스와 나일론 가방을 옆에 두었다. 에어컨이 시원찮았다. 택시운전사가 규모가 큰 주차장으로 들어섰을 무렵 에디의 셔츠는 땀에 젖어 등에 척 달라붙어 있었고, 차 안의 자욱한 담배 연기 때문에 기침이 콜록콜록 나왔다. 1시 45분이었다. 두 시에 경기를 시작하기로 했다. 대형 소매점인 시어스 입구 위에 **그랜드 오픈**이라고 적힌 현수막이 걸려 있었다. 그 아래 작은 플래카드에는 **패스트 에디와 미네소타의 만남!** 그리고 그 밑에 **목요일 2시, 무료입장**이라고 쓰여 있었다.

당구대는 주차장 밖 바로 앞에, 높이 30센티미터 정도의 목제 플랫폼 위에 설치되어 있었다. 당구대 주위에 임시로 꾸려진 관람석들이 빙 둘러져 있고, 몇 사람이 그곳에 모여 있었다. 그리고 칙칙해 보이는 플랫폼에는 흑인 여자아이 넷이 옹기종기 앉아 있었다. 임시 관람석에는 어른보다 아이들이 더 많았고 대부분 흑인이었다. 아이들이 의자 위를 기어오르며 소리를 질러댔다. 순간 에디의 뱃속이 쿵 내려앉았다. 당구대 위에 캔버스 천 덮개가 비와 직사광선을 대비하기 위한 안전장치로 씌워져 있었지만, 아이들 소리와 교통 소음, 마음을 동요하게 하는 대낮의 오묘한 햇빛에 대한 안전장치는 어디에도 없었다. 벌건 한낮 햇빛 아래의 당구대는 마치 놀이 기구 같아 보였다. 형편없는 빨간 천이 깔린 120×240센티미터 크기의, 주로 여자들이 앉는 아담한 테이블 같았다.

TV 카메라가 고무 타이어가 달린 짐수레에 올려진 채 당구대 한쪽 끝에 설치되어 있고 반대쪽에도 하나 더 있었다. 계약서에는 카메라가 세 대라고 적혀 있었지만, 세 번째 카메라는 보이지 않았다. 에디는 손목시계를 확인했다. 2시 5분 전이었다. 뚱보는 어디에도 없었다. 에디는 플랫폼으로 올라갔다. 흑인 여자아이들이 휘둥그레진 눈으로 그를 빤히 올려다보았다. 그곳에 갈색 정장에 캐주얼 셔츠를 입은 어떤 남자가 서 있었다. "안녕하세요, 펠슨입니다." 에디가 말했다.

"패스트 에디세요?" 남자는 시계를 확인했다.

"네."

"상대 선수는 어디에 있죠?"

"여기로 올 겁니다." 에디는 큐대 케이스를 당구대에 올리고 손끝으로 천의 감촉을 느껴 보았다. 얄팍하고 매끄러운 천이었다. 최소한 반 정도는 합성 직물과 섞인 것이었다. 예전에 더 안 좋은 당구대에서도 게임을 한 적이 있었다. 목제 플랫폼은 충분히 넉넉해서 카메라를 두기에 적절했고 선수들의 진로도 방해하지 않았지만, 두꺼운 검은색 케이블이 바닥에 늘어져 있었다. 케이블은 플랫폼을 가로질러 아스팔트 위로 쭉 이어져 임시 관중석과 맞닿은 구석에 주차된 소형 밴에 연결되어 있었다. 소형 밴에 큰 글자로 WKAB-마이애미라고 적혀 있었다. 캡 모자를 쓴 한 남자가 앉은 채로 미소 지으며 에디에게 손을 흔들었다. 에디는 그쪽에 있는 사람들을 전에 본 적도 없었으며 그들과 이야기를 나누고 싶지도 않았다. 그가 도착한 이후로 사람들이 서서히 움직이기 시작했으나 관중석은 여전히 비어 있었다. 그는 시계를 흘긋 보았다. 두 시였다. 쇼핑몰 주차장에 있는 그 소형 밴은 그냥 못 본 체하기로 했다. 기다란 회색 리무진이 고속도로에서 빠져나와 그들 쪽으로 다가오고 있었다. 임시 관중석 반대쪽 세트 사이에 열린 공간이 한 군데 더 있었는데, 리무진이 그 공간으로 들어와 플랫폼 앞에 멈춰 섰다. 회색 유니폼 차림의 운전기사가 차에서 내리더니 리무진을 빙 둘러 가서 차 문을 열었다. 우아하게 차려입은 덩치 크고 뚱뚱한 남자가 모습을 드러냈다. 뚱보였다. 진한 파란색 정장은 그에게 완벽하게 맞춤이었고, 그는 파란 정장에 하얀 셔츠와 빨간 넥타이를 갖춰 입었다. 관중석에서 박수가 나왔다. 그는 영국 은행가들이 신문을 말아 팔 아래에 끼고 다니듯 큐대 케이스를 팔 아래에 둔 채 플랫폼 위로 민첩하게 올라왔다. 에디에게 상냥하게 고개를 끄덕이면서. 뚱보가 갈색 정장을 입은 남자에게 손을 내밀자, 그가 악수했다. 리무진이 천천히 움직이기 시작했다. 뚱보는 케이스를 열고 큐대의 상대와 하대를 꺼냈다. "자 당구 시작하자고, 패스트 에디." 그가 말했다.

갈색 정장의 남자는 분명 매니저 같았지만, 뚱보의 그 한마디에 플랫폼에서 내려갔다. 그러고는 아스팔트 길의 빈 공간을 가로질러서 임시 관람석 두 번째 줄에 앉았다. 관람석은 이제 3분의 1 정도 찼고, 다들, 심지어 아이들까지 조용해졌다. 흑인 여자아이들은 플랫폼에서 내려와 관중석 두 번째 줄에 앉아 있었다. 피나포어*를 입고 머리에 밝은 리본을 단 아이들이 눈을 크게 뜨고 앞으로 어떤 일이 일어날지 지켜보고 있었다.

케이블 TV 방송사 직원이자 티셔츠와 청바지 차림인 두 청

---

* 가슴바대를 어깨끈으로 연결한 점퍼스커트로, 앞치마와 유사하며 러플이나 주름을 넣기도 한다. 주로 어린 소녀들과 여성이 많이 입는다.

년이 카메라 뒤에 자리를 잡았다. "이 케이블들 좀 여기서 치워 주쇼." 뚱보가 큐대의 나사를 조이며 그들에게 말했다. 하대는 은색이고 연결 부위는 하얀색이었다. 조금 전까지만 해도 정돈되지 않아 혼란스러웠던 주차장 안의, 빨간색 천이 깔린 당구대 주변이 이제야 정리가 되었다. 뚱보는 큐대를 단단히 조이고 코트 주머니에서 초크 한 조각을 꺼내 초크를 칠하기 시작했다.

10대 소년들 무리가 네 번째 줄에 서 있다가 앞다투어 관중석으로 들어가기 시작했다. 주차장 밖에서 개가 짖었다. 당구공 두 개가 스타트 라인에 놓였다. 에디는 큐대를 단단히 조이고 케이스를 테이블 아래로 밀어 넣은 다음 공 뒤에 자리를 잡았다. 뚱보는 다른 공 뒤에 섰다. 두 사람은 허리를 구부리고 래깅*을 했다. 공이 앞으로 굴러가 쿠션에 퉁 부딪히고 되돌아왔다. 에디의 공은 쿠션에서 살짝 떨어진 위치에 멈췄고, 뚱보의 공은 쿠션에 완벽하게 닿아 있었다. "자네가 브레이크**야, 패스트 에디." 뚱보가 말했다. 플랫폼 한쪽 구석에 감독 의자가 있었다. 뚱보는 테이블의 풋 레일 쪽에 공을 래크***하고 구석

---

* 당구에서 공격의 선후를 정하는 일

** 포켓 당구에서 큐볼을 이용하여 삼각형 모양으로 모여 있는 열다섯 개의 공들이 흩어지도록 처음에 치는 샷

*** 포켓 당구에서 삼각틀 안에 공을 세팅하는 것을 뜻한다. 때때로 래크된 공을 칭하기도 한다.

으로 가 자리에 앉았다. 에디는 헤드 레일 쪽으로 올라가 허리를 숙이고 브리지*를 만든 다음 래크된 공들을 부드럽게 브레이크 했다. 큐볼이 코너 볼을 치고 난 뒤 느슨하게 부딪히더니 아래쪽 쿠션에서 튕겨 나와 테이블 위쪽으로 다시 굴러갔다. 색깔 공 두 개가 쿠션을 치고 세모 모양 안으로 돌아갔다. 완벽한 브레이크였다. 관중석에 있는 몇몇 사람이 손뼉을 쳤다. 지금 이곳에서 무슨 일이 일어나고 있는지 적어도 몇 명 정도는 알고 있는 것 같았다.

뚱보는 당구대로 다가가서 공의 배치를 보지도 않은 채 경기를 했고, 에디에게 같은 샷을 남겨 주었다. 두 사람은 한동안 오락가락 경기를 이어 나갔고, 그러다 어느 순간 에디가 앞이 잘 안 보여서 눈을 찡그리고 7번 공을 겨누다가 수비에 실패해 결국 뚱보에게 오픈 샷을 내어주게 되었다. 그대로 에디는 감독 의자에 앉아 경기를 지켜보았다.

키스에서의 뚱보는 늙고 지쳐 보였다. 에디는 그가 적어도 일흔은 됐을 거라 생각했다. 하지만 여기, 이곳에서 나무랄 데 없이 완벽한 정장을 입고 민첩하게 움직이고 있는 저 남자는 나이보다 훨씬 젊어 보였다. 게다가 스트로크** 역시 그 어

---

* 큐대가 흔들리지 않고 앞뒤로 똑바로 움직이게 하기 위해 큐대를 들고 있지 않은 손으로 모양을 잡는 것을 의미하며, 큐걸이라고도 한다.
** 공을 쳐내기 위해 큐대를 전후로 움직이면서 스윙하는 동작

느 때보다 예술이었다. 부드럽고, 절제되어 있으면서도 여유가 묻어났다. 그는 20년 전 시카고에서처럼 당구대 주위를 날렵하게 돌아다녔다. 당시 에디는 젊었고 굶주려 있었다. 그리고 이 거대한 남자를 미치도록 이기고 싶었다. 사실 그의 인생에서 그것보다 더 원했던 건 없었다. 이제 에디는 체조 선수나 마술사의 퍼포먼스를 구경하듯 그를 지켜보고 있었다.

관중석에 있는 사람들 대부분이 스트레이트 풀에 대해 잘 몰랐기 때문에 둘의 수비 중심의 경기 운영을 이해하기 어려울 것이었다. 그럼에도 관중들은 열심히 지켜보고 있었다. 뚱보는 흔들림 없이 우아하게, 적절한 속도에 맞춰 움직이면서 허리를 구부려 샷을 쳤고 어떤 호들갑 없이 공들을 포켓에 넣었다. 원래는 심판이 있어야 했으나 그런 건 아무 문제가 되지 않았다. 뚱보는 그의 무대를 손에 쥐고서 아주 쉽게 자기 것으로 만들었다. 그가 열다섯 번째 공으로 열네 번째 공을 한 점 흐트러짐 없이 포켓에 넣었을 때, 에디는 앞으로 나가 열네 개의 공을 래크하고 다시 자리에 앉았다. 뚱보는 큐대에 초크를 칠한 뒤 샷을 이어 나갔다. 더 많은 사람이 관중석으로 몰려들어 조용히 구경했다. TV 카메라맨이 고무 타이어 수레에 있는 카메라를 이동시키고 뷰어에 얼굴을 댔다가 아무 말 없이 걸어 나갔다. 주차장 밖에서 자동차 범퍼에 반사된 태양 빛이 이따금 번쩍대며 눈을 부시게 했다. 가끔 저 멀리에 있는 사람이 누군가에게 소리를 치는 것 같기도 했다. 차들이 드나들었고, 찰나의 순간 라디오 소리가 요란하게 울리기도 했다. 뚱보는 계속 샷을 쳤고, 에디 역시 연이어 래크를 하고 다시 자리에 앉았다. 아름다운 광경이었다. 누가 이기든 에디는 상관없었다.

리무진이 두 사람을 공항으로 데리고 갔다. 그들은 신시내티로 가는 비행기를 탈 예정이었다. 에디는 짙은 벨벳 천이 씌워진 의자에 등을 기대고 고요함과 시원한 공기 속으로 들어갔다. 뚱보는 그의 옆에 앉아 눈을 감았다. 여전히 정장 재킷을 입고 있었고 넥타이도 아직 단정한 모습이었다. 마침내 에디가 말을 꺼냈다. "당신이 어떻게 지금도 그렇게 할 수 있는지 정말 믿어지지 않아요." 그가 말했다. "그래도 내가 60점은 따서 다행이었죠."

뚱보는 아무 말 하지 않았다.

"신시내티에서는 강당에서 경기할 거예요." 에디가 계속 말을 이었다. "분명 에어컨도 틀어져 있을 거고요."

뚱보는 눈을 감고 쉬는 모양이었다. 두 사람이 마이애미 국제공항에 들어섰을 때 그가 에디에게 돌아서서 말했다. "자네 안경을 좀 써야겠어."

그 순간 에디는 화가 치밀었다. 이 뚱뚱한 늙은이가 그를 어린애 다루듯 충고 짓거리를 하는 것에 속이 뒤집어졌다.

"에디," 조금 뒤 뚱보가 비행기에서 말을 걸었다. "자네 원래 하던 방식으로 공을 치지 않더군."

"그땐 애였죠. 지금은 중년이고."

"중년이라는 건 존재하지 않아, 패스트 에디. 그건 미디어가 만들어 낸 말이지. 할리스토스*처럼. 미디어가 사람들을 길들이는 거지."

"그 말이 맞을 수도 있겠네요." 그러나 에디는 그 말이 그다지 설득력 있다고 생각하지 않았다. 승무원이 음료를 가지고 왔다. 에디에게는 칵테일인 맨해튼을, 뚱보에게는 페리에를 주었다. 에디는 서둘러 좌석 테이블을 준비하고 자그마한 병의 뚜껑을 딴 다음 플라스틱 컵 안에 있는 체리 위로 음료를 부었다.

"나는 예순이 넘었어." 뚱보가 페리에를 마시며 말했다. "내가 중년이 되었을 때 난 내 나이에 개의치 않았어. 그랬더니 그런 생각이 싹 사라졌지. 자네도 속도를 조금 줄여. 자네는 더 영리해질 거야. 그거면 된다고."

그건 틀린 소리였다. 에디에게는 맞지 않는 말이었다. 젊

---

* 할리스토스는 구취를 의미하는 의학 용어인데, 언론에서 자주 다루어 일상에서 쓰이는 용어가 되었다.

었을 때 느꼈던 감정이 다시 느껴지지 않았고, 기운도 없고 겁만 났다. "당구 실력이 예전 같지 않아요."

"그러면 연습해."

"연습하고 있어요."

"얼마나?"

사실 그는 일주일에 한 번도 연습하지 않았다. 그가 운영했던 당구장에서 당구를 치는 건 따분했다. 정말 할 일이 없을 때만 공을 치곤 했다. 에디는 어깨를 으쓱하기만 할 뿐 뚱보의 질문에 답하지 않았다.

뚱보는 넓적한 무릎 위에 두 손을 포개고 눈을 감았다. 에디는 비행기 창밖으로 발밑의 잿빛 먹구름 떼를 내다보며 술을 마저 마셨다. 그는 당구가 지루했다. 더는 그를 흥분시키지 않았다. 그리고 약삭빠른 청년들이—나인볼*과 원 포켓**을 치는 청년들이—신경에 거슬렸다. 승리를 향한 청년들의 야망이 에디의 내면에 냉기를 훅 불어넣었다. 그렇다면 당구 말고 그가 할 수 있는 일이 뭐가 있겠는가? 예전에 에디는 자신의 외모와 매력이 도움이 될 만한 그런 분야, 즉 부동산 중개

---

* 1번부터 9번까지의 목적구와 큐볼로 하는 경기이다. 낮은 숫자의 공부터 포켓에 넣고 마지막에 9번을 넣으면 승리하는 방식이다.

** 포켓 한 개만 한정하여 그 포켓에만 공을 넣을 수 있는 경기이다. 열다섯 개의 목적구를 가지고 하며, 각 선수의 선택으로 하나의 포켓에 처음 여덟 개의 공을 집어넣는다.

업을 시도했는데 정말 끔찍했었다. 쳐다도 보기 싫은 사람들에게 알랑거려야 했으니, 그 일은 정말이지 보험을 파는 것과 다를 바 없었다. 미국에서 이루어지는 비즈니스의 일반적인 섭리를 직접 접해 보고 난 후 그는 자신의 직업이었던 당구 허슬러*가 나름 괜찮은 직업이었다는 생각이 들었다. 그 생각에 속이 뒤틀리면서 덜컥 겁이 났다. 렉싱턴에서 5주간 부동산 중개업 일을 하면서, 아파트와 임대 주택들을 보여 주면서, 환하게 웃으며 고개를 끄덕이고 또 거짓말을 해 대면서, 불쾌한 전화에 응대하고 불평하거나 윽박지르거나 말 같지도 않은 질문에 대답하고 하릴없이 노닥거리는 것으로 보이는 사람들에게 부동산 매물을 보여 주며 에디는 고작 700달러를 벌었다. 세전 700달러는 정말 형편없었다. 더 볼 것도 없이 당장 그 일을 그만두었다. 하지만 그 일 말고 무슨 일이 있겠는가? 힘든 시간이었다. 무릎 위에 올려진 신문에 의하면 포트웨인에 있는 인터내셔널 하베스터**가 문을 닫았다고한다. 사람들이 일자리를 얻으려고 새벽부터 줄을 나래비로 서 있다고 나와 있었지만, 에디는 자신이 그런 일을 일주일도 버티지 못할 거로 생각했다. 전기 기계공, 인쇄공, 환경미화원 같

---

* 허슬러란 사전적 의미로 사기꾼을 뜻한다. 이 소설에서는 이전 소설 《허슬러》에서와 같이 내기 당구를 할 때 자기 실력을 속이고 경기에 임하여 돈을 따는 사람을 의미한다.
** 농기계와 중장비, 트럭을 제조하는 미국의 업체

은 일은 말이다. 게다가 그는 고등학교도 졸업하지 못했다. 계좌에는 13,000달러가 있었고 그게 전부였다. 그런 식의 영혼의 표류를 멈춰야만 했다. 그렇지 않으면 어느 날부터 자기도 모르게 A&P*에서 양배추 하역 작업을 하고 있을 테니까.

반면에 여기 뚱보는, 아마도 예순다섯 정도 되었을 그는 직업도 없으면서 새들 사진이나 찍으며 잘살고 있었다. 여전히 당구를 일류급으로 잘 쳤고, 태양 아래에서 아주 잘 먹고 잘살았다. 어쩌면 일을 한 적이 평생 단 하루도 없는지도 모른다. 아마 할 수 없었을 것이다.

에디는 눈을 다시 뜬 뚱보를 바라보았다.

"그간 어떻게 지냈어요?" 뚱보가 아무 말 하지 않자 에디는 술을 다 마셨다. 위장을 사르르 훑고 내려가는 알코올이 느껴졌다. "내 인생은 엉망이었어요. 마누라도 떠났고, 당구장도 가 버렸어요. 내 당구 실력은 절반으로 줄었고요. 절반보다 더 줄었죠. 대체 당신은, 도대체 어떻게 이런 걸 다 피할 수 있는 거죠?"

뚱보가 에디를 보며 눈을 깜박였다. "나는 계속 이기며 살았네, 패스트 에디."

그날 밤 신시내티 근처 방에서 에디는 TV를 보고 있었지

---

* 1859년부터 2015년까지 운영한 미국 식료품점 체인이다. 1915년부터 1975년까지 A&P는 미국에서 가장 큰 식료품 소매 업체였다.

만, 딱히 관심 있게 보는 것은 아니었다. 뚱보 말이 맞았다. 그는 안경이 필요했다. 전날 뚱보가 쇼핑센터에 나타난 뒤 모든 일들이 착착 진행되는 걸 보고 에디는 무척 안심되면서,—뚱보가 그런 하찮은 계약에 대해 분노하거나 화를 내지 않아서 정말 다행이었다—정작 본인의 게임이 어떻게 진행되든 신경조차 쓰지 않았다. 어리석은 짓이었다. 에디는 자리에서 벌떡 일어나 TV를 껐다. 밤 아홉 시 반이었다. 옷을 벗고 딱붙는 수영복만 입은 채 문밖으로 나섰다. 저녁 공기가 따뜻하면서 축축했다. 수영장은 잔디로 덮인 구역 너머에 있고, 그 뒤의 자그마한 팻말에 **환영합니다! 미네소타 뚱보!**라고 적혀 있으며, 팻말 위에 네잎클로버 모양의 퀄리티 코트 로고가 녹색과 빨간색으로 반짝였다. 에디는 팻말에 자기 이름이 없다는 사실에 이를 꽉 깨물고 수영장으로 성큼성큼 다가갔다. 피부에 닿는 따뜻한 공기의 느낌이 좋았다. 다음 장소의 팻말에는 그의 이름이 있으리라. 그리고 내일 여기에서는 플로리다 때보다 더 잘 칠 자신이 있었다. 뚱보가 훌륭한 선수이긴 해도 불가능은 없는 법이다. 전에도 그를 이긴 적이 있었으니까. 더군다나 뚱보는 몸집도 비대하고 나이도 많지만, 그에 반해 에디는 군살이 없고 언제나 그랬듯 배도 납작했다.

수영장에 사람은 하나도 없었다. 그러나 조명은 환했다. 놀라울 만큼 따뜻한 물속으로 첨벙 뛰어들어 수영장 전체를 가로지르고 쉬지 않고 다시 돌아왔다. 스무 바퀴를 돌고 난 뒤 사다리가 있는 쪽으로 가서 호흡을 가다듬고 천천히 밖으로 올라갔다.

뚱보가 수영장 가장자리에 있는 의자에 앉아 있었다. 수영복 차림으로.

수건을 챙겨 온 에디는 수건으로 머리를 털고 얼굴의 물기를 닦은 다음 그를 무심하게 바라보고 있는 뚱보에게 눈길을 돌렸다. "당신 말이 맞았어요, 안경 끼라는 말." 에디가 말했다.

뚱보는 답하지 않았다. 두 사람은 5분 정도 나란히 앉아 있었다. 뚱보가 자리에서 일어나 무거운 몸을 이끌고 사다리로 다가가 수영장 속으로 들어갔다. 잠시 발로 물을 디뎌본 후 여유 있게 천천히 수영을 시작했다. 수영 실력이 특별히 대단하지는 않았지만 물을 따라 유유히 떠다녔다. 에디는 그를 지켜보며 몸집이 저렇게 거대한 사람이 어떻게 자기 몸을 저리 잘 다루는지 다시 한번 의아했다. 얼마 뒤 뚱보는 수영을 멈추고 밖으로 올라왔다. 수영장 사다리를 올라오는데 그의 가슴팍과 배에서 물이 후드득 떨어졌다. 그는 반쯤 올라가다 멈춰 서서 사다리 난간에 팔을 얹었다. "패스트 에디," 그가 입을 열었다. "자네는 더 잘해야 할 거야. 당구를 더 잘 치지 않으면 안경을 써도 별 효과가 없을 거라고."

"그래도 60점이면 꽤 괜찮았잖아요." 에디가 말했다.

뚱보가 고개를 흔들자 짙은 머리칼에서 물이 사방으로 튀었다. "나는 자네에게 기회를 주려고 일부러 공을 놓쳤어." 그가 말했다.

에디는 아무 말 없이 물을 응시했다. 아마 사실일 것이다. 솔직히 그는 경기를 크게 신경 쓰지 않았었다. 마침내 그가 말했다. "나는 아무래도 돈을 걸고 경기를 해야 하나 봐요."

뚱보가 접이식 의자에 앉았다. "나는 경쟁을 원하지 않아." 그러면서 미리 챙겨 온 수건으로 머리를 털기 시작했다. "예전으로 돌아가고 싶다고 했지, 패스트 에디. 왜지?"

"돈이 필요해서요."

"이대로는 돈을 많이 벌 수 없을 거네."

"ABC가 이 프로그램을 사면 돈이 들어올 겁니다."

"안 사면?"

"그러면 이제 시작인 거죠." 에디가 답했다.

"돈이 얼마나 필요한가, 패스트 에디?"

에디가 그를 쳐다보았다. "60,000달러요. 당구장 매입하려면요."

"60,000달러로는 당구장 매입을 못 하지."

"운영하던 당구장이 팔렸는데 절반밖에 못 받았어요."

"그럼, 그 사업에서 손 떼는 게 낫겠군."

"다른 건 진짜 아무것도 몰라요. 차를 팔 줄도, 보험을 팔

줄도 모른다고요. 11학년 끝내고 학교를 그만뒀거든요."

그들은 한동안 침묵했다. 뚱보가 자리에서 일어나 수건을 올리고 에디를 돌아보았다. "아직 갈 길이 멀군, 패스트 에디." 그가 넌지시 내뱉었다.

경기는 시내에 있는 꽤 괜찮은 강당에서 이루어졌다. 첫 번째 줄부터 여섯 번째 줄까지 좌석이 치워져 있고 무대 아래 공간에 약 140×275센티미터 크기의 브런즈윅 당구대가 놓여 있었다. 차양이 달린 백열전구가 테이블의 초록 천 위에 매달려 있었다. 입장료는 한 좌석당 4달러이며 거의 만석이었다. 지역 케이블 방송에서 나온 카메라 두 대가 당구대 근처 바닥에 설치되어 있고, 또 한 대는 무대 위에 있었다. 방송 장비들이 전문적으로 설치되어 있는 모습을 보고 있으니, 에디는 안도감이 들었다. 심지어 이번에는 심판도 있었다.

뚱보는 당구대 끝에 등받이가 높은 가죽 의자에 앉았다. 에디는 공 여섯 개를 포켓에 넣고 그에게 다가갔다. 사람들이 아직도 강당으로 들어오고 있었다. "허슬 당구를 다시 시작해야겠어요." 그가 말했다.

뚱보가 그를 쳐다보았다. "자네는 아직 실력이 충분하지 않아, 패스트 에디."

몇 분 뒤 심판이 다가와 경기가 시작되기 전에 테이블을 솔질했다. 조금 전 출입문에서 그들을 만난 매니저가 무대 위로 올라가 앞으로 걸어 나왔다. "신사 숙녀 여러분." 그가 말했다. "포켓 당구의 전설 두 분이 이곳에 계십니다. 오늘 저녁, 그 두 분과 함께하게 되었습니다. 패스트 에디로 잘 알려진 에디 펠슨, 그리고 비교 불가의 존재 미네소타 뚱보입니다." 웅장한 박수 소리가 쏟아졌다. 심판은 테이블 솔질을 마치고 하얀 공 두 개를 보크라인*에 두었다. 그가 품격 있는 척하는 레스토랑의 지배인처럼 부드럽게 말했다. "두 신사분이 브레이크를 위한 래깅을 하겠습니다."

뚱보는 마음의 평정을 유지하며 당구대 쪽으로 올라섰다. 한편 에디는 뚱보가 했던 말을 되새기다가 래깅을 형편없게 해서 망치고 말았다. 에디의 큐볼은 쿠션에서 15센티미터나 떨어졌고, 뚱보의 큐볼은 쿠션에서 0.5센티미터밖에 떨어지지 않은 곳에 멈추었다. 에디가 브레이크를 해야 했다.

당구대는 마이애미의 당구대보다 30센티미터 정도 더 길었다. 그 거리가 유의미한 차이를 만들어 냈다. 코너 볼 가장자리를 보려면 눈을 찡그릴 수밖에 없었다.

그는 브레이크 샷을 나름 괜찮게, 겨우 잘 해냈지만, 큐볼이 풋 레일에서 30센티미터 떨어진 곳에 자리를 잡고 말았다.

---

* 일정한 득점을 한 뒤에 정해진 구획 내에서 공을 쳐서는 안 된다는 제한을 두기 위하여 테이블 위에 그어진 선

뚱보가 다가와 샷을 치자 큐볼이 아래쪽 코너에서 굴러 나왔다가 되돌아가서 멈추었다. 에디는 안정감을 되찾고자 눈을 한껏 찡그리고 신중히 스트로크했으나, 코너 볼을 잘못 쳤고 래크되어 있던 공들이 사방으로 확 퍼졌다. 관중들은 조용했다. 형편없는 샷이었다. 곤혹스러울 만큼 엉망이었다.

이윽고 뚱보가 공들을 포켓에 넣기 시작했다. 하얀 공이 다른 공들과 부딪쳐 튀어나오게 하면서 모든 공들을 분산시켜 테이블 위의 14번 공까지 해치웠고, 그런 다음 브레이크 샷을 치기에 완벽한 위치에, 삼각틀 자리 근처에 열다섯 번째 공을 내려놓았다. 각도까지 완벽했다. 심판이 래크를 하고 뚱보가 브레이크 샷으로 래크를 사방으로 박살 내는 동안 에디는 발라부시카를 쥔 손을 지그시 내려다보았다. 지금 이건 아무것도 아니라고 자신을 다독이려 노력했지만, 그건 진실이 아니었다. 마치 무례한 손가락이 그의 가슴을 후벼 파는 것처럼 뚱보가 포켓에 넣는 공 하나하나가 느껴졌다. 뚱보의 포지션 플레이는 흠잡을 데가 없었고, 그는 당구대 주위를 민첩하게 돌아다니면서 심판을 향해 잔잔하게 내뱉었다. "7번 공, 코너 포켓." "13번 공, 사이드포켓." 열네 개의 공이 전부 사라질 때까지. 공 하나만 유일하게 테이블에 남겨질 때까지. 그 공은 열두 번의 샷 전에 그가 브레이크 샷을 위해 남겨두었던 공이었다. 그리고 그가 이번에도 견고하고 날카로운 스트로크로 브레이크 샷을 치자 공들이 회전하며 테이블을 가로질렀고, 동시에 우렁찬 박수 소리가 터져 나왔다.

뚱보는 다시 한번 래크를 이어 나갔고, 다음번에도 그다음 번에도 계속했다. 이런 일은 자주 일어나지 않았지만, 간혹 한 선수가 150점을 전부 따기도 했는데, 바로 지금 뚱보가 그런 식으로 경기를 이끄는 듯했다. 그는 마이애미 주차장에서 도 잘했지만, 여기에서는 정말 최상의 실력을 보여 주었다. 그에 반해 자기 차례만 기다리고 있던 에디는 그냥 그대로 미 쳐 버릴 것만 같았다.

86점까지 쭉 따낸 뒤 뚱보는 어쩌다 공을 잘못 굴리는 바람 에 하는 수 없이 3번 공을 쿠션에 부딪쳐야만 했다. 그는 주의 깊게 조준하여 샷을 쳤다. 3번 공이 테이블을 가로질러 쿠션 에 부딪히고 구르다가 포켓 바로 앞으로 2센티미터 정도 빗 나갔다. 이제 테이블이 활짝 오픈되었다.

에디가 앞으로 나왔을 때 곳곳에 샷들이 널려 있고, 공 하 나가 그가 다음 경기의 브레이크 샷을 칠 수 있게끔 매우 적 합한 자리에 놓여 있었다. 아주 훌륭한 위치였다. 그러나 그 공을 보고 있는데 왠지 찜찜한 느낌이 들었다. 뚱보가 일부 러 공을 빗나가게 한 걸까? 에디는 그 생각을 떨쳐 버리고 자 신이 처리해 내야만 하는 공의 순서에 집중했다. 마음속 한 부분에서 은행원이 돈을 세듯 자동으로 순서를 정하고 있었다. 12번을 코너 포켓으로 넣고 뒤이어 9번도 풋 레일 포켓으로 넣으면 될 것이다. 그런 다음 3번과 14번, 6번 순서로 하면 되었다. 그리고 마지막에 11번을 넣으면, 그는 브레이크 샷을 치기 위해 큐대를 사이드포켓에서 30센티미터 떨어진 곳에 놓게 될 거고, 래크된 연한 파란색 공 두 개를 브레이크할 수 있을 것이다. 에디는 뚱보를 보지 않은 채 당구대로 허리를 숙이고 큐대를 뒤로 빼냈다가 12번 공을 톡 쳤다. 12번이 포켓으로 깔끔하게 떨어졌다. 그러나 큐질은 충분하지 않았다. 9번 공을 깎아 칠 때 큐질에 힘을 약간 더 실어야 했다. 그 때문에 3번 샷에 대한 각도가 틀어졌고, 계획을 변경해 6번을 먼저 치기로 했다. 위기를 간신히 모면하고 그다음에 3번 공을 손에 넣었다. 경기 운영이 조금씩 나아지고 있었다. 에디는 남은 공을 다 처리했고, 이제 공 두 개가, 즉 큐볼과 다른 공 하나가 그가 정확히 원했던 그 위치에 남겨져 있었다.

심판이 공을 래크하는 동안 에디는 무대 구석에 뚱보가 앉아 있는 곳으로 다가갔다. "그 뱅크 샷* 말이에요, 일부러 그랬어요?" 그가 부드럽게 물었다. 의도적으로 목소리를 친근하게 내려 노력했지만, 자신의 말투 속 딱딱함에 그는 흠칫했다.

뚱보가 순간 에디를 응시했다. 그러고는 "그걸 자네가 왜

---

* 목적구를 포켓에 직접 넣지 않고 먼저 당구대의 레일을 친 다음 포켓에 넣는 샷

신경 써야 하지?"라며 고개를 돌렸다. 에디는 바보가 된 기분으로 멍하니 서 있다가 당구대로 돌아갔다. 기운이 쭉 빠지고 화가 났다. 누구든 한 대 후려치고 싶었다.

공의 배치가 완벽했다. 2번 공이 쉬운 포지션에 있었다. 큐볼을 일반적인 각도로 치고 2번을 래크 사이드로 보내서 다음 샷을 위해 테이블을 오픈하면 될 것이다. 에디는 턱을 단단히 다물고 천천히 허리를 숙여 발라부시카의 묵직한 아랫부분을 평소보다 더 많이 당겨 큐볼을 탁 쳤다. 큐볼이 2번으로 달려들었다. 2번은 사이드포켓으로 휙 달려들어 포켓 바로 앞에서 앞뒤로 몸을 흔들다가 테이블로 되돌아왔다. 샷이너무 셌다. 큐볼이 작고 사나운 동물처럼 삼각형 모양의 공들속으로 파고들어 래크된 공들을 활짝 흩트러 놓았다.

끔찍한 상황이었다. 에디는 한동안 공들을 빤히 쳐다보다가 돌아섰다. 뚱보와 에디가 지나칠 때 그는 뚱보를 쳐다도보지 않고 무대 구석으로 성큼성큼 걸어갔다. 자리에 앉아 큐대 아래쪽을 바닥에 대고 큐대의 이음 부분을 느슨하게 잡았다. 뚱보가 공을 굴리기 시작했다.

에디는 몇 번이고 테이블에서 시선을 돌리려 노력했지만, 소용없었다. 그의 두 눈이 앞의 당구대로, 저 뚱뚱한 남자가이쪽에서 저쪽으로 끊임없이 사각사각 움직이는 곳으로 돌아갔다. 뚱보는 샷 사이사이에 자세를 바로잡아가며 샷을 하나씩 하나씩 차분하게 해냈다. 매번 공들을 포켓으로 집어넣었고, 항상 완벽하게, 데드볼 포지션으로 경기했다.

심판의 단조로운 목소리가 점수를 세었다. "98, 99, 100, 101……" 쭉 이어 나가며 "149."까지 갔고, 7번 공이 사이드포켓으로 가볍게 딸깍 들어가자 "150."이라고 말했다. 우레와 같은 박수가 쏟아졌다. 점수는 150 대 9였다. 에디는 큐대의 나사를 풀기 시작했다.

3

에디가 주방으로 들어섰을 때 진은 싱크대에서 비타민 알약을 작은 계란 컵에 넣는 중이었고 인기척에도 뒤를 돌아보지 않았다. "비타민 C 네 알 줄게, 에디. 자기 지난밤에 담배를 너무 자주 피웠거든." 진은 건강을 대단히 중요하게 생각했다. 주방 조리대 위 믹서기 옆에 레시틴 과립제와 맥주 효모 분말, 건조 간 캡슐, 홍화유가 들어 있는 큰 통이 있었다. 두 사람은 같이 살기 시작한 한 달 동안 크로와상과 쪽파가 들어간 달걀 스크램블을 주로 먹었고, 지금은 비타민과 인스턴트 커피를 먹으려던 참이었다.

에디는 단풍나무 가구들로 꾸며진 작은 거실로 가서 베네치아풍의 블라인드를 올렸다. 아침 해가 벌써 따분한 잔디밭을 맹렬하게 비추고 있었다. 오늘도 무더운 하루가 이어질 것이다. 길 건너에 파키스탄인 이웃이 그의 랜치 하우스 앞쪽 현관에서 나와 길을 건너고 도로 경계석에 주차된 도요타 쪽으로 성큼성큼 걸어갔다. 빨래방에 가는 길인 모양이다. 에디가 당구장을 운영할 때는 아침이면 이따금 서로 눈을 마주치고 쾌활하게 고개를 끄덕이곤 했다. 비슷한 시간대에 일터로 나가는 이웃이었으니까. 그러나 이제는 그런 것마저 다 끝나 버렸다. 지금은 모처럼 일하는 날에도 전화 한 통이면 끝이었으니. 파키스탄인이 시동을 걸어 차를 몰고 빠져나갔다. 에디는 창가에 서서 미네소타 뚱보를 떠올렸다. 150 대 9.

진이 비타민 알약과 폴저스 인스턴트커피가 든 플라스틱 컵을 들고 안으로 들어왔다. "다음 주 시카고에서는 자기가 그 사람을 이길 수도 있어." 그녀가 말했다.

에디는 비타민을 먹기만 할 뿐 아무 말도 하지 않았다.

"어젯밤에 자기 정말 끔찍해 보였어." 진이 계속 얘기했다. "그렇게 늦게까지 깨어 있으면 안 된다고."

"잠을 잘 수가 없었어. 그렇게 져 버리면 속이 진짜 쓰리거든."

"그건 중요한 게 아니야, 에디."

"그게 중요하지 않다면," 에디가 말했다. "뭐가 중요한데?"

"이제 일하러 가야겠다. 지금도 늦었어."

도나휴 쇼*에 이제는 섹스 관련 책을 집필한 작가까지 나왔다. 그 여자 작가는 본인 스스로를 해방하는 것과 오래된 테이프를 폐기하는 것에 관해 이야기했다. 진행자 도나휴가 순진한 척 미소를 띠며 관중들과 열심히 소통을 시작했을 때, 에디는 TV를 끄고 에녹의 사무실에 전화를 걸었다. 에녹 왁스는 시내에서 미드 아메리칸 케이블 TV 사무실을 운영하고 있었다. 그는 단 한 번도 회신 전화를 주지 않았다.

"왁스 씨는 지금 부재중입니다." 비서가 말했다.

"수표는 어떻게 됐어요?" 에디가 물었다.

"왁스 씨는 수표와 관련해서 아무 말도 하지 않았어요, 펠슨 씨. 하지만 시카고 경기는 취소될 거라고 했습니다. 그 대신에 프로그램에 리치 리틀을 쓰기로 했고요. 그 성대모사 잘하는 연예인이요."

"리치 리틀은 나도 압니다. 뚱보한테는 전화했어요?"

"자동 응답기에 메시지 남겨 놨어요. 월요일 오후에 오시면 마이애미 경기가 녹화된 테이프를 돌릴 거예요. 그때 왁스 씨도 있을 거고요."

"그날 가죠." 에디가 말했다.

시카고를 제외하면 덴버에서 있을 다음 경기까지 열흘이

---

* 미국의 작가이자 영화 제작자인 필 도나휴가 진행했던 토크쇼 형식의 프로그램

남았다. 에디는 업종별 전화번호부에서 '검안사'를 찾아보았다. '안과 의사'라는 참조가 달려 있었다. 번화가에 있는 곳으로 골라 전화를 걸었다.

의사가 눈에 안약을 넣었을 때 에디는 눈을 찡그렸다. 곧이어 무지갯빛이 도는, 물기를 머금은 후광이 보였다. 에디가 치과 의자처럼 불편한 의자에 앉아 아이컵을 통해 저 멀리 벽에 있는 검정 글자를 유심히 보는 동안 의사는 글자를 검은색에서 회색으로 바꿨다가 다시 되돌리고, 길게 늘였다가 압축하고, 흐릿하게 했다가 선명하게 조절하며 여러 가지 렌즈를 가느다란 틀 안에 찰칵찰칵 넣었다. 의사는 에디에게 정확하게 보이냐고 묻느라 자기가 하는 말이 툭툭 끊기는 걸 알면서도 쉬지 않고 수다 삼매경이었다. 의사는 검사 기계에서 디스크를 뺐다가 다시 넣으면서, 렉싱턴에 위치한 경마장인 캐네랜드에서 열리는 경마 시즌에 대해 떠들어 댔다. 눈 검사가 다소 되는 대로 진행되는 경향이 있었지만, 글자가 있는 하얀 사각형이 점차 선명해지고 글자의 검은 모서리도 더욱 분명하게 설명할 수 있게 되었다. 마음속에 희망이 샘솟았다. 이렇게 선명하게 볼 수 있다는 사실을 그동안 잊고 있었다.

"자, 이거면 될 겁니다." 의사가 말했다.

"안경은 언제 받을 수 있죠?" 에디가 물었다.

"8일 후에요." 의사가 에디의 얼굴에서 검사 기계를 휙 돌려 치웠다. 에디는 눈을 깜박였다.

"더 빨리 받을 수 있을까요?"

"그럼 월요일에 오세요."

당구대 위의 빨간 천이 TV 화면 속에서 보니 더욱 붉게 보였지만, 그래도 공들은 잘 보였다. 뚱보가 샷을 치는 중이었다. 그의 거대한 몸뚱이가 테이블 위의 공들을 가로막고 있자 다른 카메라 화면으로 바뀌었다. 에디는 담배에 불을 붙이고 의자에 등을 기댄 채 마음을 느긋하게 먹으려 노력했다. 녹화 테이프를 처음 보는 날이었다.

"돈과 관련해서는 정말 미안하게 생각합니다, 에디." 에녹이 말했다. "수요일에는 분명 지급될 거예요."

에디는 아무 말 하지 않았다. 순간 그가 앉아 있는 장면이 짧게 지나갔는데, 그걸 보고 나니 문득 묘하게 당혹감이 몰려들었다. 화면 속 그곳에 가만히 앉아서, 아무것도 하지 않는 그 순간에도 뚱보가 당구 치는 모습을 보고 있었다. TV 속 자기 모습을 본 건 그때가 처음이었다.

뚱보는 견디기 어려웠을 긴 시간 동안 샷을 이어갔다. 한편 에디는 케이블 TV 사무실에서 스티로폼 컵에 담긴 커피를 홀짝이고 담배를 피우며 자기 모습이 나오기를 기다렸다. 문득 뚱보가 놓쳤던 그 공, 아래쪽 코너 쪽으로 길게 끊어 들어갔던 그 3번 공이 떠올랐다. 케이블 TV 사무실은 작고 어수선했다. 비디오테이프 소리 말고 아무 소리도 나지 않았고, 소음이라고는 창가의 에어컨에서 나는 소리뿐이었다.

그는 안경을 꺼내 콧대 위에 세심하게 자리를 잡아 얹었다. 코에 얹힌, 귀 안쪽을 쿡쿡 찌르는 안경의 느낌이 이상했지만, 안경을 쓰니 TV 화면이 더 선명하게 보였다.

그때 뚱보가 3번 공으로 다가갔고, 에디는 의자에 앉은 그대로 몸을 앞으로 기울여 유심히 지켜보았다. 뚱보가 공을 놓쳤다. 아슬아슬하게 놓쳤다. 의도적으로 그렇게 놓친 건데도 그래 보이지 않았다.

화면 속 패스트 에디가 당구대로 다가섰다. TV에 나오는 자기 모습을 보고 에디는 뚱보와 비교되는 자신의 멋없는 모습에 충격을 받았다. 상대보다 더 나이 들어 보였다. 발라부시카를 들고 있는 TV 속 에디는 오랜 시간을 들여 적절한 포지션을 고민하다가 마침내 상체를 구부리고 샷을 준비했다. 몸을 숙인 그의 모습은 경직되어 있었다.

"이제 나왔네요!" 에녹이 에디 옆에 앉아서 말했다. "저기 당신이요."

에디는 화면 속 자신에게 실망하여 아무 말 없이 보고만 있었다.

에디는 에녹의 작은 사무실에서 나와 곧바로 쇼핑센터로 향했다. 그곳에서 당구장을 운영할 때 늘 주차하던 곳에 차를 세웠다. 지금은 커다란 간판이 내려져 있고 콘크리트 블록 정면에 구멍이 거칠게 뚫려 있었다. 그리고 **임대**라는 문구가 창문에 붙어 있었다. 당구장 출입문 열쇠가 아직 차 열쇠와 함께 열쇠고리에 달려 있었다. 문을 열고 불을 탁 켰다. 충격적이었다. 당구대가 일곱 개밖에 없었다. 5번과 9번 테이블에 **판매 완료**라고 적힌 빨간 꼬리표가 붙어 있었다. 금전 등록기와 시간 기록용 시계는 없었지만, 음료수 냉각기는 아직 그 자리에 있었다. 에어컨을 켜고 나서 음료를 쭉 들이켰다. 그리고 4번 테이블을 덮고 있는 먼지덮개를 개어 놓고 당구공 상자를 가져와 공들을 초록색 천에 펼쳐 놓았다. 케이스에서 발라부시카를 꺼내 막대기 두 개를 연결한 다음 조립한 큐대를 테이블 위에 올렸다. 주머니에서 안경을 스윽 꺼내 빛에 비춰 보았다. 충분히 깨끗했다. 안경을 쓰고 큐대를 들어 올렸다. 오후 세 시였다.

처음에 에디는 정말 분통이 터질 것처럼 답답했다. 불가능할 거라는 생각이 들었다. 샷을 칠 때 안경테 밖으로 시선을 유지한 채 머리를 더 높이 들고 있으려 노력해 봤지만, 안경테 때문에 시야가 분산되었다. 그럴 수밖에 없었다. 하지만 안경을 착용하고 샷을 치는 선수들을 전에도 여러 번 본 적이 있었다. 그렇다면 가능하다는 얘기였다.

에디는 원래 하던 대로, 테이블 위로 상체를 적당히 숙이고 머리를 더 높게 쳐든 채 스트로크를 시도했다. 조금 전보다 샷이 살짝 수월해졌다. 대신 그만큼 목에 뻣뻣함이 느껴졌다. 게다가 전부 이상하게 보였다. 왠지 당구대가 더 짧아진 듯했다. 그럼에도 테이블 위 저 끝에 있는 공들 위에 지난 몇 년간 보지 못했던 날카로움이 번득였다. 그는 어찌 됐든 계속 연습을 유지했고, 네 시쯤이 되어서야 그 자세와 안경에 익숙해졌다. 머리와 상체를 그런 식으로 고정하는 게 가장 핵심이었다.

에디는 TV 속 자신이 얼마나 어색했는지, 안경을 끼지 않고 샷을 치는 자세가 얼마나 형편없었는지 떠올려 보았다. 이제야 그 당시의 어색함이 몸소 느껴졌다. 그 느낌이 정말 싫었다. 이 빌어먹을 물건을 얼굴에 끼고 있는 것도 싫었고, 당구대 위로 상체를 숙일 때 몸에 가해지는 감각도 싫었다. 그럼에도 에디는 남은 오후 시간 내내 그 자세를 연습했고, 마침내 공들을 점점 더 길게 그리고 더 오랫동안 연이어 포켓에 넣기 시작했다. 실수 없이 쉰 개에 가까운 공을 포켓에 넣으면서, 몇몇 난해한 포지션에 있는 공들을 끊어 쳐 테이블을 횡단하게 하면서 연습을 마무리 지었다. 그때가 일곱 시였다. 진이 그가 어디에 있는지 궁금해할 것이었다. 에디는 공들을 치우고 테이블을 솔질하고 큐대를 분리한 다음 에어컨을 끄고 그곳을 나섰다.

   에디와 마사는 6년 전 당구장 대출금을 전부 상환한 기념으로 북 캘리포니아에 갔다. 마사의 아이디어였다. 그녀는 언젠가 들어 본 적 있는 마사지 샵에서 누드 마사지를 받고 싶어 했다. "당신은 알몸으로 있을 거야." 그녀가 말했다. "그리고 귀에 들리는 건 파도 소리뿐일 거고." 에디는 기꺼이 따라가기로 했다. 내리쬐는 백열등 조명과 당구공들에서 벗어나 휴식을 취할 필요가 있었다. 20년 전 당구 실력을 뽐내려 여기저기 투어를 다닐 목적으로 찰리와 함께 캘리포니아를 떠난 이후로는 캘리포니아에 한 번도 간 적이 없었다. 20년 만에 처음이었다. 그들은 특별 할인 비행기 표를 구매해 샌프란시스코로 날아갔고, 아비스에서 포드를 렌트해 운전하고 다녔다. 그러나 그때쯤 마사가 감기에 걸렸고, 그 바람에 그녀는 하루 종일 크리넥스에 코를 팽팽 풀어대며 시간만 확인했다. 그동안 에디는 조용히 운전만 하며 그녀를 애써 모르는 체했다. 캘리포니아로 다시 오니까 좋았다.

   에디의 마사지를 담당한 여자 마사지사도 옷을 입고 있지 않았다. 생각지도 못한 일이었다. 그곳 직원이 그에게 옷을 벗고 나서 아래쪽 나무 데크 위의 푹신한 벤치에 누워 있으라고 말했다. 에디는 배를 깔고 누워서 마사지사가 나타나기 전까지 10분 동안 바다를 내다보고 있었다. 파도 소리가 꽤 커서 마사지사가 들어오는 소리는 듣지 못했지만, 그녀의 진한 구릿빛 몸은 보였다. 그는 졸린 듯한 눈으로 그녀를 보고 있었다. 그녀의 머리칼은 갈색빛과 금빛이 섞여 있고 목과 가슴에 으깬 건포도 같은 주근깨가 있었다. 한 서른 살 정도 되어 보였다.

"안녕하세요, 밀리라고 해요." 그녀가 말했다. "늦어서 죄송해요."

"햇살을 즐기고 있었습니다."

"기름 넣을까요?"

"기름이요?" 주유소에서 하는 소리 같았다.

"아, 오일을 바르고 마사지 받는 걸 좋아하는 사람들이 종종 있어서요. 저희는 중국산 참깨 오일을 써요."

"좋죠." 그가 말했다. "온몸에 발라주세요."

밀리는 아무 말 하지 않았지만, 손바닥 위로 병에 든 옅은색 오일을 붓고 손으로 비비고 있었다. 그러더니 "이제 편안히 계세요."라며 에디의 등을 문지르기 시작했다.

에디는 눈을 감고 긴장을 풀었다. 느낌이 좋았다. 여자의 손길은 야무졌다. 숙련된 손길이었다. 밀리는 위에서부터 길게 쭉 내려와 그의 종아리를 마사지하고 발목을 단단하게 움켜쥐며 마무리했다. 그녀가 상체를 구부릴 때 그녀 가슴이 무룰 뒤쪽을 스치는 게 느껴졌다. 피부를 감싸는 오일의 느낌이 환상적이었다. 내리쬐는 햇살 아래에 있으니, 몸이 구워지고 기름칠 되는 기분이었다. 여자가 잔잔하게 콧노래를 흥얼거렸다. 에디는 저 아래에서 파도가 부서지는 소리 사이로 밀리의 콧노래를 들었다. 마사는 호텔로 돌아가서 코에 드리스탄*을 뿌리며 TV를 보고 있을 터였다. 잠시라도 그녀에게서 벗어나 있으니 좋았다. 밀리가 발목을, 아킬레스건 주변을 더 세게 주무르기 시작했다. 머릿속에서 불꽃이 살짝 일 정도로 꽤 아프기도 했지만, 한편으로는 무언가 놀라운 감각이 일깨워지기도 했다. 마치 그의 두 발이 자유가 된 것 같은. 그 부위가 단단해지기 시작했다.

밀리는 이제 발바닥을 마사지하고 있었다. 계속 콧노래를 흥얼거리면서. "몸매가 좋으시네요." 그녀가 말했다. "그 나이대 남자치고는요. 운동하세요?"

"일주일에 세 번 정도 해요."

"그래 보여요. 고기 드세요?"

"그럼요. 채식주의자인가요?"

"그러려고요. 그런데 점심으로 살라미를 먹었네요."

밀리가 수작을 부리는 것 같았다. 그렇지만 어디로 나가야

* 미국의 의약품 브랜드이며, 이 소설에서는 코에 뿌리는 나잘 스프레이를 뜻한다.

한단 말인가? 이 작은 데크에 그들 말고는 아무도 없었지만, 개방된 곳이어서 누구든 들어올 수 있었다. 그녀는 발가락 하나하나에 오일을 바르면서 손가락으로 발가락 사이를 세심하게 훑었다. 에디는 잠시 눈을 뜨고 있다가 그녀를 돌아보았다. 그녀가 고개를 숙인 채 그와 마주 서 있었다. 발 사이로 그녀의 짙은 음모가 보였다.

"흥분하셨네요, 맞죠?" 밀리의 목소리는 단조로웠다.

밝은 태양이 부정하려는 욕구를 다 태워 없애는 것 같았다. "당신은 어때요?"

"전 아니죠." 밀리가 발가락 마사지를 마무리하며 곧바로 덧붙였다. "저는 여자를 좋아해요."

"그거참 안타깝군요."

"아니요. 아무 문제없어요." 밀리는 에디의 발을 어루만지기 시작했다. "우리 다른 얘기 해요. 운동선수세요?"

"켄터키에서 당구장을 운영해요."

"아. 저희 아빠도 지하실에 당구대가 있었어요. 저도 에잇볼을 치곤 했고요. 굉장히 경쟁 중심적인 게임이더라고요. 당구 치세요?"

"그럼요."

"너무 경쟁 중심적이진 않은가요?"

"지는 것보다야 이기는 게 낫죠."

"왜요?"

에디는 대답하지 않았다. 전에도 그런 질문을 받아본 적이 있었다. 밀리는 이제 그의 옆으로 다가와 등의 오목한 부분에 오일을 바르기 시작했다. "이기거나 지는 걸 누가 신경 쓰는데요?" 그녀가 물었다. "그 둘이 뭐가 달라요?"

"한 게임에 50달러를 걸고 친다면, 50달러만큼 다르겠죠."

"100달러겠죠." 그녀가 말했다. "플러스 50 마이너스 50달러만큼 다르겠죠."

"내 매니저 할래요?" 에디가 말했다.

밀리는 상체를 숙이고 오일을 더 바르며 척추 양쪽의 등 근육을 세게 지압했다. 그녀의 가슴이 여러 번 그의 옆구리를 쓸고 갔다. "보통 남자들은 그런 식으로, 단지 이기기 위해 이기고 싶어 해요." 그녀가 계속했다. "성별 문제죠. 전쟁처럼 말이에요. 그리고 끝이 없고요."

"그래서 여자를 좋아하는 거예요?"

밀리가 웃더니 잠시 마사지를 멈추었다. "아니요."

"당신이 승리와 패배의 차이가 100달러라고 말했을 때 그 순간 이미 당신은 경쟁을 좋아하는 사람이었어요."

"맞아요." 밀리가 척추 주위를 문지르기 시작했다. 그녀의 음모가 그의 엉덩이에 바짝 닿았다. 따스한, 그리고 뻣뻣한 털이 느껴졌다.

"당신은 말싸움에서 이기는 걸 좋아하는군요."

"그런 거에 돈을 걸진 않죠."

"우리가 이야기하던 게 그런 건 아니었어요. 아무도 전쟁에 돈을 걸지 않으니까요."

"우리 아빠는 걸었어요. 독일이 이긴다는 것에 걸었죠."

"그래서 어떻게 됐어요?"

"이제 허튼소리 그만해요." 그녀가 그의 엉덩이를 주무르기 시작했다. 오일을 더 부어가며.

"어이쿠, 이런!" 그가 내뱉었다.

"그냥 즐겨요."

"한번 합시다."

"오, 진정하세요."

에디가 벤치에서 떨어지지 않으려 조심스레 등을 대고 누웠다. "이리 와요, 밀리." 그가 말했다. "저 문 잠그고."

"말했잖아요." 밀리가 덧붙였다. "나는 여자를 좋아한다고." 그녀는 생각에 잠긴 것 같았다.

"나 좀 봐줘요." 에디가 애원했다. "우리 이 문제로 신경전 하지 말자고요."

"음." 밀리가 살짝 미소를 지었다. 그러고는 손을 뻗어 그 부위를 손에 쥐었다. 에디는 참아야만 했다. "그렇지. 바로 이거지." 그가 뱉어냈다. "올라와요."

"나는 당신 이름이 뭔지도 몰라요."

"에디 펠슨." 그가 재빠르게 말했다. "사람들은 패스트 에디라고 불러요."

"패스트 에디!" 밀리가 소리쳤다. "세상에. 아빠가 당신 얘기를 하곤 했어요."

"이리 와요. 거기 그렇게 서 있지 말고."

"패스트 에디라니, 이럴 수가!" 그러더니 말했다. "나 지금 페서리* 없어요."

"그러면 당신의 끝내주는 손으로 해 줘요." 에디가 말했다. "중국산 오일도 바르고."

밀리가 갑자기 웃더니 그를 꽉 쥐었다. "그거보다 더 잘할 수 있거든요." 그녀가 그쪽으로 몸을 구부렸다.

"거 봐요. 그렇다니까." 에디가 말했다. 밀리는 남은 손을 아래쪽에 대고 저 밑의 파도 소리의 리듬에 맞춰 가며 머리를 천천히 위아래로 움직였다.

환상적이었다. 그러고 난 후 에디는 밀리의 주소와 전화번호를 얻어 냈지만, 한 번도 전화하지 않았다. 그때가 정말 좋았던 마지막 섹스였다. 캘리포니아에서 집으로 가는 길에 그는 애인을 꼭 만들어야겠다고 단단히 마음먹었다. 그러나 몇

---

* 자궁의 위치 이상을 바로잡거나 피임하는 데 쓰는 고무제의 기구

년이 지나고 나서야 애인을 구했지만, 애인인 진하고 있을 땐 에살렌에서 밀리와 함께 있던 그날처럼 쉽게, 기분 좋게 흥분된 적이 없었다. 단 한 번도.

　에살렌에서의 그날 이전에 에디는 자신이 얼마나 중년이 되고 말았는지, 그의 인생이 얼마나 당구장 사업과 아파트, 결혼, 그리고 무덤으로 향하는 느린 움직임으로 이루어져 있는지 깨닫지 못했다. 잠에 들기 전의 담배와 맨해튼 칵테일, 거실 벽에 걸린 예술 포스터, 타임지, 그리고 분노가 그의 내면 아주 깊숙한 곳에 묻혀 있었다. 그래서 TV가 그의 방에서 차지하는 비중이 자기 자신보다 더 크게 느껴졌었다. 마사는 자동 드립 커피 머신인 미스터 커피를 원했고, 에디는 그녀에게서 다른 무언가를, 성적인 어떤 것을, 섹스보다 더 오래 지속될 무엇을 바랐다. 그리고 그는 그녀에게 커피 메이커가 집에 두 개나 있는데도 맨날 마시는 건 인스턴트커피라며 불평했다. 토스터도 두 개 있었고, 냉장고에는 레이놀즈 랩으로 싼 냉동 고깃덩이가 가득했다. 현관문 앞에는 절대 읽지 않을 잡지들이 줄줄이 도착했고, 그 잡지 사이에 신간 잡지 할인과 사진 현상 할인, 여행 상품 할인 전단이 함께 끼워져 있었다. 그리고 방마다 전화기가 있고, 심지어 화장실 변기 옆에도 있었다. 그러나 에디가 전화 통화를 하고 싶은 사람은 한 명도 없었다.

결혼한 지 20년이 지난 후 그가 진을 발견했을 때, 그는 따분함과 의미 없이 떠 있는 생활에서 벗어날 길을 찾아냈다고 생각했다. 하지만 잘못된 판단이었다. 그녀와의 불륜은 처음부터 뜨뜻미지근했다. 진의 삶은 그의 삶보다 오히려 더 비좁고 재미없었다. 둘 관계의 주된 효과는 마사가 알아챘을 때 제대로 발현되었다. 마사가 "이혼해."라고 선언했을 당시, 에디는 눈 하나 깜박이지 않았다. 그의 영혼은 별다른 항의도 없이 그녀의 주장을 그녀에게 양보했다. 그 당시 에디가 골머리를 썩이고 있었던 어려움은, 마사와 똑같이 그를 지루하게 하는 진과의 매듭을 푸는 것, 오로지 그뿐이었다. 다음 날 마사가 에디에게 변호사를 만나고 왔고 둘의 아파트를 그녀의 소유로 할 작정이라고 말했을 때, 그제야 그는 진이 필요하다는 사실을 인지했다. 최소한 머물 곳을 마련할 때까지는.

지난 20년간 에디는 젊은 허슬러 시절 했던 스트레이트 풀 경기들을 가끔 떠올리며 드라마가 없는 그저 그런 인생을 살아왔다. 그 기억 중 일부는, 당구장 커튼을 가로지르고 들어오는 햇빛에 깜짝 놀랄 정도로 밤새 세상모르고 당구를 치던 날들과 초크 자국이 얼룩진 초록 천 위에 원치 않게 드러누워 있던 날들로 채워졌다. 일리노이의 어배너, 캘리포니아의 프레즈노와 스톡턴, 존슨 시티, 밸리 폴스, 카슨. 240×300센티미터 크기의 당구대가 있는 당구장들과 술병을 종이 가방에 넣어서 들고 있던 남자들. 그 남자들은 그가 동네 노름꾼과 밤새 경기를 할 때면, 그의 경기를 구경하려고 줄을 서곤 했다. 원 포켓은 게임당 40달러, 스트레이트 풀은 게임당 100달러였다. 200달러일 때도 있고 가끔 1,000달러일 때도 있었다. 당구대 위에 매달린 노란 조명의 원뿔 모양 갓, 그리고 해진 초록 천 위를 매몰차게 구르며 포켓 속으로 탁탁 들어가는 색색의 공들, 그리고 돈. 당구대의 사이드포켓 또는 코너 포켓에 공을 가득 채워 넣고 그 위로 묵직한 공들을 또 떨어뜨려 꾹꾹 눌러 넣는 구김살 잡힌 10대들과 혜성처럼 나타난 냉철한 20대들.

에디는 스트레이트 풀 마지막 판에서 래크된 공을 다 해치우거나, 원 포켓에서 하나 남은 승리의 공을 계속해서 포켓에 집어넣거나, 뱅크 샷 게임에서 마지막 공을 레일에 박아 놓은 다음에 돈이 있는 곳으로 가서 지폐를 한 번에 몇 장씩 받아 들고 반듯하게 펴곤 했다. 그러고는 상대 선수가 다음 게임을 위해 공을 세팅하는 모습을 지켜보면서, 다리 위쪽을 누르는 압박을 느끼면서 지폐를 가지런히 접어 바지 앞주머니로 쓱 밀어 넣었다. 작은 마을에서의 하룻밤은 그런 식으로 지나가기 일쑤였고 고작 몇 분밖에 걸리지 않은 것처럼 느껴지기도 했다. 규모가 더 큰 당구장은 구경꾼이 대학생 정도로 보일 때도 있었는데, 여학생들은 화장을 연하게 하고 스커트와 앙고라 스웨터를 입고 있으면서 가끔 뭐라도 알고 있는 척 보이려 애썼다. 그때가 1960년대였다. 에디와 경기했던 사람 중에—콜럼버스, 오하이오, 또는 렉싱턴, 켄터키, 아니면 시카고에서—에디가 몇 년간 들어 본 적은 있지만 단 한 번도 만난 적은 없는 선수들도 간혹 있었다. 샷건 해리, 플라이보이, 머신 건 루, 디트로이트 화이티, 콘브레드 레드. 그리고 1961년 시카고의 베닝턴에서 미네소타 뚱보를 만났었다.

두 사람은 서른 시간이 넘도록 당구를 쳤고, 그때 처음으로 에디는 패배했다. 그전까지는 전부 다 이겼었다. 해당 지역의 유명 인사들, 그의 학창 시절 말년 하루에 대여섯 시간씩 당구를 치던 그때 그 시절 당구장에서 들렸던 당시 반향을 일으키곤 했던 저명한 선수들을 에디는 모두 이겼었다. 그렇게 그들을 다 제압한 뒤 에디는 특별한 별명을 얻었다. 패스트 에디. 그가 판돈 빨리 올리기를 좋아했기 때문이었다. 에디는 시카고로 다시 돌아가서 뚱보를 이겼다.—뚱보가 어깨를 으쓱하며 에디에게 절대 잊을 수 없는 그 말을 할 때까지, 계속 그를 제압하고 있었다. 갈수록 점점 더 흐릿해져 가는 앞으로의 인생에서 에디는 뚱보의 그 말을 절대 잊을 수 없었다. 앞으로 무엇이 잊히든 간에. "나는 자네를 이길 수 없네, 패스트 에디."

그러고 나서 버트가 에디에게 "당신은 더 이상 당신 혼자가 아니야"라고 말했다. 앞으로 게임을 하려면 버트의 사람을 뒤에 두고 경기해야 하고, 게임으로 번 돈도 그들과 나누어야 할 거라고 했다.

그걸로 끝이었다. 낯선 이들과 밤새 치던 당구, 낯선 곳으로 출장, 낯선 호텔 그리고 하루 종일 계속되던 잠. 그 후 다시는 버트를 보지 않았다. 스물여덟의 여름, 시카고에서 절름발이 새라와 관계를 정리했을 때 에디의 인생에서 버트도 함께 정리했다. 그 후 누군가 에디에게 켄터키의 어느 당구장이 매물로 나왔다고 말해 주어서 마사에게 돈을 빌려 계약금을 마련했고, 변두리에 있는 어느 은행에서 서명하고 공증을 받으면서 인생이 바뀌었다. 아파트 임대와 결혼이, 나인볼의 연신 계속되는 샷처럼 아무런 의심의 여지 없이 뒤따라왔다.

가끔 이 모든 것이 되살아나 낡은 당구장에서 느꼈던 늦은 밤의 활기가 다시 느껴지기도 하고, 당구대를 누비던 오래전 그의 기술에 대한 애착에 크게 감명받기도 했다. 당시 뚱보를 이긴 에디의 소식이 전국적으로 알려지게 되었다. 그리고 몇 년 뒤 에디가 한 번도 들어 보지 못한 어떤 뚱뚱한 당구 선수가 TV에 나오기 시작했다. 그 남자가 공을 치는 모습을 보면서 에디는 뚱보가, 그날 밤 자기와 경기했던 그 뚱보가 떠올랐다.

그 기억이 뱃속을 팽팽하게 조이게 했고, 목뒤의 머리카락이 따끔거리게 만들었다. 일요일 오후였다. 당구장 문을 닫은 날이었다. 그 TV 프로그램이 뚱뚱한 남자의 기술 샷을 보여 주며 끝을 맺었을 때, 에디는 당구장으로 가서 혼자 네 시간 동안 저녁 식사도 거른 채 스트레이트 풀을 쳤다. 처음에 당구를 쳤을 땐 오래된 흥분이 되살아나면서 애꾸눈 토니와 윔피 라시터, 위니 비니 같은 선수들이 생각났다. 그다음에는 뚱보의 모습이 그려졌다. 거대한 무용수처럼 차분하게 그리고 묵직하면서도 민첩하게 공을 포켓으로 넣던 그의 모습이 떠올랐다. 문 닫은 당구장 한가운데에 있는 테이블에서 몇 시간 동안 혼자 샷을 치고 난 뒤 에디는, 별 볼 일 없는 TV 프로그램을 보고 나서 그를 계속 살살 긁어 대던 감각을 결국 받아들이고 말았다. 뭐라고 명명할 수 없는 감정이었다. 그러나 그건 슬픔이었다. 에디의 최고의 순간은 이제 죽었다. 그 사실이 무척이나 사무쳤다.

4

지금과 상당히 비슷한 상황에 전에도 그 여자를 본 적이 있었다. 그때도 두 사람은 무언가를 기다리는 중이었는데, 당시에는 그녀를 보고 귀족적인 분위기가 난다고 생각했었다. 그녀는 마흔 정도로 보였고, 은빛이 도는 머리칼에, 구불구불한 헤어스타일이었다. 그가 안으로 들어갔을 때 그녀는 에녹의 사무실 내 자그마한 대기 공간에 앉아 있었다. 그는 하나밖에 남지 않은 의자에 앉아 안경을 쓰고 《이달의 엔터테인먼트》라는 잡지를 읽기 시작했다. 잡지를 펼쳐보니 아역 배우들 사진이 가득했고, 사진마다 아이가 출연했던 광고에서의 활약이 적혀 있었다. 그는 여자를 한 번씩 흘긋거렸다. TV에 나오는 배우라 해도 손색이 없을 만큼 빼어나게 아름다웠다.

작은 책상 뒤에 앉아 있는 에녹의 비서, 앨리스 역시 무언가를 읽는 중이었다. 꼭 도서관 같았다. 어디 다른 데 갈 곳만 있었다면 에디는 그 자리에서 일어나 바깥으로 나갔을 것이다. 돈이 당장 필요한 건 아니었지만, 뭔가를 모으는 행위는 그의 기분을 좋게 했다. 지금은 여태 받은 선금을 전부 써 버린 상황이었다. 대부분은 뚱보에게 갔지만.

잠시 후 앨리스 책상 위의 전화기가 울렸다. 비서가 전화를 받고 부드러운 목소리로 짧게 통화를 했다. 그러고 나서 미안한 듯 두 사람을 바라보며 "왁스 씨였어요. 미안하지만, 지금 어디에 발이 묶여서 내일까지 못 온다고 하네요." 에디는 맞은편에 앉아 있는 여자를 쳐다보았다. 그녀는 몹시 화가 나 있었다.

"여기에서 40분째 이러고 있었거든요!" 그녀가 쏟아냈다. "그리고 어제는 한 시간이나 기다렸고요." 성질이 고약한 사람의 말투는 아니었다. 분노가 분명하게 담긴 강한 목소리였다. 억양이 배어 있는. 영국 억양이었다.

"정말 미안합니다, 윔즈 씨." 앨리스가 말했다. "토요일에 있었던 경기 철거 작업 때문에요……."

"내일 오기 전에 다시 전화하죠." 여자가 말했다. 그리고 돌아서서 사무실 밖으로 휙 나갔다. 에디는 그녀가 떠나는 모습을 지켜보았다. 몸매가 아주 훌륭했다.

에디가 자리에서 일어나 몸을 쭉 폈다. "저 영국 여자분은 누구죠, 앨리스?"

"아라벨라 웜즈예요. 일자리를 찾는 중이고요."

"영화배우처럼 생겼군요."

"에이, 펠슨 씨. 저 여자는 그냥 이 동네 주민이에요."

"알아요. 어디에선가 본 적이 있어요."

"수표는 내일 지급될 거예요. 약속할게요, 펠슨 씨."

"두고 보죠." 에디는 그렇게 말하고 사무실을 나섰다. 아까 아라벨라 웜즈와 대화를 텄어야 했다. 그녀는 오랜만에 무척이나 관심이 가는 여자였다.

앨리스는 다음 날 정오에 수표 봉투가 왔다고 했다. 그 수표는 마이애미 경기에만 해당하는 비용과 보수였다. 원천 징수 후의 632달러와 잔돈. 원래는 1,000달러가 넘어야 했다. "에녹을 만나야겠군요."

"왁스 씨가 바빠서서요." 앨리스가 둘러댔다. "자리에 앉으시겠어요?"

"하, 정말 지긋지긋합니다." 그렇게 말하며 고개를 들었는데 아라벨라 웜즈가 에녹과 함께 사무실에서 나오고 있었다.

"아마 1주나 2주 정도 될 겁니다." 에녹이 이야기 중이었다. "당신이 필요한 자리가 생기면 전화 줄게요." 그러더니 덧붙였다. "어이, 에디. 수표 건은 미안해요. 신시내티 일이 아직다 해결되지 않아서 말이에요. 일단 그들이 일을 마무리 지어 놔야 당신한테 연락할 수 있거든요. 내가 할 수 있는 일은 진짜 그것뿐이에요."

"그럼 그 사람들한테 연락해 보면 되겠네요." 에디가 에녹을 차분하게 바라보며 말했다. 그는 에녹의 눈 밑에 거무스름하게 처진 살이 싫었고 에녹을 나이 든 암표상처럼 보이게 하는 갈색 정장과 줄무늬 셔츠도 매한가지로 싫었다.

"아이, 정말이라니까요." 에녹은 윔즈 부인이 마치 그의 딸이라도 되는 듯 그녀에게 애처로운 미소를 보내며 말했다. "하지만 내가 어떻게 하겠어요? 이건 소송하고 자시고 할 일이 아니라니까."

에디는 그를 빤히 쳐다보다가 뒤로 돌아 밖으로 나섰다. 길가로 나가려고 계단을 내려가는데, 뒤에서 여자의 구두 소리가 들렸다. 밖으로 나온 에디는 햇살 아래에서 담배에 불을 붙였다. 아라벨라 윔즈가 문밖으로 나왔을 때 그는 그녀에게 고갯짓하며 말을 걸었다. "아주 약아빠졌어요, 안 그래요?"

아라벨라가 그를 똑바로 바라보았다. "우리 삼촌이 저 사람 같았어요. 사람 주위를 빙빙 도는 개자식."

"그래서 당신은 저 인간을 빙빙 돌려 버렸어요?"

"당신도 빙빙 돌렸잖아요." 아라벨라는 여전히 화가 나 있었지만 그렇게 많이는 아니었다. 에디는 그녀가 말하는 방식과 억양이 마음에 들었다.

"난 에디 펠슨이에요." 그가 말했다. "전에 어디서 본 것 같은데."

"파예트 지방법원에서요. 6월 14일에."

"아, 맞아요!" 에디가 맞장구쳤다. "그때 남편이 나타나지 않았던, 맞죠?" 두 사람은 그날도 오늘처럼 이혼 법정에서 함께 대기 중이었다.

"남편은 결혼식 날에도 늦게 왔어요."

"그래서 남편은 그날 나왔어요?"

"결국에는요."

"다 잘 해결됐고요?"

"아주 술술이요."

무슨 이유인지 아라벨라의 시원시원한 성격이 에디는 거슬리지 않았다. 자연광을 받은 그녀의 머리색이 더 멋져 보였다. "같이 점심 먹으시죠." 그가 제안했다.

아라벨라가 에디를 쳐다보았다. "나는 당신을 모르는데요." 신중한 말투였다.

"저쪽에 레바스의 그리스식 샐러드가 꽤 괜찮아요."

그녀가 이마를 찌푸렸다. "레바스의 그리스 샐러드, 먹어 봤어요. 일식 먹어 본 적 있어요?"

"일식이요?"

"우리는 전쟁에서 그들과 함께 싸웠죠. 위쪽 길에 일식집이 새로 생겼어요."

언젠가 전단을 본 적이 있었지만, 가볼 생각은 전혀 하지 않았었다. 그런 데는 세련된 사람들이나 가는 곳이었고, 에디는 자신이 세련되었다고 생각하지 않았다. "젓가락 못 쓰는데."

"내가 가르쳐 줄게요."

젓가락은 참 성가셨다. 그래도 손가락으로는 좀 먹을 수 있었다. 아라벨라는 자기 몫으로 사시미를—크리스마스 사탕처럼 생긴 날생선을—주문했고, 에디의 음식으로는 네기마키*를 시켰다. 얇은 소고기가 초록색 양파를 감싼 음식이었다.

"영국인이에요?" 에디가 손가락으로 작은 소고기 롤을 집어 들며 물었다.

"데번에서 태어났어요. 하지만 켄터키에서 14년째 살고 있어요."

화장을 하지 않은 아라벨라의 눈매는 아주 짙었다. 그녀가 들고 있던 책이 테이블 위 음식 옆에 올려져 있었다. 제목이 외국어로 쓰여 있었다.

"대학에 다녀요?"

---

* 데리야끼 소스에 절인 구운 고기 음식으로, 미국식 일본 음식

"전남편이 교수였어요."

아라벨라의 대답이 에디가 그의 주변에서 그녀와 테이블 위의 책을 마주쳤을 리 없다는 사실을 확인시켜 주었다. 대학은 신문에서 한 번쯤 봤을 법한 곳이었다. "그럼, 배우예요?"

그녀가 웃었다. "TV에 나오고 싶긴 하지만, 배우는 아니에요. 타이피스트예요. 뭐, 결혼하기 전에는요."

"그러면 대학 관련된 일은 안 하고요?"

"대학에서 일하고 싶지 않아요." 아라벨라가 차를 홀짝이며 찻잔 위로 에디를 올려다보았다. "지금까지 지난 12년 동안 교수의 아내로 살았어요. 그것보다는 차라리 그 추잡한 케이블 TV 회사에서 대본을 타이핑하는 여자로 사는 게 나아요." 잠시 말을 멈추더니 "아참, '추잡하다'라고 하지 말았어야 했나 봐요. 그쪽은 그 회사와 무슨 관계인 거 아니에요?"

"그 회사가 추잡하긴 하죠. 이혼하니까 어때요?"

"이미 여섯 달 전에 전남편을 떠났어요." 아라벨라가 젓가락으로 회를 능숙하게 잡아 들었다. "그 사람은 아직도 눈치채지 못했을 거예요."

"내 쪽은 눈치챘어요." 에디가 말했다.

아라벨라는 에디를 바라보기만 할 뿐 아무 말 하지 않았다. 두 사람은 한동안 조용히 식사했고, 어느새 그가 입을 열었다. "나는 아직도 익숙해지지 않았어요. 다시 시작하고 있죠."

"참 어려운 일이에요."

"내가 가지고 있던 것이 전 부인과 내가 가진 전부나 마찬가지였어요."

"그게 뭐였는데요?"

"별건 아니에요. 작은 사업체요." 그는 '당구장'이라고 말하고 싶지 않았다. "요새 나도 고군분투 중입니다. 당신처럼요."

아라벨라가 눈썹을 올렸다. "고군분투요?"

"중부 대서양 주에 방송되는 프로그램을 하고 있거든요. 스포츠 방송이요." 에디는 그녀에게 자기 이야기를 술술 풀어냈지만, 당구 선수라는 말이나 최근까지 당구장을 소유하고 있었다는 말은 하고 싶지 않았다. "돈이 많이 되지는 않아요. 더 나은 다른 걸 찾아봐야죠."

"나도 마찬가지예요."

아라벨라는 일자리를 찾고 있는 사람인데도 불구하고 부유한 사람 같았다. 머리는 고급 미용실에서 손질받은 듯했고, 입고 있는 가벼운 재킷은 우아하게 잘 어울렸다. 그녀는 배운 여자였고, 침착하며 균형이 잘 잡힌 사람 같았다. 아마 왁스가 운영하는, 중부 대서양 주에만 방송하는 그런 회사보다 훨씬 더 나은 업체에 갈 수 있을 것이다.

"타이핑보다 더 괜찮은 일을 할 수 있지 않아요?"

"나는 타이핑이 좋아요." 아라벨라는 식사를 마치고 손도

대지 않은 밥이 올려진 나무 쟁반을 옆으로 밀었다. "지금 당장은 생각을 요구하지 않는 일을 찾고 싶어요."

"다른 일도 얼마든지 잘할 수 있을 것 같은데요?" 에디가 말했다.

"난 그렇게 생각하지 않아요."

"디저트 먹을래요?"

아라벨라가 에디를 바라보았다. "여기서 몇 블록 떨어진 곳에 살아요. 우리 집으로 가서 같이 술 한잔하죠."

에디는 깜짝 놀라 그녀를 보고 눈만 끔뻑였다.

아라벨라의 아파트는 4층이었고 크기가 꽤 컸으며 높은 창밖으로 메인 스트리트가 내다보였다. 벽과 천장, 바닥까지 전부 하얀색으로 칠해져 있었다. 두 사람이 집 안으로 들어선 뒤 그녀가 창가로 다가가 커튼을 활짝 열자, 양쪽으로 젖혀진 거대한 흰색 커튼이 낙하산처럼 뚱뚱하게 부풀어 올랐다. 창문 근처에 하얀색 소파와 하얀색 의자 두 개가 또 있었다. 한쪽 벽은 흰 책장으로 덮여 있고, 높은 천장 가운데에 유리 재질의 샹들리에가 걸려 있었다. 종을 뒤집어 놓은 모양으로, 윤곽이 날카로운 샹들리에였다. 소파 위에 노란 밀밭을 달리는 자동차 그림이 아주 크게 걸려 있었는데, 전문가가 그린 것 같지는 않았다. 어린아이가 그린 듯한, 아주 활기차고 밝은 분위기의 그림이었다.

에디는 그림에서 돌아서서 아라벨라를 바라보았다. 그녀는 재킷을 벗고 몸매가 드러나는 티셔츠만 입고 있었다. 허리가 무척 가늘었고, 브래지어를 착용하지 않았는데도 가슴이 봉긋 솟아있었다. "대학 나온 사람은 처음 만나 봐요." 그가 말했다.

그녀가 얼굴을 찌푸렸다. "술 가져올게요."

문 옆의 벽에 오븐이 딸린 가스레인지와 냉장고, 싱크대가 설치되어 있었다. 그 위 선반에 술병이 몇 개 진열되어 있었다. "스카치 괜찮아요?" 그녀가 물었다.

"버번이 더 좋아요."

"알겠어요." 아라벨라는 선반에서 병 하나와 작은 유리잔을 꺼냈다. 싱크대 위에 큰 유리컵 두 개를 올려두고 샷을 한 번 넣은 다음 조금씩 더 부었다.

에디는 술을 받아 들고 낙하산 커튼을 피하며 창가로 다가갔다. 창밖으로 차량이 가득한 거리를 내려다보았다. 이런 삶은—메인 스트리트 바로 앞에 사는 삶은—단 한 번도 생각해 본 적이 없었다. 길 건너에 브래들리 약국과 아서 트리쳐스*, 그리고 옷 가게가 있었다. 인도에 사람들이 북적였다. 그

---

* 미국의 패스트푸드 해산물 레스토랑이자 체인점이었으며, 1970년대 후반 인기가 절정에 달했을 때는 매장이 800개가 넘었다.

는 그런 게, 그런 소음이 좋았다. 아라벨라가 무얼 하는지 뒤돌아보지도 않고서 술을 홀짝이며 밖을 구경하고 있었다. 두시가 되기 10분 전이었다. 뒤로 돌아섰더니 그녀가 카우치에 무릎을 포개고 앉아 그를 올려다보고 있었다. 아직 술이 가득 있는 잔을 들고서. "집이 좋네요." 그가 말했다.

"고마워요. 우리 잘래요?"

에디는 아라벨라를 내려다보며 말했다. "그러지 마요."

아라벨라는 무슨 말을 하려는 듯했지만, 말을 삼키고 계속 에디를 올려다보았다. 하얀 티셔츠 아래 그녀의 유두가 도드라져 있었다. 그녀는 몸매도 훌륭하고 얼굴도 아름답고 목소리도 좋았다. 그는 그녀의 억양이 마음에 들었다. 하지만 그녀는 그를 자극하지 않았다. "나는 아직 준비되지 않았어요." 그가 말을 이었다. "나에게는 전부 새로워요. 이 장소……." 뒤로 팔을 뻗으며 창문을 가리켰다. "……그리고 당신. 집에 있는 것처럼 편하게 느껴지지 않아요."

"술 한 잔 더 만들어 줄게요."

"뭘 위해서요?"

"당신이 더 편하게 느낄 수 있게요."

갑자기 에디는 전부 귀찮아졌다. "됐습니다." 그가 거절했다. "당신도 그럴 기분은 아닐 것 같은데요?"

아라벨라가 그를 올려다보았다.

"지금 그냥 나한테 떠넘기려는 거잖아요?"

그녀가 주저했다. "당신 말이 맞는 것 같네요."

"내 말이 맞아요. 무언가를 착취당하는 게 여성의 문제만은 아니죠."

아라벨라는 얼굴을 찌푸리고 술을 길게 쭉 들이켰다. "당신은 정말 멋있어요." 그녀가 말했다. "그런데 똑똑하기까지 할 줄은 몰랐네요."

에디는 창가로 다시 돌아서서 밖을 또 내다보았다. 저 멀리 오른쪽에, 다음 블록에 극장이 있었다. 대형 현수막에 적힌 글자가 저절로 읽어졌다.

에디는 아라벨라에게 돌아섰다. 그녀는 다리를 밖으로 풀고 이제는 보통 소파에 앉아 있는 자세로 발목을 겹치고 있었다. 발이 참 예뻤다. 연한 파란색 신발이 그녀의 발에 잘 어울렸다. 창문으로 들어오는 빛살에 그녀의 얼굴이 반짝였다. "〈레즈〉 봤어요?" 그가 물었다.

"〈레즈〉요?"

"영화예요. 워렌 비티의."

"아니요."

"그거 보러 갑시다."

그녀는 놀란 눈치였다. "이 시간에요? 두 시인데?"

"극장은 사람이 없으면 오후 내내 상영을 안 하는데 저기는 열려 있네요."

"이 시간대에는 더 나은 일을 할 게 없는 사람들이나 극장
에 가잖아요."

"더 나은 할 일 뭐 있어요?"

아라벨라가 에디를 바라보더니 어깨를 으쓱했다. "가죠.
그럼." 그녀가 말했다.

영화는 무척 길었고 중간에 쉬는 시간이 있었지만, 두 사람
은 다섯 시가 넘을 때까지 밖으로 나가지 않았다. 극장 밖으
로 나오니 아라벨라의 얼굴이 훨씬 더 편안해 보였다. 에디가
어두운 극장에서 나와 환한 오후 햇살에 놀란 두 눈을 깜빡이
고 있는데 아라벨라가 말했다. "사회주의자가 되려고 했어요.
우리 할머니는 내가 그쪽 당에서 일하길 바랐지만, 나는 절대
그러지 않았죠."

"왜 미국으로 왔어요?"

"나는 영국 남자들을 싫어해요."

"로런스 올리비에*는요?" 그가 물었다. "마운트배튼**이나?"

"그들은 나한테 데이트 신청을 하지 않았거든요."

---

* 영국의 배우이자 연출가이다. 영국 역사상 가장 위대한 배우 중 하나이고 셰익
스피어 작품 연기의 대가로 일컬어지는 배우계의 전설이다.

** 영국 여왕 엘리자베스 2세의 부군이자 국서이며, 필립 마운트배튼 공 이외에
도 마운트배튼 가문 출신들의 외모가 빼어나다는 사실은 널리 알려져 있다.

"나도 사회주의자가 될 수도 있었어요." 에디가 말했다. "어떤 사람들은 사회주의자가 불온하다고 하죠. 일상적인 비즈니스에서 일어나는 일도 불온한데 말이죠."

"일상적인 비즈니스요?"

"부동산, 보험, 미드 아메리칸 케이블 TV."

"당신이 우리 할머니를 좀 만나 보면 좋겠네요."

"집으로 돌아갑시다."

"어디 가야 할 곳 없어요?"

"없어요. 당신은요?"

"나는 섹스를 하고 싶지 않아요."

"그거참 다행이군요." 에디가 말했다. "당신 집을 다시 구경하고 싶어요. 온통 하얀색인 당신 집이 마음에 들더라고요."

"에디," 아라벨라가 그를 불렀다. "당신은 좋은 사람이에요. 무슨 일 해요?"

에디는 잠시 아무 말 하지 않다가 입을 뗐다. "아직 말해 주고 싶지 않아요."

에디가 노크하자 뚱보의 방문이 열렸다. 뚱보는 창가에 있는, 장식이 적고 심플한 덴마크풍 모던 의자에 앉아 있었다. 육중한 엉덩이를 의자에 쑤셔 넣은 채 몸을 축 늘이고 있어서 사실 의자가 잘 보이지도 않았다. 그의 옆 테이블 위에 플라

스틱 갓이 둘러진 조명이 싸구려 간식 상자들을—킹 동, 데빌
도그스, 트윈키스를—과장되게 비추고 있었다. 에디는 하키
퍽처럼 생긴, 일종의 초콜릿케이크라고 할 수 있는 링 딩 주니
어*를 손에 들고 또 다른 간식을 우적우적 씹고 있었다. TV는
꺼져 있었다. 방 안에서 별다른 일을 하고 있었던 것 같지 않
았다. 순간적으로 에디는 그가 자위하고 있었을 거라는 생각
이 들었다. 뚱보가 간식을 우물대는 동안 그는 문손잡이에 손
을 올리고 조용히 서 있었다.

"들어오게, 패스트 에디." 뚱보가 말했다.

에디는 안으로 들어갔다. "미식가인 줄 알았는데."

"미식가라니, 조롱하지 말게." 뚱보가 말했다. "로체스터 홀
리데이 모텔에서 프랑스식 디저트라도 팔 줄 알았나? 에클레
어나 초콜릿 무스 같은 거?"

에디는 어깨를 으쓱하며 침대에 걸터앉았다. "그래도 꽤 많
은 양이네요."

뚱보는 손에 들린 링 딩을 혐오스럽다는 듯 처다보았다.
"내가 괜히 뚱뚱한 게 아니지." 간식을 한 입 베어 물고는 오
물대다가 삼켰다. "뭐 때문에 왔는가, 에디?"

"생각해 봤는데요," 에디가 말을 시작했다. "아무래도 투어

---

* 초콜릿 하키 퍽(하키 공 모양의 초콜릿)의 일종

를 끝내지 못할 것 같아요." 뚱보는 그를 보기만 할 뿐 아무 말 하지 않았다.

"〈와이드 월드 오브 스포츠〉에서 우리를 방송에 내보내지 않으면……"

"뭐 들은 얘기가 있나?"

"지금쯤 방송되지 않으면, 아마 앞으로도 안 될 거예요."

뚱보는 링 딩을 다 먹고 트윈키스를 집었다. "음," 그가 말을 이었다. "나는 뭐 그냥 즐겼을 뿐이야. 상대적으로 말하자면 말이지."

에디가 인상을 찌푸렸다. "나보다 돈을 더 많이 받았잖아요."

"내가 이겼으니까." 뚱보는 트윈키스 포장지 끝을 살짝 뜯고 능숙하게 쫙 벌렸다. 술주정뱅이가 무스카텔 와인을 따는 모습과 똑같다고 에디는 생각했다. 뚱보가 트윈키스를 부드럽게 꺼내 손가락과 엄지 사이로 들었다. "내 경기는 다 좋았고 나는 박수갈채를 즐겼네. 이제 자네도 안경을 맞췄으니까 더 연습해야 해."

"지겨워요. 이제." 에디는 몸을 앞으로 기울였다. "정말 진심으로 지루하다는 뜻이에요."

"그러면 머리에 이상이 생긴 거지." 뚱보는 트윈키스를 입속으로 쏙 집어넣고 페리에 한 병을 들었다.

"내 머리에는 아무 이상 없어요. 진지한 당구 경기 같은 거랑 한참을 떨어져 지냈잖아요. 돈을 걸고 하기엔 이젠 너무 늦었다고요."

뚱보는 페리에를 꿀꺽 넘기고 조금 더 마신 다음 그를 쳐다보았다. "패스트 에디." 그가 입을 열었다. "당구를 치지 않으면, 자네는 아무것도 아닌 거야."

"이거 왜 이래요. 인생에는 다른 할 것들도 많거든요?"

"세 개만 대 봐."

"아니, 무슨 말장난 해요, 지금?"

"말장난 아니야. 자네가 마누라한테 꽉 잡혀 살 때, 그때 했던 섹스는 어땠나?"

"마누라한테 꽉 잡혀 살지 않았어요."

"난 자네를 믿지 않아." 뚱보가 말했다. "당구 치는 걸 보면 알 수 있지." 그러고는 포장지에서 트윈키스를 하나 더 꺼냈다. "돈은 섹스 다음에 오지. 그 전일 수도 있고. 자네가 돈이 없다는 걸 난 이미 알고 있어."

에디는 애써 아무렇지 않은 척했지만, 선뜻 미소가 지어지지 않았다. "섹스와 돈. 두 가지 다 없어요."

"자존심도."

"당구 치는 거 말고 다른 거에 자존심을 가지면 되죠."

"아니, 그렇게 못 해." 뚱보가 말했다. "자네는 안 돼."

"왜 안 되죠? 평생 당구를 치겠다는 계약서에 사인을 한 것도 아닌데."

"자네는 자기 자신을 위해 서명을 한 거야." 뚱보가 페리에 한 병을 마저 마셨다. "나는 지난 40년간 수많은 사람들과 당구 경기를 했지. 그런데 자네는 내가 본 사람들 중 최고였어."

에디가 뚱보를 빤히 쳐다보았다. "그 말이 사실이라면," 그가 계속했다. "그건 이미 20년 전 일이에요. 지금은 1983년이라고요."

"8월이고." 뚱보가 거들었다.

"잘 모르겠어요. 나는 이제 더 이상 젊지 않잖아요."

"8월 14일. 1983년."

"뭐예요? 지금 날짜 읊는 거예요?"

"나는 당구 선수야, 패스트 에디. 당구 선수가 아니었다면 나는 아무것도 아니었을 거네."

에디는 침묵 속에서 뚱보를 빤히 바라보았다. 그러다 뒤에 덧붙일 말을 생각하지도 않고 이렇게 내뱉었다. "그러면 그 사진은 뭐예요? 진홍저어새는 뭔데요?"

"진홍저어새?" 뚱보가 되물었다. "나는 당구를 치기 때문에 나 자신이 될 수 있는 거야."

"당신 말이 틀릴 수도 있잖아요." 에디가 받아쳤다.

"내 말이 맞아. 하루에 여덟 시간씩 연습하게. 돈을 걸고 사람들과 경기하라고."

"모르겠어요⋯⋯." 에디가 털어놓았다.

"나도 잘 알아." 뚱보가 말했다. "연습하지 않으면 자네 공은 위축될 거고 밤에 잠을 이룰 수 없을 거야. 자네는 패스트 에디 펠슨이라고, 괴물 패스트 에디. 나랑 붙으면 무조건 이겨야 한단 말이네. 젠장할, 이렇게 멍청하게 앉아 있지 말라, 이 말이야."

"꼭 죽느냐 사느냐의 문제인 것처럼 들리네요."

"죽느냐 사느냐의 문제가 맞으니까."

렉싱턴으로 돌아온 에디는 첫째 날 아침부터 한 번 시도해 보았다. 아침 아홉 시, 문 닫은 당구장에서 여덟 시간 동안 연습을 하기로 마음먹고 집을 나섰다. 당구장 문을 열었을 때 눈앞의 광경에 그는 충격을 받았다. 당구장 안에 당구대가 세 개뿐이었다. 애써 실망감을 떨쳐 내고 당구를 치기 시작했다. 거의 빈 곳이나 다름없는 그곳에서 몇 시간째 당구대 테두리를 돌아다니며 허리를 구부려 공을 조준하고 뒤이어 그다음 공도 반복해서 겨냥했더니 머리가 어질어질했다. 그럼에도 끈덕지게 연습을 이어갔고, 정오에 핫도그 두 개와 커피 한 잔을 사러 식료품점이자 슈퍼마켓인 울워스로 잠깐 나갔다 왔다. 스트레이트 풀을 치다가 뱅크 풀로 종목을 변경했지만, 그마저 지루해져서 색깔 공을 레일과 평행하게 잘라 쳐 코너 포켓으로 넣는 롱 컷 연습을 시작했다. 스트로크가 확실히 더 부드러워졌다. 그러나 어깨에 피로가 쌓여 있었다. 뚱보 말이 맞는 걸까? 공이 정말 위축된 걸까? 그는 공을 더 세게 쳤다. 공들이 포켓 뒤쪽에 탕 부딪히고 총알처럼 포켓 안으로 쏙 들어갔다.

　뚱보는 많은 걸 알고 있었다. 산만 한 배와 엉덩이에 정크 푸드를 가득 채우고 있는, 예순이 넘은 뚱보는 당구를 아름답게 쳤다. 당구공은 언제나 그의 손바닥 위에 있었다. 그 당구공은 그가, 그러니까 에디가 처음 당구를 시작할 때 그의 손 위에도 있었던 공들이었다. 두 사람 모두에게 그랬다. 한 어머니의 자식들처럼 당구공은 그들의 일부였다. 에디는 열두세 살 즈음 처음 큐대를 집어 들기 전에는 부끄러움이 많았다. 당구를 알게 되고 어떻게 하면 잘 칠 수 있는지 방법을 터득하면서 서서히 다른 사람이 되었다. 전부 기억이 나지는 않지만, 걸음걸이까지 바뀌었다. 그가 주황색 5번 공을 세게 치자 공이 레일을 따라 내려가다가 포켓 속으로 들어갔다. 그리고 3번과 14번, 12번도 완벽하게 처리했다. 공이 부서질 것처럼 끊임없이 우직하게 밀어붙였다. 그러나 마지막 공을 놓치고 말았다. 그 마지막 공이 포켓 가장자리에서 뚝 떨어져 나와 테이블 가장자리를 빙 맴돌면서 쿠션에 다섯 번을 부딪치더니 데구루루 구르다 멈추었다. 등이 욱신거리고 두통이 몰려왔다.

다섯 시가 다 되었다. 당구장 전화선은 몇 주째 끊겨 있었다. 에디는 밖으로 나가 주차장에 있는 공중전화로 가서 아라벨라에게 전화를 걸었다.

"술 한잔하러 들를까 하는데요." 그가 말했다.

"여덟 시에 연극 보러 가요. 그사이에 잠깐 와 있어도 돼요."

"와인 가져갈게요." 그는 그렇게 전화를 끊었다.

"당신 남편에 대해 얘기해 봐요." 에디가 말했다. 그는 하얀색 안락의자들 중 하나에 앉아 있었다. "남편 이름도 윔즈예요?"

"해리슨 프레임이요."

"어디서 들어 본 것 같은데, 아닌가?"

"들어 보지 않았을 리 없겠죠." 아라벨라가 말했다. "대학 채널에서 TV 쇼를 진행했으니까요."

"남편을 별로 좋아하지 않는 말투네요."

"그래요?"

"네."

그녀는 생각에 잠긴 얼굴로 와인잔 속 와인을 목구멍으로 넘겼다. "당신 말이 맞는 것 같네요. 그 사람에 대한 얘기는 그만하죠. 오늘은 뭐 했어요?"

"밀린 일이 있어서 좀 따라잡았어요."

"그래서 해냈어요?"

"뭐를요?"

"따라잡았냐고요."

"이제 막 시작했어요." 에디는 자리에서 일어나 창가로 다가가 길거리의 차량과 길 건너의 건물을 구경했다. "이 아파트가 참 마음에 들어요." 그가 말했다.

"에디," 아라벨라가 소파에 앉아 말을 꺼냈다. "지금 두 달째 이 집에서 살고 있는데, 나는 정말이지 미쳐 버릴 것 같아요."

"일자리를 찾으면 괜찮아지겠죠."

"그냥 일자리를 찾지 않으려고요. 경기가 계속 안 좋잖아요. 레이건 대통령은 경기가 회복될 거라 말하지만, 대통령은, 뭐 또 다른 인격체니까요."

"또 다른 인격체, 뭐요?"

"또 다른, 그러니까 빌어먹을 연기자라는 얘기예요. 내 전남편처럼. 행사장을 돌아다니며 인사나 하고 있잖아요. 우리의 대통령님은. 참가자 수나 세면서 행사장을 돌아다닌다고요. 개자식."

"이봐요, 아라벨라," 에디가 웃었다. "당신 입에서 그런 끔찍한 소리가 나오다니. 취했어요?"

"와인 세 잔이면 취하죠. 나 취했어요."

"뭐 먹을 것 좀 갖다줄게요." 그는 창가를 떠나 냉장고로 향했다. 브리 치즈 한 조각과 계란 네 알이 있었다. 그것뿐이었다. "반숙 계란 어때요?"

"좋을 대로."

에디는 아라벨라를 위해 계란 두 알을 삶았다. 버터가 없어서 그릇에 삶은 계란만 넣고 소금과 후추를 곁들여 그녀에게 건넸다. 커피도 데워서 블랙커피 한 잔을 내주었다.

소파에 앉아서 계란을 먹는 아라벨라의 모습은 정말 사랑스러웠다. 커다란 창문으로 스며든 늦은 오후의 햇살이 그녀의 잿빛 머리칼을 반짝였고, 그녀는 몸을 웅크리고 숟가락으로 계란을 떠서 작게 한 입 베어 먹었다. 그는 맞은편에 앉아 커피를 마시며 그녀를 지켜보았다.

"고마워요, 에디." 그녀가 계란을 마저 먹고 말했다. 무릎 위에 그릇을 놓고 미소 지으며. "무슨 일을 하는지 이제 말해 주지 그래요?"

에디는 주저했다. "몇 달 전까지 당구장을 운영했어요. 아주 오래전에는 선수였고요." 속이 후련했다. 이제 그녀에게 당구에 대해 말해 줄 순간이었다.

"당구장이라고요?" 아라벨라는 잘 모르는 눈치였다.

"네."

"그럼 에녹 왁스랑은 무슨 일을 하는 거죠?"

"중부 대서양 주에서 방송하는 프로그램인데, 거기에서 시범 경기를 촬영하고 있어요."

"그러면 당구 잘 치겠네요."

"첫 두 경기는 졌어요."

아라벨라는 그의 말을 알아차리지 못한 듯했다. 그저 에디만 빤히 쳐다보고 있을 뿐이었다. 마침내 "아! 당구 선수요!" 그녀의 목소리에 신남과 흥분이 담겨 있었다.

"지금은 예전 같지 않아요. 오늘 하루 종일 연습했는데, 정말 너무 지루하더군요."

아라벨라는 잠시 입술을 깨물더니 빈 그릇을 들고 손을 뻗어 유리판이 깔린 커피 테이블 위에 놓여 있는 오렌지빛 글라디올러스 화병 옆에 놓았다. "여기 이 집에 앉아 있는 것보다는 낫죠."

"그렇지도 않아요."

그녀가 몸을 쭉 펴면서 하품했다. "세상에, 에디! 처음에는 당신이 나를 격려해 주었는데 지금은 내가 당신을 응원하고 있네요. 앞으로 계속 이럴 수도 있겠어요. 오늘 밤에 연극 보러 같이 갈래요? 잘 구슬리면 티켓을 받아 낼 수 있는데."

"연극은 한 번도 본 적이 없어요."

"그러면 가야 할 이유가 더 확실해졌네요."

"당신 말이 맞을 수도 있죠. 연극 제목이 뭐예요?"

"〈욕망이라는 이름의 전차〉. 대학 극장에서 해요. 주인공이 당신과 약간 닮았어요."

에디는 아라벨라를 쳐다보았다. "스탠리 코왈스키 아니면 블랑슈 뒤부아*요?"

"음," 그녀가 머뭇거렸다. "당신 생각보다 아는 게 많네요."

"영화는 봤어요."

"말론 브란도 아니면 비비안 리**라고 하지 않았잖아요."

"저기요," 에디는 심기가 불편했다. "나는 당신과 함께 연극을 보러 가긴 할 건데요. 하지만 무언가를 계속 생각해 내야 하는 건 이제 지긋지긋해요. 그리고 난 촌뜨기도 아니고 테네시 윌리엄스***도 알거든요. 그냥 연극을 보지 않았던 것뿐이라고요. 지금껏 나한테 이런 걸 묻는 사람은 없었어요."

두 사람은 일식 레스토랑에서 저녁을 먹었다. 이번에는 에디가 초밥을 주문했다. 예전에 진의 아파트에서 연필 두 개로 담배 집는 연습을 한 적이 있었다. 연필 아래쪽을 안정적으로 고정하고 위쪽을 집게처럼 움직이게 하는 게 요령이었다. 젓가락으로 초밥을 집는 건 아주 쉬웠다. 아라벨라가 얼마간 그를 지켜보았다. 그러나 아무 말 하지 않았다.

그들은 극장 밖 파인 아트 빌딩에서 다른 커플을 만났다. 스캐머 부부였고 둘다 교수였다. 남자는 역사 전공이고 여자는

---

* 영화 〈욕망이라는 이름의 전차〉에 나오는 등장인물 이름
** 영화 〈욕망이라는 이름의 전차〉에서 스탠리 코왈스키와 블랑슈 뒤부아 역을 맡은 배우 이름
*** 〈욕망이라는 이름의 전차〉의 극작가

수학 전공이었다. 둘 다 날씬했고, 둘 다 운동화와 밝은 맨투맨 티 차림이었고, 둘 다 여유 있고 다정했다. 여자의 머리칼은 붉은빛이 돌았으며, 무심히 보면 예쁜 얼굴이었다. 에디의 눈에 남자의 손목을 감고 있는 금색 롤렉스가 들어왔다. 네 사람은 연극이 시작되기 전 몇 분 동안 간단하게 이야기를 나누었다.

에디는 고등학교 연극도 본 적이 없어서 어떤 걸 기대해야 할지 몰랐다. 배우들은 대학생이었다. 관람석이 세 번째 줄이어서 배우들의 메이크업이 다 보였다. 저 앞에 무대에 있는 사람들이 진짜 사람이라고 인식하기까지 시간이 조금 걸리긴 했지만, 얼마 지나지 않아 연극 속으로 깊이 빠져들었다. 그는 스탠리가 좋았다. 스탠리 역을 맡은 학생은 허세를 적절히 부려 가며 연기했고, 블랑슈 역을 맡은 학생은 진정한 패배자 같은—그건 진짜 같았다—말투와 포즈를 지었다. 그의 옆에 앉은 아라벨라가 블랑슈의 몇몇 대사에 큰 소리로 웃었지만, 그는 블랑슈의 모습이 재미있다고 생각하지 않았다. 블랑슈처럼 되면, 안개 속에 갇힌 것처럼 되어 버리면, 무서울 것이다. 블랑슈의 대사에 귀 기울이는 것과 그녀의 과거와 스텔라의 과거에 대한 블랑슈의 생각을 듣는 것, 그녀가 무너지는 모습을 지켜보는 것은 매혹적이었다. 에디는 당구 선수들이 그런 식으로 무너지는 걸 본 적이 있었다. "나는 언제나 낯선 이의 친절에 의지해 살아왔어요." 블랑슈의 대사였다. 그렇게 무너질 거면서 굳이 하얀 가운을 입은 남자들에게 끌려갈 필요는 없었다. 그냥 집에 처박혀 맥주나 마시고 TV나 보면 되었다. 세상엔 정말 많은 일들이 벌어지고 있었다.

나중에 스캐머가 연극 어땠냐고 물었을 때 에디는 이렇게 답했다. "세상엔 정말 많은 일들이 벌어지고 있군요." 모두 그를 쳐다보며 큰 소리로 웃었다.

"에디." 아라벨라가 말했다. "당구 가르쳐 줄래요?"

그는 기분이 좋았다. "지금요?"

"어때요? 어디 아는 데 있어요?"

"당구?" 로이 스캐머가 끼어들었다. "참 좋은 생각이에요."

"오, 세상에! 이런." 팻이 뱉어냈다. 연극을 보면서 울었던 그녀의 얼굴에 눈물 자국이 길쭉하게 나 있었다. 그들은 캠퍼스를 따라 걸으며 차가 있는 곳으로 갔다.

"자자. 다들 나 놀리지 마시고." 로이가 말했다. "대학 2학년 때 조금 쳤었어요. 이래 봬도 난 진정한 패스트 에디였다니까요."

아라벨라가 그를 바라보았다. "패스트 에디요?"

"프린스턴 대학 학생회에서요."

"학과실에 당구대가 있었거든요." 팻이 말했다. "로이는 미술과 과학 학부 내 에잇볼 플레이어들의 공포의 대상이었어요."

"어머 세상에." 아라벨라가 감탄했다. 그러고는 에디에게

"나 가르쳐 줄 거예요?"

에디가 어깨를 으쓱했다. 그는 기분 좋았던 연극을 보고 난 이후 계속 들떠 있었다. 따스한 밤이었고, 수은등의 빛이 키 큰 나무들 사이를 뚫고 캠퍼스의 산책로를 따라 퍼져 나갔다. 그 순간만큼은 당구에 별 관심이 없었다. 그날 여덟 시간 동안 했던 연습 때문에 오른쪽 어깨도 아팠고, 로이 스캐머가 에잇볼을 얼마나 잘 치는지도 보고 싶지 않았다. 로이 스캐머는 쾌활하고 잘 웃는 사람이었지만, 에디는 왠지 그가 마음에 들지 않았다. 저런 식으로 재잘대는 남자는 별로였다.

"나도 배우고 싶어요." 아라벨라가 말했다.

"좋아요. 어떻게 하는 건지 보여 줄게요."

"당신만 괜찮다면," 로이가 끼어들었다. "내가 같이 도울게요."

앞문으로 들어갔더니 작은 바가 보였다. 남자들이 무리 지어 바에서 맥주를 마시고 있었다. 두 사람이 로이에게 손을 흔들었다. "어이. 왔네." 그들 중 한 명이 로이에게 인사했다. 그리고 남은 한 사람이 아라벨라와 에디에게 속삭였다. "저 사람하고 돈 내기 하지 말아요." 바 위에 짙은 색 유화 물감으로 그린 초상화들이 있었는데, 아마도 예전 교수들 같았다.

당구대는 바닥에 오리엔탈 풍 러그가 깔린 위층 공간에 있었고, 어두운 색 벽에는 학자 같은 남자들의 초상화가 걸려 있었다. 가장자리에 포켓이 있는 낡은 브런즈윅 당구대였다. 테이블 천 위에 고동색을 띠는 얼룩들이 있었다. 로이 스캐머가 스위치를 탁 누르자 당구대 위로 노르스름한 조명이 켜졌다. "가시죠." 그가 에디에게 말했다. "저는 아래에 내려가서 맥주 좀 가져올게요."

안으로 들어오자, 에디는 약간 긴장이 되었다. 교수들과 어울려 본 적도 없었고, 렉싱턴에 살면서 대학 캠퍼스에 가 본 적도 없었다. 로이 스캐머가 긴 가방끈으로 에디를 찍어 누르려 한 건 아니었지만, 에디는 괜히 압박감이 들었다. 스캐머 부부는 가끔 길거리에서 마주치거나 잡지에서 읽어봤을 그런 사람들이었다. 벽에 있는 선반에서 큐대 한 쌍을 가지고 와 아라벨라에게 하나를 건네고 나니 긴장이 조금씩 풀어지기 시작했다. 큐대를 균형 있게 잡는 법과 왼쪽 팔을 곧게 유지하는 법을 알려 주었다. 당구대 앞 그녀 옆에 서서 그녀가 허리를 구부리고 큐대를 오픈 브리지 사이로 미끄러지게 할 수 있도록 자세를 만들어 주었다. 그녀는 엄청난 집중력을 보였고 놀라울 정도로 잘했다. 팻은 전에 당구를 쳐 본 적이 있어서 가르쳐 달라고 하지 않았다. 그녀는 아라벨라가 흰 공을 치는 걸 보면서 "당신 꽤 소질이 있네요, 웜즈."라고 했다. 그러자 아라벨라가 7번에 샷을 하려고 상체를 숙이며 "당신은 소질이 없으니까 1분에 140단어를 못 치는 거예요."

"에이, 왜 이래요." 팻이 말했다. "1분에 140단어를 치는 사람이 어딨어요. 그러다 타자기 리본이 다 떨어져 나가겠네요."

아라벨라는 7번 공을 겨냥하며 얼굴을 더 찌푸리고 입술을 지그시 깨물었다. 그리고 오른쪽 팔을 재빠르게 움직여 가며 큐볼을 놀라울 만큼 강하게 때렸다. 7번 공이 테이블을 가로질러 사이드포켓으로 들어갔다. 에디는 하마터면 그녀를 안아 줄 뻔했다. 그녀가 팻을 올려다보며 말했다. "나는 컨디션 좋은 날에는 150 단어도 쳐요. 그래도 리본 안 빠지던데요."

로이가 맥주 네 캔을 들고 들어와 그들에게 나누어 주었다. "에잇볼 칩시다." 몸이 근질대는지 성급하게 굴었다. "내 기술 샷들을 빨리 보여 주고 싶군요, 정말."

"내가 래크하죠." 에디가 나섰다.

"잠깐만요!" 아라벨라였다. "나 규칙 몰라요."

벽 선반 끝 쪽에 두 부분으로 나뉜 큐대들이 고정되어 있었다. 로이가 다가가서 열쇠로 잠금장치를 풀고 큐대 한 개를 꺼냈다. "게임 진행하면서 설명해 줄게요." 그는 큐를 가지고 돌아왔다. 연결 부위가 청동 재질인 연식이 오래된 윌리 호페였다. "팻과 내가 한 팀 하고, 아라벨라와 에디가 한 팀 합시다. 지는 팀이 다음 경기 계산하기."

"시작하시죠." 아라벨라가 에디를 보며 말했다.

"3판 2선 승으로 해요." 팻이 제안했다.

"그럼요." 아라벨라는 에디가 보여 준 대로 큐대에 초크 칠을 시작했다. "지금 스트로크에 들어갈 시간을 벌고 있는 거예요."

여자들이 먼저 시작했다. 팻은 브레이크를 약하게 하는 바람에 4번 공을 넣을 수 있는 간단한 샷을 놓치고 말았다. 스캐머 부부는 어쩔 수 없이 색깔 공을 가져가게 되었다. 에디는 아라벨라에게 줄이 있는 공을 포켓에 넣어야 한다고 설명하고 13번 공을 코너 포켓에 넣는 법을 알려 주었다. 그녀는 큐대 다루기에 아직 익숙하지 않았지만, 집중하여 공을 포켓에 넣었다. 그러나 공의 포지션이 엉망으로 되었고 결국 다음 공은 제대로 치지 못했다. 로이가 초크 디스펜서로 다가가 왼손 위에 파우더를 평 뿌렸다. 너무 많은 양이 쏟아져서 자그마한 가루 구름이 만들어졌다. "자자, 모두들 주목해 주시길 바랍니다." 그가 말했다. 장난식으로 떠벌리는 것 같진 않았다. "이제 여러분들은 내 의도에 따라 쭉쭉 뻗어나갈 에잇볼 샷을 보게 될 겁니다." 그러더니 당구대로 걸어가 큐대로 2번 공을 가리켰다. "뱅크 샷으로 이 파란 공을 저 사이드포켓에 넣을 겁니다."—포켓 쪽으로 손을 뻗으며—"그리고 큐볼은 이쪽으로 굴러가서 다음 샷에서 6번을 처리할 거고요. 정말 몇 안 되는 백인들만 이런 게임을 이해하죠. 하하."

"로이, 주목을 끄는 행동은 이제 그만둬." 팻이 끼어들었다. "이제 공이나 치라고."

"물론이지." 로이가 답했다. 그는 허리를 숙이고 스트로크를 한 다음 다시 상체를 세웠다. 어려운 뱅크 샷은 아니었지만, 에디는 그가 해내지 못할 거라 생각했다. 로이가 다시 허리를 구부렸다. 놀랍게도 그는 인사이드 잉글리시 샷*으로 2번 공을 처리했고, 큐볼은 6번 공 쪽으로 데구루루 굴러갔다.

팻이 박수를 쳤다. 로이가 에디를 보며 말했다. "내기 돈 두 배로 올릴래요?"

"물론이죠." 에디가 응했다.

"자 두 번째입니다." 로이는 그렇게 말하며 허리를 숙이고 6번 공을 포켓에 넣고 그다음에 하나 더 넣었다. 하지만 공 하나를 더 넣은 다음엔 큐볼이 너무 멀리 굴러가는 바람에 3번 공에게 좋지 않은 포지션에 자리를 잡았다. 그는 뱅크 샷을 다시 한번 시도했으나 성공하지 못했다. 그러나 운 좋게도 큐볼이 헤드 레일로 굴러갔다. 줄무늬 공들이 테이블 반대쪽 끝자락에 무리 지어져 있었다. 수월하게 처리될 만한 공이 하나도 없는 것 같았다. "자," 로이가 입을 뗐다. "사이드 레일 위에 돈 좀 더 내놓고 싶은 사람 있나?"

에디가 그를 보며 부드럽게 말했다. "당신도 돈을 내놓을 마음이 없지 않나요?"

---

* 공의 안쪽을 쳐서 회전하며 활주하게 하는 샷

순간 난감한 고요가 내려앉았고, 그때 아라벨라가 딱딱하게 말했다. "우리가 이긴다는 쪽에 20달러 걸게요."

"그럼 그렇지." 로이가 호응했다. "에디가 당신에게 해 준 설명은 다 보여 주기 식이었겠죠. 사실 당신은 영국 포켓 당구 챔피언이고."

"곧 알게 될 거예요." 아라벨라가 받아쳤다. "말만 하지 말고 행동으로 보여 주시죠."

로이는 당구대 위에 큐대를 내려놓고 청바지 주머니에서 지갑을 매끄럽게 빼내 10달러짜리 두 장을 꺼냈다. 아라벨라는 가죽 지갑을 들고 있었다. 그녀도 20달러를 꺼냈다. "내가 돈을 가지고 있을게요." 팻이 나서서 돈을 가지고 갔다.

에디는 당구대 쪽으로 올라섰다. 샷이 가능한 건 11번뿐이었는데, 매우 난해한 위치였다. 11번은 아래쪽 레일에서 몇 센티미터 밖에 떨어져 있지 않았으며, 양쪽 코너 포켓에서 꽤 멀리 떨어져 있었다. 게다가 큐볼은 헤드 레일에 거의 프로즌*되어 있는 수준이었다. 에디가 큐대를 테이블에 기대어 놓고 안경을 썼다. 다시 큐대를 들어 올리고 말했다. "11번 공 갑니다." 허리를 숙였다.

"당신이 해내면 내가 저 공 먹겠습니다." 로이가 농담 반 진

---

* 공들끼리 딱 붙어서 틈이 없는 상태

담 반으로 말했다.

"그러시죠." 에디는 팔을 뒤로 뺐다. 그의 안경 너머로 보이는 11번 공의 빨간 줄이 크리스털 와인잔 테두리처럼 선명했다. 스트로크를 강하게 해서 큐볼을 세게 때리고 힘을 풀었다. 큐볼이 테이블 아래쪽으로 돌진해 11번 공을 종잇장처럼 얇게 잘라 쳤고, 곧바로 풋 레일에서 튕겨져 나와 11번과 부딪히며 경로를 변경하지 않은 채 굴러갔다. 큐볼이 에디가 있는 쪽으로 스르륵 되돌아왔고, 11번은 굴렁쇠가 구르듯 빨간 줄무늬를 돌리고 또 돌리며 천천히 굴렀다. 흰 공은 속도를 내며 테이블 위를 구르다 공들이 무리 지어 있는 곳에 탁 충돌하고 멈춰 섰다. 11번은 여전히 급하지 않게, 느긋하게 움직이다가 코너 포켓의 어귀에 다다르더니 가장자리에서 잠깐 망설이고 포켓 속으로 쏙 떨어졌다.

"세상에 이럴 수가." 로이가 내뱉었다.

에디는 남은 공들을 굴리고 8번 공을 사이드 레일에 뱅크했다. 그가 공을 처리하는 동안 그 누구도, 그 어떤 말도 떠들어대지 않았다. 에디는 로이에게 삼각틀을 건넸다. 에잇볼은 공 열다섯 개 중에 여덟 개만 넣으면 되는 경기였다. 어느덧 공들이 전부 준비되었고, 에디는 큐볼을 래크된 공들 쪽으로 쾅 부딪혔다. 2번이 포켓으로 들어갔고, 뒤이어 다른 공들도 흔들어 놓았다. 그는 스트레이트 풀을 치듯 경기를 이어 나갔고, 작은 숫자의 공들 중 하나를 처리하면서 8번 공을 수월한 위치로 살살 밀어 자리를 잡게 했다. 그런 다음, 8번 공을 손쉽게 포켓으로 넣었다. 이 모든 것이 이루어지는 동안 에디의 큐볼은 레일에 닿지도 않았다. 모든 공에 대한 포지션이 그야말로 완벽했다.

"세상에." 에디가 다 끝내고 나자 로이가 감탄했다. "당신, 매니저 필요하지 않아요?"

아라벨라가 목소리를 높였다. "이 사람이 패스트 에디예요, 로이."

"아니 이게 무슨……." 로이가 말했다.

"패스트 에디라고요. 당신은 허슬을 당한 거고요."

그 뒤 에디는 아라벨라를 집에 바래다주면서 이런 말을 했다. "그 남자 같은 사람은 정말 수도 없이 많아요. 다들 에잇볼을 치죠."

"당신 같은 사람은 얼마나 돼요?"

그가 머뭇거렸다. "많지는 않아요."

"분명히 많지 않을 거예요." 그녀는 건물의 출입문 앞에 멈추었다. "그리고 당신 전혀 지루해 보이지 않았어요, 에디."

"그를 이기고 싶었거든요."

"그게 비결일 수도 있겠네요."

다음 날 에디는 연습을 하며 하루를 보냈다. 그 전날 경기 때문에 어깨가 아팠고 정오가 되자 발까지 무거웠다. 그럼에도 점심 식사 전에 한 시간 정도 휴식을 하고 운동하러 체육관으로 갔고, 그 후 어깨와 발이 한결 가벼워졌다. 운동을 끝낸 후 곧장 당구장으로 돌아가서 몇 시간이 지나도록 공을 사이드 레일에 따라 위아래로 굴리며 뱅크 샷을 쳤다. 세 시 반에 잠깐 쉬려고 연습을 멈췄을 때에야 비로소 안경이 더는 문제가 되지 않는다는 걸 깨달았다. 시야도 선명했고, 이제 더 이상은 안경 쓴 얼굴을 불편하게 옆으로 기울일 필요도 없었다.

에디는 몇 주째 마사와 연락을 하지 않았고, 하나 남은 당구대가 팔리기 전까지 앞으로 얼마나 더 당구장에 있을 수 있을는지 알 길이 없었다. 코카콜라 자판기와 담배 자판기도 없어졌다. 전화기도 사라졌다. 담배에 탄 자국과 먼지가 그득한, 색이 바랜 갈색 카펫 위에는, 지난 15년간 다른 당구대들에 자리를 내 주었던 그 카펫 위에는 큼직한 직사각형 모양의 테이블들이 있었다. 파스타와 크로와상을 파는 가게가 여기로 들어오려면 적어도 한 달은 걸릴 터였다. 에디는 그들이 자금 조달에 문제가 있다는 걸 알았다. 당구대를 판다는 마사의 변호사가 낸 중고 당구대 판매 광고는 아직도 신문 한편 매일 항목별로 분류되는 광고란에 나와 있었다. 에디는 항상 아침 신문에서 광고란을 확인했고, 그 광고문을 보면 언제나 배가 팽팽하게 당겨졌다. **최고급 고품질 당구대. 상태 최상.**

그런 건 아무 의미 없는 잡생각일 뿐이었다. 재산권 분할을 마친 후 완전히 녹초가 되어 버렸으니, 그러면 충분했다. 그 문제를 마무리 짓는 것에는 분명 어떠한 즐거움이 있었고, 창문에 블라인드를 내리고 '폐업'이라고 적힌 팻말을 달아 놓고 당구를 치는 것 또한 어떠한 즐거움이었다. 에디는 어깨에 통증이 되살아나고 상태가 최악으로 치달을 때까지 계속 연습을 이어갔다. 그럼에도 전날 당구장을 떠날 때와는 달리 기분이 한결 나았다. 경기 운영 능력이 날카로워졌다는 것이 느껴졌다. 체육관에서 운동하는 시간을 더 늘렸는데도 하루가 더 빠르게 지나갔다. 토요일에 덴버에서 뚱보와 경기를 치를 예정인데, 아마 이전과는 다르게 흘러갈 것 같았다.

또 다른 슈퍼마켓이 오픈을 했고, 첫 번째 경기 장소처럼 야외에서 게임이 진행되었지만 이번에는 사람들이 꽉 들어찬 관중석과 TV 방송 카메라 세 대 앞에서 당구를 치게 되었다. 게임이 중반에 이를 때까지 에디는 연이어 방어적으로 경기를 운영하다가 수비에서 벗어나 60점을 연달아 냈으나, 결국에는 다시 방어적으로 경기할 수밖에 없었다. 뚱보가 공을 치러 연단 위로 올라와서 에디에게 말했다. "공을 더 잘 치는 군." 그 말에 에디는 쓸쓸하게 "연습했어요."라고 했다.

하지만 뚱보는 그전에 이미 90점을 넘겼고,—한 번에 15점인가 20점을 냈다―그 이후 다시 당구대 쪽으로 올라서서 남은 공을 전부 해치웠다. 점수는 150 대 112였다. 경기가 끝나고 난 뒤 두 사람은 대화를 나눌 시간이 없었다. 시카고를 경유하여 렉싱턴으로 가는 에디의 비행기가 한 시간 뒤에 출발할 예정이었고, 뚱보는 몇 시간 후 마이애미로 돌아갈 것이었다.

에디는 다음 날 렉싱턴에서 연습할 계획이었으나, 잠에서 일어났더니 목이 따끔거리고 관절들이 축 늘어지는 느낌이었다. 열이 난다는 뜻이었다. 결국 그는 독감에 걸려 사흘 동안 몸져누워 있었다. 둘째 날 아침 진이 외출한 뒤에 아라벨라에게 전화를 걸었다. "전 이런 것쯤은 금방 떨쳐 내고 일어나요." 에디가 말했다.

"어쨌든 골칫거리잖아요." 그녀가 말했다. "뭐 좀 가져다줘요?"

"아라벨라," 에디가 그녀를 불렀다. "할 말이 있어요. 사실 같이 사는 사람이 있어요."

"그건 또 다른 골칫거리네요."

"뭐 영원히 지속되는 그런 관계는 아니에요. 진이랑은. 당신에게 말해야 했어요."

"에디," 아라벨라가 입을 뗐다. "지금은 이야기를 나눌 시간이 없어요." 그녀의 목소리가 얼음처럼 차가웠다.

"그럼 나중에 봐요." 에디는 그렇게 말하고 전화를 끊었다.

넷째 날에도 기운이 없었지만, 에디는 발라부시카를 챙겨 당구장으로 향했다. 당구장 밖은 변한 게 하나도 없었다. 문을 열고 안으로 들어섰더니 당구대는 하나도 남아 있지 않았다. 뱃속이 뒤죽박죽 꼬여서 잠시 그대로 서 있다가 문을 닫고 열쇠로 잠갔다. 다 끝났다. 그는 A&P와 프레디 카드 샵을 지나 쇼핑몰을 따라 걷다가 술도 팔고 음식도 파는 작은 가게 안으로 들어갔다. 가게는 이제 막 문을 열었고, 에디가 유일한 손님이었다. "맨해튼 한 잔 줘요, 벤." 자리에 앉으며 바텐더에게 말했다. 발라부시카가 든 케이스가 아직도 그의 곁에 있었다. 그는 앞에 있는 바 테이블에 케이스를 올려놓았다.

다음 날 아침에도 숙취가 남아 있던 에디는 진을 기만하고 싶지 않았다. 주방으로 들어가 말을 꺼냈다. "나 이제 이 집에서 나가야 할 것 같아."

그릇을 헹구고 있던 그녀는 한동안 그릇을 계속 헹구었다. "어디로, 에디?"

"에바트 호텔. 하룻밤에 28달러로 지낼 수 있어."

"언제?" 두 사람의 대화는 마치 잔디 깎는 일정에 대해 이야기하는 것처럼 무미건조했다.

"오늘 오후에."

진이 식기 건조기에 그릇을 넣고 에디를 차갑게 쏘아보았다. "비타민 챙겨 줄게."

에디는 짐을 풀기 전에 안내 책자에서 대학의 역사 학부 전화번호를 찾아서 로이 스캐머에게 전화를 했다. 스캐머 교수가 지금 막 수업을 끝내고 돌아왔다고 조교가 전했다. 누가 전화했는지 그녀가 말해 줄 수 있을까?

"에디 펠슨입니다."

잠시 대기하고 있으니 스캐머가 전화를 받았다. "전화받았습니다, 패스트 에디." 그가 말했다.

"부탁이 있습니다. 학과실 당구대를 좀 쓰고 싶은데요. 연습하려고요."

"지금도 이미 충분하지 않나요?"

"내가 쓰던 당구대가 없어졌습니다."

"없어져요?"

"전 부인이 팔았어요."

"이런!" 스캐머가 내뱉었다. "믿을 사람 아무도 없군요."

"어떻습니까? 학과실 말입니다."

"그 당구대는 그렇게 많이 사용되는 편은 아니에요. 그래도 위원회에서 외부인을 좀 안 좋게 보기는 할 텐데."

"아침에는 어때요?"

"그러면 가능할 수도 있죠. 아침 일곱 시에 문을 열어요. 그렇게 이른 시간에는 아무도 당구를 치지 않아요."

"어떻게 안으로 들어가죠?" 지나치게 들이대는 것처럼 들릴 수도 있었지만, 들이댈 필요가 있었다. 만약 스캐머가 자신이 아주 괜찮은 남자로 여겨지길 바란다면, 생각을 잘해야 할 것이다.

"흠……." 스캐머의 목소리에 확신이 없는 것 같았다. "내일 아침 일찍 간달프 씨한테 가서 스캐머 교수 손님으로 왔다고 말하면 어때요? 이 통화가 끝나면 그 사람한테 전화 넣어 놓을게요."

"그 사람이 어디에 있는데요?"

"학과 도서관이요. 1층에서 계속 뒤로 가면 됩니다."

에디의 방은 뒷골목을 마주 보고 있었다. 쓰레기차 때문에 새벽 다섯 시에 깼는데 도통 잠이 오질 않았다. 전날 밤에도 멍청해 보이는 벽지와 방 한쪽 구석의 작은 싱크대를 바라보면서 아라벨라를 생각하느라 몇 시간 동안이나 뜬 눈으로 있었다. 당구 선수였다고 그녀에게 처음부터 이야기했어야 했다. 진에 대해서도 진즉에 말했어야 했다. 멍청한 짓이었다.

에디는 지금 침대에 누워 날이 밝아오기를 기다리며 아라벨라를 떠올렸다. 턱선이 날렵하고 곧으며, 유쾌한 지성을 갖춘, 세련된 외모의 그런 여자는 단 한 번도 만난 적이 없었다. 그녀의 목소리와 억양, 입 밖으로 나오는 문장 속의 단어 선택이 미치도록 좋았다. 그리고 그녀도 그를 좋아했다. 무엇보다 그의 당구 경기를 존경했다. 에디가 다 망친 걸 수도 있었지만, 완전히 망한 것은 아니었다. 그는 격하게 그녀를 원했다. 마사나 진을 원했던 것보다 더욱더. 에살렌에서의 오후, 밀리가—태양 아래에서 햇볕에 그을린 피부에 땀을 송골송골 흘리던 밀리가—상체를 숙이고 그를 입안으로 넣었던 이후 만난 그 어떤 사람보다 더욱더. 그는 성욕이 한창 들끓는 10대가 된 것 같은 기분이었다. 머릿속에서 그녀 생각을 끄집어낼 수가 없었다. 자리에서 일어나 싱크대에서 세수하고 면도를 했다. 샤워를 하며 비누 거품을 닦아낸 다음 물기를 말리고 옷을 입고 있을 무렵 창문에 회색빛이 드리웠고, 비로소 그의 욕정이 사라졌다.

에디는 여섯 시 반에 집을 나섰고, 어떤 나이 든 남자가 학과실 문을 열고 있을 때 큐대 케이스를 든 채 학과실 문 앞에 서 있었다.

잠을 제대로 자지 못했는데도 당구대를 대하는 에디의 에너지는 대단했다. 아래층 식당에서 접시들이 달그락대는 소리만 가끔 들릴 뿐 오로지 혼자서 그 공간을 차지했다. 그는 집중하여 공을 강하게 쳤고, 몇 시간이 지나도록 놓치는 공이 거의 없었다. 테이블 위 포켓들이 무척 호의적이었다. 원래보다 더 큰 편이었고, 애매한 샷들이 들어갈 수 있도록 살짝 다듬어져 있었다. 그러나 에디는 신경 쓰지 않았다. 오히려 자신감에 도움이 되었고, 사실 그의 자신감에 약간의 도움이 필요하긴 했다. 그는 계속 공을 처리해 내며 어려운 샷들을 직접 세팅하고 무자비하게 포켓으로 넣었다. 더 예리하고 선명해진 느낌이었으며, 안경을 쓰고 있다는 사실이 이제는 거슬리지 않았다.

그 주가 다 지나갈 때까지 에디는 동이 틀 무렵이면 캠퍼스를 가로질러 학과실로 갔다. 사우스 브로드웨이를 운전해 가곤 했는데, 이른 시각에는 그 넓은 도로에 차가 하나도 없었다. 그는 방문객 전용이라고 표시된 대학교 주차장에 차를 주차했다. 그러고는 크고 어두운 나무들 아래의 구불구불하고 기다란 콘크리트 길을 따라 걸으면서, 밤사이 떨어진 바닥 위의 낙엽들을 바삭바삭 밟으면서, 그렇게 캠퍼스를 가르면서 학과실로 향했다. 학생들에게는 너무 이른 시간이었지만, 에디는 담배를 뻐끔뻐끔 피우고 있는 짙은 색 유니폼 차림의 침울한 경비원들이나 하얀색 유니폼을 겉옷으로 반쯤 덮은 채 대학 병원으로 가고 있는 간호사들을 지나치곤 했다. 그 시간에 대화를 나누는 사람은 정말 몇 없었다. 그의 내면 깊은 곳이 고요에 응답했다. 아침마다 지나쳐 가는, 교실 건물들과 동쪽에 있는 신식 고층 기숙사, 오래된 도서관이 있는 이런 장소에서 맞이하는 이른 아침이 에디는 좋았다. 가죽 봄버 재킷*을 입은 그는 쌀쌀한 바람에 목깃을 세우고 팔 아래에 큐대 케이스를 끼운 채 힘차게 걸었다. 새로운 삶이 시작된 것 같았다.

수요일, 에디는 새로운 루틴을 개발했다. 열다섯 개의 색깔 공을 테이블 아래쪽에 쫙 펼치고, 큐대를 반대편 테이블에 놓고서 다음 판의 래크를 브레이크할 공을 고르고, 남은 공 열네 개를 한 번에 포켓으로 넣으려고 노력했다. 초반부터 어려운 샷으로 세팅해서 그 샷을 해냈을 때의 흥분이 나머지 공들에게까지 이어져 계속 처리할 수 있게 했다. 초반의 그 난해한 샷을 해낼 수만 있다면 말이다. 실수를 할 경우 세팅을 다시 해서 제대로 될 때까지 연습했다. 직접 세팅한 오프닝 샷이 꽤 거칠었기에 실수를 연발할 때마다 머리가 지끈거렸지만, 그런 것 또한 필요한 부분이었다. 스캐머 같은 사람이 보기에는 그의 경기가 괜찮아 보일지 모른다. 프로 파이터의 주먹이 길거리 불량배들에게 굉장히 강력하게 느껴지는 것처럼. 하지만 에디는 길거리 불량배나 되자고 자기 자신을 채찍질하는 게 아니었다. 일주일 뒤에 뚱보와 다시 경기를 할 예정이었다. 이제 뚱보를 이길 때가 왔다. 첫 번째 공만 잘 쳐내면, 래크된 공들을 충분히 쉽게 처리할 수 있다. 그러나 아직

---

* 기장은 허리까지 오고 품은 넉넉하며 소매단과 밑단에 밴드가 달린 미국 공군 조종사들이 입는 재킷

충분치 않았다. 학과실 당구대는 경기하기 편한 당구대여서 부담이 전혀 없었다. 70점이나 80점 정도는 한 번에 따낼 수 있을 것이다. 젊었을 때는 그런 당구대에서 실수를 한 적이 아예 없었다.

때때로 사람들이 에디가 당구 치는 걸 구경하러 오기도 했다. 젊은 교수들이 가끔 아침 식사로 커피 한 잔을 들고 나와 있기도 했다. 그들은 30분 동안 조용히 둘러서 있다가 자리를 떠났다. 같이 경기를 하자는 사람이 없어서 다행이라는 생각이 들었다. 학과실에서 첫 주를 보내고 나니 침입자가 된 것 같은 느낌이 더 이상 들지 않았다. 그곳에 속해 있는 기분이었다. 연습 시간을 늘리는 건 힘든 일이었고, 한때 소유했던 불꽃이 꺼졌다는 사실이 절망적이기도 했지만, 에디는 계속 당구를 쳤다. 지금의 경기 방식과 뚱보와 투어를 하기 전 경기 방식의 차이는 대안이 될 만한 샷이 조금 더 분명하게 보인다는 것이었다.

세인트루이스에서 열린 다음 경기에서 에디는 더 나은 실력을 보였지만 여전히 뚱보한테는 기를 펴지 못했다. 150 대 142.

"대체 뭘 어떻게 해야 할지 모르겠어요." 경기가 끝난 뒤 에디가 털어놓았다. "이 투어로 번 돈이 한 푼도 없다니까요. 투어가 끝나면 시작하기 전보다 돈이 더 없을 거예요."

"사람들은 당구 경기 관람에 돈을 내지 않지. 우리가 록 가수는 아니지 않나."

"빌어먹을, 백번 맞는 말입니다." 에디가 담배에 불을 붙였다. "어떻게 생계를 꾸려야 할지 모르겠어요. 당구장을 하나 매입해야 하나⋯⋯. 휴."

"내가 해 줄 말은 이미 다 했네." 뚱보가 야외 임시 관중석에서 일어나 조금 전에 경기를 치렀던 당구대로 다가갔다. 두 사람은 그들을 공항으로 데려다줄 차를 기다리고 있었다. 도착이 늦어지고 있었다.

"나한테 해 줬던 얘기 기억하고 있어요." 에디가 말했다. 그도 자리에서 일어나 저쪽으로 건너갔다. 관중석에 아직 사람들이 조금 있었지만 그들은 더 이상 뚱보와 에디에게 시선을 두지 않았다. "나한테 공이 필요하다고 했잖아요. 그것도 맞는 말이에요, 뚱보. 하지만 돈이 안 된다고요."

"논란의 여지가 있긴 하지." 뚱보가 3번 공을 집어들더니 팽그르르 돌려서 테이블 가장자리를 따라 구르게 했다. 공이 레일 세 군데를 훑고 지나가다가 코너 포켓으로 들어갔다. 주차장에서 어떤 차가 빵빵대며 경적을 짧게 울리다가 이내 멈추었다. "내가 자네에게 토너먼트에서 경기를 해 보라고 말한 적도 있지."

"말도 안 되는 소리예요." 에디가 말했다. "이번 겨울에 뉴욕에서 월드 오픈이 개최되는데 우승 상금이 8,000달러예요. 참가비가 500달러고요. 그리고 2주간 뉴욕에 머물러야 해요. 그건 완전히 우승을 해야만 남는 장사라니까요."

"그럼 우승을 하면 되지." 뚱보가 말했다.

"실리랑 도르프마이어를 상대로요? 당신도 그들은 못 이겨요. 그리고 나는 당신도 이기지 못하고요."

"내가 이길 수 없는 자가 누구라는 그런 소리는 꺼내지도 말게, 패스트 에디." 뚱보는 7번 공을 들어 조금 전과 똑같이 레일 세 군데에 부딪히며 지나가게 했다. 이번에도 7번 공이 코너 포켓 속으로 털썩 들어가 3번 공 위로 떨어졌다.

"그러면 월드 오픈에 나가면 되겠네요." 에디는 순간 관중석을 바라보았다. 한 무리의 사람들이 드디어 자리를 뜨려고 일어서고 있었다. 시시한 관중들이었다. 그들은 뚱보가 마지막에 40점을 따고 경기를 끝냈는데도 박수를 치는 둥 마는 둥 했었다.

"나는 월드 오픈에서 경기를 할 필요가 없어. 다음 달에 이 투어가 끝나면, 그 경기가 내 생애 마지막 당구가 될 거네. 더는 필요 없어. 당구가 필요한 사람은 내가 아니라 자네야."

"나는 토너먼트는 해 본 적이 없어요. 허슬러는 그렇게 하지 않잖아요. 당신도 구석에 박혀 있었지, 자신을 드러내고 싶어 하지는 않았잖아요."

"시대가 변했어, 에디. 스트레이트 풀은 구식이라고. 자네도 계속 구석에 박혀 있어도 돼. 그러다 그냥 굶어 죽는 거지."

"아니면 부동산을 팔든지."

뚱보가 생각에 잠긴 눈으로 그를 바라보았다. "돈은 나인볼에 있네."

"나는 나인볼 안 쳐요."

"배우면 돼."

"나인볼은 애들이나 하는 게임이에요. 걔들은 당구대에 25센트짜리 동전을 넣고 나머지는 주크박스에 넣는, 그런 술집에서나 당구를 치죠."

"몇몇 술집에서는 돈을 많이 걸고 경기하지."

"신시내티에서는 나보고 실력이 충분하지 않다고 했잖아요."

"실력이 좋아졌어." 뚱보가 그를 쳐다보았다. "얼 보차드가 작년에 나인볼 토너먼트를 돌아다니면서 얼마를 벌었는지 아나?"

"아니요."

"60,000달러. 그자가 한쪽에서 어떤 허슬을 했는지는 나도 모르네. 사람들이 말하길 그자는 바가 있는 당구대에서 게임을 한다더군."

"그 사람이 얼마나 벌었는지 어떻게 알았어요?"

"《빌리어드 먼슬리》에서."

에디는 당구장에서 그 잡지를 받곤 했지만 대충 쭉 훑어

보기만 할 뿐 한 번도 자세히 본 적이 없었다. 대부분 당구대나 큐대 제조업체 또는 기술 샷을 다룬 책들 광고가 실려 있었다. 젊은 선수들 프로필도 있었는데, 대개는 큐대를 들고 찍은 광택이 번지르르한 사진 아래에 그 선수가 극찬을 받을 만한 내용이 몇 줄 적혀 있었다. 그걸 보고 있으면 에디는 묘하게 짜증이 났다. 잡지에 애슈빌이나 채터누가, 타호 호숫가에서 열리는 나인볼 토너먼트에 대한 광고도 있긴 했다.

"60,000달러요?"

"토너먼트가 일곱 번이야. 한 10주 정도 진행되고."

에디는 토너먼트에 돈이 그렇게 많이 도는지 몰랐다. "비용은 그자가 댔을 거 아니에요?"

"이동 중일 때는 자네도 비용을 대잖아. 그런데 60,000달러 번 적 있나?"

"보차드 실력은 최고예요. 두 번째는 얼마나 벌까요?"

"물어보지 말게." 뚱보가 당구대로 되돌아갔다. "자네가 자네의 시력을 믿지 않는다면, 술집에 있는 당구대들이 더 나을 거네. 더 작으니까." 그는 에디를 쳐다보았다. "그들은 그 당구대에서 에잇볼도 쳐. 술집에서 에잇볼을 치고 다니면서 돈을 꽤 두둑하게 벌 수 있지."

"에잇볼은 형편없어요. 공들이 촐랑촐랑 굴러다니는 거, 그게 다라니까요."

뚱보는 잠시 침묵하며 에디를 바라보았다. 그러고는 공이 아직 있는 당구대 아래쪽 공간으로 가서 쪼그려 앉아 공을 꺼냈다. 가운데에 검은 공을 놓으며 삼각틀 안에 래크했다. "에잇볼 한 판 하지." 그는 관중석에서 큐대 케이스를 가지고 와 은빛으로 감싸져 있는 큐대, 조스를 꺼냈다. 에디는 미덥지 않은 얼굴로 그를 지켜보았다. 미네소타 뚱보 같은 선수가 에잇볼을 친다니 상상도 할 수 없는 일이었다. 뚱보는 큐대를 단단히 붙들고 당구대 헤드 레일 쪽으로 가서 자세를 잡은 뒤 공들을 사방으로 퍼트렸다. 스트로크의 무게감이 대단했다. 공들이 여기저기로 구르더니 두 개가 포켓으로 들어갔다. "우선," 그가 입을 열었다. "브레이크에서 하나는 해결해야 하네."

"그건 확신할 수 없는 일이에요."

"술집 당구대에서는 가능해." 뚱보가 말했다. "내가 줄무늬 공으로 하지." 브레이크에서 줄무늬 공과 색깔 공이 포켓으로 들어갔기 때문에 뚱보에게 선택권이 있었다. "왜 그런지 아나?" 그는 칠판 앞에 서 있는 학교 선생님 같았다.

에디는 테이블을 보았다. "줄무늬 공 네 개가 열려 있네요."

"전혀 아니야." 뚱보가 받아쳤다. "에잇볼에서 중요한 건 샷을 남기지 않는 거네. 중요한 경기에서는 그렇지 않지만. 가끔 때가 되면 상대가 공 몇 개를 손에 넣게 해야 해. 컨트롤을 잘해야 한다, 이 말이야. 나는 색깔 공을 컨트롤하기 위해 줄무늬 공을 치는 거고." 그가 허리를 숙이고 13번 공을 처리했다. 관중석에서 움직임이 감지되었다. 에디는 고개를 들어 아직 남아 있는 대여섯 명이 구경을 하기 위해 맨 앞줄로 오는 걸 보았다.

"이제 9번을 칠 거야." 뚱보가 말했다. "그리고 12번 공을 넣기 위해 내 포지션을 딱 몇 센티미터만 띄울 거네. 그런 일이 간혹 일어나기도 하지." 그러고는 상체를 구부리고 9번 공을 쳐서 포켓에 넣었다. 큐볼이 너무 멀리로 굴러가더니 12번을 치기 어려운 위치에 멈추었다. 뱅크 샷이 필요했다. "자 이제 12번과 관련해서는," 뚱보가 말을 이었다. "내가 처리할 필요가 없어." 그는 뱅크 샷으로 공이 테이블을 가로질러 옆쪽으로 가게 만들면서 일부러 12번을 놓쳤다. 큐볼은 공들이 모여 있는 곳의 한쪽으로, 즉 14번 공만 칠 수 있는 곳으로 굴러갔다. "내가 이걸 성공했다면, 나한테는 좋은 일이지. 그러나 만약 내가 공을 놓친다 해도, 상대의 손에는 아무것도 없어."

"수비 경기는 나도 할 줄 알아요." 에디가 받아쳤다.

"나는 지금 에잇볼의 수비를 말하고 있네." 뚱보가 말했다. "자네가 이 게임을 제어하는 법을 배우면 그걸로 먹고살 수 있다는 말을 해 주려는 거야."

"술집에서요?"

"술집에서, 패스트 에디."

에디는 스캐머와의 에잇볼을 떠올렸다. "남부에서요?"

뚱보가 그를 쳐다보았다. "겨울이 오고 있지 않나."

"아까 나인볼 토너먼트에 대해 이야기했었잖아요." 에디가 반문했다. "지금은 에잇볼이네요."

"걷기 위해서는 우선 기는 것부터 해야지."

"그게 무슨 뜻이에요?"

"자네는 아직 나인볼을 할 준비가 되어 있지 않네, 패스트 에디. 보차드는 자네 머리 위에서 걸어갈 거고, 다른 선수 대여섯 정도가 그러고 있을 거라고. 자네는 두뇌와 경험으로 에잇볼을 칠 수 있어."

"고마워요."

뚱보는 큐대를 다시 해체하기 시작했다. 그의 뒤에, 관중석에 있는 사람들은 그의 당구에 매료되어 있었다. "이걸 여섯 달 동안 하면, 자네의 과거로 돌아갈 수 있을 거네. 그러면 그때 나인볼을 쭉 하면 돼."

"전 나인볼이나 치는 양아치는 정말 싫은데요."

"그게 싫으면 부동산이지." 뚱보가 말했다.

"어디에서 에잇볼로 돈을 벌 수 있는데요?"

"공항에 도착하면 리스트를 주겠네. 차가 오고 있구먼." 뚱보가 주차장을 가리켰다. 파란 차가 다가오고 있었다. 차 옆면에 이런 문구가 있었다. **공항 서비스.**

"에잇볼을 칠 수 있는 곳 리스트는 어디에서 구했어요?"

뚱보는 큐대를 케이스에 넣었다. "은퇴하고 나서 쓸 돈을 내가 어떻게 벌었다고 생각하는가? 자네가 켄터키에서 래크하는 동안 나는 노스캐롤라이나에서 당구대 동전 구멍에 25센트 동전들을 넣고 있었지."

에디가 그를 빤히 쳐다보았다. "정장을 입고요?"

"내 사이즈의 청바지를 구했어. 그거 사느라 12달러가 추가로 들었고."

5

    오하이오에서의 어린 시절 에디는 조립식 큐대나 흰색 공으로 브레이크를 한 적이 한 번도 없었다. 주로 비치용 큐대와 칙칙한 갈색 큐볼로 당구를 쳤었다. 찰리가 에디에게 당구를 가르쳐 주었고, 찰리는 그에게 첫 윌리 호페 큐대를, 연결 부위가 청동 재질이며 하대가 검은색 가죽으로 감싸진 그 큐대를 사 주었던 사람이었다. "이 큐대로는 공을 세게 치면 안 돼." 찰리가 말했다. "이음 부분이 버티지를 못하거든." 윌리 호페를 쓰기 전 에디는 큐대들 중 무게가 620그램에서 650그램 정도 되는 것을 골라 그 큐대로 래크된 공을 강타해 오픈 시키곤 했다. 그런데 이제는 완전히 달라졌다. 지금 마주하는 공들은 페놀 수지라는 물질로 만들어졌고 색깔도 더 밝았다. 14번 공의 어두운 녹색 줄은 이제 밝은 에메랄드색으로 바뀌었고 광택이 번지르르했으며, 9번 공은 월트 디즈니에 나올 법한 샛노란색이었다. 그리고 지금, 흰색 공으로 래크된 공들을 브레이크할 때는, 수제 큐대인 발라부시카로 있는 힘껏 치면 되었다. 그렇게 해도 철제 연결 부위가 망가지지 않았다.

큐대를 뒤로 길게 당기며 래크된 공 여덟 개를 강하게 때리자 앞부분이 활짝 열렸다. 3번과 7번이 포켓으로 떨어졌지만, 큐볼은 풋 스폿* 근처에 멈추었다. 원래는 큐볼이 뒤따라 구르며 남은 공들을 다시 브레이크하려는 의도였으나 그렇게 되지 않았다. 테이블 위에 펼쳐진 공들의 전체적인 배치를 눈에 담으며 5번과 나머지 색깔 공들을 확인한 뒤 마지막으로 처리해야 하는 8번 공을 바라보았다. 문제가 될 만한 부분이 전혀 없었다. 이런 작은 당구대에서는 전부 다 간단했다. 그는 집중하고 주의를 기울이며 공들을 연속으로 처리했다.

"큐대 좋네요." 어제 있었던 바텐더가 아닌 다른 바텐더였다. 흰색 앞치마를 두른 금발의 청년이었다. 오후 네 시 나이가 지긋한 남자 둘이 바의 저 끝에서 맥주를 탄 위스키를 가운데 두고 옹송그리고 앉아 있었다. 그들을 제외하면 에디가 유일한 손님이었다.

"고마워요." 에디는 당구대에 큐대를 내려놓고 바로 다가

---

* 에잇볼에서 초구 샷을 위해 여덟 개의 공을 모아 래크할 때 맨 꼭대기의 공을 놓는 점

갔다. "생맥주 한 잔 주세요." 그는 사실 별로 내키지 않으면서 유쾌하고 자유로운 척했다.

바텐더 청년이 맥주 한 잔을 따라 바 위에 놓았다. "여기 처음 오신 거 같네요, 맞죠?"

"어제도 왔었어요."

청년은 고개를 끄덕이더니 본인 맥주도 따르기 시작했다. "에잇볼을 무슨 선수처럼 치시네요."

뚱보는 그에게 고급 큐대로 공을 친다는 사실을 어지간하면 숨기지 말라고 조언했다. 상대가 꽤 영리해 보일 때만 한 10에서 15퍼센트 정도 숨기라고 조언했다. 에디는 어제와 똑같이 큐대의 존재를 전혀 숨기지 않고 한 시간 동안 연습을 했다. 아무도 관심을 보이지 않았다. 딱 한 가지 문제점이 있었다. 바로 큐볼이 크다는 것. 그 때문에 큐볼을 뒤로 올바르게 보낼 수가 없었고, 그래서 가끔 공이 처리하기 아주 힘든 위치에 자리 잡는 경우가 발생했다. 그로 인해 다음 샷에서 실수가 나오기도 했다. 어떻게 보면 꼭 애들이 치는 당구 같기도 했다. 그는 당구대의 동전 구멍에 25센트를 넣고 당구공을 다시 테이블로 가지고 가 또 래크를 한 뒤 브레이크 샷을 친 다음 공을 포켓으로 집어넣었다. 역시나 문제는 굼뜬 큐볼이었다. 익숙해지기까지 시간이 좀 필요했다.

에디는 맥주를 홀짝이고 청년을 바라보았다. "주변에 괜찮은 선수들이 좀 있나 보군요."

청년이 활짝 미소 지었다. 스물다섯 정도 되어 보이는 그의 얼굴은 호감형이었다. "그렇게 생각하실 줄 알았어요. 처음에 그 큐대를 봤을 때요."

"돈 걸고 당구를 좀 치고 싶은데." 어쨌거나 그 말은 사실이었다.

"부머라는 사람이 있긴 해요."

"부머?"

"내가 알기론 그 사람 진짜 이름이, 데이브인지 드와이트인지 아무튼 무슨 부머예요. 그자와 당구를 칠 수 있을 거예요."

"그가 게임당 100달러를 걸겠어요?"

청년이 눈을 꿈뻑였다. "그야 돈이 있으면요."

"그 사람 후원자 있어요?"

"그 말은 그가 경주마냐라고 묻는 건가요?"

"네. 경주마."

"가끔 그를 지켜보기만 하는 남자가 있긴 해요."

"부머가 곧 올까요? 그러니까 오늘 밤에?"

"모르죠." 청년은 맥주를 내려놓고 주방으로 이어지는 통로로 갔다. "아르니." 그가 누군가를 불렀다.

홀쭉하고 어두운색 얼굴이 통로에 나타났다.

"저 사람이 부머와 당구를 치고 싶대."

검은 머리가 고개를 끄덕이더니 에디를 흘긋 보았다.

"전화번호 없나?"

"금전 등록기 안에 있어. 수표 아래에."

"알았어." 청년이 금전 등록기로 가 뚜껑을 열고 한 손으로 계산서 칸을 들고서 다른 손으로 서류들을 들췄다. 이내 접혀 있는 종이를 찾아내고 에디에게 돌아섰다. "전화해 볼까요?"

에디의 배 속이 팽팽해졌다. "그래 주면 고맙죠."

"이런 우라질!" 에디의 발라부시카를 보자마자 부머가 소리쳤다. "저런 막대기를 들고 있는 남자랑 한 판 붙자고 집에서 편하게 쉬다가 끌려 나온 거냐고 지금. 이거 뭐야!" 그가 뒷주머니에서 빨간색 반다나 손수건을 꺼내고 코를 요란하게 풀었다. "아니, 너희들이 발라부시카를 든 저 남자로부터 날 지켜줘야 할 거 아냐!" 그는 눈을 가늘게 뜨고 그를 보고 있는 에디의 얼굴을 처음으로 마주 했다. "당신, 트릭 샷을 친다는 거에 내 손에 장을 지진다." 넓적한 그의 얼굴은 불그스름했고 굵은 주름이 잡혀 있었다. 마치 눈을 이글대는 농장 일꾼 같았다. 또는 마약에 미쳐 날뛰는 소작인. 그는 어깨에 견장이 달린 빛깔이 바랜 황갈색 밀리터리 셔츠와 헐렁한 코듀로이 바지를 입고 있었고, 바지는 카우보이 부츠의 구깃구깃한 발등 위에 닿아 있었다. 나이가 얼마나 될지 가늠하기 어려웠지만—30대에서 50대 사이 어디쯤 되어 보였다—배가 불룩하고 눈 주위에 주름이 자글자글했다. 그의 두 눈은 창백하고 비현실적으로 파랬으며 얼음처럼 차가웠다. "저 발라부시카가 공을 이리저리 춤추게 만들 거라는 것에 내가 장을 지진다고."

"발라부시카 뒤에 서 있는 나보다는 별로일걸." 에디가 받아쳤다.

"이런 제기랄." 부머가 내뱉었다. "이거 만만치 않네." 구경꾼들 중 몇몇이 웃었다. 바텐더가 전화를 걸고 난 이후 열다섯에서 스무 명 정도가 모여들었다.

"당신 막대기도 꺼내지 그래?" 에디는 부머가 들고 온 가죽 케이스 쪽으로 고갯짓을 하며 "당구나 한판 하자고."라고는 한 손에 큐대를 들고 다른 한 손은 주머니에 넣었다. 자신의 초조함이 드러나지 않기를 간절히 바라면서. 그는 친숙한 당구장의 친숙한 당구대에서 친숙한 사람들을 주위에 모아 둔 상대와 경기를 하는 것이 어떤 느낌인지 잊고 있었다. 게다가 부머는 부츠 굽으로 켄틸 타일이 깔린 바닥 위를 딱딱 밟으며 이 술집으로 들어와 우렁차게 목소리를 냈던 그 순간, 이 공간을 장악했었다.

"이 큐대가 당신 큐대를 보고 뒤꽁무니를 빼지 않는다면." 부머가 말했다. 그는 케이스를 열고 두 개로 분리된 큐대를 미끄러지듯 꺼냈다. 상당히 좋아 보였다. 후블러나 무치 같았다. 족히 300달러는 될 터였다. 큐대의 나사를 아주 잽싸게, 가볍고 섬세한 터치로 돌리는 그의 모습은 거친 겉모습과 대조되었다. 에디는 오래전에도 이런 장면을 본 적이 있었다. 투박한 시골 남자같이 생긴 사람들이 당구대 위로 상체를 숙이고 난 다음에는 부드러운 손으로, 그리고 보석 세공인처럼 가벼운 손길로 큐대를 다루던 장면.

"여기에서는 에잇볼을 하지." 부머가 말했다.

"게임당 100달러로."

"오호. 이런 우라질." 부머가 뱉어냈다. "킹 사이즈 침대에 누워서 〈매그넘 피아이*〉 재방송을 보고 있었는데 갑자기 전화가 오더니 지금 여기에서 고급 막대기를 들고 있는, 한 판에 100달러를 걸고 당구를 치려는 낯선 사람이랑 이야기를 나누고 있네. 그래 뭐, 인생에 편한 게 어딨어."

"할 거야?" 에디가 차분하게 물었다. 그 남자는 그가 원하던 걸 손에 넣고 있었고, 에디는 동요하기 시작했다.

"웨이랜드." 부머가 그곳의 다른 이들처럼 모든 걸 주의 깊게 지켜보던 바텐더에게 말했다. "드람부이 온 더 락 한 잔이랑 감자 샐러드 하나 해 줘." 그러더니 에디에게 "당구대에 25센

---

* 미국에서 방영된 범죄 드라마

트 넣어."라고 했다.

그들은 브레이크 샷 우선권을 위해 동전을 던졌고, 부머가 이겼다. 그는 묵직한 비치용 큐대로 래크를 오픈했다. 어린 시절 찰리가 가르쳐 준 대로 묵직한 큐대로 브레이크를 했고, 공 세 개가 포켓에 들어갔다. 그런 다음 분리형 큐대로 바꾸고 공들을 처리했다. 에디는 그에게 50달러짜리 두 장을 건넸다. 여섯 시였다. 구경꾼들이 점점 더 늘어났다. 그들은 에디와 부머 뒤에 있는 또 다른 당구대의 레일에 기대어 서 있었다. 바 의자는 사람들이 전부 차지하고 있었고, 다들 두 사람 쪽으로 몸을 틀어 경기를 지켜보는 중이었다.

부머는 에디의 예상대로 차분하게 샷을 쳤고 대체로 뚱보처럼 우아했다. 브리지를 흔들대면서 큐대를 길게 급강하하는 그의 스트로크는 기이했으나 공만큼은 견고하게 쳐 냈다. 게다가 큐볼이 묵직한데도 불구하고 그의 샷 한 번에 큐볼은 반대 방향으로 90센티미터나 가뿐히 되돌아왔다.

"승자가 브레이크지." 부머는 그렇게 말하고 바로 다가가 감자 샐러드와 칵테일을 입 안 가득 넣었다. 냅킨으로 입을 쓱쓱 문지르며 돌아와 냅킨을 뭉쳐 뒷주머니에 밀어 넣고 큐대를 들어 올려 공들을 브레이크 했다. 당구대 크기는 106×213센티미터였다. 브레이크 샷이 단단하게 들어가자 공들이 사방으로 고르게 흩어졌다. 에디는 이런 테이블에서 게임을 한 적이 한 번도 없었다. 이 테이블에서 게임을 얼마나 더 할 수 있을지 확신이 서지 않았다.

부머는 상체를 숙이고 첫 번째 공을 테이블 아래로 떨어뜨린 다음 주위의 관중들을 바라보았다. "이 좆만 한 새끼들을 계속 처리해야 한다고." 그가 말했다. "저 발라부시카에 기회를 주면, 그게 나를 구빈원에 처넣을 테니까."

"그냥 불쌍한 큐대일 뿐이야, 부머." 관중 속 누군가 말했다.

"그런 달콤한 말 따위 지껄이지도 마." 부머가 받아쳤다. "저 큐대의 큐팁에는 레이더와 초소형 회로가 있다고. 저 남자가 가지고 있는 저런 큐대가 있으면 침대에 나자빠져 있다가 토요일 밤이나 되어야 큐대를 밖으로 내보낼 만한 거라, 이 말이야. '500달러 벌어 와, 발라부시카'라고 하면서. 나는 저런 첨단 기술의 큐대를, 실리콘 밸리에서 대학 학위를 받은 사람이 만든 그런 큐대를 잘 알아." 그는 머리를 흔들며 상체를 숙이고 샷을 쳤다. 7번 공이 잘려 나가듯 부딪히더니 사이트 포켓으로 들어갔다. 큐볼은 완벽한 위치에서 몇 센티미터 떨어진 곳으로 굴렀다.

에디는 침묵을 유지했다. 이런 루틴은 전에도 본 적이 있었다. 최고의 대응은 애써 여유 있는 분위기를 풍기며 상대의 경기에 정신을 팔거나 바보 같은 짓을 하지 않는 것이다. 그

때까지는 부머의 실력이 어떻다고 말하기가 불가능했다. 뚱보는 이 동네에 프로 선수가—술집 당구대에서 허슬을 하면서 모든 생계를 유지하는 사람이—서너 명 있다고 말했었고, 보아하니 부머가 그들 중 최고 같았다. 에디는 부머가 경기를 하는 당구대에서 약간 떨어진 빈 당구대에 몸을 기대고 마음을 안정시키려 노력했다. 부머는 재밌는 사람이었지만, 말투에 공격성이 잠재해 있고 가끔 에디를 휙휙 돌아볼 때의 눈빛 또한 상당히 냉랭했다. 에디는 조용히 지켜보며 그가 실수하길 잠자코 기다렸다.

부머가 공 두 개를 더 처리했을 때, 길게 치기가 깊게 들어가는 바람에 큐볼이 포지션에서 벗어나 저 멀리로 굴러가 버렸다. 그는 어깨를 으쓱하며 남은 공들 중 하나에 뱅크 샷을 해 공을 일부러 놓쳤다. 큐볼은 완전히 안전한 곳으로 굴러갔다. 그게 바로 뚱보가 덴버에서 설명해 주었던 '만약 내가 공을 놓치면' 샷이었다.

에디는 큐대를 단단히 붙들고 부머를 바라보았다. "내가 공을 하나도 치지 않으면 어떻게 되지? 규칙이 있나?"

"큐볼을 라인 뒤에 놓을 수 있지." 부머가 답했다. "스크래치* 됐을 때처럼."

---

* 포켓 당구에서 목적구 대신 큐볼이 들어가는 것

정말 열받는 일이었다. 만약 에디가 줄무늬 공을 하나도 치지 않으면, 부머가 경기를 쉽게 이어나갈 것이다. 큐볼이 6번 뒤 아주 어려운 위치에 처박혀 있었다. 에디는 잠시 골똘히 생각했다. 그가 해야 할 일은 근처 레일을 뱅크하고 11번 공을 잘 활용하여 수비를 하는 것이었다. 에디에게 남은 샷은 그것뿐이었다.

그러나 12번이, 테이블 아래쪽 끝 멀리에, 코너 포켓에서 몇 센티미터 떨어진 곳에 있었다. 큐볼을 구석에서 꺼내 레일 두 곳에 뱅크하게 하면서 대각선으로 길게 내려 보내면 될 것이다. 아주 어려운 샷이었다. 만약 그걸 놓치면, 부머가 당구대를 점령할 터였고, 레일 두 곳을 이용해 한 샷으로 10점을 낼 수도 있었다. 에디는 바텐더를 바라보았다. "맨해튼 한 잔 줘요. 온 더 락으로." 그는 당구대로 올라서서 안경을 고쳐 쓰고 처리하기 어려운 6번 공 너머에 왼쪽 손가락을 세심하게 펴 브리지를 높게 만든 다음 큐대 뒷부분을 위로 처든 채 뒤편에 있는 12번을 다시 한번 흘긋 한 뒤 화가 난 듯 세게, 그러면서도 부드럽게 샷을 쳤다.

큐볼이 구석에서 튀어나와 테이블을 가로지르며 12번 공을 예리하게 탁 깎아 쳤다. 12번이 데구루루 굴러 깔끔하게 포켓으로 들어갔다. "이런 개 같은!" 부머가 소리쳤다. "아, 빌어먹을 작은 칩 때문에."

"큐팁에 박힌 칩이지." 에디가 술을 가지러 바로 가면서 말했다. 바 의자에 앉아 있던 남자들이 그를 가만히 응시했다. 그는 바텐더가 칵테일에 체리를 올리는 걸 기다렸다가 길게 쭉 들이켜고 당구대로 돌아갔다. 마침내 안정되는 마음을 느끼면서.

　부머는 실력이 좋았지만, 뚱보와 견줄 만한 구석이 하나도 없었다. 그는 뱅크 샷을 잘하지 못했고, 그나마 두드러진 강점은 득점을 쉽게 하는 것이었다. 허슬러들이 지금도 스트레이트 풀을 치고 있었다면, 그는 훌륭한 스트레이트 풀 선수였을 것이다. 어쨌든 그는 술집에서 에잇볼을 치며 먹고살 수 있을 만큼의, 실력이 꽤 괜찮은 사람이었다. 에디는 침착하게 경기에 임했고, 열 시가 되었을 때는 700달러를 손에 쥐고 있었다.

　부머는 마지막 50달러 두 장을 내밀면서 에디를 냉랭하게 바라보았다. "어이, 나랑 더 겨루고 싶으면, 당신이 핸디캡을 가져야 할 거야." 그가 거친 시골 청년의 행동거지를 떨구고 목소리를 낮춰 조용히 말했다.

　에디는 저녁 식사를—베이컨 토마토 샌드위치를—다 먹었다. 종이 접시를 들어 바 위에 올려놓고 다시 당구대로 돌아갔다. 구경꾼들이 아무 말 없이 그에게 길을 내주었다. "자,

뭘 원하지?"

"내가 브레이크할게." 부머가 말했다.

에디는 그를 바라보았다. 제정신이 아닌, 심술궂은 지능을 겸비한 듯한 그의 기이한 얼굴을 보았다. 차가운 눈 속에 숨겨진 위협이 보였다. 그리고 얇고 섬세한 큐대를 들고 있는 그의 작은 손을 보았다. "난 당신이 브레이크를 할 기회를 주지 않아. 그리고 내가 8번을 넣을 거고. 게임당 500달러를 건다면 말이지."

"당신 같은 사람들 얘기 들어 본 적 있어." 부머가 말했다.

"당연히. 그런 얘기 들어 봤다는 거에 나도 손에 장을 지진다, 부머."

부머가 순간 그를 노려보더니 희미하게 웃었다. "전화 좀 한 통 하고."

"해."

그는 바 끝에 있는 공중전화로 갔고, 그동안 에디는 커피 한 잔을 마셨다. 어깨에 통증이 느껴지기 시작했다. 부머가 후원자인지 뭔지 모를 누군가에게 전화를 하고 있었는데, 순간 에디의 뱃속이 또 팽팽하게 당기는 느낌이 들었다. 지난 수년간 잊고 있던 느낌이었다. 빌어먹을 두려움이었다.

후원자는 놀라울 정도로 금세 모습을 드러냈다. 꼭 맞는 회색 정장에 짙은 색 넥타이를 한 작은 남자였다. 구경꾼들이 빈 당구대 중 하나에 몸을 기대며 그에게 공간을 만들어 주었고, 그는 거기에 선 채로, 당구대에 기대지 않고서 에디가 공을 래크하고 부머가 브레이크하는 모습을 지켜보았다. 경기가 거칠어지고 있었다.

순간적으로 에디는 승률을 따져보다가 자기가 바보가 된 기분이 들었다. 8번을 뱅크하는 행위는 파멸을 불러올 수도 있었다. 이런 당구대에서 부머 같은 선수와 겨루면서, 자칫 실수를 했다가는 감당이 되지 않을 수 있었다. 부머는 줄무늬 공 세 개를 연이어 처리한 다음 방어적으로 경기를 운영했다. 에디는 이번 판에서는 복잡하고 화려한 기술을 시도하지 않고 수비로 상대를 받아쳤다. 샷이 몇 차례 이어지는 동안 둘은 계속 오락가락했고, 그러다가 에디가 드로 샷*을 칠 때 그 묵직한 큐볼을 의도한 대로 충분히 끌고 오지 못하는 바람에 부머에게 11번에 샷을 할 기회가 주어졌다. 부머는 아무 말하지 않았지만 온 정신을 집중하고 11번을 끊어쳐 사이드포켓에 넣었다. 그렇게 그는 공을 전부 넣었다.

에디는 지갑에서 500달러를 꺼냈다. 부머가 정장 입은 남자 쪽으로 고갯짓을 했다. "저 사람한테 줘." 에디가 키 작은

---

* 큐볼로 목적구를 치고 큐볼이 다시 되돌아오게 하는 샷

남자에게 다가가 돈을 내밀었다. 그는 조용히 돈을 받아 들고 주름을 편 다음 세기 시작했다. 에디는 당구대로 다시 돌아가 공을 래크했다. 그러고는 바로 가서 커피를 마저 마시면서 당구대를 가만히 지켜보았다. 부머가 큐대를 앞뒤로 흔들어 브레이크를 하자 래크된 공들이 사방으로 흩어졌다. 줄무늬 공 하나와 색깔 공 하나가 아래로 떨어졌다. 그는 색깔 공을 선택해 치기 시작했다.

에디가 당구대로 다시 다가갔다. 발바닥과 어깨가 욱신댔다. 커피는 별 도움이 되지 않았다. 여기 노스캐롤라이나의 이 동네가, 상대에게 친숙한 관중들과 상대에게 익숙한 당구대에서 에디가 8번 공을 뱅크하겠노라 호기를 내비치고 있는, 여기가, 이름도 벌써 잊어버린 이 동네가 어디였더라? 헤이니빌. 맞다, 이름이 그거였다. 뚱보의 리스트에 첫 번째 줄에 있던 이름. "거기에 하이 롤러*가 꽤 있지." 뚱보가 말했었다. 그들 중 어떤 이는 기계처럼 공을 처리한다고 했다. 툭, 툭, 툭. 공들이 작은 당구대의 큰 포켓 속으로 쏙쏙 들어갔다. 툭. 마지막은 8번 공이었다. 에디는 또 500달러를 가져와 키가 작고 말쑥한 그 남자에게 건넸다. 이제 그는, 당구를 친 지네 시간이 지난 지금 300달러를 밑지고 있었고, 25센트 동전

---

* 도박에 돈을 많이 거는 사람

만 몇 개 남아 있었다. 그는 자신에게 더 견뎌야 한다고 말하면서 동전 구멍에 25센트짜리를 또 넣었다. 공이 당구대의 내부 통로를 따라 굴러 나오자 공을 꺼낸 다음 부머를 위해 8번 공을 중앙에 놓고 래크했다.

부머가 공을 쿵 부딪쳐 오픈했고, 곧바로 공 세 개가 떨어졌다. 그는 이제 점점 타오르고 있었다. 아무래도 조금 전까지 실력을 숨기고 있었던 모양이다. 에디는 그를 지켜보았고, 순간 마이애미와 신시내티에서 뚱보와 겨룰 때처럼 뱃속이 뒤틀리고 불편해지면서 이번에도 또 속수무책으로 당하고 있다는 느낌이 들었다. 부머는 작은 당구대 주위를 더욱더 민첩하게 돌아다니며 공을 포켓 쪽으로 차분히 밀어 넣었고, 어느새 술집을 가득 메운 작업복 차림의 구경꾼들은 한 명도 빠짐없이 그에게 매료되어 넋을 놓고 있었다. 테이블 위 원뿔 모양 조명 너머로 잿빛 연기가 빈틈없이 들어차 있었다. 사람들은 조용히 술을 홀짝였다. 그 누구도 주크박스를 틀거나 이야기를 나누지 않았다. 부머가 샷을 치려고 움직일 때마다 들리는 그의 부츠 굽 소리가 도서관에서나 들릴 것처럼 또각또각거렸다. 그는 줄무늬 공을 전부 처리한 다음 8번을 사이드포켓에 넣었고, 에디는 그 정장을 입은 남자에게 또 돈을 건넸다.

"그쪽이 8번을 뱅크하는 건 아주 구경도 못 하겠네." 에디가 공을 꺼내려고 근처에 쪼그려 앉자 부머가 비아냥댔다.

에디는 그대로 얼어붙어 그를 노려보았다. "1,000달러 어떤가." 에디가 제안했다. 그에게는 1,200달러가 있었다.

"좋지." 부머가 말했다.

에디는 자신의 침착함에 흠칫 놀라며 래크를 마무리했다. 그런 큰돈을 걸고 게임할 계획은 아니었다. 게다가 부머가 에디에게 샷 기회조차 주지 않고 모든 공을 처리해 버릴 수도 있었다. 부머는 근처 당구대로 넘어가서 무표정한 얼굴의 후원자와 속닥거렸다. 에디는 그런 그를 지켜보았고, 즉시 그가 곧 실수할 거란 예감이 들었다.

부머가 당구대로 다가와 큐대를 뒤로 빼고 래크를 쾅 때렸다. 공들이 사방으로 흩어졌지만 포켓으로 들어간 공은 한 개도 없었다. "이런 개 같은!" 이번에는 의미심장한 욕설이 튀어나왔다.

공들이 넓게 퍼져 있고, 8번 공은 사이드포켓에서 2센티미터 떨어져 있었다. 에디는 다른 공들을 먼저 처리한 뒤 8번에 크로스 사이드 뱅크 샷*을 쉽게 넣기 위해 큐볼을 8번 근처에 가져다 놓으면 되었다. 먼저 7번을 얇게 쳐서 풋 레일 코너 포켓에 밀어 넣은 뒤 큐볼을 테이블 길이만큼 굴린 다음 3번 옆에 안착시켜야 했다. 쉽지 않았다. 그는 당구대에서 몇 발짝

---

* 양쪽 사이드 레일에 부딪히며 테이블을 횡단하는 샷

떨어진 곳에 서 있는 부머를 흘끗 쳐다보았다.

"샷 놓치지 말고." 부머가 말했다.

에디는 잠깐 그를 노려보았다. "부머," 그가 입을 뗐다. "내가 무서운가 보군."

에디는 허리를 숙이고 부드럽게 스트로크를 한 다음 7번 공을 끊어 쳐 포켓에 넣었다. 큐볼이 테이블 위쪽으로 굴러가 3번 옆에 거뜬히 자리를 잡았다. 3번 공을 포켓에 넣고 4번과 2번, 그리고 다른 공들도 성공시켰다. 드디어 8번을 뱅크할 만한 포지션이 주어졌다. 잠시 멈춰서 초크를 칠하고 다시 상체를 구부려 스트로크를 했다. 큐볼을 탁 쳤다. 8번 공이 레일에 날쌔게 부딪히더니 테이블을 가로질러 구르다가 포켓으로 쏙 들어갔다.

부머가 후원자에게 돈을 받아와 에디에게 주었다. 에디는 이번엔 지갑을 꺼내지 않았다. 부머가 그를 지켜보는 동안 그는 지폐를 접어서 바지 주머니 속으로 스윽 밀어 넣었다. "그만하자는 말은 안 하겠지, 안 그래?" 에디가 상냥하게 물었다. 그는 자기 목소리가 마음에 들었다.

부머가 고개를 저었다.

"그러면 래크해." 에디가 말했다.

에디는 장거리 전화국에 문의해서 아라벨라의 전화번호를 얻어 내고 침대 옆에 있는 전화기의 다이얼을 돌렸다. 한 시가 되기 조금 전이었다. 정오에 침대에서 일어나 샤워를 하고 룸서비스로 커피를 주문했다.

"팻이 당신이 혼자 산다고 그러던데." 아라벨라가 말했다. 그녀는 다정하게 말하진 않았지만, 최소한 대화할 생각은 있어 보였다.

"네. 맞아요."

"지금 어디예요?"

"노스캐롤라이나 헤이니빌에 있는 홀리데이 모텔이요."

"노스캐롤라이나에서, 이름도 참 신성한 그 모텔에서 뭐 하는데요?"

"돈 걸고 당구 치지요."

"이제 당구 안 치는 줄 알았는데."

"가끔 나도 나 자신에게 놀랍니다."

"전화한 게 그것 때문이에요?"

"블루그래스 공항에 여섯 시에 도착해요. 데리러 오면 일식집에서 저녁 사 줄게요."

"에디," 아라벨라가 말을 꺼냈다. "난 잘 모르겠어요······."

"알아요." 그는 부머에게서 딴 4,000달러 뭉치를 바라보며 말했다. "공항으로 나 데리러 와요. 우리 같이 가야 해요."

아라벨라는 공항에서 그를 기다리고 있었다. 검은색 울 스웨터에 청바지를 입은 그녀는, 마치 촬영이 없는 날의 영화 배우처럼 산뜻하게 손질된 풍성하게 부푼 잿빛 머리칼의 그녀는, 머리칼이 얼굴을 보드랍게 감싸고 있는 그녀의 모습은, 정말 아름다웠다. 에디는 큐대와 나일론 가방을 들고 있었다. 둘은 키스를 하지 않았다. 그녀는 그를 유심히 보며 악수를 했다. 두 사람 모두 아무 말하지 않았다. 마침내 그녀가 입을 열었다. "우리가 서로 잘 아는 사이는 아니죠."

"그럼요." 그가 말했다.

아라벨라는 일자리를 아직 찾지 못했고 직장 구하기에 이미 지쳐 있는 상태였다. 몇 주 전에는 아파트에만 처박혀 있는 것이 그녀를 미치게 하지만 않는다면, 그냥 구직을 포기하고 이혼 수당으로 살아가자고 마음먹기도 했었다. 아라벨라가 에디에게 이런저런 이야기를 하는 동안 두 사람은 조용히 저녁 식사를 했다. 그 이후 그녀의 아파트로 돌아가서 처음으로 사랑을 나누었다. 오랜 친구처럼, 오랜 연인처럼. 두 사람이 떨어져 있던 일주일 사이의 출장과 돈이 그의 모든 걸 바꾸어 놓았고, 두 사람 모두 그걸 느낄 수 있었다. 그는 무얼 해야 할지 알았고 그녀도 마찬가지였다. 그 후 그들은 소파 베드에 누워 이야기를 나누었다. 그는 창문 밖 시내의 불빛을 잠시 내다보다가 9월의 제법 쌀쌀한 공기에 창문을 닫고 침대 위 그의 옆자리에 누워 있는 그녀의 부드러운 하얀 몸으로 돌아 갔다. 둘은 담배를 피우고 둘 사이에 있는 커피잔 받침에 담 배를 비벼 껐다.

"내기 당구는 또 할 거예요?" 그녀가 침묵을 깼다.

"아주 오래전부터 하던 일이에요."

"도박이잖아요, 안 그래요? 단순히 실력 발휘하는 거 아니 잖아요."

"맞아요, 도박."

"영국에서는 당구 노름꾼이라고 해요. 미국에서는 허슬러 라고 하는 것 같고요. 당신이 그거인 거죠?"

에디는 잠시 아라벨라를 쳐다보았다. "나는 노름꾼이 아니 에요."

"미안해요. 뭐라고 불러야 하죠? 허슬러?"

"에디라고 불러요. 담배나 하나 줄래요?"

그녀는 얼굴을 찌푸리며 담배를 건넸다. "당신이 뭐든 간 에, 어쨌든 교수는 아니잖아요."

그가 담배를 물고 불을 붙였다. "당구 실력 발휘하러 한 달 뒤에 앨버커키에 가요. 그전에 멤피스로 가서 텔마라는 선술 집에서 에잇볼을 칠 거고요. 같이 갈래요?"

"같이 가 줬으면 좋겠어요? 총을 든 범죄자의 애인, 뭐 그런 것처럼?"

"하, 역시 또 시작이군요."

"아니면 당구 선수의 배우자로?"

"그것보다 더 괜찮은 할 일이 뭐 있나 보죠?"

아라벨라가 몸을 굴려 에디의 목에 입을 맞췄다. "아니요. 없어요." 그녀가 말했다.

"내가 테니스를 쳤다면 당신이 더 좋아했겠네요."

"브리지* 어때요?" 아라벨라는 연한 파랑색 팬티만 입고서 옷장에서 어떤 큼직한 물건을 꺼냈다. 갈색 종이에 싸인 그것은 그림 같았다. 그녀는 거실 한가운데에 그 물건을 평평하게 눕혀 놓았고, 에디는 침대에서 그녀의 모습을 지켜보았다. 그녀는 러그 위에 양반다리를 하고 앉아 종이에 붙은 마스킹 테이프를 뜯어내기 시작했다. "아니면 프렌치 호른**?"

"뭐 그런 거요. 당구를 친다는 건 마치 크랩스***를 한다는 것처럼 들리니까요."

"맞지 않아요?" 아라벨라는 갈색 종이 한쪽 끝을 뜯어 액자에 든 그림을 밖으로 끌어냈다. 에디는 더 잘 보이게끔 팔꿈치에 무게를 실었지만 잘 보이지 않았다. 그녀가 그림 위로

---

* 어깨와 양쪽 발의 지지를 통해 몸통을 들어주는 운동
** 밸브식의 금관악기
*** 주사위 두 개로 하는 도박의 일종

상체를 숙이자 드러나는 그녀의 자그마한 가슴이 무척 아름다웠다. 둥그스름하게 구부러진 척추 모양 역시 고혹적이었다. "나이트가운은 어쨌어요?" 그가 물었다.

"아파트는 따뜻하잖아요." 아라벨라는 포장지의 구겨진 부분을 쫙 펴면서 네모지게 가지런히 접었다. 욕실의 수건이 고급 상점에 진열된 것처럼 반듯하게 개어져 쌓여 있는 걸 에디는 이미 알고 있었다. 그녀의 아파트에는 모든 것이 잘 정돈되어 있었다. 아라벨라는 하던 일을 다 끝내고 바닥에서 일어나 포장지를 저쪽 벽에 있는 동양풍의 초록색 수납함으로 가져가 서랍 속에 단정하게 넣어 두었다. 그러고는 서랍에서 망치를 꺼내 침대로 가져왔다. "여기." 그녀가 말했다. "못 좀 박아 줘요."

"침대 위로 던져 놔요. 1분 뒤에 할게요."

"이봐요, 에디. 나는 지금 이 그림 걸고 싶다고요."

에디는 손을 뻗어 담배를 물었다. "커피를 마시지 않으면 안 합니다."

"인스턴트커피 타 줄게요."

"인스턴트커피는 이혼을 유도하죠."

"그럴 지도." 아라벨라가 말했다. "나는 베수비아나*를 써

---

* 에스프레소를 추출하는 포트

요. 아침에 커피를 마실 때는 그게 더 간단하거든요."

"아라벨라," 에디가 그녀를 불렀다. "세상이 공평했다면 더 간단했을 거예요."

"커피 내릴게요." 아라벨라는 망치를 침대 위 그의 옆으로 던지고 가스레인지로 다가갔다. "에디, 내가 왜 당신이 테니스 치기를 바라는 줄 알아요?"

"급이 있어 보이니까요."

그녀가 가스레인지 앞에서 손에 커피 캔을 들고 있다가 그의 쪽으로 돌아섰다. "나는 그 말을 싫어해요. 우리 할머니가 항상 그 말을 했거든요. 노동자 계급이니 유한계급이니 뭐니 하면서요."

"그런 뜻이 아니었어요. 당신은 귀족 스타일이잖요."

"이봐요, 에디." 아라벨라가 말했다. "이건 내 억양이에요. 당신 미국인들은 영국식 억양만 나오면 전부 다 똑같은 소리를 하네요."

"나는 당신의 겉모습을 이야기한 거예요. 하얀 바닥에 유화 그림들이 걸린 당신 아파트의 분위기 말이에요."

"그런 걸 취향이라고 하는 거예요, 에디."

"허슬 당구에 대한 당신의 취향은 어떻게 되는데요?"

"내 취향은, 허슬 당구를 쓰레기라고 하지 않는다는 거죠." 그녀가 가스레인지로 돌아서서 커피 캔 뚜껑을 열었다. 작은 커피 메이커의 바스켓에 커피를 숟가락으로 퍼 넣기 시작했다.

에디는 잠깐 망설이다가 입을 열었다. "내 생각에는, 마사가 내기 당구를 창피해했던 것 같아요."

"마사가 당신 전 아내의 이름인가요?"

"그럼요, 그렇고 말고요."

"그런 식으로 말하는 거 재밌네요."

"당신한테 배웠어요. 이렇게 말하는 거."

"당신 진짜 영국 예찬자네요."

"주변에 이런 사람 많습니다."

아라벨라는 커피 메이커를 다시 조립해 가스레인지 위에 올렸다. "흠, 나는 마사가 아니에요. 당신이 로이와 당구 치는 모습을 봤을 때 정말 너무 좋았거든요."

에디는 불 조절하는 그녀의 뒷모습을 잠시 바라보았다. 그러고는 맨발로 일어서서 망치를 들었다. "이거 어디에 걸까요?"

"나는 기술을 존중하고 존경해요." 아라벨라가 에디에게 다가오며 말했다. "그리고 자신의 기지로 살아가는 사람들을 존경하죠." 그녀는 그에게 청동 재질의 액자 걸이를 건넸다. "수납함 위로 가운데에 걸어 줘요. 그림 속 나무들이 초록색 위에 있으면 아주 멋져 보일 거예요."

에디는 액자에 든 캔버스를 잠시 들어 올렸다. 소파 위에 있는 그림처럼 이 그림도 마치 그림을 좀 그릴 줄 아는 아이가 한 듯 어딘가 미숙하면서 밝은 느낌이었다. 그림 속 나무 아래에 두 개의 형체와 말 한 마리가 서 있었다. 모든 것이 아이의 그림처럼 단순하게 그려졌지만, 나뭇잎 하나하나에 개성이 있었다.

"이 그림이 보통 사람들이 말하는 나이브 아트*예요." 아라벨라가 말했다. "정규 교육을 받지 않은 한 여성 작가가 그린 그림이죠."

"퍼즐로 나와도 꽤 괜찮겠네요. 라인이 분명해서."

"저 그림 두 개가 이혼하면서 가져온 전부예요. 이혼 수당을 제외하면요. 해리슨은 가구들을 가져갔고요. 심지어 이불과 수건들도 가져갔죠."

"왜 저 그림들을 가져왔어요?"

"내 것이니까요. 내 친구가 나이브 아트에 대해 가르쳐 줬어요. 현대적인 민속 예술이라고 할 수 있죠."

"알았어요." 에디는 수납함으로 다가가서 그림을 들어 올렸다. "나는 망치질도 꽤 잘합니다."

"처음부터 내가 당신에게 끌린 이유가 그거예요."

아라벨라의 아파트에서 지낸 지 나흘째 되던 밤, 에디는 한

---

* 전문적인 미술교육을 받지 않은 일부 작가들이 그린 작품의 경향을 뜻한다. 소박파라고도 한다.

시간이 넘도록 잠에 들지 못한 채 그녀 옆에 누워 있었다. 늦은 시각이었지만 메인 스트리트를 지나다니는 차 소리가 닫힌 창문 사이로 들려왔다. 그는 반바지 차림으로 침대에 있었고, 그녀의 맨몸은 침대 시트와 은빛의 도톰한 이불에 덮여 있었다. 아라벨라는 침대 시트와 이불을 뭉쳐 왼팔 아래에 모아 놓은 채 그와 마주 보며 잠들어 있었다. 아무것도 덮지 않은 새하얀 맨 팔에는 옅은 주근깨들이 어깨 쪽으로 나 있었다. 그녀는 잠들어 있는데도 똑똑해 보였다. 이런 여자와 침대에 누워서 대체 무얼 하고 있단 말인가? 티 하나 없이 깨끗한 볼 위쪽에 꼭 감은 두 눈의 속눈썹이 위를 향해 살짝 동그랗게 말려 있었다. 그 모습은 정말 완벽했다. 그녀의 작은 손은 그의 팔 위에 놓여 있었다.

고상한 삶에서 튕겨져 나온 그녀는 에디를 좋아했다. 그가 작은 사업체를 운영하는 것에 관심이 있었고, 그날 저녁 식사를 하면서 그의 사업에 대해 날카로운 질문을 하며 그가 운영비를 어떤 식으로 처리하는지, 세금 문제 등이 있는지 알고 싶어 했다. 그리고 허슬 당구를 좋게 생각했다. 도박꾼과 함께 있다는 사실에 그녀는 신이 나 있었다. 그리고 그의 겉모습 또한 좋아했다.

에디는 아라벨라에게서 풍기는—유능함과 야망이 깃든—기운을 좋아했고 똑 부러지게 말투도, 위엄이 느껴지는 목소리도, 화장을 하지 않는 것도, 자신을 무시하지 않는 말투도, 벗은 채로 자는 것도, 욕설을 내뱉는 것도, 취향이 확고한 것까지 마음에 들었다. 그녀는 관계를 가지면서 열정이 사그라들거나 오르가슴이 고요할 때도 얌전한 척하거나 에두르지 않았다. 그러나 그들은 아직도 서로를 잘 알지 못했다. 그에게도 나름대로 참아야 하는 것들이 있었고 가끔은 그걸 놓아버릴까 봐 두려웠지만, 때가 되면 그녀와 이야기를 나눌 수 있을 것 같았다.

에디를 방해하는 한 가지는 책상 서랍 안에 있는 신문이었다. 사흘 전 아라벨라가 외출해 있는 동안 그는 짐을 풀면서 빈 서랍이 있는지 확인하기 위해 맨 아래 책상 서랍부터 빼보았다. 신문지 더미 위에 한 신문이 올려져 있었다. 그는 아무 생각 없이 신문을 들었다가 아래에 사본이 하나 더 있는 걸 보았다. 그 아래에 또 다른 사본이 있었다. 같은 신문 기사가 최소 열두 장 정도 있었다. 신문 1면에 사진 두 장이 있었는데, 하나는 낸시 레이건이고 다른 하나는 밝은 곱슬머리의 젊은 남자가 환하게 웃고 있는 사진이었다. 사진 위 헤드라인에 이렇게 적혀 있었다. **예술 전문가, 오토바이 충돌로 사망.** '예술'이라는 글자에 그의 시선이 집중되었다. 아라벨라는 예술에 대해 굉장히 많이 알고 있었다. 그 기사는 사진 속 남자가 그레고리 웰스이며, 대학의 조교수이자《켄터키의 예술과 공예 저널》의 편집자라는 사실을 확인시켜 주었다. 아라벨라는 그 저널에 가끔씩 기사를 쓰곤 했다. 에디는 해당 면 가장 위쪽에 있는 날짜를 확인했다. 1년 조금 넘은 신문이었다. 웰스는 시골길에서 충돌을 피하려다가 도랑으로 넘어가는 바람에 사망했다고 적혀 있었다. 그 당시 그와 함께 있던 사람은 해리슨 프레임 부인이었고, 그녀는 심한 부상을 면했다. 웰스와 프레임 부인은 에스틸 카운티에 있는 어떤 장인의 가게를 방문하는 길이었다. 얼마 전 에디는 아라벨라의 무릎에 있는 달 모양의 흉터 두 개를 눈여겨봤었다. 상처에 대해 물으니 그녀는 "사고를 당했어요."라고 답하고 곧바로 대화 주제를 바꿨다.

같은 신문 기사가 사본까지 다 합해서 열두 장. 에디는 젊은 남자의 얼굴을 자세하게 살폈다. 수수한 미국인 얼굴이었지만, 그를 보고 있으니 뱃속이 슬슬 당겨졌다. 물론 아라벨라에게도 사랑하는 사람이 있었을 것이다. 그 사실이 그를 괴롭게 한 건 아니었다. 그러나 그는 무엇을 원했던 걸까? 마흔 살 먹은 처녀? 게다가 그 남자는 죽었다. 그럼에도 어쩐지 썩 내키지 않았다. 정말 싫었다. 그 젊은 남자가 싫었다. 아라벨라를 뒤에 태워 오토바이를 타고 함께 시골길을 달렸던 그가, 그녀와 예술에 관해 이야기를 나눌 수 있었던 그가, 자기처럼 아마도 그녀와 잤을 그가 싫었다. 에디는 기사를 다 읽었다.

그레고리 웰스는 스물여섯에 죽었다.

아홉 시 반, 두 사람이 들어섰을 때 텔마의 주차장은 반쯤 차 있었다. 그는 진지한 경기가 하나라도 시작하기 전에 한시라도 일찍 도착하고 싶어 했다. 너무 늦게 도착할 까 봐 걱정이 되었다. 뚱보는 여기가 남부 전역에서 가장 뜨거운 곳이라고 했었다. 뱃속이 팽팽해지고 입이 바짝 말랐다. 그는 경기에 임할 준비가 되어 있었다.

술집은 사람들로 넘쳐났으며 시끌벅적했다. 주크박스에서 로레타 린의 노래가 흘러나오고 있었다. 노랫소리는 보통 때와 마찬가지로 꽤 컸지만, 바에 모인 사람들, 작은 테이블에 옹기종기 모여 앉은 사람들의 이야기 소리와 고함치는 소리에 묻혀 제대로 들리지 않았다. 바 위의 맥주 간판 여섯 개에 불이 들어와 있고, 스팽글이 달린 구슬이 천장 가운데에 매달려 색색의 빛을 뿜어내고 있었다. 당구대는 어디에도 보이지 않았다. 아라벨라는 서커스 구경이라도 온 듯 눈을 크게 뜨고 주변을 두리번거렸다.

에디는 게임실이라는 팻말이 있는 문을 발견하고 그녀의 팔꿈치를 잡아 그녀가 붐비는 테이블을 잘 지나갈 수 있게 이끌었다. 무도장은 밝은색 실크 셔츠에 청바지를 입은 커플들, 턱수염 난 젊은 남자들과 머리 긴 여자들로 가득했다. 아라벨라는 그 광경에 꽤 놀랐는지 그가 그녀를 상대적으로 조용한 방 안으로 데리고 갔을 때 이렇게 말했다. "진짜 영화에나 나올 법한 곳이네요."

헤이니빌에 있던 것과 똑같은 작은 당구대 다섯 개가 설치되어 있고, 그중 세 군데에서 경기가 진행 중이었다. 남은 두 개 중 한 당구대 위에 비닐 커버가 씌워져 있으며, 나머지에는 아이들 넷이 말없이 큐대로 공을 찌르고 있었다. 아라벨라는 잠시 아이들을 바라보았다. 열 살도 되지 않은 것처럼 보이는 아이들이었다. 그녀가 에디에게 속삭였다. "어린이 부도 있나 봐요?"

에디는 여러 가지 이유로 그 농담이 별로 마음에 들지 않았다. "부모들은 저 뒤에서 춤추고 있나 보죠."

"따로따로요?"

"아라벨라," 에디의 말투가 차가웠다. "나도 이곳에 대해 당신보다 잘 알고 있지 않아요. 지금 알아가는 중이라고요."

"나는 당신이 이런 곳에서 당구 치는 줄 알았어요."

"당구장에서 치죠. 술집이 아니라."

그러자 아라벨라는 입을 꾹 닫았고, 에디는 세 게임을 지켜보기 시작했다. 첫 번째와 두 번째 당구대의 경기는 별 볼 일 없었다. 쓸 만한 스트로크를 하는 선수도 없었고 공을 치는 법도 잘 몰랐다. 그런데 중간 당구대에서는 뭔가 일이 벌어지고 있었다. 나름대로 진지한 나인볼이 차분하고 고요하게 진행되는 중이었다. 한 선수는 동양인이었다. 왜소한 체구와 작은 눈, 황색 피부의 일본인이었다. 그는 파란색 벨벳 재킷을 입고 있었는데, 좁은 그의 어깨에 완벽하게 맞춤이었고 목 단추가 열려 있는 은빛 셔츠도 은색 바지 정장과 잘 어울렸다. 그와 게임 중인 또 다른 남자는 작업복 차림에 턱수염이 무성했으며 30대로 보였다.

키가 높은 감독 의자 두 개가 뒷벽에 맞닿아 있었다. 에디는 아라벨라의 팔을 잡아 의자 위로 올려 주고 그 역시 의자에 앉아 무릎 위에 큐대 케이스를 올려놓았다.

일본인은 흠잡을 데 없이 옷을 갖춰 입었다. 머리며, 손톱, 면도까지 완벽했다. 에디는 샷에 집중할 수 있는 조용한 스타일을 좋아했다. 일본인의 상대 선수도 조용하긴 했으나 겉모습이 엉성해 보였다. 마치 영화 〈늑대인간〉에서 론 채니가 늑대로 변하는 과정에서 중간쯤에 이마 앞으로 부스스한 털이 내려와 얼굴이 온통 수염으로 덮이는 모습과 비슷했다.

두 사람이 30분 정도 경기를 관람하고 있는데 아라벨라가 상체를 구부리며 물었다. "당신은 언제 경기해요?"

"누군가 들어오면요. 아니면 둘 중 하나가 그만두거나."

때마침 말이 끝나자마자 턱수염이, 그들이 지켜본 이후로 네 경기를 줄곧 졌던 그가 또 패배했다. 그는 일본인에게 돈을 주고 큐대를 분리시킨 다음 밖으로 나갔다.

에디가 일본인을 보며 미소 지었다. "더 칠래요?"

"에잇볼이요?"

"스트레이트 풀은 어때요?"

체구가 작은 그가 웃었다. "여기에서는 보통 에잇볼을 칩니다."

"좋아요." 에디는 일어나서 큐대 케이스의 잠금쇠를 풀었다. "얼마를 걸고 게임 중이었습니까?"

남자는 계속 미소를 띠고 있었다. "20달러요."

"50달러는 어떠신지?"

"좋습니다." 에디의 뒤에서 아라벨라가 숨을 고르는 소리가 들렸다.

일본인은 상대하기 쉬웠지만 이기기는 어려웠다. 그 일본인은 투쟁심이나 밀어붙이는 힘이 있진 않았으나 철저히 프로처럼 게임을 이어 나갔다. 오픈 상황일 때는 공을 전부 처리했고, 그렇지 않을 때는 단순하면서도 효과적으로 수비 경기를 했다. 에디가 샷을 잘 쳤을 땐 "굿 샷!"이라고 말하기도 했다. 또한 자기가 친 샷을 보고 직접 그렇게 말하는 경우도 꽤 많았다. 에디는 묵직한 큐볼 때문에 난감했다. 술집 당구대는 스크래치가 됐을 때 큐볼이 당구대 아래쪽의 급커브를 돌아서 밖으로 나올 수 있게끔 묵직한 공을 사용했다. 에디는 그 큐볼의 느긋함에 익숙해져야 한다는 걸 인지하고 있었다.

그럼에도 묵직한 큐볼 때문에 이따금 중요한 순간에 잘못된 판단을 하기도 했다. 한 시간이 지난 뒤 에디는 100달러를 밑지고 있었다. 판돈을 올리자고 해야 하나 고민하며 공을 래크하고 있는데 마침 상대가 이런 말을 꺼냈다. "판돈을 두 배로 올리시겠어요?"

에디는 래크를 마치고 풋 레일 쪽에 원목 삼각틀을 놓았다. "한 게임당 200달러 어때요?"

일본인이 그를 차분하게 쳐다보았다. "좋습니다."

그러나 200달러를 건 경기에서 에디는 돈을 잃었다. 몇몇 샷에서 반드시 필요했던 순간에 큐볼이 마치 납으로 이루어지기라도 한 듯 우뚝 멈춰서 제대로 돌아오지 않았다. 200달러를 건 세 번째 게임이 진행되는 동안 에디는 어려움 없이 줄무늬 공을 전부 처리했지만, 묵직한 큐볼 때문에 포지선에서 벗어나는 바람에 8번 공을 완성시키지 못했다. 저 빌어먹을 물체에는 생기가 없었다. 에디는 큐볼 때문에 미쳐 버릴 지경이었다.

일본인은 그런 문제에 개의치 않는 것 같았다. 그의 큐볼은 꾸준히 공을 처리했고 탭 댄서처럼 타닥타닥 공에 잘도 부딪혔다. 두 사람은 서로 대화를 나누지 않았다. 에디는 계속 돈을 내고 공을 래크하고 상대의 샷을 지켜보았다. 일본인은 키가 작기 때문에 허리를 살짝만 구부렸고, 그의 긴 큐대는 에디의 큐대보다 그 당구대에 더 적합해 보였으며 테이블과 더 깔끔하게 평행을 이루는 것 같았다. 에디는 그 당구대가 평균 키의 남자에게 너무 낮다고 느꼈다. 더군다나 그는 평균보다 키가 더 큰 편이었다.

일본인이 샷을 치기 위해 당구대로 다가섰을 때, 그가 허리를 구부리고 왼쪽 팔을 뻗는 방식과 스트로크를 하기 위해 오른팔을 뒤로 끌어내는 각도, 큐볼에 조준하는 차분한 두 눈, 그리고 큐볼에서 곧 포켓에 넣을 다른 공으로 확장되는 라인, 이 모든 게 정말이지 완벽했다. 그의 연한 파란색 재킷의 열린 앞자락이 아래로 축 늘어져 당구대 옆쪽으로 1인치 정도 떨어져 있고, 은색 정장 바지 밑단은 광 나는 구두 위로 단정하게 주름져 있으며, 주름 하나 없는 황색 얼굴에는 정교한 슬픔이 언뜻 드러나 있었다. 에디는 샷을 치러 나서면서, 상대 선수와 견주었을 때 자신의 모습이 술집의 크고 투박한 큐볼 같을 거라 생각했다.

에디가 900달러를 잃었을 때 그 남자는 양해를 구하며 화장실로 갔다. 에디는 아라벨라에게 다가갔다. "당신이 지루하지 않았으면 좋겠군요." 그가 말했다.

"무슨 소리예요. 진짜 신나요." 그녀가 말했다. "에디, 나한테 좀 더 가르쳐 줘요. 경기를 더 잘 이해할 수 있게."

"물론이죠."

아라벨라는 상대 선수가 아직 화장실에서 나오지 않았나 확인하려고 뒤를 돌아보았다. 그러고는 앞으로 몸을 기울였다. "언제부터 이기기 시작하는 거예요, 에디?"

"그게 가능하면요."

"일부러 져 주고 있는 거 아니에요? 당신 이런 식으로 하지 않잖아요."

"내가 말했잖아요." 에디가 얼굴을 찌푸렸다. "나는 노름꾼이 아니에요. 저자를 이기려고 노력해야죠."

"아." 아라벨라의 실망감이 역력했다.

"큐볼을 다루는 데 문제가 좀 있어서……."

그녀는 그저 그를 바라보고만 있었다.

때마침 여자 웨이터가 들어왔다. "뭐 주문할 거 있으세요?"

"그럼요." 에디가 답했다. 그리고 아라벨라에게 물었다. "뭐 마실래요?" 그는 자신의 목소리가 차가워졌다는 걸 눈치챘다.

아라벨라가 웨이터에게 말했다. "화이트 와인 있어요?"

"물론이죠." 웨이터가 상냥하게 답했다. "드라이가 좋으세요, 엑스트라 드라이가 좋으세요? 아주 괜찮은 샤블리가 있긴 합니다만. 드라이요."

"그럼 한 잔 부탁할게요."

"맨해튼 온 더 락으로 주세요." 에디는 왠지 모르게 불편했다. 저 멀리 당구대에 있는 남자가 맥주를 주문했다.

그때 일본인이 게임실로 돌아왔다. "뭐 좀 마시겠어요?" 에디가 물었다.

"버번하고 소다요." 그가 에디에게 미소 지었다. "힘든 일이죠. 에잇볼 치는 거요."

그에게는 무언가 있었다. 에디는 그에게 호감을 느끼지 않을 수 없었다. 대체로 생계의 일부분을 그들의 매력에 의존하는 경향이 있으므로 허슬러는 호감형인 경우가 많았다. 그러나 이 체구가 작은 남자의 호감은 더욱 강렬했다.

일본인이 큐대를 집어 들어 큐대 아랫부분을 바닥 위 발 사이에 놓고 큐팁이 턱과 수평이 되게 잡고 있었다. 그러더니 코트 주머니에서 작은 금속 파일을 꺼내고 그 줄로 큐팁을 쳐대기 시작했다. 그 물건은 에디가 한참 동안 보지 못했던, 다시 말해 잊고 있던 것이었다. 그 남자는 초크가 더 잘 먹히게 하려고 팁을 손질하고 있었다.

그가 팁 손질을 마쳤을 때 에디가 물었다. "그거 좀 빌릴 수 있을까요?"

그가 고개를 주억이며 에디에게 건넸다. 에디는 앞에 큐대를 세우고 쓱쓱 파일질을 했다.

"굉장히 좋은 큐대군요." 일본인이 말했다.

"고맙습니다." 에디는 팁 가운데의 단단한 부분을 긁어내고 초크 칠을 두텁게 하기 시작했다. 상대 선수도 네모진 초크를 들고 똑같이 했다. 그가 에디를 보고 말했다. "제 이름은 빌리 우쇼입니다."

"에디 펠슨이에요. 여기는 아라벨라고요."

"두 분 경기 보는 거 정말 재밌어요." 아라벨라가 와인잔의 기다란 부분을 빙빙 돌렸다.

"그거참 좋네요." 빌리가 미소 지었다. "제 아내는 당구를 지루해하거든요. 아주 따분해하죠."

"안타깝네요." 아라벨라가 말했다. "제 생각엔 정말 아름다운 경기 같아요. 아주 미묘하고 눈부시죠."

에디가 공을 래크했다. 전에도 그랬듯이, 무슨 일이든 해내지 않으면 돈이 자신에게서 떨어져 나갈 것 같고 계속 질 것 같은 기분이 들었다. 빌리를 향한 아라벨라의 호감이 에디는 마음에 들지 않았다. 에디는 그가 싫었다. 그는 뚱보와 비슷했다. 나무랄 데 없이 옷을 갖춰 입은 또 다른 멋진 남자. 또 다른 별. 하지만 에디는 저 말쑥한 일본인보다 더 잘났고, 어쩌면 뚱보보다 잘났다.

"500달러로 합시다." 에디가 말했다.

"에잇볼에는 너무 큰돈입니다."

에디가 래크를 마치고 상체를 번쩍 일으키더니 어깨를 으쓱했다. 저 건너편 당구대에서 맥주를 주문한 남자들이 그를 응시하고 있었다. 그들도 에디가 500달러라고 하는 소리를 틀림없이 들었을 것이다. 조금 전까지 그쪽 당구대에 있던 아이들이 사라졌다는 걸 깨달았다. 가만 보니 한동안 비어 있었던 모양이다. 그는 아라벨라를 흘긋했다. 그녀의 얼굴에 표정이 없었다. 다시 빌리 우쇼에게 돌아섰다. "지금까지 잃은 돈이 얼마나 됩니까?"

"⋯⋯좋습니다. 그렇게 하죠." 빌리가 초크를 다시 집어 들어 큐팁을 가볍게 문지르고 테이블로 허리를 구부린 다음 래크된 공을 강타하여 오픈했다.

에디는 숨을 깊게 들이마시며 지켜보았다. 자리에 앉지 않은 채 아라벨라를 등지고서. 5번 공이 들어갔다. 즉 빌리에게 색깔 공이 주어졌다. 에디는 오로지 테이블에만 눈을 고정했다. 빌리의 옷차림이나 얼굴이 아니라.

색깔 공 중 쉬운 포지션에 있는 공이 하나도 없었고, 큐볼도 사이드 레일에 프로즌된 상태였다. 빌리는 한참 동안 공의 배치를 유심히 바라보다가 수비적으로 경기를 운영하기 시작했다. 큐볼이 줄무늬 공이 모여 있는 라인에서 벗어난 곳에, 8번과 4번 사이에 멈추었다. 큐볼을 그 자리에서 빼내 적당한 안정감을 되찾기 위해서 에디는 일단 불안감을 잠재우고 그의 공들을 건고하고 확실하게 잡아두어야 했다. 큐볼이 원 뱅크 걸어 치기를 먼저 하고 11번 공으로 가야 했다. 상황이 굉장히 안 좋았다.

그때 웨이터가 음료를 들고 들어왔다. 에디는 웨이터에게 10달러를 주고 맨해튼을 받고 나서 다시 당구대로 돌아갔다. 그 샷을 세게 치면 11번이 포켓으로 들어갈 것이다. 11번 공은 포켓에서 45센티미터 정도 떨어진 곳에, 큐볼과 직선거리에 있었다. 하지만, 세상에 정말 말도 안 되는 일이지만, 저 큰 큐볼을 세게 후려쳐서 쿠션에 뱅크하고 11번에 완벽하게 들어맞게 하는 시도는 정말이지 끝내주는 샷이었다. 그는 일본인 빌리의 얼굴을, 아름다운 그의 얼굴을 바라보며 속으로 뇌까렸다. *넌 이제 끝났어.* 달달한 술을 길게 꿀꺽 삼킨 다음 잔을 내려놓고 아라벨라 쪽으로는 고개도 돌리지 않고 당구대로 성큼성큼 갔다. 그는 11번을 처리해 낼 수 있었다.

그는 잽싸게 8번 공 너머에 왼손가락을 쫙 펴고 큐대를 높이 쳐들어 스트로크를 한 번만 한 다음 큐볼을 탁 쳤다. 큐팁의 거친 가죽을 통해 전달되는 큼직하고 둔탁한 공의 힘이 느껴졌다. 그는 흰 공이 레일에 부딪히고 튀어나와 11번 공 중앙을 치는 모습을, 곧이어 11번이 사이드포켓으로 핑그르르 들어가는 모습을 지켜보았다. 큐볼은 13번 포지션에 멈추었다. 에디는 초크를 칠하고 세 걸음 더 걸어가서 13번을 포켓에 넣었다. 그런 다음 9번과 15번, 14번, 12번도 처리했다. 검은 공 8번이 아래쪽 코너 포켓에서 10센티미터 떨어진 곳에 있고, 큐볼은 8번 공과 25센티미터 정도 떨어져 있었다. 그는

8번을 포켓 속으로 쿵 떨어뜨린 다음 카테일 맨해튼으로 유유히 돌아갔다. 빌리는 그에게 아무 말 없이 돈을 건네고 공을 래크했다.

자정에 에디는 판돈을 1,000달러로 올렸고 빌리는 후원자 둘을 개입시켰다. 한 사람은 짙은 정장 차림의 은행원 같아 보였다. 다른 한 사람은 로데오 카우보이라고 해도 믿을 것 같았다. 그는 담배를 질겅이며 롤링 락 맥주를 마셔 댔고, 마르지 않는 샘물과 같은 돈가방에서 닳고 닳은 100달러 지폐를 꺼내 에디에게 건넸다.

새벽 한 시, 에디는 아라벨라를 택시에 태워 홀리데이 모텔로 돌려보냈다. 그녀는 택시에 타기 전에 졸린 얼굴로 그에게 입을 맞췄다. "당신이 이기기 시작해서 기뻐요."

"내일은 뭘 할 건지 알아요?" 에디가 그녀에게 물었다. "옷을 좀 새로 사려고요."

두 시 반, 술집이 문을 닫을 때까지 열댓 명이 끝끝내 버티며 구경을 하고 있었다. 어느 누군가 다른 방에 있는 주크박스에 25센트 동전을 계속 넣었다. 콘웨이 트위트와 멀 해거드의 잔잔한 목소리가 열린 문틈 사이로 흘러들었다. 빌리의 얼굴은 더 이상 매끈하지 않고 헤어스타일 역시 더는 단정하지 않았다. 파란색 재킷의 옷깃에 탤컴파우더 얼룩이 묻어 있고 그의 작은 눈은 더 작아 보였다.

에디가 잠시 잊고 있었던 그곳으로 손을 뻗었다. 팔과 손가락 끝 신경이 발라부시카의 길이만큼 확장되어 반짝이는 공의 표면으로, 보송보송한 초록 천으로 뻗어졌다. 발과 어깨에 통증이 느껴지지 않았다. 스트로크도 피스톤처럼 침착하며 매우 정확했다. 실수는 용납되지 않았다. 도무지 실수를 저지를 수가 없었다. 중산층 삶의 두둑하게 축적된 지방질 전체가 그에게서 떨어져 나갔고, 당구대를 휘젓는 그의 움직임은 완전히 깨어 있기도, 한편으로는 꿈을 꾸는 것 같기도 했다. 눈으로 보이는 선명함이 몹시 충격적이었다. 큐팁이 큐볼에 닿는 톡 소리와 큐볼이 그 공에—그가 살짝 밀어 넣기도, 가볍게 치기도, 툭 찌르기도, 강타하기도 했던 공에—부딪히는 탁 소리가 마치 기름칠이 고르게 밴 기계가 움직이는 소리와 같았다. 새롭게 눈을 뜬 마음의 범위 내에서 그는 차분하고 여유로웠으며, 자기 자신의 모습에 눈이 부셨다.

빌리는 꽤 오랫동안 게임을 그만두지 않았다. 멈추지 않는 그의 모습이 놀라웠다. 그의 당구는 훌륭했다. 초반보다 더 잘 쳤고 심지어 몇 번은 이기기도 했다. 에디는 쉽게 승기를 좀처럼 잡을 수가 없었다. 그러나 거기까지였다. 빌리에게는 에디를 완전히 이길 기회가 없었다. 새벽 세 시, 그 공간에 있는 모두에게, 그리고 에디에게도 확실해졌다. 빌리에게는 이제 기회가 더 없다는 것이. 그럼에도 그는 경기를 이어갔고 후원자들은 에디에게 계속 돈을 주었다.

11번 공을 원 뱅크로 걸어칠 때 에디는 어딘가 삐걱거리는 큐볼의 어색함을 떨쳐 냈다. 그리고 이제는, 큐볼은 여전히 느릿느릿 움직였지만, 그 큐볼이 그를 위해 춤출 수 있게 만들어 놓았다. 그는 점수 낼 기회를 찾아냈고 컨트롤 능력 또한 완벽했다. 심지어 저 크고 하얀 공에게 확실한 호감까지 느끼고 있었다. 빌리 우쇼에게 느껴졌던 감정과 똑같이. 이제야 비로소 에디는 빌리 우쇼와 큐볼, 이 둘 모두를 마음대로 다룰 수 있었다. 여태 살면서 이런 적은 처음이었다. 이런 적은 한 번도 없었다. 스트로크를 하고 큐볼을 치는 것은, 자신이 밀어붙인 대로 강한 확신을 갖고 굴러가는 색깔 공을 지켜보는 것은, 그가 선택한 색깔 공이 포켓 속으로 떨어지는 걸 보고 듣는 것은, 무척 경이로운 일이었다.

방으로 들어온 에디는 아라벨라를 깨우지 않으려 했지만, 방문을 닫자 그녀가 뒤척였다. 잠시 후 아라벨라가 돌아누워 불을 켰다. 그녀는 눈을 찡그리고 시계가 달린 라디오를 바라보았다. 아라벨라의 머리는 부스스했고 가슴에는 아무것도 걸쳐 있지 않았다. "세상에!" 그녀는 시계를 확인하고 깜짝 놀라서 말했다. "지금 다섯 시잖아요."

"15분 지났어요." 에디가 말했다.

"아무래도 당신 테니스를 쳐야겠네요."

"아니요. 안 해요." 에디는 큐대를 옷장에 넣고 셔츠 단추를 풀기 시작했다. 셔츠를 벗어 의자 등받이에 걸쳐 놓았다. "샤워 좀 해야겠어요."

"침대로 와요."

"샤워하고요."

"알겠어요." 아라벨라가 몸을 일으켜 앉아서 눈을 비볐다. "지난밤에 당신이 그리웠어요. 그 사람은 얼마에 먹혔어요?"

"먹혔다고요?"

"그렇게 말하는 거 아니에요?"

에디는 아라벨라를 보고 꿈을 꾸는 듯 살짝 미소 지었다. 너무 피곤했다. 팔과 다리, 가슴과 등이 따스하게 이완되는 것 같았고, 발등과 오른팔에―스트로크를 하는 팔에―무지근한 뻐근함이 좀 있긴 했지만 그래도 통증보다는 괜찮았다. 오른쪽 주머니로 손을 넣고 돈을 한 손 가득 움켜쥐어 꺼냈다. 침대 위 그녀 옆에 돈을 떨어트리고 또 한 움큼 꺼냈다. 초록빛 색조를 띠는 100달러 지폐 뒷면의 각 모서리에 웅장한 바로크양식으로 숫자 100이 새겨져 있었다. 에디는 언제나 100달러 지폐를 사랑했다. 두 번째 돈뭉치를 첫 번째 뭉치 옆에 놓고 또 한 주먹 가득 꺼냈다. 아라벨라의 눈이 휘둥그레졌다. 그녀는 돈을 응시하다가 에디의 얼굴로 시선을 올렸다. 그는 마음이 아주 편안했지만, 한편으로는 각성되어 있기도 했다. 만약 지금 누군가 에디를 공격한다면, 거슴츠레한 레오파드처럼, 게으르지만 치명적인 거대한 백상아리처럼 반응할 것 같았다.

"세상에, 이럴 수가!" 아라벨라가 옆에 있는 돈을 보며 부드럽게 읊조렸다.

에디는 주머니 속 더 깊숙이 손을 집어넣고 열댓 장을 또 꺼냈다. 그러더니 반대쪽 주머니로 손을 옮겨서 돌돌 말린 돈을 엄지손가락과 집게손가락으로 빼냈다. 동그랗게 말린 돈 수십 장은 마치 살아 있는 생물처럼 제멋대로 풀어져서 한 뭉치가 되었다. 그 아래에 지폐들이 더 있었다. 에디는 지폐를 무심코 몇 장씩 들어 보았다. 아라벨라 옆의 초록빛 돈더미가 이제는 그녀의 무릎부터 팔꿈치까지, 침대 폭의 한 30센티미터 정도를 가득 채웠다. 아라벨라는 아래쪽으로 손을 뻗어 양손 가득 돈을 쥐고 아이가 가장 아끼는 인형을 안듯 볼 옆에 갖다 댔다. "에디, 당신 내 앞에 왜 이제야 나타났어요? 지금까지 어디에 있었냐고요."

"그게 무슨 상관이에요?" 에디가 답했다. "지금 여기에 있는데."

다음 날 정오에 아라벨라는 에디와 함께 텔마로 갔고, 에디가 누군가 들어오기를 기다리는 동안 핀볼 머신을 하고 있었다. 그는 바에서 25센트 동전을 잔뜩 받아 들고 연습을 이어갔지만, 사람들은 오후에 맥주를 마시러 술집으로 들어왔다가 에디가—그곳의 터줏대감 허슬러처럼 보이는—뱅크 샷을 치고 있는 방으로 다시 돌아오지 않았다. 늦은 오후까지 아무도 오지 않자 애다는 싫증이 났다. 렉싱턴에서의 지난 몇 년간 당구대 앞에서 하루 종일 끝도 없이, 의미도 없이 공만 쳐댔던 길고 긴 나날들이 싫어졌다. 시간이 흐르자 다른 당구대에서는 조금씩 경기가 시작됐지만 돈을 건 게임이 아니었다. 지난밤의 흥분은 사라지고 없었다. 바에서 저녁을 먹을 때쯤에는 팔도 뻑적지근해지고 발에도 찌릿찌릿한 통증이 일었다.

저녁 식사를 마친 후 아라벨라는 전날 밤 당구 경기를 구경하던, 캔버스 천으로 덮인 감독 의자에 앉아서 책을 읽었다. 아홉 시, 에디는 바로 가서 맥주 두 병을 주문하고 그녀의 유리잔에 따라 주었다.

"음," 아라벨라가 입을 뗐다. "어젯밤에 당신이 어떻게 했는지 기억해 내 봐요."

"당구 치고 싶어요?"

"그럼요." 아라벨라는 책을 덮어 맥주 옆에 내려놓았다.

에디는 그녀에게 큐볼의 아랫부분을 쳐서 잉글리시(회전)를 하는 방법과 엄지와 집게손가락으로 브리지를 적절하게 만드는 법을 보여 주었다. 아라벨라의 집중력이 인상적이었다. 에디는 아라벨라를 위해 공을 세팅하고 그녀가 공을 톡 치는 걸 지켜보았다. 잠시였지만 즐거웠다. 아라벨라는 어떤 일을 올바르게 해내는 걸 좋아했다. 에디는 아라벨라가 앉아 있던 자리에 앉아 천천히 맥주를 마시며 그녀를 보았다. 얼마 후 아라벨라가 당구대를 돌아다니며 공을 치는 동안 그는 V.S. 프리쳇의 《단편 모음집》을 읽었다. 영국인에 대한 기묘한 단편 이야기들이었다. 에디는 세 가지 이야기를 읽었다. 세 번째 단편을 읽다가 고개를 들었더니 아라벨라가 발라부시카 큐팁 위로 팔짱을 낀 채 그의 앞에 서 있었다.

"좀 지나니까 지루해졌어요." 그녀가 말했다.

에디가 몸을 쭉 펴며 하품했다. "500달러가 걸려 있으면 안 그래요."

"호텔로 가요, 에디. 나 피곤해요."

다음 날 저녁 여덟 시쯤 빌리 우쇼가 들어왔다. 이번에는 초콜릿 빛깔의 벨벳 재킷에 황갈색 정장바지를 입고 이탈리아 스타일의 밝은 구두를 신었다. 큐대 케이스를 지닌 그는 감독 의자에 앉아 있는 에디를 보고 안타깝다는 듯 슬쩍 미소 지었다.

"내가 8번을 뱅크 샷으로 하면요?" 에디가 말했다.

"눈을 가린다면 모를까 그건 안 되죠." 빌리가 답했다.

"여기 앉아요." 에디가 권했다. "어디에서 게임을 할 수 있을까요?"

"거의 불가능하죠."

"내 친구가 말하길 이 주변에 돈 내기 하는 선수들이 많다던데."

"이제는 아니에요. 당신 친구가 누군데요?"

"뚱보요. 시카고 출신."

"오, 그렇습니까?" 빌리 우쇼가 아주 일본인스럽게 말했다. "아하!"라고 말할 수도 있었을 텐데. 그가 케이스를 열고 큐대를 꺼냈다. 전에 썼던 것과 다른 큐대였다. 큐대의 아랫부분이 갈색 리넨으로 감싸져 있어서 빌리의 재킷과 잘 어울렸다. "뚱보가 6년 전에 여기에 와서 전부 해치웠다고 들었어요. 그런데 요즘에는 돈이 없어요. 예전 같지 않아요."

"당신도 여기를 그냥 거쳐 가는 거군요, 맞죠?"

"여기에 온 지 일주일 됐어요. 당신 열심히 해야 할 거예요."

에디는 잠시 조용히 있었다. 두 사람 앞에서 아마추어 경기가 진행 중이었고, 그들은 잠자코 구경했다. 에디가 말했다. "타호 호수에서 열리는 나인볼 토너먼트에 나가 본 적 있어요?"

"그 토너먼트는 빌어먹을 쓰레기입니다. 1등 아니면 2등을 해야 하죠. 안 그러면 호텔비로 당신은 파산할 거예요."

"얼 보차드가 그 토너먼트로 먹고산다고 들었어요."

"그자는 천재예요. 철부지 쿨리도 마찬가지고요."

에디는 의자에서 내려와 당구대에 25센트 동전을 넣고 뱅크 샷을 치기 시작했다. 빌리가 다가와 그를 지켜보았다.

에디는 5번 공을 크로스 사이드 뱅크 샷으로 처리하면서 큐볼을 프로즌시켰다. "지난 20년간 나인볼로 진지하게 경기하는 사람을 본 적이 없어요."

빌리가 무언가를 가늠하는 듯 에디를 쳐다보았다. "어디에 살아요?"

에디는 12번 공을 크로스 코너 뱅크 샷으로 길게 쳤다. "안갯속에서요, 빌리. 난 20년간 개 같은 안갯속에서 살았어요."

"12번 뱅크 샷 좋네요." 빌리가 말했다.

새벽 한 시, 두 사람이 밖으로 나가 주차장으로 갔을 때 10대들 한 무리가 소리를 질러대며 차를 몰다가 에디의 차 옆 공간에 멈추었다. 여섯 명이 차 밖으로 나왔다. 남자애들은 비틀대고 여자애들은 꺅꺅 소리를 질렀다. 에디와 빌리는 그들이 커다란 빨간색 네온사인 아래로, 즉 텔마로 들어가는 모습을 지켜보았다. 에디가 차 문을 열고 빌리에게 돌아서서 말했다. "내가 나인볼에서 얼 보차드를 이길 수 있을 거라 생각해요? 철부지 쿨리는요?"

"아니요." 빌리가 답했다. "못 이길 것 같아요."

"왜요?"

"술집에서 치는 에잇볼은 그냥 애들 싸움에 지나지 않아요. 최고의 선수들은 나인볼에 있거든요."

"스트레이트 풀은 어때요?"

"나인볼이죠. 돈이 있는 곳은."

그 후 2주 동안 아라벨라를 모텔에 틀어박혀 있지 않게 할 방법이 도통 생기지 않았다. 그녀는 독서를 하고 가끔 전화 통화를 하며 시간을 보냈고, 밤에 당구 칠 시간을 확보하기 위해 에디와 함께 주간 영화를 보러 가기도 했다. 에디가 당구를 치는 곳이면 어느 술집이든 그를 따라나서서 한 시간 정도 그곳에 머물렀지만, 에디에게도 따분했으니 그녀에게는 더 따분할 터였다. 그녀가 할 만한 일이 아무것도 없었다.

더 심각한 건, 에디가 돈을 전혀 벌지 못한다는 것이었다. 그나마 찾아낸 가장 돈이 되는 게임이 20달러짜리였고, 상대는 몇 시간 뒤에 게임을 그만두고 180달러를 딴 에디를 떠났다. 그게 첫째 주에 있던 일이었는데, 그 뒤로 그런 일은 반복되지 않았다.

노스캐롤라이나 보퍼트에 있는 홀리데이 모텔에 있은 지 사흘이 지나자 아라벨라의 지루함이 서서히 표출되기 시작했다. 그녀는 일부러 생기 있는 척했지만 아침을 먹을 때면 둘 사이에 긴 침묵이 내려앉았다. 또는 점심엔 아라벨라가, 저녁엔 에디가 말을 하지 않았다. 어느 날 정오, 에디가 전날 밤 시내의 한 술집에서 성공적이지 않은 긴 밤을 보내고 들어와 막 잠에서 깼을 때 여러 가지 문제가 생겼다. 숙박업소의 세탁 서비스에서 블라우스 두 벌을 잃어버렸고, TV가 고장 났고, 둘이 점심을 먹으러 간 식당에서 여자 점원이 아라벨라에게 음식을 잘못 가져다준 것이다. 그녀는 빅 청크 햄버거를 주문했는데 점원은 레버 부어스트*를 가져왔다. 아라벨라는 번질번질한 하얀 빵을 아주 강렬한 눈빛으로 째려보았다. 점원이 주방으로 들어가 버리자 에디가 그녀를 부르려고 했다.

"에디," 아라벨라가 입을 열었다. "집에 갈래요."

"오후에 롤리에서 오는 비행기가 있어요. 같이 갑시다."

렉싱턴이 이제 제법 추워져서 그는 아침에 학과실에 가는 길에 목도리와 장갑을 꼈다. 나무의 나뭇잎들이 다 떨어졌고, 떨어진 나뭇잎들은 캠퍼스 내의 가지런하게 자른 잔디밭 밖으로 모아져 있었다. 에디는 팔 아래에 큐대 케이스를 낀 채 아침의 차가운 공기에 턱을 아래로 숙이고 종종걸음으로 주

---

* 간을 잘게 다져 만든 잼과 비슷한 형태의 소시지이다. 주로 빵에 발라 먹는다.

차장에서 학과실까지 갔다. 그는 여기가 좋았다. 네온사인과 가난이 즐비한 남부의 다듬어지지 않은 동네에 있다가 이 대학교에—오래됐지만 크고 튼튼한 건물들과 정갈하게 유지되는 산책로, 안전하고 정돈된 느낌의 대학교에—오니 굉장한 안정감이 들었다. 학과실 건물의 대기실로 걸어 들어가 흰 재킷을 입은 학생들이 준비 중인 아침 식사용 나무 테이블을 지나서, 위로 가면 2층으로 이어지고 아래로 가면 게임실 복도가 나오는 나무 계단을 내려간 다음, 커다란 마호가니 당구대의 덮개를 치우고 그의 아침 일상을 시작했다.

로이 스캐머의 초청이 아니었다면, 교육이나 사회적 계급, 그 외에 다른 어떤 명분으로도 에디 자신은 여기에 속할 수 없다는 걸 잘 알고 있었다. 하지만 그는 이곳이 술집의 무도회장 근처에 있는 당구대나 노스캐롤라이나 선술집의 담배 연기가 자욱한 공간에 있는 당구대보다 훨씬 더 집처럼 편하게 느껴졌다. 벽에 교수들의 초상화가 걸린 2층 방의 희미하고 고상한 고요함과 가끔 아래층 라운지를 떠다니는 현악 사중주 소리에 마음이 편안해졌다. 색이 바랜 동양풍의 러그가 당구대 아래와 당구대 다리 바깥으로 몇 발짝 더 널따랗게 깔려 있었다. 에디의 가죽 재킷과 목도리가 마호가니 코트걸이의 황동 고리에 걸려 있고, 역대 명예교수의 후덕한 얼굴이 당구대를 근엄하게 내려다보고 있었다. 에디는 그 얼굴을 보고 렉싱턴 뚱보가 떠올랐다. 간혹 특별히 까다로운 샷을 포켓에 넣고 나면 으레 그 나이 든 남자의 얼굴 쪽으로 의기양양하게 고개를 들었다.

에디는 경기 실력이 에잇볼을 치던 지난 몇 주보다 향상되었기를 바랐고 정말로 실력이 향상되었다. 이제 실수 없이 공 일흔 개를 연속해서 처리했다. 안경이 뜻밖의 선물이었다. 등과 어깨, 팔 근육은 매시간 당구 치는 데 사용되었으며, 점점 더 강해졌다. 더 이상 어느 부위도 아프지 않았다. 그는 공 백 개를 실수 없이 처리할 수 있게 되었을 때도—아직은 예전만큼 실력이 좋지 않았지만—그 지점을 향해 서서히 다가가고 있다는 느낌이 들었다. 앨버커키에서 그는 최고의 샷을 선보였으니 만약 당구를 계속 치고 있었다면 뚱보를 이겼을 것이다. 이제 때가 되었다.

아라벨라는 집에서 민속 예술 잡지 기사를 읽거나 교수들 논문을 타이핑했고 이따금 그녀의 셀렉트릭(타자기)을 달가닥대면서 꼭 써야만 하는 형편없는 산문이나 각주에 대해 불평을 늘어놓으며 시간을 보냈지만, 그래도 본인의 일에 만족하는 것처럼 보였다. 아파트는 두 사람이 지내기에 좁으니 가끔 더 큰 집을 찾아보자는 이야기를 나누기도 했다. 어떤 날은 밤에 영화를 보러 갔고, 독서를 하거나 TV를 보며 시간을 보냈다. 이런 삶의 어느 한 지점에서 에디는 왠지 모르게 조

바심이 났다. 견고하고 편안했지만, 그는 다른 무언가를 원했다. 당구가 에디의 삶에 돌아온 것처럼 예전의 쉼 없는 생활이 그의 영혼으로 다시 스며들었다. 에디는 돈을 걸고 당구를 치고 싶었고, 위험을 감수하고 싶었고, 좋은 호텔에서 지내며 정오까지 잠을 자고 수백 달러를 현금으로 따고 싶었다.

남부에서 돌아온 지 나흘째 되던 날 에디는 마사의 아파트로 가서 두고 왔던 겨울 옷가지들을 챙겨 나왔다. 마사는 아파트에 있었고 늘 그랬듯 감기에 걸려 있었다. 그녀는 다정하게 굴었지만, 에디가 단풍나무 옷장에서 스웨터와 코듀로이 바지, 여분의 목도리를 팔에 한가득 짊어지고 나오자 불안해했다. 예전 아파트에 있으면 에디는 정신이 어질어질했다. 특별히 할 말이 없었다. 마사도 아무 말도 하지 않았다. 그는 필요한 물건을 챙기고 아파트를 나섰다.

아라벨라가 에디에게 큰 옷장 한쪽에 자리가 있을 거라고 했다. 슬라이딩 도어를 열었더니 길이가 120센티미터가 넘는 드레스들이 걸려 있었다. 마흔 벌도 더 되는 것 같았고, 옷걸이마다 누빔 인견 커버가 씌워져 있었다. 에디는 색색의 실크와 울, 리넨을 따라 손을 움직였다. 옷장 바닥 쪽 선반에 파랑과 빨강, 갈색, 검은색 신발이 아라벨라만의 영국 스타일로 완벽하게 두 줄로 쭉 진열되어 있었다. 신발마다 라벤더색 금속 나무 장식이 올려져 있었는데, 옷걸이 커버와 색이 완전히 똑같았다.

에디는 끝 쪽에 그의 옷을 걸 만한 자리를 찾아내 옷을 걸었다. 드레스와 신발의 진열 그리고 포푸리 향, 방충제 냄새와 함께 뿜어지는 다른 이의 삶의 감각에 그는 어리둥절했다.

며칠 뒤 그들은 아파트를 찾아 나섰다. 적당한 가격의 아파트들이 모여 있는 구역으로 가기 위해 웅장한 느릅나무들이 줄지어 있는 완만하게 굽은 거리를 따라 거주하기 좋은 오래된 주택가로 운전해 갔다. 정지 신호에서 아라벨라가 말했다. "저기 봐요." 그러면서 에디의 옆에 있는 주택을 가리켰다. 저쪽의 거대한 잔디밭 뒤에 하얀색 기둥이 있는 현관이 관목으로 둘러싸여 있었다. 회색 석회암으로 지어진 그 집은 지붕이 빨간색 타일로 이루어져 있고 그 위의 지붕창은 한 줄로 나 있었다. 1층에 바람이 잘 통하는 큰 창도 있었다. "저 집이 내가 살던 집이었어요." 아라벨라가 말했다. 옷장과 비슷한 느낌이었다. 그녀는 그 집에서 15년을 저명한 예술계 교수와 살았다. 그 교수는 뉴욕의 갤러리에서 그의 작품을 전시했고 TV에도 종종 나왔다. 그런데 이제 그녀는 당구 허슬러의—아니 한물간 당구 허슬러의 정부였다. 에디는 아무 말 없이 운전만 했다.

"파티가 그립거나 하진 않아요?" 그날 저녁 에디가 아라벨라에게 물었다.

"어떤 파티요?" 아라벨라는 수력 공학에 관한 논문을 막 끝내고 책상 위쪽에 있는 종이 다발을 톡톡 치고 있었다. "종이 집게 어딨어요?"

"타자기 뒤에 있어요. 대학에서 했던 파티 말이에요. 당신이 교수 부인이었을 때."

"가끔요. 자주는 아니고요." 아라벨라는 집게를 찾아 종이를 한데 모으고, 마닐라지 서류철에 넣어 두었다. 그러고는 자리에서 일어나 몸을 쭉 폈다. "교수들 파티에서 여자들이 하는 얘기는 보통 애들에 관한 것들이었어요. 그런데 나는 애가 없잖아요. 그래서 파티는 나에게 가끔 옷을 차려입고 꾸밀 기회이긴 했지만, 해리슨의 말을 들어 줘야 했어요. 그 두 개가 상쇄된 거죠."

"내가 듣기로는 교수는 아내가 필요하다던데."

"빨래시키려고요?"

"당신은 정말로 전남편한테 화가 많이 나 있군요." 에디가 말했다. "내 말은, 파티에서 좀 있어 보이고 일에 도움이 되려면 필요하지 않냐는 뜻이었어요."

"사람들이 그렇게 말하긴 하는데, 꼭 그렇지만은 않아요. 해리슨은 요청서를 잘 작성하고 아일랜드 스타일의 피셔맨 스웨터*가 아주 잘 어울리는 사람이죠. 나는 그를 그렇게 싫어하진 않아요, 에디. 그냥 그를 생각하면 짜증 날 뿐이에요."

"그럼 당신은 뭐 때문에 거기에 살았어요?"

아라벨라가 오랫동안 그를 바라보더니 담배에 불을 붙였다. "모르겠어요. 어쩌면 옷 때문일 수 있겠네요."

"이미 충분히 많잖아요."

"안정감이요. 나는 돌봄을 받고 싶었어요, 에디. 멋있어 보이는 사람 또는 직업이 좋은 누군가에게요."

"그런 건 잘못이 아니에요."

"한 대 피울래요?"

에디가 담배에 불을 붙이고 물었다. "당신은 무엇 때문에 화가 난 건데요?"

아라벨라가 책상으로 걸어가더니 타이핑한 종이를 들었다. "나는 해리슨한테 화가 났어요. 그리고 이 수분 유지 구조물의 스트레스 저항력에 관한 논문을 쓴 교수한테 화가 났고요."

"나는 당신이 나한테 화가 난 줄 알았어요." 에디가 말했다.

"대학교라면 지긋지긋해요. 머리에 든 것도 없이 마약이나 락에만 미쳐 여기를 졸업하는 학생들도 있어요."

"그리고 섹스도 포함해야죠. 나는 당신이 화난 게 나 때문

---

* 방수 가공한 털실로 짠 방한용 스웨터로, 부피가 크고 다이아몬드, 꽈배기, 지그재그 등의 무늬로 짜인 것이 특징이다.

이라고 생각했어요."

아라벨라는 에디를 바라보았다. "에디, 당신이 해 왔던 그 일을 우리가 같이 하면 어때요? 그리고 토너먼트에도 나가 보는 게 어때요?"

"내 실력이 아직 충분히 받쳐 주지를 않아요. 앞으로 계속 이럴 수도 있어요." 에디는 시계를 확인했다. 자정이었다. 소파로 다가가 소파를 펼쳐 침대로 만들기 시작했다. "저런 집에 살았으면서 돈은 다 어쨌어요?"

"그 집은 해리슨의 엄마 소유였어요. 합의금에 들어가지 않았고요. 지금은 이혼 수당으로 한 달에 800달러씩 받고 있어요."

"그 돈이면 먹고사는 데는 지장 없겠네요."

에디가 신발을 벗는 동안 아라벨라는 아무 말하지 않았다. 그러더니 "에디. 내가 노스캐롤라이나에서 화가 나서 집으로 가고 싶다고 했을 때, 단지 지루함이나 잘못 나온 음식 때문만은 아니었어요."

"뭔가 있을 거란 생각은 나도 했었어요."

"나는 한 남자의 커리어를 지원하는 것 이상의 일이 필요해요. 요즘 나는 해리슨을 절대 떠날 수 없을 거란 생각이 들기 시작했어요."

"오, 이런."

"미안해요. 당신은 해리슨과 다르지만, 또 다른 종류의 별이라고요."

그 말에 에디는 기분이 언짢았으나 아무 말도 하지 않았다.

다시 들려온 아라벨라의 목소리는 체념한 상태였다. "미술이나 공예 관련 잡지 일을 더 할 수 있었어요. 그쪽에서 원고를 읽을 수 있는 사무실을 제공해 줬거든요."

"그럼 해요."

"그런데 그 일도 교수랑 하는 일이에요."

"그러면 하지 마요."

"하, 정말 모르겠다니까요." 아라벨라는 화가 난 것 같았다. 책상으로 성큼성큼 다가가 방금 타이핑을 마친 종이가 든 서류철을 들었다. "내가 원하는 건 어쩌면 자기가 하는 일을 잘하고 멋있어 보이는 남자와 같이 있는 걸지도 몰라요." 아라벨라가 서류철을 책상 위로 다시 툭 던졌다. "요즘 여자들은 자기 자신을 찾으라는 압박을 많이 받잖아요. 하, 이게 다 비겁한 헛소리일 수도 있겠네요."

에디가 그녀를 쳐다보았다. "그렇지 않아요." 그가 말했다.

"그러면 이제 뭘 어쩌라는 거죠?"

에디가 맨발로 서서 기지개를 켰다. "음, 진짜 쓸데기 없는 헛소리라는 건 잘 알죠."

6

경기는 앨버커키의 한 박람회장 밖에서 열렸다. 제법 쌀쌀한 11월인데도 주차장에서 말과 밀짚 냄새가 스멀스멀 올라왔다. 에디가 택시에서 내렸을 때 뚱보는 핫도그 판매대에서 칠리가 수북하게 얹어진 코니 아일랜드 핫도그를 먹고 있었다. 가을 냄새가 나는 햇살이 내려앉은 그의 얼굴은 전보다 확실히 창백해 보였다.

뚱보가 음식을 오물거리며 꿀꺽 삼키고 말했다. "저 당구대를 본 적이 있지." 말을 이었다. "140×280센티미터짜리 갠디야. 좋아 보이는군."

"얼굴이 창백해요." 에디가 말했다.

"2주 전에 아팠어." 뚱보는 팔 아래에 큐대 케이스를 낀 채 핫도그를 마저 먹었다. 냅킨으로 손가락과 턱을 문질러 닦고는 뭉쳐서 옆에 있는 휴지통으로 툭 넣었다.

"그러면 여기에 안 와도 됐을 텐데요."

"여기로 오는 건 문제가 아니네. 칠리 핫도그가 문제지."

"그럼 칠리 핫도그는 그만 먹어요."

"당구나 치자고, 패스트 에디." 뚱보는 돌아서서 야외 경기장으로 향했다. 그곳에는 **당구의 전설 미네소타 뚱보와 패스트 에디의 맞대결**이라고 적힌 현수막이 있었다. 늘 그랬듯 그의 발걸음은 가벼웠다.

그 후 에디는 택시 차창 밖으로 저 멀리 보이는 로키 산맥을 가만히 바라보았다. 경기 중 집중력도 좋았고 샷도 괜찮았고 공들도 깔끔하게 움직였지만 7점 차이로 졌다. 150 대 143.

뚱보는 검은색 큐대 케이스를 무릎 위에 올리고 시트에 등을 기대고 있었다. 마침내 그가 입을 열었다. "그 연속 득점 좋았네." 에디는 난해했던 뱅크 샷에서 실수하기 전에 점수를 연속으로 80점 넘게 따고 있었다.

에디는 잠자코 있었다. 조금 전 경기에서 뚱보가 연달아 다섯 게임을 이겼다. 12월 초 인디애나폴리스에서 경기가 한 번 더 있을 예정이었다. 일흔이 다 된 남자를 여섯 번 중에 한 번도 이기지 못한다면, 에디에게는 희망이 없었다. 당구를 치며 먹고살 자격이 없는 것이었다.

"리스트는 활용해 봤나?" 뚱보가 물었다.

"대부분은요." 에디는 리스트 맨 아래에 적혀 있는 지역 두 곳은 가 보지도 않았다. 그중 한 곳은 렉싱턴에서 차로 갈 수 있는 거리인데도.

"꽤 괜찮은 리스트네." 뚱보가 말했다. "나는 그 리스트에 있는 곳 전부에서 돈을 땄어."

"처음에는 저도 그랬어요. 멤피스에서 빌리 우쇼한테 7,000달러를 땄거든요. 부머라는 남자한테도 몇 천 땄고요."

"그다음에는?"

도로가 굽어지자 에디의 눈에 두 개의 야트막한 산 사이에 하얀 눈이 소복이 덮인 스칸디아 봉우리가 보였다. "안 갔어요. 끽해야 호텔비 밖에 안 나올 것 같아서."

"코너스에 있는 오슬리를 찾아봤나?"

"아주 악명 높은 곳이라는 얘기는 들었어요."

"오슬리는 돈이 있는 사람이네. 탄광을 소유하고 있거든."

"뭐 다음 주에 가 보죠." 에디는 뚱보를 바라보았다. "전에 직업을 가져 본 적 있어요? 얘기 좀 해 줘 봐요."

"아니."

"그러면 나인볼 토너먼트에 나가 본 적은요?"

"나는 그런 당구나 치는 애들한테는 관심 없어." 에디는 이따금 나인볼을 치긴 했지만, 나인볼 세계는 언제나 그가 알고 있는 세계와 완전히 달랐다.

"직업도 없이 에잇볼이나 치고 다니려면," 에디가 말했다. "뭐라도 다른 일을 해야 해요. 그리고 술집에서 하는 에잇볼보다 나인볼에 돈이 더 많다니까요."

뚱보가 입술을 오므렸다. "자네가 작은 경기에서 이길지도 모르지 않은가."

"다음 달에 시카고에서 큰 경기가 있어요. 그다음 봄에 타호 호수에서 열리고요."

"그런 데서는 이길 수 없을 거야. 나인볼을 얼마나 쳐 봤지?"

"많지는 않아요."

"얼 보차드, 그자는 스트레이트 풀로도 자네를 이길 수 있어. 그런데 나인볼은 더 잘하지. 자네는 경험이 더 필요해."

"저기요, 나도 경험이 있거든요. 지금 그 애송이들이 유치원에 있을 때, 내가 이 나라의 모든 선수를 다 이기고 다닌 거 잘 아시면서."

"지금은 1983년이네." 뚱보가 말했다.

"11월이고요."

"그렇지. 《빌리어드 다이제스트》에서 봤는데, 자네와 내가 인디애나폴리스에서 경기한 다음 날 코네티컷에서 토너먼트가 있다더군. 사흘 동안 이어지고 우승 상금은 2,500달러야. 연습할 시간이 그래도 몇 주 있으니까 연습하면 거기에 출전

할 수 있을 거네."

"연습은 계속하고 있었거든요."

"그렇군." 뚱보가 말했다. "하지만 나는 방금 자네를 이겼는걸."

그들은 공항으로 가는 남은 길 동안 아무 말도 하지 않았다. 운전기사가 속도를 줄이며 이스턴 에어라인 터미널 차선으로 진입할 때 뚱보가 침묵을 깼다. "주로 겪는 성장통이지."

에디는 그를 쳐다보기만 할 뿐 별말은 하지 않았다.

에디가 아파트에 들어왔을 때 아라벨라는 나가고 없었다. 전화기 옆 메모장에 '로이 스캐머한테 두 번이나 전화 왔었어요'라는 내용과 전화번호가 적혀 있었다. 그는 맥주를 따고 전화번호를 돌렸다.

"패스트 에디," 스캐머였다. "일자리가 났는데, 생각 있어요?"

"당신은 정말 놀라운 말만 하는군요."

"총학생회에서 당구장을 운영하는 사람이 있는데 은퇴한다고 하네요. 그래서 학과장한테 당신을 고용하는 게 좋겠다고 말씀드렸어요."

"당구대가 몇 개죠?"

"여덟 개에서 열 개 정도요. 탁구대도 있고 다른 것들도 있어요. 어느 건물인지 알아요?"

"네." 학과실로 걸어가는 길에 지나쳤던 현대식 건물이었다.

"내일 아침에 잠깐 들러서 둘러보는 게 어때요? 그 양반 이름은 메이휴예요."

"그러죠." 에디가 답했다.

아라벨라는 대학 미술관에서 열린 학생 미술품 전시에서 와인과 치즈를 서빙하고 있었다. 그녀는 자정이 되도록 집에 오지 않았다. 에디는 로이가 제안한 일자리에 대해 언급하지 않았다. 그녀가 그에게 뚱보에 관해 물었을 때는 "난 아직도 그를 이기지 못해요."라고 답했다.

"다음번에는 이기겠죠." 아라벨라가 욕실로 가서 발을 물에 담갔다. "내가 왜 그런 개회식에서 일을 한다고 했는지 모르겠어요. 텔마가 더 재미있었는데." 그녀가 욕조에 물을 채우기 시작했다.

"뚱보는 내가 나인볼을 치는 청년들을 이기려면 성장해야 한대요."

"헤라클레이토스* 말 같네요. 올라가는 길이 내려가는 길이다. 앞으로 가는 길은 되돌아오는 길이다."

"나는 그런 수수께끼 같은 말은 싫어해요."

"오, 미안해요." 아라벨라는 그렇게 말하고 발목 위로 물을

---

* 그리스의 철학자이며, 만물의 근원을 불이라고 주장했다. 그가 말하는 불은 '변화'를 의미하고, 모든 것은 변화 속에 있다고 했다.

첨벙이더니 발에 비누칠을 하기 위해 몸을 구부렸다. "나는 내 성장에 대해서는 이해한 적이 한 번도 없는 것 같아요."

"나는 지금보다 서른 살이었을 때 더 어른스러웠어요."

"그걸 보려면 더 성장해야겠네요."

"무언가를 하려면 더 성장해야죠." 에디가 말했다.

에디가 양문을 열고 안으로 들어섰을 때 가장 처음 눈에 들어온 건 줄 맞춰 진열된 오락기들—팩맨과 동키콩, 아스테로이즈—이었다. 오락기들은 펩시 자판기와 공중전화가 줄지어 있는 지하 대기실에 있었다. 오전 아홉 시 반이었고 게임을 하는 사람은 한 명도 없었다. 에디는 오락기를 지나쳐 또 다른 양문을 밀어젖혔다. 당구장 같은 공간이 나왔다. 120×240센티미터 크기의 브런즈윅 당구대 여덟 개가 앞쪽에 있고, 뒤에는 탁구대 네 개가 있었다. 탁구대 뒤편에 핀볼 머신 여섯 대가 쭉 나열되어 있었다. 오른쪽 저 끝에 카운터가 있고, 그 뒤에 지저분한 백발의 심술궂게 생긴 노인이 서 있었다. 줄무늬 셔츠에 넥타이를 한 그는 에디를 노려보았다. 천장에 형광등 여러 줄이 길게 매달려 있고 그중 몇 개는 깜빡거렸다. 바닥은 옅은 초록색 플라스틱 타일로 덮여 있었다. 노인 옆 책상에 있는 라디오에서, 지난 수년간 에디가 당구장 문을 열면서 듣곤 했던 모닝 토크 쇼 진행자의 목소리가 흘러나왔다.

잠시 후 노인이 에디 쪽을 보며 눈썹을 올렸다. 그 즉시 에디는 돌아서서 밖으로 나가 버렸다. 이런 곳에서 일을 하느니 차라리 중고차를 파는 게 나을 것 같았다.

간판에 **민속 예술관**이라고 되어 있지만 차를 주차한 그곳은 고철 처리장 같았다. 녹슨 침대 스프링으로 만든 울타리가 있었는데, 그 사이사이의 각 프레임마다 가운데 부분에 그림이 그려진 금속판이 붙어 있었다. 차에서 가장 가까이에 있는 금속판에 솜브레로*를 쓴 한 남자가 빨간색 기타를 든 그림이 있었다. 그 옆 금속판에 있는 커다란 데이지 꽃은 가운데 노란 부분이 햇빛에 바래졌고 하얀 꽃잎 끝에는 녹이 슬어 있었다. 아라벨라가 입구는 옆쪽 부근에 있다고 했다. 그녀는 금속판을 여러 개를—실크햇, 뽀빠이, 웅크린 호랑이—더 지나치며 침대 스프링 사이에 넓은 틈이 있는 곳으로, 양쪽에 거대한 토끼 머리가 있는 곳으로 그를 이끌었다. 에디는 틈 사이를 지나면서 토끼를 스윽 훑어봤다. 그 토끼는 폐차된 폭스바겐의 덮개로—지금은 분홍색으로 칠해져 있었다—만들어졌고 큰 귀는 자동차 펜더를 용접하여 만든 것이었다. 짓궂은 미소를 짓고 있는 토끼의 모습에 딱히 귀여운 구석은 없었다.

---

* 챙이 넓은 멕시코 모자

에디와 아라벨라는 켄터키의 코너스로 가는 길이었다. 그는 그곳에서 오슬리라는 남자를 찾아 그자와 당구를 칠 수 있기를 바랐다. 아라벨라가 이 고철 처리장을 주제로 예술 관련 글을 쓰고 싶다고 했고, 이곳은 코너스로 가는 길에 있었다.

  울타리 안쪽 구역은 축구장 정도 크기였다. 안쪽에 금속으로 된 물체 수십 가지가 정신 나간 칵테일파티에 모인 사람들처럼 전시되어 있었다. 대부분 실제 크기로 몸집이 사람만 했다. 에디의 옆에 가슴이 풍만한, 얼굴에 에나멜이 칠해져 있고 금속으로 만들어진 여자가 있었다. 살구색으로 칠해져 있고 오토바이 헤드라이트로 만들어진 그것을 가슴이라고 인식하는 데에는 시간이 조금 걸렸다. 몸은 자동차 범퍼, 팔은 배기관, 머리는 머플러의 한 부분이고, 올림머리는 와이어와 스프링에 스팽글을 붙여 만들어져 있었다. 얼굴엔 섬뜩한 미소가 표현되어 있었는데 그 미소는 유혹하는 듯 치명적이었다. 레이온 재질의 검은색 슬립을 입은 그 금속 여자는 60×120센티미터 크기의 받침대 위에 서 있었다. 받침대 위에 올려진 작품 이름표에 반듯한 글씨로 이렇게 적혀 있었다. **뉴욕 모델.**

  "무슨 생각 해요?" 아라벨라가 물었다. 전시장에 그늘이 없었기에 그녀는 눈을 찡그리고 신난 얼굴로 에디를 쳐다보았다.

  "전시회가 마음에 드나 보군요." 에디가 말했다.

  저 멀리 끝에 온갖 잡동사니가 한가득 모여 있는, 대개 녹슨 자동차 부품들이 쌓인 창고처럼 생긴 공간이 있었다. 아라벨라는 배기 매니폴드나 배기통, 펜더 또는 작은 보일러처럼 생긴 것들로 이루어져 있고, 그리고 밝은 색깔로 칠해진 여자 전시품들을 지나쳐 에디를 그 창고 쪽으로 데리고 갔다. 전시품마다 받침대가 있고, 그 위에 **우리의 이모 힐다** 또는 **유치원 선생님**이라는 식의 이름표가 올려져 있었다. 그들 중 몇몇 전시품은 머리가 동물로 표현되어 있었다. 그중 어떤 전시품은 사마귀의 쌀쌀맞고 따분한 얼굴을 매달고 있었다.

두 사람이 창고에 다다르자 웃옷을 입지 않은 남자가 창고 안을 가득 채운 어두침침한 고철 더미 사이에서 나타났다. 그는 땅딸막하고 근육이 우락부락했다. 그가 햇볕으로 나왔을 때 에디의 눈에 그의 팔뚝 전체를 뒤덮은 타투가 들어왔다. 60대쯤으로 보이는 그는 어딘가 언짢아 보였다.

"안녕하세요, 마컴 씨." 아라벨라가 인사를 건넸다. "친구를 데리고 왔어요."

남자는 눈을 찌푸리며 에디를 미심쩍게 쳐다보고는 그녀에게 눈을 돌렸다. "웜즈 부인이시네. 헬리아크 용접 기계는 구해 왔소?"

"아니요." 아라벨라가 말했다. "그건 저한테 너무 비싸다고 말씀드렸잖아요. 여기는 에디 펠슨이에요."

아라벨라보다도 키가 작은 딜리 마컴이 그를 올려다보았

다. 그러더니 상처가 많은 뭉툭한 손을 내밀었다. "좋은 여자죠." 그가 아라벨라 쪽으로 고갯짓을 했다. "내가 윔즈 부인한테 뭐 얻은 건 없지만, 어쨌든 좋은 여자요."

"이걸 전부 직접 만드셨습니까?" 에디가 철재로 만든 여자들이 가득한 전시회장 쪽을 돌아보았다.

"전부 다요. 차에 맥주나 뭐 있소?"

"아니요."

"저기에서 좀 가져오면 되겠구먼."

"조금 이따가요, 마컴 씨." 아라벨라가 말했다. "에디한테 당신이 만든 조각품을 보여 주려고요."

"그 젊은 남자한테 무슨 일 있소? 그 사람이 렉싱턴에서 내 작품들을 팔아 주려는 줄 알았는데."

아라벨라는 잠시 마컴을 바라보다가 조심스레 말을 꺼냈다. "그레고리가 사려는 금액보다 더 많이 요구하셨잖아요. 그때 그레고리가 거래는 성사되지 않을 거라고 했어요."

"우린 그냥 흥정 중이었는데." 마컴이 말했다. "나한테 다시 전화했었어야지."

"그레고리는 당신이 요구했던 금액 근처에 가지도 못했어요. 투자가 쉽지 않았죠. 내가 원하는 건요, 마컴 씨." 아라벨라가 분명하게 말했다. "인터뷰예요. 녹음기도 가져왔어요."

"언론 관계자들이 1년 전에 와서 내가 TV에 나올 거라고 했는데, 결국 아무도 안 찾아왔소. 내가 썩 괜찮지 않았던 모양이야."

"이건 TV에 나오는 게 아니에요. 켄터키 예술 잡지에 기사를 쓰고 싶어서요."

"돈은 좀 되나?"

"그래도 대중의 관심은 좀 생기겠죠?"

"제길." 마컴이 내뱉었다. "이미 우리 이웃들이 내가 원하는 모든 관심을 나한테 쏟고 있다오. 내가 쓸 수 있는 건 돈인데 말이지." 마컴이 에디에게 돌아섰다. "A&P에 가서 맥주 좀 사다 주면 좋겠는데. 왼쪽으로 가서 두 블록만 가면 있지."

"알겠어요." 에디가 말했다. "밀러는 어때요?"

"몰슨으로 사 오슈. 거기에 팔면." 마컴이 말했다. "하이네켄도 괜찮고."

"차에서 녹음기 가져올게요." 아라벨라가 말했다.

에디가 뒷좌석에서 자그마한 소니 녹음기를 꺼내 아라벨라에게 건네며 물었다. "그레고리가 누구예요?"

"미술품 중개업자예요."

에디는 시동을 걸었다. "그 사람 죽었죠, 그렇죠?"

"맞아요." 아라벨라가 답했다. 그녀는 어깨에 끈을 걸치고 다시 고철 처리장으로 걸어갔다. 에디는 신문에서 본 젊은 남자의 앳된 얼굴을 떠올리며 운전을 했다. 눈앞에 두 사람이—

아라벨라와 예술적인 분위기의 젊은 남자가―마컴의 정신 나간 '조각품'을 두고 소란을 피우는 모습이 그려졌다. 슈퍼마켓에서 몰슨 맥주 여섯 병들이 팩과 치토스 한 봉지를 들고 나와 차를 몰고 다시 돌아갔다.

  에디는 내리쬐는 햇볕 아래에서 병맥주를 마시고 돌아다니면서 마치 파티에 참석한 사람처럼 서 있는 전시품을 구경했다. 전시품에 쓰인 재료들은 전시품의 얼굴과 앞을 응시하며 건방진 자세로 서 있기에 딱 적합해 보였다. 에디는 이 막다른 탄광촌에서 계집들 작품이나 퉁퉁 두드리고 용접하는 저 늙다리 양반의 분노에 어쩐지 친밀감이 느껴졌다. 아라벨라는 창고로 돌아가서 녹슨 보일러 위에 앉아 마컴을 인터뷰하는 중이었다. 놀라울 만큼 따뜻한 11월의 하루였다. 내리쬐는 태양에 땀이 흐르다가도 시원하게 부는 세찬 바람에 싸악 식어 버리는 그런 날이었다. 에디는 맥주를 다 마시고 진짜 가죽 끈에 묶여 있는 크롬으로 도금된 개 전시품과, 그 옆에 역시 크롬으로 도금된 여자를 가만히 응시하다가 창고로 돌아갔다.

  에디가 가까이 다가가자 아라벨라가 일어섰다. 다 끝난 것 같았다. 마컴이 맥주 한 병을 더 땄다. "아까 개랑 같이 있는 여자를 보고 있던데." 아라벨라가 말했다. "딜리한테 그거 사려고요."

어떤 이유 때문인지 에디는 짜증이 났다. "그걸 어디에 놓으려고요?"

"욕실 문 옆에요. 나는 뉴욕 모델이 마음에 드는데, 그건 진짜 너무 무겁고 커요. 어떤 거 같아요?"

"당신이 원하는 거 사요." 에디가 말했다. "뒷좌석에 싣고 가면 돼요." 그는 앞으로 걸어가 마지막 맥주를 집어 들었다.

"다른 것도 좀 봐야겠어요." 아라벨라가 말했다.

아라벨라가 밖으로 나가자 마컴이 에디에게 말을 걸었다. "내 여자들 마음에 드시나?"

"내 여자가 더 마음에 드는데요."

마컴이 껄껄 웃었다. "아주 좋은 사람이지, 암요. 당신 아내요?"

"나는 아내가 없습니다."

"그게 최고지. 우유를 공짜를 얻을 수 있는데 뭣 하러 소를 사겠소?"

"소에 관해서는 아는 바가 없습니다." 에디가 대꾸했다. "여자를 중요하게 생각하는 것 같진 않군요."

"사람들이 그렇게 말하지. 나는 보이는 대로 말하는 것뿐이오."

"된통 당한 적이 있으신가 봅니다."

마컴은 어깨를 으쓱했다. "제대로 된 용접 기계를 손에 넣을 수 있다면, 그건 헬리아크뿐이지." 그러고는 생각에 잠겨 에디를 바라보았다. "당신 이전에 아라벨라와 함께 여기에 왔던 그 젊은이. 그때 오토바이를 타고 왔었소. 그 젊은이가 나보고 렉싱턴에서 중고 헬리아크를 살 수 있을 거라 했었지."

"용접에 관해서는 아는 게 없습니다만." 에디가 말했다. "그 젊은 사람은 어떤 남자였습니까?"

아라벨라는 바깥에 전시장에서 크롬으로 도금된 여자의 다리를 보기 위해 몸을 숙이고 있었다.

마컴이 에디를 가만히 응시했다. "나는 그 사람이 마음에 들지 않았소." 그러더니 그의 민머리를 앞으로 쑥 내밀며, 이젠 엉덩이에 손을 올리고 있는 아라벨라 쪽을 가리켰다. "그런데도 저 여자는 그 치를 상당히 좋아했지."

에디는 아무 말하지 않고 맥주병을 들어 한참을 벌컥벌컥 마셨다. 아라벨라가 그들에게 돌아왔다. "저기요." 그녀가 마컴에게 말했다. "저 여자랑 개를 사고 싶은데, 돈이 좀 부족해요."

마컴이 어깨를 으쓱했다. "4,000달러 아래로는 저들을 보낼 생각이 없는데."

"딜리, 돈이 부족해서 그래요."

"시카고에서 온 동료가 나한테 6,000을 제시했었소."

"그러면 팔았어야죠." 에디가 끼어들었다.

"가치로 따지면 10,000달러요." 마컴이 말했다. "저 조각품은 감각적이고 용접도 아주 깨끗하게 잘 됐지."

에디는 고개를 끄덕였다. 아까 용접 부위를 봤었는데, 삐뚤빼뚤하고 군데군데 틈이 있었다. 땅에 닿은 여자의 발에 녹도 슬어 있었다. 이런 것쯤은 만드는 데 이틀도 안 걸릴 것 같았다. 개도 포함해서. 에디는 주머니로 손을 넣어 당구에 쓰려고 가져온 현금을 꺼냈다. 10달러짜리 쉰 장을 세고 마컴이 볼 수 있도록 돈을 내밀면서 나머지 돈은 다시 주머니에 넣고 500달러를 그들 옆의 그라인더 테이블에 올렸다. "저 조각품에 이만큼 드리죠."

"저건 진정한 미국 민속 예술품이오." 마컴이 말했다. "수도 없이 많은 사람이 저 작품 사진을 찍고 사고 싶어 했지." 마컴의 생계는 방문객이 그의 '전시장'을 구경하고 작품들 스냅샷을 찍을 때마다 1달러씩 받은 돈으로 이루어졌다.

"이틀이면 하나 더 만들 수 있잖아요." 에디가 말했다. 그는 마컴을 뚫어지게 쳐다보았다.

"저것과 똑같지는 않을 거요."

"에디," 아라벨라가 말했다. "이제 그만……."

에디는 마컴을 계속 쳐다보았다. "더 나을 수도 있죠." 그러고는 그들을 에워싸고 있는 것과 마찬가지인 폐기된 금속 더미를 보았다. "여기 여자 마흔 명은 만들 수 있는 범퍼가 차고 넘치는데요?"

마컴이 화가 난 얼굴로 그를 노려보았다. "1,000달러 이하로는 생각도 한 적이 없소."

에디가 어깨를 들썩이며 돈을 집어 들고 주머니에 밀어 넣었다.

"잠깐." 마컴이 부드럽게 말했다. "이런 빌어먹을, 잠깐만⋯⋯."

"현금을 그렇게 많이 가져왔는지 몰랐어요." 아라벨라가 말했다. 그녀는 무릎 위에 철제로 만들어진 개를 데리고 있었다. 마치 진짜 강아지를 안고 있는 듯이. 크롬으로 도금된 여자는 뒷좌석에 누워 있었다.

"현금은 물건을 바로 내놓게 만들죠."

"짓궂네요, 진짜."

"그자는 이제 빈털터리예요. 아마 그 500달러로 그는 7월 4일까지 몰슨 맥주에서 헤엄치고 있을 겁니다."

"저런, 불쌍한 딜리." 아라벨라가 말했다. "불쌍한 딜리."

주간 고속도로 64번을 따라 동쪽으로 달려 코너스에 도착하기까지 한 시간이 더 걸렸다. 그곳에는 선거 운동 기간 동안 셔터가 내려진 공장들과 사라져 가는 제분소 마을을 보여주는, 민주주의와 관련된 TV 광고가 넘쳐났다. 코너스는 그런 광고에 나오는 곳 같았다. 에디는 4차선 도로에서 나와 인터체인지를 돌아서 정지 신호에 멈추었다. 근처 한 가게 앞의 돌처럼 생긴 양철판에 케이의 작은 레스토랑이라고 새겨져 있었다. 레스토랑은 전면 유리 너머로 칙칙한 아프리카 제비꽃이 보이는, 랜치 하우스*를 개조한 가게였다. 그리고 거무튀튀한 콘크리트 블록 위 자그마한 건물에 이런 간판들이 달려 있었다. **버튼의 드라이브인 술집, 빌리의 주류판매점, 아이린과 조지의 바&그릴.** 고속도로에서 봤듯이 이 동네 주변의 석탄 선별장과, 텅 빈 주차장의 잿빛 공장들은 전부 문을 닫은 상태였다. 그 한가운데에, 에디의 차가 서 있는 그곳에 네 방향 모두 정지 신호가 들어와 있었다.

그는 신호를 무시한 채 액셀러레이터를 꾹 밟고 교차로를 통과했다.

"재밌을 거예요." 아라벨라가 말했다.

에디는 입을 꾹 다물고 모텔 간판이 나올 때까지 메인 스트리트를 따라 운전했다. 그는 단단히 마음을 먹고 그 길을 따라가다가 끝자락에서 모텔을 발견했다. 조금 전의 고속도로에서 봤던 곳이었다. 보니 브래 모텔—TV, 당구장, 더블침대 22달러. 그는 거의 비어 있는 주차장으로 들어가 사무실이라고 적힌 표지판 옆에 차를 세웠다.

"여기예요?" 아라벨라가 물었다.

---

* 집의 공동 생활 공간과 침구들이 모두 한 층에 있는 집

"웨스트 버지니아의 헌팅턴까지 가지 않는다면요."

"그러면 당신이 왔다 갔다 하면 되겠네요. 헌팅턴에 뭐 흥미로운 거 있어요?"

"중국집이 있어요."

"한번 가 봐요. 우리." 아라벨라가 기분 좋게 말했다.

방은 그렇게 나쁘진 않았다. 에디는 차에서 아라벨라의 타자기를 가지고 내려서 모텔 방 창가의 둥근 테이블에 올리고 플러그를 꽂았다. 옷장 옆에 등받이가 꼿꼿한 의자가 있었는데, 그녀가 그 의자를 가져오더니 타자기에 종이 한 장을 꽂은 뒤 몇 줄을 타이핑해 보았다. "괜찮네요." 그녀가 에디를 올려다보았다.

"다른 짐들도 가져올게요." 에디는 베수비아나와 에스프레소 캔, 호밀 빵 한 덩이, 컵과 숟가락, 조리용 열판, 책 대여섯 권 그리고 드라이한 화이트 와인 큰 병이 든 박스를 차 트렁크에서 꺼냈다. 그러고는 자동차 범퍼로 만든 여자와 개도 차에서 가지고 나와 방 창문 옆에 두었다. 저 멀리 칙칙한 언덕에 척박한 평야가 내다보였지만, 햇살은 그럭저럭 괜찮았다. 그는 방을 둘러보기 시작했다. TV는 문제없이 작동했고, 매트리스도 단단하고, 발아래 카펫 역시 두툼했다. 아라벨라가 신을 벗고 방 안을 돌아다녔다.

"우리 아파트에도 카펫을 깔아야겠어요, 에디." 그녀가 말했다. "맨발이 닿는 느낌이 재밌어요."

"방 상태가 괜찮네요." 에디가 말했다. "늦으면 전화할게요."

대저택 같은 곳에 있는 술집에 대형 프로젝션 TV가 있었다. 에디가 안으로 들어갔을 때 작업복 차림의 남자들이 줄 맞춰 앉아 록 허드슨이 나오는 영화를 조용히 감상하고 있었다. 그는 바에 서서 맥주를 주문하고 주위를 둘러보았다. 뒤에 동전 투입식 당구대 두 개가 있었고, 당구를 치는 사람은 아직 없었다.

"오슬리라는 사람을 찾고 있는데요." 바텐더가 맥주를 건넬 때 에디가 물었다.

"오슬리요?"

"내기 당구를 한다던데."

에디 옆 나이 든 남자가 고개를 들었다. "찾는 사람이 벤 오슬리라면 그 사람은 캘리포니아로 갔소. 2년 전에."

"당구 선수이신가?" 반대편에 있는 남자가 에디의 큐대 케이스 쪽으로 부들대는 손을 뻗으며 물었다.

"당구 경기를 찾아다니고 있어요."

"여기에서 규모가 꽤 큰 게임들이 있었지." 나이 든 첫 번째 남자가 말했다.

바 끝에 있는 그보다 젊은 남자가 큰 소리로 말했다. "노턴 덴트." 확고한 목소리였다. "그자가 당신이랑 붙을 수 있을 거예요." 에디는 그의 목소리가 마음에 들지 않았다.

"그렇군요." 에디가 답했다. "그 사람은 어디에 있죠?"

"오늘 밤에 여기로 올 겁니다." 젊은 남자가 에디가 있는 바를 내려다보았다. "아니면 내일이나."

"그 사람한테 전화할 수 있어요?"

젊은 남자가 시선을 돌렸다. "아니요. 그냥 기다려야 할 겁니다."

에디는 어깨를 으쓱했다. 맥주 값을 계산하고 남은 25센트가 있었다. 그는 당구대에 25센트를 넣고 공을 래크하고 케이스를 열어 큐대를 꺼냈다. 상대와 하대의 나사를 조이면서 고개를 들었더니 바에 있던 사람들 대부분이 영화에서 눈길을 거두고 의자를 돌려 에디를 쳐다보고 있었다. 파란색과 회색 셔츠를 입은 호리호리한 늙은 남자들의 시선에 에디는 어쩐지 불안해졌다. 그들은 대공황 시기의 사진 속 사람들처럼 주름이 깊은 얼굴에 박힌 작은 눈으로 무표정하게 지켜보고 있었다.

에디는 래크를 브레이크하고 공들을 쿠션에 부딪혀 가며 샷을 시작했다. 당구대는 꽤 수월한 편이었다. 그의 스트로크는 부드러우면서도 분명했고, 쿠션을 따라 공들을 포켓으로 날카롭게 넣으며 깔끔한 샷을 만들어 냈다. 압박감을 견디면서, 테이블을 감각하고 그 느낌을 유지하는 것이 관건이었다.

그런 감각을 에디는 지난 수년간 잊고 있었다. 그를 지켜보는 구경꾼들을 신경 쓰지 않았고, 실력을 과시하려 하지도 않았고, 그들을 속이기 위해 공을 일부러 놓치지도 않았다. 번쩍번쩍 광이 나는 발라부시카로 공을 아름답게 뱅크했다. 이런 것들이 희미한 적대감을 품고서 낯선 공간에 발을 들인 그를 안심시켜 주었고, 곧바로 완벽한 스트로크를 해낼 수 있게 했다.

에디는 바로 가서 2달러를 25센트짜리로 바꾸었다. TV에서 아직 영화가 나오고 있었지만 아무도 보지 않았다. 전부 에디를 보고 있었다. 그는 잔돈을 가지고 당구대로 돌아갔다.

저녁 여섯 시, 술집은 사람들로 북적였지만 당구를 치려는 사람은 없었다. 화장실이 지저분했다. 에디는 큐대를 분리하고 케이스 안에 넣기 전에 손에 묻은 얼룩을 최대한 깨끗이 닦아냈다.

젊은 남자는 아직도 바 끝에 앉아서 롤링락 맥주를 마시고 있었다. 에디가 그에게 다가갔을 때 그는 고개를 돌리지도 않았다. "여덟 시 반에 다시 올게요." 에디가 말했다. "당신 친구가 여기에 오면 내가 찾고 있다고 전해 줘요."

"그 사람은 내 친구가 아닙니다." 남자가 맥주병을 응시하며 말했다.

"여덟 시 반입니다." 에디가 받아쳤다.

젊은 남자는 에디 쪽으로 돌아앉아서 차갑고 차분한 눈길로 그를 올려다보았다. "당신 이름을 말해 두죠. 나한테 이름을 알려 주면."

"에디 펠슨입니다." 에디가 말했다. "패스트 에디라고들 하고요."

젊은 남자는 그의 맥주병으로 다시 시선을 돌렸다.

"딜리에 관한 기사를 여덟 페이지 쓰고 〈내일을 찾아서〉를 봤어요. 아니지, 전체적인 분위기로 봤을 때 〈낙태시술자를 찾아서〉일 수도 있겠네요."

"그래도 내 하루보다는 나아요."

"뭐 나쁘지는 않았어요. 아까 산책을 하다가 자동차 극장을 찾았어요."

"오늘 밤에 가면 되겠군요. 내가 기다리는 그 사람이 나타나지 않으면."

"〈데비 더즈 달라스〉를 상영하더라고요." 아라벨라가 말했다. 그녀는 두 사람 각자의 잔에, 모텔에 있는 플라스틱 컵에 화이트 와인을 따랐다. "오럴 섹스에 관한 영화 같아요."

"승자에 관한 이야기인 모양이네요." 에디는 침대 위 아라벨라의 서류 더미 옆에 앉아서 와인잔을 들었다. "내일은 하루 종일 여기에 있어야 할 거예요. 내가 찾고 있는 사람이, 뚱보가 말했던 그 사람이 이 동네에 없어요. 그자 대신 다른 사람이 있더군요. 오늘 밤이나 내일 올 거래요."

에디가 당구장에 들어갔을 때 덴트가 그곳에 있었다. 덩치가 큰 그는 인상이 부드러웠고 30대로 보였으며 구레나룻이 있었다. 덴트의 회색 티셔츠에 EAT ME(날 먹어)라는 글자가 적혀 있었다. 그는 에디가 쳤던 당구대에서 하대의 아랫부분이 진홍색인 싸구려 큐대로 공을 치고 있었다. 그때 만났던 그 젊은 남자는 아직도 바에 앉아 있었다. TV는 꺼져 있었다. 주크박스에서 바비 젠트리의 노래 〈빌리 조에 대한 송시〉가 흘렀다. 나이가 지긋한 남자들 몇몇이 팔짱을 낀 채 고개를 들고 있었다. "여기 이 사람입니다." 젊은 남자가 당구대 앞의 덩치에게 냉담하게 말했다. "패스트 에디."

덴트는 샷을 계속 쳤다. 공을 똑바르게 포켓으로 밀어 넣었다. 꽤 잘하는 것 같았다. 그는 마지막 공을 탕 쳐 긴 대각선을 따라 내달리게 하여 멀리 있는 코너 포켓에 넣은 후 에디를 올려다보았다. 핏기 없는 덴트의 얼굴은 위협적이었다. 두툼한 입술을 삐죽 내민 그의 짧은 콧수염은 잡초처럼 지저분하게 나 있었다. 바비 젠트리의 노래가 끝나고 조니 캐시의 노래 〈두 번 생각하지 마, 다 괜찮아〉가 시작되었다. 에디는 덴트의 모습도, 어수선한 술집의 분위기도 마음에 들지 않았지만, 캐시의 노랫말을 듣고 그대로 하기로 결심했다.

"당신 얘기 들었습니다." 덴트가 말했다.

에디는 어정쩡하게 고개를 끄덕였다. "에잇볼 치겠어요?"

"다들 당신이 허슬러라고 하던데." 덴트가 느린 말투로 말했다. "그래서 돈 얘기를 할 줄 알았습니다."

"30년 전에 허슬을 시작했어요." 에디가 말했다. "나랑 당구를 칠 거라면, 에잇볼로 게임당 50달러로 합시다."

"허어." 그가 내뱉었다. "능구렁이처럼 말하시네요, 패스트 에디. 내가 당신한테 아예 상대가 안 될 수도 있잖습니까?"

에디가 어깨를 으쓱했다. "그럴지도."

"그래요, 50달러로 해 보죠."

"좋소." 에디가 답했다. 그리고 가죽 재킷에서 안경을 꺼내 얼굴에 얹었다.

브레이크 샷을 정하기 위해 동전을 던졌다. 덴트가 이겼다. 그는 브레이크 샷으로 공들을 넓게 퍼뜨렸고 공을 얇게 깎아 쳐가며 색깔 공 절반을 코너 포켓으로 넣었다. 에디는 신중하게 경기를 진행했고 5분 뒤 덴트를 이겼다. 긴장이 되었지만 경기를 컨트롤하는 데 아무 문제 없었다. 게임이 끝나고 나자 주위가 고요했다. 덴트가 공을 다시 래크했다. 그런 다음 큐대의 팁을 위로 올리더니 줄에 나무 구슬 하나를 끼워

넣었다. 밀러 맥주의 하이 라이프 포스터 너머의 뒤쪽 벽에 걸려 있는 줄에 그 나무 구슬이 끼워져 있었다.

에디가 덴트를 쳐다보았다.

"브레이크하시죠." 덴트가 말했다.

"나한테 50달러 빚졌습니다."

"줄에 표시해 놨잖아요." 덴트가 어깨 너머의 뒤쪽을 보며 말했다. 그러고는 주머니로 손을 넣더니 벌거벗은 여자 모양의 머니 클립에 끼워진 돈뭉치를 꺼내 에디에게 휙 보여 주었다. "됐어요?"

"여기에서는 그런 식으로 합니다." 바에 있던 그 젊은 남자가 거들었다.

에디는 어깨를 으쓱하고 당구대로 다가가서 공을 브레이크했다. 색깔 공 네 개를 연달아 넣은 뒤 공을 일부러 놓치고 덴트가 줄무늬 공 두 개를 쉽게 처리할 수 있는 샷을 남겨 주었다. 덴트는 과하게 느릿느릿 당구대로 다가와 공을 치기 시작했고, 줄무늬 공을 전부 해치우더니 결국 8번까지 포켓에 넣었다. 에디는 그에게 그런 간단한 샷을 남겨 준 자신에게 화가 났다. 덴트는 도움이 필요 없는, 실력이 충분히 좋은 사람이었다. 에디는 스로 오프* 없이 한 번에 쭉 경기를 해서 그

---

* 경기를 개시할 때 공격 측이 최초로 볼을 던지는 것을 뜻하며, 당구에서는 득점 없이 큐볼만 굴리는 것

를 이겨야 했다. 순진해 보이지만 위험한 얼굴의, 적대적이고 잔꾀가 그득한 두 눈의 덴트가 그만둘 때까지.

처음에는 어려웠다. 덴트는 에잇볼을 썩 잘 쳤지만, 에디는 그를 압도했고 승기를 이어갔다. 줄에 나무 구슬이 하나씩 늘어갔다. 에디의 스트로크가 몇 년 전보다, 앨버커크에서 뚱보와 겨뤘던 길고 긴 경기 때보다 좋아졌다. 상체를 숙여 샷을 하고, 또 허리를 구부려 공을 쳤다. 공들이 계속해서 포켓으로 떨어졌다. 에디가 여섯 번을 연달아 이기자 덴트는 큐대를 벽에 세워두고 근처 옷걸이에서 펑퍼짐한 양가죽 코트를 꺼냈다. 그러더니 코트를 입고 에디에게 등을 돌렸다.

에디는 줄을 올려다보았다. 줄 한쪽으로 구슬 열두 개가 밀려나 있었다. 그는 덴트 쪽을 바라보며, 코트를 입어서 덩치가 더 커 보이는 그를 바라보며 큐대를 해체하기 시작했다.

"나한테 600달러 빚졌어요, 덴트." 에디가 말했다.

덴트가 천천히 돌아섰다. 그의 목소리는 부드럽다 못해 상냥했다. "돈을 잘 챙겨 놨어야죠."

에디의 큐대가 이제 두 부분으로 분리되었다. 짧은 부분을 테이블에 올리고, 안경을 벗어 그 옆에 내려놓았다. "그런 식으로 빚진 돈을 갚나 봅니다, 덴트?" 에디가 차분하게 물었다. 위험이 뚜렷하게 감지되었지만, 그는 신경 쓰지 않았다. 저 얼간이 같은 자식을 당장 죽이고 싶었다.

덴트가 한 걸음 다가섰다. 그의 뒤에 있는 모든 남자들이, 그곳 사내들 전부가 두 사람을 응시하고 있었다.

"내가 내야 할 돈을, 나는 낼 생각이 없습니다만." 덴트가 말했다. "이 개 같은 노름꾼 새끼야."

그때 에디는 지긋지긋한 권태가 느껴졌고, 귓가에서 '이 짓거리를 또 해야 해?'라는 아주 오래전 내면의 목소리가 들렸다. 그는 큐대 아래쪽의 자그마한 끝부분을 움켜쥐고 앞으로 다가가 덴트 머리 옆을 세게 휘둘렀다.

그러나 덴트는 젊었고 보기보다 날쌨다. 그가 머리를 숙이고 돌아섰다. 막대기가 그의 코트 깃을 가로지르며 아래쪽을 향했다. 에디는 아무것도 들려 있지 않은 손으로 상대의 배를 후려쳤다. 저 두둑한 코트가 세게 강타하는 주먹의 힘을 약화해서 주먹질이 제대로 먹히지 않을 거란 걸 알면서도 일단 밀어붙였다. 바에 있는 사내들이 덴트를 말릴 수도 있으니까.

곧바로 덴트가 곰이 껴안듯 팔로 에디를 강하게 감싸며 체중으로 짓눌렀고, 에디는 기름에 쩐 냄새가 나는 코트에 파묻혔다. 에디는 큐대 아랫부분을 떨어뜨렸고, 코 옆에 묵직한 일격을 한 방 맞고 난 뒤 몸을 짓누르는 덴트의 무게에 제압당했다. 목에도 엄청난 충격이 가해졌다. 머릿속에서 도저히 견딜 수 없는 폭발이 터진 것 같았다.

어떤 남자들이 그를 차 뒷좌석에 태울 때 에디는 정신이 들었다. 감각이 느껴지지 않았고 잘 보이지도 않았다. 남자들이 대화하고 있었는데 그중 하나가 이런 말을 했다. "일단 우리랑 같이 간 다음에 내가 운전할게요." 그 젊은 남자였다. 처음부터 이 모든 일을 주도한 그 사람이었다. 그는 빨간색 야구 모자를 쓴 남자에게 이야기하는 중이었다. "어디로?" 야구모자가 물었다.

그 젊은 남자는 이제 친절하고 다정해 보였다. 좀 전의 차가움은 온데간데없었다. "괜찮을 겁니다." 그가 에디에게 은밀하게 속삭였다. "어디 잘 곳은 있어요?"

"보니 브래."

"이 사람 큐대하고 안경 줘." 젊은 남자가 야구 모자에게 말했다. 젊은 남자보다 나이가 더 많은 한 남자가 에디의 옆에 서서 그를 걱정스레 쳐다보고 있었다. 차에 앉아 있는 에디의 옆문은 닫혀 있었지만, 창문은 내려가 있었다. 젊은 남자가 운전석에 탔다. 야구 모자가 에디의 큐대 케이스를 창문으로 넣어 줬고 에디는 그것을 받았다. 그는 안경도 내밀었다. "차키 줘요." 젊은 남자가 말했다. 모든 것이 우호적이고 잘 정리되어 있는 듯했다. 매일 이런 일을 하는 것 같았다. 에디는 얼굴에서 피가 흐르는 듯한 느낌을 받았지만 피는 한 방울도 나지 않았다. 재킷 주머니로 손을 뻗어 차키를 찾아 운전석으로 건넸다. "가스 페달을 먼저 밟아요." 에디가 말했다.

"네가 그 자식 잘 지켜봐." 나이 많은 남자가 말했다. "빌어먹을 개새끼니까."

온몸을 타고 흐르는 통증이 느껴지기 시작하자 에디는 시트에 등을 기댔다. 손으로 몸을 더듬어 보았다. 다 괜찮았다. 부러진 곳은 없었다.

"세상에!" 아라벨라가 화들짝 놀랐다. "당신 취했어요?"

"얼어터졌어요."

"세상에, 너무 심하네."

자정이 넘은 시각이었다. 그러나 에디는 모텔 사무실에서 구급상자를 가져와 당구장 바닥에 부딪혀 난 등 상처에 소독제 백틴을 바르고 반창고를 붙였다. 멍도 들어 있었지만 그런 부위는 어떻게 할 방법이 없었다. 목 옆쪽이 얼룩덜룩해졌고, 이마에도 작은 멍이 있었다. 그 멍든 세 군데가 무척 아팠다. 머리도 지끈거렸다. 어지럼증도 여전했다. 욕실 거울 속에 비친 그의 얼굴이 엉망이었다. "미친 개새끼." 에디가 중얼댔다. "당장 돌아가서 엄지손가락을 부러뜨렸으면 좋겠네."

"끔찍해요." 아라벨라가 말했다.

"지독하게 아프네요." 그는 다리를 절룩이며 침실로 들어갔다. 오른쪽 다리에 뻐근함이 느껴졌다. 아라벨라의 타자기가 종이 더미와 커피 메이커가 올려진 테이블 위에 있었다. 닫힌 창문을 가리고 있는 합성수지 원단의 커튼에 레스토랑 테이블에 있던 부메랑 무늬가 나 있고, TV 옆 서랍 위에 와인 잔이 올려져 있었다. 에디는 그나마 덜 아픈 손으로 와인을 한 잔 가득 조심히 따라 한 입 길게 삼켰다. 그리고 침대 베개에 등을 대고 앉아 있는 아라벨라 쪽으로 돌아섰다. "다시 돌아가면," 그가 말했다. "다른 일자리를 찾아보려고요."

아라벨라는 더 이상 교수의 부인이 아니었지만, 여전히 교수 모임 파티에 초대되었다. 그녀가 에디에게 파티에 가자고 처음 제안했을 때 에디는 거절했었다. 그러나 혼자 아파트에서 TV나 보고 있으려니 지루해서 결국 다음 주말에는 그녀와 함께 나섰다. 처음 한 시간 정도는 교수들과 재임 또는 학부 축소에 대한 이야기를 나눴는데, 어쩐지 불편한 느낌이었다. 에디는 가방끈이 짧은 자신이 무척이나 신경 쓰였다. 그가 있는 그 집은—에디와 아라벨라를 초대한 교수가 그린 캔버스들이 벽에 걸려 있는—깔끔한 고급 가구들로 꾸며진 그 집은 에디가 마사와 함께 살던, 주방 벽지가 마냥 밝기만 했던 집과 전체적으로 완전히 다른 삶의 규모를 보여 주고 있었다. 그 집 주방은 흰색 풍의 소박하고 점잖은 느낌이었고, 손에 술잔을 들고 주방에 빙 둘러 서 있는 남자들은 모두 예술학부 또는 영문학부 교수들이었다. 에디도 책을 읽은 적이 있었지만 그런 학문에 대해 아는 게 전혀 없었다. 대학에 관한 경험도 전혀 없어서 아무것도 몰랐다.

그러나 이제 에디는 마사와 같이 살지 않았다. 실크 드레스를 입은 우아한 영국 여자, 구불구불한 은빛 머리와 밝고 지적인 두 눈의 그 여자는 사람들과 대화를 나눌 때면 상대와 눈을 마주쳤고, 에디와 비슷한 사람보다는 교수들과 더 많이 어울렸다. 그런 그녀가 에디의 여자였다. 에디는 아스팔트가 깔린 길 양쪽에 조약돌이 흩뿌려진 교외 주택에 살지 않았다. 그는 천장이 높고 하얀 벽에 민속 예술 그림이 걸린, 메인 스트리트 한복판에 있는 집에 살고 있었다.

주방 안의 냉장고 근처에 서 있는데 건너편에서 예술 학부 교수 세 명의 대화가 들렸다. 그들은 내년 연봉 상승에 대해 이야기하고 있었다. 그들 중 한 교수가 신시내티 벵골스가 슈퍼볼에 갈 가능성으로 대화 주제를 바꾸었다. 예술에 관한 이야기를 하는 사람은 없었다. 이 집에 있는 한 시간 동안 예술이나 문학, 역사 관련 이야기를 하는 사람은 한 명도 보지 못했다. 에디는 그들의 옷차림을 유심히 보았다. 어느 누구도 그처럼 옷을 잘 빼입지 않았다. 그는 맨해튼을 한 모금 홀짝이고 교수들에게 다가가 대화에 합류했다. 그들은 괜찮은 쿼터백*이 부족하다고 이야기하는 중이었다. 잠시 후에 에디는

---

* 미식축구 포지션 중 하나로, 전위와 하프백의 중간 위치에 있는 선수

그들에게 자신을 소개했다. 별거 없었다.

그 집 침실에서 어떤 옷 가게의 뒤편과 아파트 건물을 구분 짓는 정원이 한눈에 보였다. 주방은 'ㄷ'자 모양에 조리대는 흰색이었고, 메인 스트리트가 내다보이는 커다란 거실도 있었다. 식탁과 침실 가구를 더 들여야 할 것 같았다. 2층이어서 거실에서 보이는 풍경이 아라벨라의 아파트에서 보이는 풍경만큼 탁 트이지는 않았지만, 그래도 시내 한가운데에 있는 집이었다. 아라벨라는 이제 막 잡지사의 편집과 관련된 일을 시작했는데, 너무 바빠서 잠깐이라도 한눈을 팔 새가 없었다. 에디가 그녀에게 이 집 월세가 360달러라고 했을 때 그녀는 "그렇게 해요, 에디."라고 했다. 그는 임대 계약서에 사인을 하고 보증금으로 두 달 치 집세를 지불했다. 그러고 나서 이사 업체에 전화를 걸었다.

"에디," 스캐머가 말했다. "나 이제 다 내려놓고 떠나려고요. 재임이고 뭐고 관심 없어요. 당신처럼 당구를 칠 수만 있다면……. 제길, 아니 오보에만 연주할 수 있다면, 또는 요리사가 되기 위해 요리를 배울 수만 있다면……." 그들은 스캐머 집의 커다란 주방에 있었다.

"로이가 프랑스에 있는 요리 교실에 등록했거든요." 팻이 말했다. "하지만 결국 우리는 마지막에 포기했어요."

"용기가 없어져서요." 로이 스캐머가 칵테일 깁슨에서 양파를 꺼내 엄지와 검지로 잡고 잠깐 들고 있었다.

"보증금도 없어졌지." 팻이 말했다.

스캐머가 어깨를 으쓱하더니 입속으로 양파를 쏙 넣었다.

"변화한다는 건 어려운 일이죠." 에디가 말했다.

"당신은 하고 있잖아요." 아라벨라가 말했다.

에디는 카우치에서 아라벨라를 올려다보았다. "나한테 주어진 거예요. 판사가 마사에게 당구장을 넘겼거든요."

"셰익스피어가 그랬잖아요. '어떤 이들은 그들에게 위대함을 떠맡긴다'라고."

에디는 스캐머를 돌아보았다. 그는 몸에 딱 들어맞는 베이지색 코듀로이 바지에 베이지색 서코니 운동화를 신고 품이 넉넉한 하얀색 보트넥 스웨터를 입고 있었다. "역사를 가르치는 일에 뭐 문제라도 있습니까?"

"논문 점수 매기는 거요." 말이 끝나자마자 스캐머가 답했다.

"당신은 학부 회의에 대해서도 불만이 많잖아." 팻이 덧붙였다. "켄터키에 사는 것에 대해서도."

"그런 척하는 거지." 스캐머가 말했다. "나는 세계사에 관한 강의식 수업을 하고 개화된 이야기로 학생들의 마음을 사로잡아. 지도를 가리키며 장군들 부인에 관한 일화를 들려주기도 하지. 정치적 파벌에 대해 설명하고 도시의 현 상태를 이야기하며 인상을 찌푸리고."

"내가 듣기에는 괜찮은데요." 에디가 말했다.

"그래, 당신은 그런 걸 좋아해." 팻이 단조롭게 말했다. "자신의 목소리를 좋아하지."

"그럴지도. 하지만 파란색 빅스 펜으로 시험지에 엉터리 내용을 적어 놓은 걸 보면 정말 내 목을 베어 버리고 싶다니까."

"그건 당신 자신과 당신의 예민함 때문이야." 팻이 말했다. "자리에 앉아. 내가 샐러드 가져올게."

"전공을 바꿔야 하나." 로이가 말을 이었다. "학생들 논문을 읽을 때마다 그만두고 싶어."

"아마 논문 심사에서 그럴싸한 비즈니스가 보이지 않아서 그러겠지." 팻이 반응했다.

"이런, 역시 당신의 통찰력이란 정말." 로이가 쾌활하게 말했다.

스캐머 부부는 올드 프랭크포트 파이크에 있는 농장 주택에 살았다. 벽돌로 된 벽난로와 하얀 소파가 있는 거실과 주방을 제외한 모든 방이 소박하고 점잖았다. 거실의 최첨단 테이블과 의자들은 레일 조명 아래에 있고, 바닥은 옹이가 있는 소나무 원목이었는데 반듯하게 니스칠이 되어 있었다. 큰 유리창 밖으로 눈 덮인 들판과 저 멀리 헛간이 보였다.

아라벨라는 샐러드 그릇을 테이블 위에 올리고 나무 포크와 숟가락을 로이에게 가져다주었다. "샐러드 섞어요." 그녀가 말했다. "학생들한테 피드백을 받고 싶지 않은 건 아니고요?"

"그것도 맞는 말이죠." 로이가 말했다. 그는 테이블로 다가가서 나무 그릇에 듬뿍 담긴 양상추 아래로 포크와 숟가락을 밀어 넣었다. "그냥 과시하고 싶은 걸 수도 있어요."

"그것보다 안 좋은 일들도 있잖아요." 에디가 말했다.

로이는 양상추를 능숙하게 뒤적이기 시작했다. "차라리 당구를 치는 게 더 나을 것 같아요."

"관중들 앞에서." 팻이 받아쳤다.

"오니 수와 끼 말 이 빵스*." 로이가 양상추를 올렸다가 다시 그릇으로 넣으며 불어로 말했다.

"당구의 문제점은," 에디가 입을 열었다. "이기지 않으면 절대 괜찮지 않다는 겁니다."

"그건 사실이 아니에요." 스캐머가 끼어들었다.

"자자, 이제 먹자고." 팻이 말했다. "10분 후면 로스트가 완성될 거야."

집으로 돌아가는 길에 에디는 아라벨라에게 스캐머 부부

---

* 나쁜 생각을 하는 자에게 화가 있으리라는 의미의 불어

가 돈을 얼마나 버는지 물었다.

"로이는 부교수예요." 그녀가 답했다. "아마 연봉이 26,000달러 정도 될 거예요. 그리고 아내는 조교수니까 20,000달러 정도 벌 거고요."

"잘 버네요."

아라벨라는 한동안 아무 말하지 않더니 입을 뗐다. "스캐머 교수가 일이 정말 싫은 모양이에요. 그렇지만 막상 떠날 용기도 없는 거죠."

"내 기준에는 괜찮은 인생 같은데."

"자살 기도를 했었어요. 몇 년 전에."

"오, 저런……."

"약을 먹었거든요. 책을 쓰려고 안식년까지 썼는데 뭐 하나 제대로 쓰질 못했어요. 그냥 집 주변을 어슬렁대면서 배관이나 만지고 다녔다나 봐요. 어느 날 아침 그가 일어나지 않길래 팻이 병원에 데리고 갔는데, 그날 병원에서 위장을 전부 게워내야만 했죠."

에디는 고개를 저었다. "나는 로이가 그런 사람일 거라 생각지도 못했어요."

"음," 아라벨라가 말했다. "많은 일들이 벌어지고 있죠."

두 번째 약국에서 에디는 치과용 석고를 사려고 했다. 큰 사이즈 두 통과 플라스틱 재질의 카드 덱을 사고 차 뒷좌석에 실었다. 그리고 다음 날 아침 그는 예전 당구장으로 차를 몰고 갔다.

창문이 판자로 덮여 있었지만 그래도 아직은 가지고 있는 열쇠로 앞문을 열 수 있었다. 작업 중인 일꾼이 한 명도 없었다. 간혹 일꾼의 존재가 느껴지기는 했지만, 여태 그들을 본 적이 한 번도 없었다. 카펫은 걷어져 있고 카운터는 뜯겨 고주망태처럼 벽에 기대어져 있었다. 에디는 그런 물건에 눈길도 주지 않고 뒷벽으로, 남자 화장실 옆에 세워진 벽장문 쪽으로 갔다. 벽장문에는 '직원 전용'이라는 팻말이 아직도 붙어 있었다. 벽장 안은 낯선 이의 손을 탄 흔적이 없었다. 투명한 비닐로 싸인, 시모니스 사의 라벨이 달린 커다란 천 두루마리를 가장 높은 선반에서 내려 비어 있는 화장지 상자에 넣었다. 다른 선반에 커다란 연필깎기처럼 생긴 나무 절단용 기계, 테논지그가 있었다. 에디는 기계를 조심스레 천 두루마리 옆에 두고 압정 망치와 120센티미터짜리 수평계, 지붕 널판지 한 더미를 꺼냈다. 낮은 선반에서 큐팁이 들어 있는, 트위틴 엘크 마스터 사의 라벨이 달린 작은 상자와 하얀색 플라스틱 실린더가 가득 든 마분지 상자도 꺼냈다. 그는 물건들을 들고 주위를 둘러보았다. 익숙한 비품 창고에 있다가 쑥대밭이 된 당구장을 두 눈으로 직접 마주하니 충격이 동시다발적으로 일어났다. 과거와 똑같았던 모습이 갑작스레 쑥대밭으로 변하는 과정이 충격적이었다. 이런 감정의 소용돌이가 달 가울 리 없었다. 이 장소를 아끼는 마음이 더는 존재하지 않았다. 전부 갈기갈기 찢겨 버릴지도 모른다. 시계를 확인했다. 일곱 시 반이었다. 대학교 휴게실은 아홉 시까지 문을 열지 않는다.

에디는 여덟 시 조금 전에 대학의 휴게실에 도착했다. 혼자 있고 싶어서 문을 잠갔다. 메이휴의 비품 창고는 뒤쪽에 핀볼 머신과 마주해 있었다. 그는 비품 창고에서 송곳과 육각 렌치, 드라이버를 가지고 나왔다.

10분 뒤, 에디는 8번 테이블의 레일을 떼고 천을 고정하던 스테이플러 심을 드라이버로 헐겁게 만들어 낡은 천을 제거했다. 그는 작업을 마무리한 뒤 색이 바래고 닳을 대로 닳은 천을 접어서 쓰레기통에 넣었다. 테이블에 깔린 석판 세 개가 지저분했다. 벗겨진 석고를 치우고 바닥에서 레일을 들어 올려 그 위에 얹었다. 고무 패킹을 당겨서 빼고 당구대 쿠션에서 오래된 천을 끄집어냈을 때 시간은 아홉 시였다. 에디는 작업을 멈추고 조명을 켠 다음 문을 열었다. 패딩을 입은 학생 세 명이 오락기를 하려고 문 앞에서 기다리고 있었다. 그는 금전 등록기에서 25센트 동전을 가져와 그들에게 주고 오락기의 희미하고 음침한 전자 소음과 빛 그리고 학생들의 목소리를 뒤로한 채 다시 작업을 하러 돌아갔다.

먼저 테이블을 평평하게 만들어야 했다. 석판을 깔고 나면 이음새에 틈이 생길 터였다. 에디는 가운데 석판을 기준으로 삼아 수평계를 그 맞은편에 놓은 다음 당구대 다리 한쪽 아래에 있는 널판지를 톡톡 치면서 수평계의 물방울이 가운데로 가게 했다. 수평계를 직각으로 돌려 다시 한번 확인한 후 다른 널판지를 밀어 넣었다. 수평계를 긴 방향, 짧은 방향, 대각선 방향으로 돌려놓고 두꺼운 널판지와 얇은 널판지로 교체해 가며 제대로 맞는 걸 찾는 데 시간이 좀 걸렸다. 흑인 학생 세 명이 나인볼을 치려고 들어왔다. 그는 그들에게 당구공과 다이아몬드 모양의 나인볼 래크를 주고 그 당구대에 시간제 티켓을 발권했다. 티켓에 11:42라고 찍혔다. 열두 시 반이면 점심시간 인파가 몰릴 거라 정신없이 바빠질 테고 그러면 당구대 작업을 마무리하기가 어려울 것이다. 그런 상황이 생기기 전에 석판 세 개가 평평하게 이어 붙여지길 바라며 다시 당구대로 돌아갔다.

작업은 상당히 빠르게 진행되었다. 당구대 손보는 일을 하지 않은 지 수년이 지났지만 전부 기억이 났다. 수선 작업을 마치고 나니 잘 해냈다는 생각과 무언가 깊이 내재되어 있던 뿌듯함 같은 감정이 느껴졌다. 이런 작업을 할 줄 아는 사람은 많지 않았다. 확실히 메이휴도—또는 그가 데리고 있던 그어떤 직원도—해내지 못할 터였다. 에디는 석판에 남은 오래된 석고를 떼어내고 석판 바닥과 석판을 받치고 있는 장선대 끝을 올려 그사이에 포커 카드를 밀어 넣고, 반대쪽에는 석판 세 개가 완벽하게 정렬될 때까지 에이스 카드 두 장과 잭 카드 한 장을 넣어 평평하게 만들었다. 테이블 양쪽 끝을 내려다보며 수평계를 올렸다. 양복 솔로 석고 가루를 쓱쓱 치웠다. 비품 창고로 돌아가서 빈 커피 캔을 가져와 치과용 석고를 섞기 시작했다.

석판 이음새는 20분 뒤에 수습되었고, 그와 더불어 석판을 그 자리에 고정할 두꺼운 나사를 박기 위해 구멍을 뚫는 카운터싱크 작업을 했다. 작업이 끝났을 때 점심시간 인파가 모여들기 시작했다. 에디는 티켓에 시간을 입력하고 학생들에게 당구공을 건네는 동안 카드 석고가 마르도록 두었다.

그 이후 한 시간 반 동안은 카운터 뒤에 머물면서 잔돈을 바꿔 주었다. 돈을 받는 일에 눈을 뗄 수가 없었다. 짧은 휴식시간에 테논지그를 카운터 위에 꽉 고정해 놓았다. 그리고 수선이 필요한 큐대를 몇 개 가져와 끝에 달린 쇠고리를 교체하기 시작했다. 엘크 마스터 큐팁은 조금 있다가 끼우면 되었다. 큐대 하나가 너무 심하게 휘어져 있었다. 그 큐대를 수선하느라 괜한 고생을 할 가치가 없었다. 그래서 8번 테이블의 해진 천이 들어 있는 쓰레기통에 넣어 버렸다.

두 시가 되자 학생들이 강의를 들으러 갔고, 휴게실로 들어오는 그들의 발소리가 급속도로 줄어들었다. 메이휴가 들어오는 세 시 반 정도까지는 계속 줄어들 터였다. 메이휴와 에디는 다섯 시에 에디가 퇴근할 때까지 함께 일하며 입장객을 관리했다. 두 시 반, 큐대 열두 개에 하얀색의 쇠고리와 가죽 팁이 새로 달렸다. 그는 8번 테이블로 다시 가서 이음새가 부드러워지고 돌처럼 단단해질 때까지 단계적으로 더 고운 사포를 써가며 석고를 문질렀다. 마지막으로 수평계로 테이블 바닥을 확인한 뒤 시모니스 천 두루마리를 풀었다. 원래는 이 최고급 당구대 천을 남겨서 마지막으로 챙겨 갈 계획이었지만, 그냥 이 천으로 작업을 시작하기로 마음먹었다. 지난 몇 년간 만일의 경우를 대비해 이 천을 아끼고 아껴 왔다. 그 만일의 경우가 오고야 말았고, 어쩌면 영영 사라질 수도 있었다. 절단기를 꺼내 레일 여섯 개의 고무 패킹을 자르기 시작했다. 천을 자르고 다듬어 쿠션 위로 팽팽하게 당긴 다음 고무 패킹을 제자리에 고정하는 데 두 시간이나 걸렸다. 그러나 이 고급 재료들로 하는 작업은 즐거웠다. 그 천은 벨기에산 미가공 양모로, 곱고 부드러웠으며 짜임새가 단단하고 색상은 눈부시게 밝은 초록빛이었다. 네 시까지 남은 천을 자르고 석판이 깔린 테이블 위에 쫙 깔아서 포켓 여섯 개의 둘레에 잘 맞추어 가지런히 매만졌다. 그가 테이블 옆에 무릎을 꿇고 앉아 압정 망치로 마지막 압정을 박고 있을 때 메이휴가 들어왔다.

에디는 물품 재정비를 계획하기 며칠 전에 메이휴에게 먼저 이야기했었다. 메이휴는 무뚝뚝하게 고개를 끄덕이며 웅얼댔다. "하쇼." 지금 그는 에디를 본체만체하고 카운터 뒤로 들어가 라디오를 켜 복음 채널에 주파수를 맞췄다. 에디는 이를 악물고 입에 물고 있던 마지막 압정을 망치 대가리 위로 탁 뱉었다. 복음 방송은 신성한 척하는 음악과 설교로 두 시간 동안 계속되었다. 정말 짜증 났지만, 에디는 봄을 기다리는 수밖에 없었다. 봄이 되면 메이휴는 20년간 운영한 이 엉터리 당구장에서 벗어나 영원히 떠날 것이었다. 몇 분 뒤 치질 연고인 프리퍼레이션 H 광고가 나오는 동안 메이휴가 에디를 지나쳐서, 그러나 쳐다보지는 않고 남자 화장실로 걸어 갔다. 에디는 첫 번째 레일을 제자리에 놓고 육각렌치로 석판 바닥과 레일을 단단하게 고정하는 중이었다. 잠시 후 메이휴가 돌아와 멈춰 서서 새 천이 덮인 테이블을 훑어보았다. 에디는 레일 하나를 끝내고 렌치를 내려놓았다. "이 골드 크라운이 단단합니다." 그가 말했다. "질이 좋은 석판과 레일이죠."

메이휴가 그를 쳐다보았다. "저 오래된 천에 해진 부분이 아직 많아."

에디와 아라벨라, 두 사람은 그림을 전부 걸었지만 상자 안에 아라벨라의 책이 아직도 있었다. 그들은 저녁 내내 식사 공간에 있는 붙박이 책장에 책들을 집어넣었다. "그 일자리에 대해 별말을 안 하네요." 아라벨라가 넌지시 말을 꺼냈다.

"말할 게 그렇게 많지 않아서요."

"메이휴는 어때요?"

"봄이 올 때까지만 참으면 돼요."

"당구도 쳐요?"

"그럴 시간은 없어요. 편집 일은 어때요?"

아라벨라는 잠시 말을 멈추고 책을 알파벳 순서로 선반에 진열하며 책을 정리하기 시작했다. "체호프 소설을 읽어야 해요." 얼마 후 그녀가 입을 열었다. "이 책들을 10년 넘게 갖고 있었어요. 학술지 편집 일은 이제 지루하고요."

"더 나은 일을 찾아보면 어때요?"

"그런 일이 어딨겠어요."

"지금 우리에게 필요한 건," 에디가 말했다. "술이지요."

아라벨라는 마지막 체호프의 책들을 선반에 가지런히 올리고 뒤로 물러서서 물끄러미 바라보았다. "술이랑," 그녀가 말을 이었다. "영화도요."

그다음 주에 에디는 이번엔 6번과 7번 테이블에 피어리스 사의 천을, 뒷면에 고무가 덧대어진 천을 씌웠다. 8번 테이블에 씌운 시모니스 천보다 덜 고급스럽긴 했지만 내구성이 좋고

원래 있던 천보다 확실히 더 나았다. 원래 있던 천들 더미는 메이휴의 비품 창고 선반 가장 위에 있었다. 에디는 이곳에 처음 왔을 때 그 천을 보았었다. 먼지가 층층이 쌓여 있는 그 천을.

테이블 작업을 마친 후 에디는 남은 큐대 수선 작업을 본격적으로 하기 위해 그쪽으로 갔다. 휘어진 큐대 여섯 개와 균열된 큐대 하나를 처분하고, 몇 개는 다시 재단했다. 모든 큐대에 하얀색 플라스틱 포인트와 팁을 새로 꽂고, 큐대를 사용할 때 가죽 재질의 끝부분이 툭 튀어나오지 않도록 사포질로 부드럽게 만들어서 큐대에 완벽하게 들어맞게 했다. 힘든 일이었다. 그러나 만족감을 갈망하는 그의 내면 어딘가에서 왠지 모를 성취감을 느끼고 있었다. 예전에 당구장을 소유한 첫 달 이후로 이렇게 열심히 작업한 적은 단 한 번도 없었다.

메이휴는 그 이후로도 말을 하지 않았고, 에디도 꼭 필요할 때만 말을 걸었다. 점심 식사 후 학생들이 떠난 뒤에는 보통 빈 시간이 생겼고, 그래서 에디는 그때 카운터 아래에서 큐대 케이스를 꺼내 발라부시카로 당구 연습을 하며 시간을 보내곤 했다. 그는 8번 테이블을 사용했다. 시모니스 천이 발산하는 공의 길고 부드러운 굴림을 즐기면서 당구를 쳤다. 에디는 당구대 위에 고정된 조명을 깨끗하게 닦고, 여덟 개 세트의 공들 전부에 광을 내고, 쓰고 남은 초크도 처분하고, 파란색 큐브 모양 초크를 새로 꺼내 놓았다. 조명이 맑고 환했다. 초록 천 위의 공들이 기분 좋게 반짝였다. 에디는 공을 포켓 속으로 아주 정확하게 때려 넣었다. 그가 지금, 생전 처음 나인볼을 연습하고 있었다.

에디는 래크할 공들 가운데에 노란 줄무늬 공 9번을 놓고 다이아몬드 모양의 작은 틀에 래크를 했다. 가장 강력한 브레이크 샷으로 공들을 사방으로 흐트러트린 다음 차례대로 포켓에 넣었다. 공 하나로 시작해 머니볼까지, 즉 9번 공까지 해냈다. 나인볼은 그가 알고 있는 스트레이트 풀과 달랐다. 샷을 더 거칠게 쳐야 하고 번호 순서대로 처리하며 포지션을 다르게 잡아서 경기해야 했다. 가장 중요한 건 초록 천 전체를 활보한다는 점인 듯했다. 실력이 좋은 스트레이트 풀 선수는 대부분 테이블 아래쪽에 공들을 모아두고 짧은 샷으로 점수를 낸다. 나인볼에서는 공이 테이블 한쪽 끝에서 다른 쪽으로 움직여야 하고, 가끔은 큐볼을 쿠션 두세 개를 활용해 굴러가며 포지션을 잡는 경우도 있었다. 어렵고 긴 샷에서 실수가 몇 차례 나오기도 하고 그가 쳐야 할 다음 공에 알맞은 포지션을 잡아 놓지 못할 정도로 각도가 아주 안 좋을 때도 있었다. 게다가 7번이나 8번 공을 놓치면 그 게임은 포기해야 했다.

아라벨라는 아홉 시부터 다섯 시까지 대학 캠퍼스 내의 잡지사 사무실에서 일했다. 월급은 1,200달러로, 다 합하면 에디보다 아주 조금 적었다. 정부 보조금이 나와서였다. 그녀의 월급과 이혼 수당, 그의 봉급으로 두 사람은 잘 지냈다. 저녁 식사는 거의 외식이었고, 지인들은 초대하지 않았고, 동네 영화관에 새로운 영화가 개봉하면 전부 관람했다. 그들은 독특한 커플이었지만—전 교수 부인과 전 당구 허슬러—그 독특함은 시대와 잘 어울렸다. 그들은 많은 파티에 초대되었다. 에디는 아라벨라와 함께 눈 덮인 거리를 지나 교외 주택이나 오래된 이웃 동네의 2층 주택으로 차를 몰고 가서 사회학과 역사, 예술 전공 교수들과 술을 마셨다. 그곳에 있는 사람들은 재임 기간이나 학생들의 낮아지는 SAT 점수에 대해 이야기를 했다. 젊은 교수들 집에서는 젊음에 대한 무슨 증거라도 되는 것처럼 으레 마리화나 연기가 자욱하게 피어나곤 했다. 에디는 숨을 들이마시지 않으며 마리화나를 지나쳤다. 그는 버번이 더 좋았다. J. T. S. 브라운.

한 파티에서 에디는 어떤 이의 집 주방문 근처에 서서 아라벨라와 이야기를 나누고 있었는데, 아라벨라가 저 반대편을 응시하는 걸 보고 지금 막 안으로 들어오는 한 커플을 흘깃 쳐다보았다. 키가 큰 남자는 중년임에도 젊어 보였으며, 파카 안에 회색 터틀넥을 입고 있었다. 그와 함께 있는 여자는 그보다 훨씬 어려 보였다. 그녀는 파카 속에 색이 바랜, 딱 붙는 청바지와 남성복 같은 스웨터를 입고 있었다. 남성미가 풍기는 남자의 얼굴은 에디와 비슷한 구석이 있었다. 그가 눈이 묻은 등산 부츠를 시끄럽게 쿵쿵 굴렀다. 등산 부츠가 내는 요란함에 정작 부츠 주인은 전혀 개의치 않는 듯했다. "해리슨이에요." 아라벨라가 부드럽게 속삭였다.

"저 여자는 누구예요?"

"뭐, 졸업한 학생이겠죠."

에디는 몇 년 전에 해리슨을 TV에서 본 적이 있었다. 그때도 같은 스웨터를 입고 같은 부츠를 신고, 아이들이나 뉴욕 예술가 또는 뭐였는지 모르겠지만, 그런 것들에 대한 난점을 이야기하고 있었다. 피부는 햇볕에 그을린 색이고 몸매는 근육질이었다. 두툼한 코듀로이 바지와 길게 늘어뜨린 스카프처럼 신발과 스웨터도 비싸 보였다. 그리고 그는 자기가 중요하다는 것을 알지만 그런 인지를 드러내고 싶어 하지 않는 듯 겸손한 척하면서도 동시에 거만한 느낌이 나는, 그런 생김새였다.

30분 뒤 에디는 어느새 해리슨과 대화하는 자신을 발견했다. 아라벨라는 그곳에 없었다. 해리슨이 다가와 물었다. "당신이 펠슨이군요, 맞죠?" 에디가 답했다. "맞습니다." 그렇게 둘은 5분 동안 거리낌 없이 이야기를 나누었다. 아라벨라는 언급도 하지 않았다. 그들은 불황에 대해 대화했다.

아라벨라는 경우에 따라서 브리 치즈 4분의 1조각을—에디가 여태 본 중 가장 심하게 발효된 브리 치즈를—이탈리아

산 화이트 와인, 캘리포니아 버건디와 함께 사 오곤 했다. 아라벨라와 같이 지낸 첫 주 동안 드라이 와인과 프랑스산 치즈, 치즈를 곁들인 영국 비스킷, 페리에, 살짝 익힌 양고기, 초밥을 즐기면서 그는 마침내 자신이 미국 사회의 모던 스타일에 진입했다는 느낌을 받았고, 그런 느낌이 굉장히 만족스러웠다. 가끔 아라벨라는 오소부코*나 쿠스쿠스**를—에디에게는 생소한 음식들을—요리했다. 그는 이런 식의 삶에 어떤 놀라움도 내비치지 않았다. 그녀의 모습과 영국 억양도 포함해서. 간혹 아침 식사로 영국식 통밀 머핀에 거위 간 파테***를 올리고, 작고 뚱뚱한 베수비아나로 내린 에스프레소를 하얀색 컵에 따라서 바로크양식의 은수저를 꽂아 함께 내주었다. 영화 또는 아라벨라가 편집한 잡지 《뉴욕》이나 《타임스》 일요판에 나오는 모습 같았다.

　대학에서의 생활 중 매력적인 한 가지는 음식뿐만 아니라 어떤 것이든 자신의 취향을 기분 좋게 과시한다는 점이었다. 가구나 그림, 장식품도—베니스에서 건너온 유리 재떨이, 브뤼셀 풍경을 담은 19세기 그림들, 오래된 느낌의 체스 세트 등—마찬가지였다. 그러나 모든 사람이 이에 해당되는 건 아

---

* 송아지의 정강이 살을 와인, 양파, 토마트 등과 함께 찐 이탈리아 요리
** 으깬 밀로 만든 북아프리카 음식이며, 쿠스쿠스에 고기와 야채를 넣은 요리
*** 잘게 다진 육류를 다양한 향신료와 함께 몰드에 넣어 익히는 조리 방식

니었다. 일부는 그런 걸 의식조차 못하거나 경멸했다. 그런 이들의 아파트는 저렴해 보이는 가구들로 채워져 있고, 요리 데코 수준 역시 60년대 초에 머물러 있었다. 얇게 조각낸 체다 치즈와 버섯, 후추 그라인더가 그러했다. 그러나 에디가 본 그런 집들의 절반은 골동품과 첨단 기술이 적절히 섞인, 세심하면서도 정세에 밝은 분위기를 냈다. 만약 일요일에 그런 아파트에서, 키 큰 호두나무 서랍장 위에 레일 조명등이 달려 있고 신식 철제 가구 한두 개가 있는 집에서 브런치를 즐긴다면, 스칸디나비아 풍의 새하얀 접시에 무염 버터를 곁들인 크로와상과 덜 익은 계란이 함께 나온다는 걸 잘 알고 있을 것이다.

단연 최고인 점은, 아라벨라가 이 모든 것들을 수월하게 해낸다는 것이었다. 그녀는 자신의 영국식 억양과 섬세하고 뚜렷한 얼굴뼈 구조가 그녀를 돋보이게 한다는 걸 아는 것 같았다. 조금도 안간힘을 쓰지 않았고 불명확한 것도 없었다. 그녀는 새 아파트에 들일 간단한 예비용 가구를 구입할 때처럼 어떤 치즈를 사야 할지, 어떤 파스타와 와인을 주문해야 할지 정확하게 알았고 망설임이 없었다. 그리고 확신이 있고 빠릿빠릿하지만, 속물근성은 없는 사람이었다. 뒷마당에서 바비큐 파티를 즐기는 세계 출신인 에디는 놀라울 정도로 쉽게 이 분위기에 빠져 들었고, 아라벨라의 자신감과, 이와 같은 부분들을 절대 입 밖으로 꺼내지 않는 그녀의 방식이 아주 마음에 들었다.

로이와 팻은 늦게 도착했다. 두 사람이 더플코트를 벗고 에디가 그들에게 와인잔을 건넸을 때 시간은 어느덧 네 시였다. 그는 소파 앞 아라벨라의 자그마한 소니 TV 전원 버튼을 눌러 화면을 켰다. 아라벨라가 최첨단 커피 테이블에 치즈와 웨이퍼를 놓았다. 로이 스캐머가 와인잔을 머리 높이 들고 말했다. "챔피언을 위하여!" TV 화면이 영화 예고편에서 래크된 당구공을 클로즈업한 장면으로 바뀌었다. 화면에 이런 문구가 나타났다. **두 전설의 대전-덴버.** 천장 카메라가 래크된 공을 브레이크하는 뚱보의 모습을 보여 주었다. 큐볼이 풋 레일과 사이드 레일에 부딪혔다. 위에서 보니 큐볼의 경로가 기하학적으로 보였다. 해설위원이 두 선수를 전설이라고 칭하며, 그 경기를 한 선수가 보여 줄 수 있는 모든 걸 요구하는 게임이라고 말했다. 천만다행으로 해설이 길지 않았고, 또 천만다행으로 그 해설위원은 에디가 연속으로 세 경기를 졌다는 말을 생략했다. 이제, 수비를 하러 걸음을 내딛는 에디의 모습이 천장 카메라에 잡혔다. 팻과 로이가 박수를 쳤다. 샷을 치고 또 치는 뚱보의 옆모습이 나왔다. 그는 20분 정도 연이어 공을 포켓에 넣었다. 그 경기에서 에디는 63점이나 냈지만, 뚱보는 그날도 여지없이 그를 패배시켰다. 속삭이는 듯한 해

설은—경기가 끝난 후였기 때문에 굳이 속삭일 필요는 없었다—어렵지 않은 샷의 어려움에 대해서 언급했고, 짚고 넘어가야 할 어려운 샷에 대해서는 그냥 넘어갔다. 녹화 테이프는 경기가 실제보다 빠르게 진행된 것처럼 편집되어 있었다. 가끔 카메라에 안경 쓴 에디가 의자에 앉아 뚱보가 공을 놓치기를 기다리는 모습이 잡혔다. 뚱보가 공을 놓치자 에디는 연단으로 올라가 당구대로 향했다. 그 모습에 에디는 안도감이 들었다. 화면 속 자신의 모습은 에녹의 TV로 봤던 마이애미 경기 때보다 확실히 더 날쌔고 안정적이었다. 안경을 쓰고 있는데도 퍽 괜찮아 보였다. 에디는 공 열두 개를 포켓에 넣고 난 다음 수비를 하는 자신을 지켜보았다. 스트로크가 날카로우면서 부드러웠다.

게임의 중반부가 상당히 많이 잘렸다. 아라벨라가 와인을 더 따르는 동안 영상이 갑자기 에디가 선전했던 장면으로 넘어갔다. 이미 공 서른 개가 포켓으로 들어간 상황이었다. 화면에 나타난 자기 자신의 변화된 모습을 보고 에디는 새삼 흠칫했다. 전에도 스트로크가 나름 괜찮은 편이었지만, 이번 스트로크 제어 능력은 TV 화면인데도 그 정도가 여실히 드러났다. 몸이 전체적으로 이완되어 있었다. 움직임 역시 뚱보나 빌리 우쇼만큼 우아했다. 옷을 잘 차려입은 그의 매무새 역시 날카로워 보였다. 공을 연이어 처리하던 그 당시의 아주 대단한 스트로크가 떠올랐고, 공이 포켓 속으로 떨어질 수밖에 없었던 그 필연성이 되살아났다. 솔직히 그는 자기가 그렇게 멋져 보일 줄은 몰랐다.

"에디," 팻 스케머가 입을 뗐다. "정말 멋있어요." 에디의 내면 어딘가 모호하고 불분명한 곳에서 팻의 말에 동감했다. 전혀 뜻밖의 일이었다. 여태 봐 온 대단한 선수들만큼 멋있어 보였다. 타고난 재능으로 당구공을 정확하게 포켓에 넣고 있는, 눈앞의 저 작은 에디 펠슨이, 샷을 칠 때마다 위풍당당하게 걷는 저 남자가 바로 그였다. 그는 화이트 와인을 홀짝이며 TV 속 자신을 지켜보았다. 150 대 112로 패배했지만, 분명히 이길 수 있었던 경기였다.

"이제 경기 안 해요?" 로이가 물었다.

"한 번 남았어요. 다음 주요."

"〈와이드 월드 오브 스포츠〉는 어떻게 돼요?" 아라벨라가 물었다.

"없어요, 이제."

마침내 그들 앞에 있는 소니 TV에서 에디가 사라졌다. "에이!" 팻 스케머가 소리쳤다. 뚱보가 연단으로 올라서서 마지막으로 공들을 마무리했다.

"인디애나폴리스에서는 내가 이길 겁니다." 에디가 선언했다. "저기 저 양반을 내가 눌러 버릴 겁니다."

월요일, 휴게실에서 학생들 대여섯이 TV에서 에디의 경기를 봤다면서 대단하다며 호들갑을 떨었다. 그들 중 한 학생이 특히 인상 깊었던 샷을 기억하고 있었다. 하지만 메이휴가 들어서고 학생들이 "토요일에 펠슨 아저씨가 TV에 나오는 거 봤어요?"라고 묻자, 메이휴는 그를 노려볼 뿐이었다.

"여기에서도 원치 않게 엄청 많이 보는데, 뭘." 그가 투덜댔다.

비행기는 눈보라 속에서 착륙했다. 공항 활주로에 쌓인 눈은 아직 더러워지지 않았다. 승객들은 일어나서 짐을 내려도 된다는 승인이 나기를, 자궁 속의 아기처럼 잠자코 기다리며 침묵하고 있다가 승인이 떨어지자 비행기의 아주 작은 창밖으로 보이는 새하얀 광경에 사로잡혀 할 말을 잃은 듯 아무 말 없이 통로에 서 있었다. 그런 분위기는 터미널 건물 내부의 포마이카*와 올론**, 신나는 무자크***가 거짓말쟁이의 미소처럼 티 없이 맑게 그들에게 달려들기 전까지 이어졌다. 에디는 큐대 케이스를 팔 아래에 낀 채 눈부신 림보 조명****을 통과해 짐 찾는 곳으로 걸어갔다. 작은 구멍이 난 알루미늄

---

* 내열 플라스틱 판
** 양모와 비슷하게 만든 합성 섬유로, 천막이나 커튼 따위에 많이 쓴다.
*** 상점, 식당, 공항 등에서 배경 음악처럼 내보내는 음악
**** 어두운 배경에서 연기자만 비추는 조명

프레임의 창문 밖으로 트랜스 월드(Trans World), 델타(Delta), 유나이트(United) 등 익숙한 문구가 적힌 거대한 비행기가 장난감처럼 새하얀 들판 위에 놓여 있는 모습이 보였다. 그는 발걸음을 재촉했다. 12월 12일이었다. 두 시간 후에 뚱보를 만나기로 했다. 수하물 컨베이어 벨트에서 짐 가방을 찾고 택시를 탔다.

주차장에 진창이 된 눈과 쇼핑몰을 가득 채운 차량의 빽빽한 행렬에도 불구하고 에디의 운전사는 지체 없이 빠르게 빠져나갔다. 에디는 한 시간이나 일찍 도착했다. 운전사는 거대한 쇼핑몰인 J. C. 페니로 이어지는 입구에 차를 세웠다. 그는 가는 길에 **토니즈 피자&칵테일**이라고 적힌 레스토랑을 지나쳤다. 에디는 가방과 큐대를 들고 크리스마스 인파로 가득찬 통로를 지났다. 쇼핑몰과 마주한 가게 옆, 크리스마스트리와 인공 개울이 있는 널찍한 갤러리에서 딸랑이는 음악이 흘렀다. 커다란 새장 반대편에 짐 확인이라는 표지판과 보관함이 줄지어 있었다. 숙면 중인 마코 앵무새와 왕관 앵무새, 새장 바닥에 흩뿌려진 노란색 팝콘을 지나쳐 그의 짐을 보관함에 넣었다. 오른쪽 저 멀리에, 이동하는 군중들 위에 **패스트에디와 뚱보의 만남**이라고 적힌 현수막이 보였다. 그는 대대적인 광고에 기분이 좋았다. 이번엔 준비가 단단히 되어 있었다. 수비 전술로 뚱보의 발을 묶어 놓을 생각이었다. 그리고 투어 내내 샷을 칠 때 뚱보를 제압한 적이 한 번도 없었기 때문에 이번에는 반드시 그의 코를 납작하게 만들 작정이었다. 에디는 돌아서서 토니즈 피자로 향했다. 뚱보는 이길 수 없는 천재도, 자애로운 아버지도 아니었다. 그도 누구나 그렇듯 실수하는 늙은 남자일 뿐이었다. 에디는 그를 이길 것이다.

토니즈 피자 안은 여자 손님으로 가득했고, 바는 비어 있었다. 에디는 바 가운데에 앉아서 칵테일 블러디 메리를 주문했다. 다행히 토니즈 피자에는 음악이 나오지 않았다. 오레가노와 따뜻한 피자 도우 냄새가 기분 좋게 풍겼다. 온화해 보이는 젊은 여자 바텐더가 빨간색 스웨터를 입고 있었다. 그는 비행기에서 술을 마시지 않았다. 블러디 메리에 든 후추가 그의 혀를 기분 좋게 화끈거리게 했다. 따뜻하고 톡 쏘는, 별 특색 없는 이 미국적인 장소가 마음에 들었다. 정체를 알 수 없는 중년 여성들 사이에 있는 것도 좋았다. 지금 있는 그곳은 인디애나폴리스의 외곽이었지만, 전혀 다른 곳에 있는 기분이었다. 메인 주의 뱅고어나 호놀룰루에도 토니즈 피자가 있을 테고, 그 가게들이라고 해서 이곳과 크게 다를 리 없었다. 그런 가게들은 디자이너는 있지만 개성이 없는, 모든 것을 인공적으로 만들어 낸 그런 인위적인 느낌이 날 것 같았다. 말하자면 아이들과 피자를 먹고 있는 여자들, 바 위의 벽에 걸린 버드와이저 시계 그리고 에디의 술 주문을 받는 빨간색 스웨터의 금발 머리 같은 것들. 마치 어떤 전화기 회사의 TV 광고 속 밝은 분위기의 한 장면처럼.

재킷 주머니에 그날 아침 휴게실에서 당구 잡지《빌리어드 다이제스트》에서 찢은 종이 한 장이 있었다. 종이를 꺼내서 바 위에 펼치고 광고를 읽었다.

동부에서 열리는 챔피언십
나인볼 경기
총 상금 7,000달러!!
우승 상금 2,500달러
참가비 350달러
일시 12월 13일, 14일, 15일
장소 메블레이 당구장 코네티컷 주 뉴런던
전년도 우승자 고든(철부지) 쿨리

에디는 종이를 뚱보에게 보여 주고 어떻게 생각하느냐고 물어 볼 계획이었다. 술을 다 마시고 한 잔 더 주문했다. 따뜻한 달콤함이 배 속에서 퍼져 나가는 동안 당구를 생각했다.

어느새 보관함에서 큐대 케이스를 꺼내고 있을 때 그는 휘파람을 불고 있었다. 그리고 크리스마스의 쇼핑 인파를 뚫고 현수막 쪽으로 걸어가기 시작했다.

경기장에 도착했을 때 이제 경기가 시작되어야 할 시간이었지만, 뚱보가 보이지 않았다. 당구대도 설치되고 모든 준비가 다 되어 있었다. 어느 때와 달리 브런즈윅 당구대였고, 본연 그대로의 녹색 천이 깔려 있었다. 최소 백여 명의 사람들이 관중석에 앉아 있고, 또 한 백 명 정도가 주변에 몰려들어 무슨 일이 벌어질지 기다리고 있었다. 그러나 시간이 계속 지나도 뚱보는 나타나지 않았다. 에디는 라마다 모텔에 전화해 뚱보 방으로 연결해 달라고 했지만, 그는 전화를 받지 않았다. 쇼핑몰 매니저가 렉싱턴에 있는 에녹 왁스 사무실과 접촉을 시도했다. 에녹은 뚱보에 대해 들은 소식이 없었다. 에디는 관중들을 잡아 놓기 위해, 그리고 뭐라도 해야 할 것 같아서 기술 샷을 몇 차례 선보이며 한 시간을 기다렸다. 세 시 반이 되었는데도 뚱보는 모습을 드러내지 않았고, 임시 야외 관람석은 거의 비어 있었다. 에디는 매니저에게 가 보겠다고 말한 뒤 토니즈 피자로 돌아가서 술을 한잔하고 택시를 불러 라마다 모텔로 가 달라고 했다.

"헤게르만 씨는 정오쯤에 체크인했어요." 데스크 직원이 말했다.

"방 안으로 들어가 봐도 될까요?" 에디가 물었다. 그는 교환 전화로 연결을 시도하고 벨이 다섯 번 울릴 때까지 기다렸다.

그런 다음 바와 레스토랑, 카페를 뒤져 보고 다시 데스크로 돌아왔다.

"펠슨 씨인가요?" 데스크 직원이 물었다. "헤게르만 씨 동료예요?"

"네. 열쇠 받을 수 있을까요?"

"셰릴이 들여보내 줄 거예요, 펠슨 씨."

알고 보니 셰릴은 계산원 창구에 있는 염색한 머리의 여자였다. 에디는 그녀를 따라 로비를 가로질러 긴 복도를 내려갔다. 117호에서 열쇠를 받아 들고 직접 문을 열었다.

뚱보는 침대에 있었다. 옷을 입은 채 앉아 있는 그는 우아한 밀랍 인형 같은 굳은 얼굴로 두 눈을 뜬 채 있었다. 죽은 게 분명했다.

렉싱턴으로 돌아가는 비행기에서 에디는 맨해튼을 네 잔이나 마셨다. 아파트에 도착했을 때 이미 취해 있었고, 겉으로 표시가 나진 않았지만 사실 그렇게 취한 건 몇 년 만이었다. 아라벨라가 그를 집으로 들였을 때는 자정이 넘은 시각이었다. 그녀는 가끔 잠잘 때 그러하듯 흰색 팬티와 티셔츠 차림이었다.

"뚱보가 죽었어요." 그가 가방과 큐대 케이스를 내려놓자마자 말했다. "인디애나폴리스에 도착하긴 했는데 경기 전에 죽었다고요." 그리고 주방으로 가서 맥주를 꺼냈다.

"세상에, 말도 안 돼." 아라벨라가 말했다. "정말 말도 안 돼요."

에디는 유리잔에 맥주를 따르고 자리를 잡아가는 거품을 지켜보았다. "죽었는데도," 그가 말을 이었다. "그 양반은, 제기랄, 멋져 보이더군요."

아라벨라가 희미하게 미소 지었다. "그분을 꼭 한번 만나보고 싶었어요." 잠시 머뭇대더니 그녀가 말했다. "당신이 나가 있는 동안 우편물이 왔어요." 그녀는 거실에 있는 한국풍의 수납함으로 다가가 크고 얇은 봉투를 꺼냈다.

마이애미 소인이 찍힌 편지 봉투였다. 윗부분 왼편에 발신인 주소가 있었다. 그런데 이름은 없었다. 에디는 봉투를 열어 컬러 사진 한 장을 빼냈다. 조명 가까이 가져가서 살펴보았다.

하얀 모래사장의 얼기설기 엉킨 나무들 가까이에 진홍저어새들이 놀랄 정도로 가느다란 다리로 서 있었다. 새 한 마리가 날개를 위를 향해 꺼내 구부리고 부리를 위쪽으로 올려 두 눈으로 하늘을 바라보았다. 약간 뒤에 있는 다른 새들은 그 새의 분홍색 날개가 공기를 가르기 시작하자 마치 무슨 일이 일어나길 기다리듯 그 새를 지켜보고 있었다.

철부지 쿨리는 키가 작은 젊은 남자였다. 엉덩이도 납작하고 손목도 가늘었지만, 그의 나인볼 브레이크 샷은 대형 해머로 내리찍는 것처럼 강렬했다. 공들이 저마다 마구 회전하다 이리저리 부딪히며 레일에서 튕겨 나갔다. 공 세 개가 포켓으로 들어갔다. 그는 별로 개의치 않은 듯 흩어진 공들을 가만히 바라보며 잠깐 생각에 잠기더니 나머지 공을 해치우기 시작했다. 1번 공을 쿡 찔러 사이드포켓에 넣고, 2번 공을 깎아쳐 저쪽 코너 포켓에 넣은 다음 슬라이스 샷으로 5번 공을 레일 아래로 미끄러뜨렸다. 모든 포지션이 완벽했다. 9번 공 차례가 되었을 때 그는 소총을 쏘듯 9번 공을 탕 쏘았다. 코너 포켓으로 들어갔다. 박수갈채가 쏟아졌다. 여자 심판이 공을 래크하자 철부지 쿨리가 경기 상대를 바라보며 "당신의 문제점은 이제 막 시작했다는 거지."라고 했다. 그 말을 듣고 상대는 시선을 돌렸다.

에디는 세 개의 층으로 된 관람석의 가장 윗줄에 앉아 무릎 위에 큐대를 올리고 구경하고 있었다. 그의 옆에 나이가 지긋한 흑인 남자가 쿨리의 거만함이 마음에 들었는지 빙긋 웃었다. 아래 당구대에서 네 경기가 진행 중이었다. 첫 라운드의 선수 여덟 명이 게임을 하고 있었다. 개막 날에는 네 번째 라운드까지 있고, 출전 선수 서른두 명은 한 라운드에 나인볼을 열 경기씩 치를 예정이었다. 자정 즈음이 되면 그중 열여섯이 패배자 명단에 이름을 올리고 나머지 열여섯은 승자 명단에 포함될 것이다. 그러고 나면 다음 날 정오에 패자끼리 겨루는 경기가 다시 시작된다. 그렇게 두 번째 라운드가 진행된 후 패배한 여덟 명은 이 토너먼트에서 완전히 배제된다. 그 뒤 저녁 식사를 마치고 나서 그날 밤에 오후 경기의 승자들은 그들만의 시합을 시작할 것이다. 이런 시스템을 더블 일리미네이션, 즉 패자 부활전이라고 하는데, 다시 말해 출전 선수는 경기에서 두 번을 패배해야만 토너먼트에서 탈락하게 되는 시스템이었다.

에디는 인생에서 처음으로 당구 토너먼트에 출전했다. 그가 젊었을 땐 당시 최고의 허슬러들, 즉 윔피 라시터, 에드 테이러, 뚱보 같은 선수들은 대중 앞에 모습을 드러내는 걸 꿈도 꾸지 않았다. 나인볼 토너먼트 같은 건 존재하지도 않았다. 스트레이트 풀에 대한 신문 보도는 뉴욕이나 시카고의 호텔 연회장에서 야회복 차림으로 당구를 치곤 했던, 당시 뛰어난 선수였던 윌리 모스코니스와 앤드류 폰지스가 도맡았다. 그들은 그런 식으로 경기를 하거나, 서너 군데의 공개적인 후원금과 브런즈윅 컴퍼니의 행사 기획자로 일하며 받은 봉급, 대학에서 개최한 전시회 수입, 《포켓 당구 선수권 대회》같은 얇은 책들을 출간하며 받은 원고료로 생계를 이어갔다. 그들은 가장 질이 낮은 동네의 가장 최악의 구역에 있는, 연기가 자욱한 공간에서 당구를 배우던 기억을 없애고 당구 경기의 위엄을 드높이고자 했다. 극소수에게만 알려진, 전문 당구인들로 이루어진 또 다른 모임은 익명성을 유지하며 그런 비슷한 공간들을 넙죽넙죽 누비고 다녔다. 그들은 턱시도를 입은 상대 선수만큼 당구대를 황홀하게 만드는 능력이 있음에도 야회복이나 턱시도가 아니라, 영업 사원처럼 갈색 정장을 입거나 노동자처럼 짙은 녹색 작업복을 입고서 다른 지역을 투어하며 당구 경기를 찾아다녔다. 에디는 그 익명의 모임에 발을 들였고, 그의 인생에서 아주 짧았던 그 시간 동안 아주 훌륭한 선수로 지냈었다.

저 앞에서 철부지 쿨리가 입을 꾹 다물고 확신에 찬 움직임으로 이번 샷에서 다음 샷으로 이동했다. 그는 단단해 보이는 셀로텍스 천장에 설치된 형광등의 밝은 빛을 한 몸에 받고 있었다. 마치 농구 선수가 경기 전 몸을 풀 때처럼 나일론 소재의 매끈한 파란색 운동복에 빨간 줄무늬가 들어간 바지와 파란색 나이키 운동화를 세련되게 맞춰 신고 있었다. 철부지의 상대 선수는 갈색 스웨터를 입은 약간 둔한 느낌의 그 지역 출신이었다. 그자는 멀리에 있는 벽에 의자를 기대고 앉아 상대 선수의 섬광을 애써 무시하는 척 샷을 기다리는 모양새였다. 철부지가 경기를 운영하는 모습을 보니 상대 선수는 앞으로 조금 더 기다려야 할 것 같았다.

그 당구대 양옆에서 다른 경기들도 진행 중이었다. 한쪽 테이블에서는 딱 붙는 청바지를 입은 청년 둘이 치열하게 경기 중이고, 다른 쪽에서는 에디보다 나이가 많은, 지쳐 보이는 남자가 10대 끝자락의 어린 청년을 지켜보고 있었다. 소년은 샷 사이에 사람을 미치게 할 정도로 시간을 길게 썼다. 30분 전, 에디는 그 두 선수가 첫 번째 라운드 대진을 제비뽑기하고 있을 때 나이 든 그 남자를 어디서 본 것 같다고 생각했었다. 지금 보니 누군지 기억이 났다. 에디가 젊었을 때 전설이었던 캔자스시티 출신 건 샷 올리버였다. 에디가 열다섯 살이었을 때 건 샷은 오클랜드로 넘어와 찰리의 당구장에서 사흘간 당구를 쳤었다. 건 샷 올리버는 투어를 다니는 허슬러 중 에디가 가장 처음 만났던 사람이었다. 극도로 예민한 어린 청년의 샷을 기다리며 짜증을 감내 중인 그 남자는, 적어도 에디에게는, 큐볼에 대해 프로다운 고요한 컨트롤을 발휘하여 큐볼이 특정 포지션에 자리를 잡게 하는 새롭고 충격적인 샷을 선보이면서 공이 레일에서 벗어나 다른 공들 사이로 스르륵 들어가는 광경을 보여 주었던 첫 번째 선수였다. 건 샷 올리버가 상체를 숙이는 방식과 스트로크의 견고함이 에디의 두 눈을 번쩍 뜨이게 했다. 건 샷 올리버는 그 지역 최고의 허슬러와 밤새 경기를 했었고, 다음 해에도 에디가 꺾을 수 없었던 그 허슬러와 공을 포켓에 넣는 비율을 150 대 100으로 정해 새벽 세 시까지 당구를 쳤었다. 그때 구경 중이었던 여러 사람들은 건 샷의 이름을 경건하게 여겼고, 건 샷은 지친 기색 하나 없이 일흔 개 또는 여든 개의 공을 한 번에 처리하곤 했다. 에디의 젊음과 야망의 영혼을 흥분시킨 사건이었다.

건 샷과 경기 중인 소년이 마침내 3번 공을 레일로 쳤지만 빗나갔다. 그는 고개를 저으며 얼굴을 찡그렸다. 그 소년은 아마도 테이블이나 초록 천 또는 조명을 탓하며 자신이 공에게 어떤 속임수를 당했는지에 대해 지난하게 구시렁대고 있을 터였다. 건 샷 올리버가 일어나서 다리를 살짝 절며 당구대로 느릿느릿 걸어갔다. 샷을 하려고 상체를 구부리니 그의 뒷모습이 관중석 쪽을 향했다. 광택 없는 검은 신발 뒷굽은 닳아 있고 한쪽 양말에는 작은 구멍이 나 있었다. 이제야 그를 만나 굉장히 운이 좋다고 할 수 있는 그 소년이 그에게 안전지대를 내어주었다. 올리버는 상대를 난감하게 만들기 위해 3번 공을 가볍게 톡 치고 큐볼을 5번 공 뒤에 놓으려 했다. 하지만 톡 건드려야 했던 그 샷이 너무 강하게 들어가는 바람에 큐볼이 레일에 부딪히며 5번 뒤에서 멀리 떨어졌다. 결국 상대에게 3번 공이 오픈되었다. 올리버는 그를 노려보며 자리에 앉았다.

갑자기 어떤 기억이 에디의 뇌리를 스쳤다. 35년 전 오클랜드에서 그날 밤 건 샷 올리버가 마지막 50달러짜리 지폐 여러 장을 가져갔을 때,—늘 그랬듯 판돈을 쓸어 갔을 때—돈을 잃은 남자가 이런 말을 했었다. "당신은 내가 본 중 가장 최고의 스트레이트를 쳤습니다." 그러자 올리버가 그에게 희미한 미소를 지었다. "미네소타 뚱보 본 적 있어요?" 그가 침착하게 물었다. 그날이 에디가 처음으로 그 이름을 들은 날이었다.

"이름을 들어 본 적은 있습니다만." 패자가 말했다.

"이 나라 최고의 선수입니다." 올리버가 답했다.

그런 뚱보가 죽었다. 당시에는 건 샷 올리버 같은 선수가, 에디 자신도 절대 만들어 낼 수 없을 거라 생각한 샷으로 공을 차분하게 포켓에 넣던 그런 선수가, 큐볼을 마치 체스 말처럼 원하는 자리로 이동시키고 좋은 포지션을 이어 나가며 경기하던 선수가, 다른 선수의 이름을 떠받들면서 자신을 뛰어넘는 경기 수준을 시사하는 그런 발언을 하는 것은 전혀 일반적이지 않았다. 에디는 올리버와 게임을 해 본 적이 없었고, 그때 이후로 본 적도 없었지만 몇 년 뒤 그는 올리버를 넘어섰고 큐볼을 자기만의 체스 말로 만드는 법을 배웠다. 뚱보에 대한 올리버의 말은 맞는 말이었다. 자신의 수준을 뛰어넘는 실력이었고, 뚱보가 최고로 높은 위치에 자리 잡고 있었다. 뚱보는 이제 마이애미 근처 새로 생긴 무덤에 있다. 아마도 묘비 아래에 누워 있을 것이다. 게오르그 헤게르만과 사망날짜가 적힌 묘비 아래에. 그러나 그와 함께 생을 마감한 우아한 스트로크에 대한 문구는 단 한 줄도 없을 것이다.

철부지 쿨리가 9번 공을 사이드포켓으로 밀어 넣어 점수를 땄다. 그러더니 자기와 경기 중인 앞에 앉아 있는 남자를 순진한 얼굴로 바라보며 말했다. "상황이 계속 나빠질 텐데."

그 순간 에디는 현란한 파란색 나일론 운동복을 입은 이 교만한 어린놈이 미네소타 뚱보와 스트레이트 풀을 겨루다가 어린 나이와 부족한 기술, 경험으로 인해 무력하게 가루가 되어 버리는 모습을 상상했고, 놈의 싹수없는 언행에 큰 소리로 한마디 하고 싶었다. 그러나 에디는 그 자식한테 넋이 나간 관중들 사이의 좁은 관중석에 앉아 있었다. 뚱보가 죽었다는 사실에 문득 화가 치밀었다.

쿨리가 브레이크에서 9번 공을 쾅 때리고 나서 이렇게 지껄였다. "오오우우우예쓰!" 그 후 래크된 공을 또 브레이크했고, 브레이크 샷으로 2번 공을 포켓에 넣었지만 1번 공이 잘못 굴러가는 바람에 풋 레일에 프로즌되었다. 큐볼은 테이블 상단에 멈춰 있었다. 1번이 큐볼과 270센티미터나 떨어져 있는 데다가 큐볼로 1번 공을 종이장처럼 얇게 잘라 쳐야만 했다. 그보다는 차라리 수비를 하는 편이 훨씬 나을 것이다. 꼴 좋다, 이 개새끼야. 에디가 생각했다.

쿨리는 이마를 찌푸리며 풋 레일로 다가가 원목 레일 위에 손으로 브리지를 만들어 올려놓고 큐대를 결단력 있게 세팅하여 스트로크를 했다. 말라깽이 같은 놈의 몸에서 순간적으로 집중력이 뿜어져 나왔다. 그 모습이 상당히 인상적이었다. 그는 스트로크 연습을 딱 한 번만 하고는 큐볼을 톡 찔렀다. 큐볼이 테이블 아래쪽으로 달려들어 1번에게 다가가 잠시 속삭이더니 공들이 무리 지어져 있는 곳으로 되돌아가 멈추었다. 1번이 아래쪽 쿠션을 따라 미끄러지며 코너 포켓으로 쏙 들어갔다. 관중들 중 누군가 휘파람을 불었고, 그러자 어마어마한 박수갈채가 쏟아졌다. 에디는 박수를 치지 않았다. 큐대 케이스를 더 세게 움켜잡을 뿐이었다. 그였다면 그 샷을 피했을 거고, 뚱보였다면 그 공을 놓쳤을 것이다.

또 다른 당구대에서는 건 샷 올리버가 샷을 시작했다. 에디는 그 게임으로 시선을 돌렸다. 올리버가 4번과 5번, 6번을 처리했다. 그는 6번을 넣었을 때 큐볼을 쿠션에서 떨어뜨리며 9번 공과 7번 공을 아름답게 갈라놓고 남은 공들을 한 번에 처리하기 위해 포지션을 세팅했다. 스트레이트 풀 선수가 치는 샷이었다. 에디도 대체로 본능적으로 치곤 하던 종류의 샷이었다. 올리버는 7번과 8번 그리고 9번을 포켓에 넣었다. 점잖은 박수가 나왔다. 그러나 8번과 9번 때 그의 스트로크에 무언가 부족한 부분이 있었다. 큐볼이 다음 샷을 만들어낼 포지션을 찾아내긴 했지만, 에디가 오클랜드에서 봤던 그의 움직임이 아니었다. 확신이 없었다. 올리버는 뻣뻣하게 스트로크를 했고, 공은 나름대로 괜찮은 포지션으로 겨우 굴러갔다. 그런데 왠지 죽은 것 같은 느낌이었다.

심판이 공을 래크하기 시작했다. 그 순간 에디는 자리를 박차고 일어나 관중석 계단을 성큼성큼 내려갔다. 팔 아래에 큐대 케이스를 꽂은 채 밖으로 걸어갔다.

"애송이들이 신경을 건드려요." 그가 전화에 대고 말했다. 그는 홀리데이 모텔 방에서 아직 풀지 않은 짐 가방 옆의 깔끔하게 정돈된 침대에 누워 있었다.

"그래도 어린애들은 당신 같은 경험이 없잖아요." 아라벨라가 그를 다독였다.

그가 주저했다. "아라벨라, 나도 이제 쉰이에요. 30분 전에 철부지 쿨리가 경기하는 걸 봤는데 그 나쁜 새끼 엉덩이를 차버리고 싶었다니까요. 나이로는 내가 그 새끼 아버지뻘이 되고도 남죠."

"뚱보 때문에 아직 기분이 별로인가 봐요, 맞죠?"

그녀의 말이 맞았다. "사실 뚱보한테 배울 게 있었거든요."

"뚱보가 당신에게 가르쳐 줄 일이 더 없었을 수도 있어요."

"그랬을 수도 있죠."

그 당구장은 에디가 소유했던 당구장과 어딘가 비슷한 구석이 있었지만, 규모는 더 컸다. 당구장은 홀리데이 모텔 앞

주간고속도로 건너편에 있는 우중충한 쇼핑센터 내의 빅 비어 슈퍼마켓과 포목점 사이에 있었다. 차를 몰고 입체 교차로를 지나 슈퍼마켓 앞에 주차하고 유리로 된 양문을 밀고 들어가면 바로 그곳이 나왔다. 담배에 탄 자국이 있는 회색 카펫 위에 당구대 여덟 개가 두 줄로 놓여 있었다. 당구대 사이의 통로에 임시 관중석이 세 줄로 설치되어 있고 오른쪽 당구대를 바라보고 있었다. 끝에 있는 당구대 두 개는 선수들의 몸풀기용이었다. 그 근처 당구대 두 개는 묵직한 비닐로 덮여 있었고 중앙의 네 개에서 토너먼트 경기가 진행되었다.

안으로 들어섰을 때 왼편의 당구대 여덟 개가 정상적으로 운영 중이었다. 당구장의 일반 손님들이 각자의 게임을 하고 있었는데, 그들은 멋진 옷차림에 비싼 큐대 케이스를 들고 출입문으로 들어오는 선수들을 애써 모르는 체했다. 토너먼트 당구대에는 저마다 가장자리에 하얀색 팻말이 있고 그 팻말은 관중석 쪽을 향하고 있었다. 저녁 관중들 대부분은 1이라고 적힌 당구대 근처의 관중석으로 몰렸다. 에디의 첫 경기는 11월 4일이었다. 발라부시카를 꺼내고 빈 케이스를 당구대 아래에 넣은 다음 몸을 풀기 시작했다. 눈이 게슴츠레한 늙은 남자가 그를 냉소적인 눈으로 지켜보고 있었다. 그 노인 외에는 에디에게 관심을 보이는 사람이 없었다.

5분 뒤 면도를 말끔하게 하고 안경을 쓴 청년이 하얀 셔츠 차림으로 관중석 사이를 뚫고 들어왔다. 그가 에디에게 손을 내밀었다. "조 에번이라고 합니다." 정중한 말투였다. "펠슨 씨 맞으시죠?"

에디는 그와 악수했다. "연습할래요?"

"조금만 할게요." 청년이 말했다.

선수를 위한 원목 의자가 각각 준비되어 벽에 기대어 있고 그 사이의 작은 테이블 위에는 물과 재떨이, 베이비파우더 셰이커, 손에 난 땀을 닦는 수건, 큐브 모양 초크가 서너 개 있었다. 에디는 의자에 앉아 에번을 지켜보았다.

청년은 공을 흩뜨리고 1번부터 공을 차례대로 처리하기 시작했다. 그렇게 잘하는 실력은 아니었다. 긴장한 듯 뻣뻣한 스트로크에서 곧바로 그의 실체가 드러났고, 공이 빗나가면 남의 시선을 의식하며 얼굴을 찡그렸다. 마치 관중을 위해 당구를 치는 것 같았다. 에디와 관중석의 그 늙은 남자를 빼면 경기를 지켜보는 사람이 아무도 없는데도. 에디는 그런 선수를 전에 본 적이 있었다. 자신의 감정에 치우치는 에번의 집중력은 자신을 바보로 만들지 않기 위함이었다. 그는 승리에는 관심이 없고 오로지 멋있어 보이기만을 바라는 유형이었다. 다시 말해 그를 이기는 건 누워서 떡 먹기였다.

간단했다. 경기가 진행되는 동안 사실 에번에게 여러 번 기회가 있었지만, 그는 전부 날려 버렸다. 에번의 얼굴을 가만히 지켜보니 마음이 이리저리 흔들린다는 것이 에디의 눈에 보였다. 에번은 자신을 북돋우며, 자기가 공을 놓치면 에디에게 어떤 일이 생길지에 대해, 즉 그의 집중에 훼방을 놓을 요소들에 대해 생각하지 않으려 노력했다. 에디는 그를 너무 쉽게 이겨서 서너 번 정도는 진심으로 미안하다는 생각이 들기도 했지만, 대부분은 좀 귀찮았다. 에디는 스트레이트 풀을 치듯 나인볼을 치며 체계적으로 경기를 이어갔다. 10 대 4로 에디가 이겼다. 마지막 남은 몇 분 동안, 인기 폭발인 1번 테이블 근처에 자리를 잡지 못한 늦게 들어온 대여섯 명이 에디의 당구대 근처 관중석으로 와 경기를 구경했다. 에디가 이기자 가벼운 박수 소리가 나왔다. 그다음 날까지도 그랬다. 지금 그는 승자 열여섯 명 중 한 명일 뿐이었으니까.

"시작이 좋아서 기쁘네요." 아라벨라가 말했다.

"그 애송이는 엉망이었어요."

"그래도 참가비 받을 만큼의 실력은 됐겠죠."

"내일은 요한센이라는 사람과 경기해요. 누군지는 모르지만 오늘 애송이보다 거칠 것 같아요. 잡지사 일은 어때요?"

"지금은 할 일이 많지 않아요. 대부분 커피 마시고 비서 역할을 하며 시간을 보내고 있어요."

"타이핑보다는 낫나 보군요."

"에디," 그녀가 말했다. "나도 당신처럼 재능이 있으면 좋겠

어요. 내 남은 인생을 이렇게 사무실에 앉아 누가 시키는 대
로만 일하면서 보내고 싶지 않아요."

"그럼 내가 나인볼 치는 법을 가르쳐 줄게요."

"재미없어요, 에디. 내가 당신처럼 당구를 칠 수 있었으면
벌써 부자가 됐을 거예요."

그 말에 에디는 왠지 모르게 불쾌해졌다. "그러면 큐대를
먼저 구입하면 되겠군요." 그가 말했다.

"정말이에요, 에디. 당신은 20년 동안 당신의 재능을 손에
쥐고 있었잖아요."

"지금은 쥐고 있지 않아요."

통화 중 잠시 침묵이 내려앉았다. 아라벨라가 다시 말을 시
작했다. "내일 그 사람 꼭 이겨요, 에디. 아주 혼쭐을 내주라
고요."

요한센은 퉁퉁했고 자주색 스웨터에 청바지를 입고 있었
다. 나이는 서른 정도로 보였다. 몸풀기를 하는 동안 그는 남
의 시선을 신경 쓰지 않았고 정확하게 샷을 쳤다. 오후 두 시,
두 사람은 3번 테이블에서 경기했다. 심판이 연습을 그만하
라며 나인볼을 래크한 다음 래킹할 공 두 개를 추가로 내려놓
았을 때 십여 명의 관중이 구경하고 있었다. 래킹에서 에디의
공이 쿠션에서 아주 살짝 더 떨어져 나왔고, 에디가 브레이크
를 하게 되었다. 그는 브레이크 샷에서 래크를 활짝 오픈시

키긴 했으나 포켓으로 들어간 공은 하나도 없었다. 뒤쪽에서 "저 사람 스트레이트 풀 선수잖아."라며 숙덕이는 소리가 들렸다. 에디는 얼굴을 찌푸렸다. 그게 무슨 뜻인지 알았으니. 스트레이트 풀에서는 공을 그렇게 세게 치지 않았다. 브레이크 샷을 강하게 치는 걸 익히려면 연습이 필요했다. 그는 고개를 돌려 오른쪽 테이블에서 경기를 시작하는, 이제 막 브레이크를 하는 남자를 바라보았다. 그 젊은 남자는 큐대를 뒤로 당겼다가 잠시 주춤하고 몸 전체를 앞으로 세게 내지르며 큐대를 큐볼에 박았다. 다이아몬드 모양의 공 아홉 개가 사방으로 흩어졌고, 늘 그렇듯 래크 가운데 있던 9번이 핑글핑글 돌며 쿠션에 두 번 부딪히고 아슬아슬하게 포켓에서 빗나가 멈추었다. 에디가 브레이크 할 때 9번 공은 거의 움직이지도 않았다. 그리고 요한센이, 공들이 어수선하게 널브러져 있는 그 상황에서, 전부 처리해 버렸다.

에디는 자기 자신에게 너무 화가 나서 손 놓고 기다릴 수밖에 없었다. 요한센은 다음 경기에서 래크된 공을 한 번에 처리할 뻔했지만 7번 공에서 실수했고 결국 그 공은 아래쪽 코너 포켓 근처의 레일에 처박히고 말았다.

에디는 냉담한 표정으로 당구대로 다가가 7번 공을 성공시키고 뒤이어 8번과 9번도 처리했다. 이번 브레이크 샷은 이전 경기 때보다 더 강했다. 그러나 달랑 공 하나만 포켓으로 들어갔고 9번 공은 아주 조금 까닥댔을 뿐이었다. 이런 식의 이동이 코너 포켓으로 들어갈 3번 공의 라인을 죽여 놓았고, 에디는 그 이점을 이용해야만 했다. 1번 공과 2번 공을 포켓에 넣고, 9번 공을 콤비네이션으로 처리했다. 그는 박수를 받았다. 다음 경기 브레이크에서는 배를 테이블에 딱 붙이고 큐대를 더 멀리 뻗으며 공에 더욱더 세게 박았다. 이번에는 9번이 코너 포켓 근처에 멈추었고 4번은 반대편 코너 포켓에서 얼마 떨어지지 않은 곳에 자리를 잡았다. 이제야 브레이크 샷에 대한 감각이 좀 생긴 모양이다. 하지만 2번 공이 테이블 저 끝에 있었다. 1번을 보내고 났더니 2번에 대한 포지션이 별로 좋지 않았다. 상체를 숙이고 스트로크를 두 번 한 다음 큐대를 앞으로 쭉 밀며 손목을 튕겨 강한 회전을 먹이자 큐볼이 2번 공을 쾅 쳤다. 타격이 제대로 들어간 2번 공이 포켓으로 들어가는가 싶더니 다시 튕겨서 포켓 바로 앞에 섰다. 에디는 휙 돌아서서 철부지 쿨리가 경기 중인 4번 테이블을 보았다. 쿨리는 9번 공을 넣고 박수를 받고 있었다. 에디는 자리에 앉아 바닥을 내려다보았다. 요한센이 자리에서 일어나 샷을 하는 소리가 들렸고 공이 큐대에 탁 부딪히는 소리가, 큐볼이 2번을 포켓으로 보낸 다음 3번을 치기 쉬운 포지션에 자리 잡을 그 소리가 들렸다. 곧이어 요한센이 3번을 포켓에 넣는 소리가 들려왔다. 에디는 요한센이 4번과 9번 공의 라인을 만들어

간단한 콤비네이션으로 처리하는 모습을 보기 위해 때에 맞춰 고개를 들었다. 요한센은 9번 공을 손에 넣고 게임에서 이겼다. 그리고 다음 경기 브레이크를 했다. 요한센은 그 경기에서 에디를 3 대 2로 이겼고, 또 다음 경기의 브레이크 샷을 할 예정이었다. 지금 이 상황이 특히 더 빌어먹을 개 같은 이유는, 스웨터 차림의 쉽게 동요하지 않는 저 남자가 이 토너먼트에 출전한 선수 중 약한 편에 속하는 선수이기 때문이었다. 요한센은 미국 중서부의 어딘가의 대학생 나인볼 챔피언십에서 우승했다. 그게 다였다. 만약 에디가 그를 날려 버리지 못한다면, 에디는 이제 여기에 있을 이유가 없었다.

에디는 이 토너먼트에서 경쟁자라고 할 만한 선수는 네다섯 정도밖에 되지 않을 거라 생각했다. 철부지 쿨리와 투어하는 다른 청년들 정도. 그 외 나머지는—200달러의 상금이 12위까지 폭넓게 주어진다는 낌에 넘어가 출전한 사람들, 그리고 생애 한 번만이라도 일류 선수들과 겨뤄 보고 싶은 사람들은—우승에 대한 진지한 소망조차 없었다. 만약 이 토너먼트에서 에디에게 무슨 문제가 생긴다면, 쿨리나 그와 비슷한 급의 선수와의 문제여야만 했다. 나인볼을 무슨 도서관에서 경기하듯 치는 늙다리 대학생 같은 것들과 얽힐 게 아니라.

그러나 그 늙다리 대학생은 집요했다. 그는 에디의 실수를 이용했고, 결국 한 시간 뒤 그가 8 대 6으로 앞서게 되었다. 그

때쯤 쿨리가 상대에게 유리한 점수를 얻어 10 대 3으로 경기를 마무리하자 몇몇 관중이 에디의 당구대로 내려왔다.

중요한 시점이었다. 에디는 땀을 흘리고 있었다. 요한센은 활짝 오픈된 래크 한가운데에서 경기를 끌어가고 있었다. 만약 그가 이번 경기를 한 번에 끝내면, 그는 9점을 딸 것이고 이 판이 승리의 계기가 될 터였다. 한 가지 희망적인 신호는 그가 샷 사이에 시간을 길게 갖기 시작했다는 것, 간단한 포지션인데도 얼굴을 찌푸리고 연구하듯 신중히 처리한다는 것 그리고 대단히 공들여 초크 칠을 한다는 것이었다. 이렇게 기다리다 숨이 막혀 버릴 것 같았다.

요한센은 신중하게 고민한 끝에 8번 공에 대한 포지션을 퍽 괜찮게 만들어 내며 7번 공을 처리했다. 이제 그가 해야할 일은 8번을 스트레이트로 쳐서 포켓에 넣고 그 앞에 큐볼을 멈추게 하는 것뿐이었다. 9번은 반대편 포켓에 있으니 간단하게 잘라치면 될 것이다. 그러나 요한센은 땀을 흘리고 있었다. 인상을 찌푸리며 8번을 상당히 길게 쳤다. 큐볼이 너무 멀리 굴러갔다. 9번에 대한 샷이 아직 남아 있긴 했지만, 조금 전 큐볼을 간단하게 죽였던 것만큼 쉽지는 않은 모양새였다. 에디는 요한센이 욕을 내뱉는 걸 처음으로 들었다. "이런 제기랄!" 그가 침울하게 뱉어 냈다. "나는 자격이 없는가 봅니다." 에디가 그를 올려다보았다. 저런 쓰레기 같은 나약한 생각을 머릿속에 갖고 있으면 9번은 당연히 놓친다.

요한센은 인상을 잔뜩 구기고 집중하며 샷을 치려고 상체를 구부렸다. 그리고 9번 공을 정말 형편없이 잘라 쳤다. 당황스러울 정도였다. 9번 공이 포켓에서 30센티미터 떨어진 위치의 레일에 부딪혀 튕겨 나갔다. 큐볼은 테이블 위를 굴러다니다 간단한 샷을 남기고 돌아왔다. 에디는 요한센에게서 시선을 돌리고 자리에서 일어나 신중하게 샷을 치고 9번을 포켓에 넣었다. 8 대 8이었다.

이번에 에디는 브레이크를 더 강하게 쳐서 공 세 개를 포켓에 넣었다. 9번이 사이드포켓 근처에 있고 그 주위에 4번도 남겨져 있었다. 2번과 3번을 연달아 넣고 큐볼을 정확히 캐럼 샷* 위치에 두었다. 그는 요한센의 얼굴을 흘긋 살피고는 샷을 하기 위해 이동했다. 요한센의 얼굴은 부루퉁한 아이 같았다. 에디는 허리를 구부리고 아주 신중하게 겨냥한 다음 스트로크를 했다. 큐볼이 4번을 치자 4번이 튕겨 나가며 9번을 탁 쳤다. 9번이 두 번 왔다 갔다 구르더니 사이드포켓으로 쏙 들어갔다. 세찬 박수가 터져 나왔다. 요한센이 자리에서 일어나 그에게 다가와서 억지 미소를 지으며 악수를 했다. 에디는 큐대를 분리했다.

---

* 큐볼로 1적구를 맞춘 뒤 그대로 1적구가 2적구에 부딪힌 다음 포켓으로 들어가게 하는 샷

처음 들어섰던 공간에 있는 계산대 책상 옆에 대진표가 어떻게 짜였는지 게시되어 있었다. 에디는 그곳을 나서던 길에 발걸음을 멈추고 대진표를 확인했다. 왼편의 패자 명단과 오른편의 승자 명단에 달라진 부분이 있는지 알아내기까지 시간이 조금 걸렸다. 사실 이런 식의 대회는 처음이라 아직도 낯설게 느껴졌다. 대진표를 자세히 훑어보고 있는 동안 토너먼트 매니저가 펠트펜을 들고 다가왔다. "여기입니다, 펠슨 씨." 그가 오른쪽 빈칸에 펠슨이라고 적힌 스티커를 붙이며 말했다. 같은 대괄호 속 아래쪽 절반이 비어 있었다.

"다음 경기에서 누구와 겨루게 되죠?" 에디가 물었다.

"별로 달가운 상대는 아니네요." 남자가 말을 마치고 손을 뻗어 빈칸에 이름을 게재했다. **쿨리.**

아라벨라에게 전화했지만, 연결이 되지 않았다. 보통 그녀가 집에 있는 시간인 다섯 시 반까지 전화 연결을 시도했는데도 전화를 받지 않았다. 에디는 외식할 기분이 아니어서 룸서비스로 커피와 햄버거를 주문했다. TV를 켰다. 그러나 눈에 들어오지 않았다. 햄버거도 제대로 먹지 않았다. 머리가 지끈거리고 손바닥에 땀이 났다. 조마조마한 기분이었다. 뚱보가 있었으면 좋았을 텐데. 아니 그와 전화 통화만 할 수 있어도 좋을 텐데. 그랬으면 철부지 쿨리에 대해 이야기를 나눴으리라.

에디의 래깅은 매우 훌륭했지만, 쿨리가 공을 아래쪽 레일에 프로즌시켰고 결국 브레이크는 그가 가져갔다. 그들은 첫 번째 당구대에 있었고, 모든 관중석이 채워졌으며, 뿐만 아니라 관중석 뒤로도 사람들이 나란히 늘어서서 목을 길게 빼고 경기를 지켜보고 있었다. 앞쪽에 쪼그려 앉아 있는 사람들도 있었다.

철부지 쿨리는 그의 납작한 엉덩이가 탄탄해 보일 정도로만 딱 맞는, 광택이 나는 검은 바지를 입었고, 칼주름이 잡힌 그 바지 밑단이 악어가죽 신발 위까지 커튼처럼 드리워져 있었다. 그리고 연한 파란색 실크 셔츠에는 목 칼라가 없었다. 가느다란 금목걸이가 목을 가볍게 두르고 있었다. 그의 검은 머리칼은 드라이로 손질해서 솜털처럼 부풀어 있고, 얼굴은 코카인에 열광할 것 같은 생김새였다. 그가 브레이크를 하러 앞으로 나서면서 큐대를 앞뒤로 흔들기 직전에 당구대 옆 덮개가 씌워진 다른 당구대에 몸을 기대고 있는 에디를 흘긋 쳐다보았다. "영광입니다, 패스트 에디." 그렇게 말하고 큐볼을 세게 때렸다. 브레이크 샷이 인상적이었다. 공 네 개가 떨어지고 노란색 줄무늬 공 9번이 튕겨 나와 테이블 위 사방을 이리저리 굴러다녔다. 철부지는 삐쩍 말랐고 키가 작았다. 그런 체구에서 이런 파워가 나오다니 정말 놀라웠다.

"고맙네." 에디가 말했다. 관중석의 몇몇 사람이 킥킥댔다.

"무례하네요." 철부지가 말했다. "살아 있는 전설에 저따위 행동이라니." 그러고는 남아 있는 공 다섯 개를 명쾌하고 신속하게 처리하고 마지막 9번 공까지 코너 포켓으로 발사했다. 심판이 공을 래크했고 철부지는 또다시 래크된 공들을 박살 내 오픈시켰다. 이번에는 세 개가 들어갔다. 그리고 이번에도 남은 공을 한 큐에 내보냈다. 그의 몸은 고요하고 강렬한 거만함으로 엮여 있는 것 같았고, 포지션 플레이에도 오류가 전혀 없는 듯했다. 에디는 자리에 앉아 있는 모습이 나약해 보일 거란 생각에 일어서서 지켜보았다.

2 대 0인 상황. 세 번째 래크를 처리하던 중 5번 공이 아주 좋지 않은 방향으로 굴러가는 바람에 철부지는 어쩔 수 없이 수비 경기를 해야만 했다. 그는 에디를 위해 5번 공을 7번 공 뒤에 절묘하게, 완전히 시야에 보이지 않는 위치에 남겨 두며 수비를 깔끔하게 해 놓았다. 에디가 당구대로 다가갔다. 그날 저녁의 첫 번째 샷이었다. 공을 칠 수 있다는 것만으로도 다행이라는 생각이 들었다. 그가 할 일은 분명했다. 큐볼을 레일 두 곳에 뱅크시킨 다음 공들이 모인 곳을 통과해 5번으로 들어가게 만들어야 했다. 에디는 허리를 숙이고 샷을 쳤다. 놀랍게도 완벽하게 해냈다. 하얀 공이 5번을 치고 나자 흰 공이 그 주황색 공을, 즉 5번을, 테이블 위로 올려보내고 흰 공은 그 자리에 머물렀다. 박수 소리가 시작되었다. 에디는 쿨리에게 공을 넘길 필요도 없을 뿐 아니라 그가 수비 경기를

할 수밖에 없게끔 바꾸어 놓았다.

쿨리는 눈썹만 들썩 올리고 아무 말도 하지 않았다. 그가 다가서서 망설임 없이 수비 샷을 만들었다. 큐볼과 5번 공 사이에 240센티미터 정도가 남았다. 잘라 치기로 5번 공을 포켓에 넣을 순 있겠지만 매우 어려운 샷이었다. 에디는 숨을 훅 들이마시고 앞으로 나가서, 별로 하고 싶지는 않지만 그래도 해야만 하니 샷을 쳤다. 쿨리에게 이 경기의 통제권을 주지 않고 는 안전하게 경기를 이어나갈 수 없었다. 그를 뛰어넘어야 했다.

에디는 안경을 고쳐 쓰고 풋 레일 뒤에서 자세를 잡은 다음 5번 공의 거리를 응시하며 스트로크를 강하게 했다. 큐볼이 5번 공을 탁 쳤고, 5번 공은 포켓 가운데로 화살처럼 내달렸다. 흰 공은 테이블을 돌아다니며 계속 여기저기 부딪히다가 6번 공에 대한 다음 포지션으로 자리를 잡아 갔다. 관중석 뒤쪽에서 우레와 같은 박수가 쏟아졌다.

"역시 전설이네요!" 철부지 쿨리가 말했다.

"그럼, 그렇고말고." 에디는 허리를 구부려 6번에 샷을 했다. 그런 다음 9번에 아주 확실한 샷을 남기며 7번과 8번을 처리했다. 망설임 없이 9번도 포켓으로 몰아낸 뒤, 관중의 박수소리 한가운데에서 심판이 공을 래크하기를 기다렸다.

그러나 브레이크에서 그는 원하는 만큼 힘을 싣지 못해 단하나도 포켓에 넣지 못했다. 이제부터는 그가 할 일이 없을 테지만, 그래도 뒤에 서서 철부지가 공의 배치를 넓게 만드는 걸 지켜보았다. 브레이크를 형편없이 하고 그 과정에서 추진력을 잃게 되는 건 정말 끔찍했다. 이게 바로 스트레이트 풀과 다른 점이었다. 정말이지 화가 머리끝까지 치밀게 하는 부분들 중 하나였다. 스트레이트 풀에서는 그가 열정적으로 경기하면 계속 이어나갈 수 있지만, 나인볼에서는 브레이크 샷이라는 빌어먹을 고비를 넘겨야만 했다.

쿨리는 1번 공의 라인이 순탄하지 않았는데도 해결했고, 에디가 절대 생각해 낼 수 없는 방식으로 큐볼을 이리저리 구르게 하여 2번 공에 대한 포지션으로 보냈다. 그 포지션부터는 간단했다. 이제 그는 6번과 8번을 분리시켰다가 사이드포켓 근처에 같이 프로즌시켜야 했다. 캐럼 샷으로 그 두 개를 떨어뜨려 놨더니 9번이 포켓 쪽으로 날쌔게 발사되면서 경기가 깔끔하게 마무리되었다. 심판이 공을 래크하는 동안 그는 셔츠를 집어넣기 위해 잠깐 멈춰 섰다. 그가 에디를 바라보며 희미하게 슬쩍 웃었다. 차가운 눈으로.

철부지 쿨리가 헤드 레일로 다가서서 브레이크를 하려고 큐대를 뒤로 당겼을 때 관중석에서 누군가 외쳤다. "어이 철부지, 한 번에 *끝내 버려!*" 그러자 그는 억지로 얼굴을 찌푸리며 큰 망치로 때려 부수듯 공들을 쾅 때렸다. 레일을 따라 옆으로 가는 9번 공을 다른 공 두 개가 뒤쫓아 갔다. 힘 빠진 9번을 공 두 개가 코너 포켓으로 몰고 가는 모양새였다. 9번은 잠시 주저하다가 결국 포켓 안으로 떨어지고 말았다. 에디는 고개를 돌렸다. 점수는 3 대 1이었다.

철부지가 브레이크를 준비할 때 같은 목소리가 또 외쳤다. "한 번 더!" 철부지는 언제나처럼 공을 세게 강타해 오픈시켰다. 그러나 9번 공은 들어가지 않았다. 다른 공 두 개가 포켓 속으로 들어갔고, 1번이 사이드포켓 근처에 멈췄다. 샷하기 좋은 위치였다. 에디는 철부지가 테이블 위의 공을 차례대로 하나씩 떨어뜨리고 있을 때 처절한 무력감을 느끼며 그를 지켜보았다. 스트레이트 풀과 너무 달랐다. 철부지의 포지션 플레이는 화려하고 낯설었으며, 가끔은 다음 샷에 대한 각도를 독특하게 잡아서 큐볼을 멈춰 세우기도 했다. 그럼에도 그 의아함은 유의미했고 효과를 발휘했다. 그는 문제라고 할 만한 것도 없이 모든 공을 처리했다. 4 대 1. 에디는 자리에 주저앉았다.

관중 전체가 뚜렷하게 철부지 편이었고, 그는 샷 사이사이에 관중들과 시시덕거리기까지 했다. 박수 소리가 나오는 동안 관중을 의기양양한 얼굴로 바라보며 한 사람 또는 다른 누군가에게 다가가 딱딱한 미소를 지으며 무슨 말을 가볍게 속삭였다. 철부지 쿨리는 마치 이 경기의 MC 같았고, 에디는 자신이 급이 낮은 출연자에 불과하다고 생각했다. 그런 상황이 눈앞에 펼쳐져 있다고 느껴졌음에도 에디가 할 수 있는 건 아무것도 없었다. 철부지는 문제 상황을 피하면서, 그리고 정교하고 완전한 포지션 플레이를 하며 공을 연이어 처리했다. 이따금 손가락으로 푹신한 검은 머리칼을 쓸어 넘기며 확신에 찬 발걸음을 내디뎌 당구대 주위를 빠르게, 그의 작은 발이 카펫 깔린 바닥에 닿지도 않는 듯 날쌔게 돌아다녔다. 철부지가 경기를 이어 나가고 있을 때 관중석에서 하는 말이 에디의 귀에 우연히 흘러들었다. "이야, 정말 멋지군." 존경심이 담긴 감탄이었다.

철부지는 멋졌고, 그의 나인볼 경기는 멋짐 그 이상이었다. 경이롭고 치명적이기까지 했다. 그다음에 에디가 우선권을 가졌을 때, 8 대 1인 그 상황에, 에디의 샷은 되돌릴 수 없는 함정에 빠져 있었다. 그는 누구라도 죽이고 싶은 충동을 느끼며, 숨을 꾹 참고 죽을힘을 다해 상대를 견제했다. 그러나 그의 수비는 철부지가 나타나자마자 완전히 무너졌고, 다시 돌아온 에디의 차례에 결국 그는 목적구를 놓쳤다. 철부지가 손으로 큐볼을 들어 잠시 손에 쥐고 있다가 에디를 보며 말했다. "쿠 드 그라스*."

"공이나 치지." 에디가 말했다.

"나의 시대, 나의 전설이여." 철부지가 말했다. "오, 나의 시대여." 관중석에서 킥킥 웃어댔다.

철부지는 큐볼을 내려놓고 샷을 하고 또 했다. 그는 숨 쉬

---

* 최후의 일격이라는 의미의 프랑스어

는 것만큼이나 쉽게 공들을 처리했다. 큐팁에 초크 칠을 하거나 테이블을 꼼꼼히 살피는 것조차 그에게는 훼방이라 할 수 없었고, 그는 아이들이 놀이를 하듯 나인볼을 치며 공들을 테이블 끝으로 뚱땅뚱땅 집어넣었다. 에디는 발이 아팠고 샷을 하는 팔에도 피로가 쌓여 있었지만, 철부지는 그런 기미가 거의 보이지 않았다. 에디는 무자비하게 짓밟히고 있었다. 철부지가 실수하기를 영혼을 바쳐 기도해야 했다.

"우리의 철부지, 한 번 더!" 같은 목소리였다. 철부지는 총으로 점토 원반을 쏘듯 샷을 쳐서 래크된 공을 사방으로 흩어 놓았다. 9번이 비스듬하게 테이블 위를 굴러다녔지만, 포켓으로 떨어지지는 않았다. 그러나 3번과 5번, 7번, 8번이 들어갔다. 1번에 뱅크 샷을 넣어서 사이드 레일을 가로지르게 해야 했다. 철부지는 주저하지 않았다. 1번을 포켓에 휙 넣고 큐볼을 2번 포지션에 딱 맞춰 멈추게 한 다음 조금 전 뱅크 샷에 대한 박수가 잦아들기도 전에 2번을 포켓에 넣었다. 그를 멈추게 할 수 있는 건 기적 말고 아무것도 없었다. 그러나 기적은 일어나지 않았다. 그는 남은 공들을 연이어 탁탁 처리하다가 어느 순간 9번을 치기 전에 잠시 주저하더니 뒤쪽 관중석을 바라보고 다시 9번에 집중했다. 이윽고 9번이 강하게 돌진했고 큐볼은 죽은 듯이 멈추었다. 엄청난 박수가 터졌다.

10 대 1. 에디는 동요하는 자신을 꽉 붙들고 쿨리에게 다가

가 손을 내밀었다. 쿨리가 그의 손을 잡았다. "생각보다 잘 치는군." 에디가 말했다.

"이런, 난 늘 잘했어요."

"빌어먹을 얼간이 새끼가 된 것 같았다고요." 에디가 전화에 대고 말했다. 그는 큐대를 옆에 두고 손에 맨해튼을 든 채 침대에 비스듬히 누워 있었다.

"에디, 그 사람은 이 나라 최고의 나인볼 선수예요."

"거기에 나온 선수들이 조금만 더 잘했으면 아마 나는 내 목을 베어 버렸을걸요?"

"당신한테는 거기에서 벗어날 기회가 아직 있잖아요."

에디는 자신이 패자 명단에서 벗어나 쿨리와 다시 겨루고 싶은 건지 확신이 서지 않았지만, 입 밖으로 꺼내진 않았다. "한 시간 뒤에 경기가 있어요. 거기에서 지면 토너먼트에서 아웃이에요. 이기면 내일 정오에 경기가 또 있고요."

"그러면 일단 샤워하고 좀 쉬어요. 지는 건 창피한 일이 아니잖아요."

에디는 아라벨라가 말한 대로 샤워를 했다. 그런 다음 깨끗한 옷을 입고 차를 운전해 주간 고속도로를 건넜다. 건 샷 올리버와의 경기 시간에 정확히 맞춰 도착했다.

올리버는 분명 그를 알아보지 못한 듯했고, 에디 또한 자신을 밝히지 않았다. 나이 많은 그 남자는 명상에 잠긴 듯 멍하니 있더니 샷을 해야 할 시간이 되자 겨우 상념에서 벗어났다. 그는 샷을 잘 쳤지만, 브레이크가 약했다. 아무래도 이 경기를 업신여기는 듯했다.

경기 중반, 올리버가 큐대를 벽에 기대어 놓더니 남자 화장실로 느릿느릿 걸어갔다. 에디는 자리에 앉아 물 한 잔을 따르고 기다렸다. 네 개의 당구대 전부에서 패자의 경기가 진행 중이었고 구경하는 사람도 얼마 없었다. 에디는 크게 신경 쓰지 않고 한참을 기다렸다. 그 나이 든 남자가 다시 나와서 주위를 둘러보며 당구대로 천천히 걸어올 때까지. 그런데 그는 쭈뼛쭈뼛하더니 에번이 경기 중인 곳으로 다가가 잠시 지켜보고는, 놀랍게도 당구대 뒷벽에 있는 빈 의자에 털썩 앉아 경기를 기다렸다. 저 늙은이는 자기 상대 선수가 누군지도 모르는 것 같았다. 자리에 앉은 그는 헐렁한 갈색 바지의 허리띠 위로 불룩 튀어나온 배를 걸치고 주름진 얼굴을 부풀린 채 개의치 않는 듯한 표정으로 에번의 경기를 지켜보고 있었다. 지금 막 침대 밖으로 나온 것 같은 모습이었다.

심판이 에디 근처에 서 있었다. 에디가 그의 팔꿈치를 툭 건드리며 말했다. "가서 올리버 좀 데려오셔야겠는데요." 손으로 올리버를 가리켰다.

"오, 세상에!" 심판이 말했다. "진짜 정신이 나갔나 봅니다."

심판은 길잡이 개처럼 그를 데리고 와야 했다. 올리버는 길을 잃어서 화가 난 듯 보였고, 에디 가까이에 왔을 때는 그에게서 위스키 냄새가 향수만큼 강하게 풍겼다. 그가 샷을 할 차례였다. 그는 간단한 샷을 두 번 하고 세 번째에서는 실수하더니 한숨을 쉬며 자리에 털썩 앉았다. 에디는 고개를 돌렸다. 점수는 5 대 3으로 에디에게 유리하게 돌아갔다. 그는 테이블을 마무리하고, 그다음 경기에서 브레이크를 강하게 한 뒤 래크된 공을 한 번에 포켓에 넣었다. 마음 한구석이 불편했다. 이 경기를 빨리 끝내고 싶었다. 그래도 조금 신경을 써가며 올리버를 패배시켰고, 다음 다섯 게임에서 네 게임을 이겼다. 경기가 다 끝나자 박수갈채가 쏟아졌다. 10 대 4였다. 올리버는 그 자리에 그대로 앉아 있었다. 마침내 몸을 일으키더니 에디와 악수도 하지 않고 어기적대며 걸어 나갔다.

다음 날은 커닝엄이라는 젊은 흑인과 경기를 했다. 에디가 강하게 밀어붙이긴 했지만, 그는 실력이 좋았다. 이 토너먼트에서 3위를 차지했던 커닝엄은 쿨리가 에디를 이기기 직전에 쿨리에게 패배를 당했고, 지금은 이 경기를 지배하고 있었다. 그의 포지션 플레이는 쿨리의 플레이와—그 정교하고 지독한 플레이와—비슷했고, 에디는 치열하게 싸웠지만 경기가 중반에 접어들 때쯤 그가 압도하고 있다는 걸 인지할 수밖에 없었다. 그는 에디보다 샷을 더 잘 치지 않고 사실 정확도도 다소 떨어지긴 했으나 나인볼만큼은 잘 알았다. 에디는 나인볼에 대해 배워야 할 부분이 상당히 많다는 걸 몸소 체험했다. 커닝엄은 10 대 8로 승리했다. 그게 끝이었다. 그는 짐을 싸서 집으로 돌아가도 되고 준결승전과 결승전을 관람해도 되었다.

큐대를 분리하면서 고개를 들고 쿨리가 관중석 사이 통로에 서서 팔꿈치를 구부린 채 큐대를 조이는 모습을 보았다. 철부지는 그의 쪽으로 짧게 고갯짓을 하고 조금 전 에디가 패배한 당구대로 올라섰다. 그는 준결승을 준비하기 시작했다.

에디는 큐대를 케이스에 넣고 군중 사이를 뚫고 그곳을 떠났다. 하트퍼드에서 신시내티로 가는 비행기는 열 시 반이고 렉싱턴행은 자정에 있었다. 그 사이 하트퍼드에서 시간을 보내며 저녁을 먹으면 될 것이다. 이곳에 더 머무르며 쿨리의 경기를 구경하고 그의 포지션 플레이를 연구해야 할 것 같은 기분이 순간 들었지만 그런다고 달라지는 건 없을 거다. 나인볼은 젊은 사람들의 게임이었으니.

에디가 아라벨라에게 담배를 건네자 그녀는 그의 라이터에서 불을 붙이고 머리를 뒤로 살짝 젖혀 연기를 천장으로 내뿜었다. 그들은 거실에 있었다. 그녀는 그가 하트퍼드에서 전화한 이후 그를 기다리고 있었다. "속상한 거 알아요." 그녀가 말했다. "그래도 5등 했다고 세상이 끝나는 건 아니잖아요."

상금은 450달러였다. 참가비와 호텔 숙박비 정도는 충분히 댈 수 있었지만, 비행기 표와 자동차 렌트비까지는 아니었다.

"이류 토너먼트였어요."

"당신의 첫 토너먼트였잖아요, 에디."

"그리고 마지막이고."

"날이 밝으면 기분이 한결 나아질 거예요."

그러나 에디의 기분은 나아지지 않았다. 대학교 휴게실로 들어선 후, 바닥을 쓸고 닦으며 하루를 시작해야 한다는 사실을 직접 마주하고 나니 기분이 더 안 좋아졌다. 그는 윈덱스로 작은 거울 두 개와 스테인드글라스에 광을 내며 화장실 청소를 했다. 그때가 열한 시였고, 그때까지 손님이 한 명도 없었다. 크리스마스 휴가 전 주여서 학생들이 많이 오지 않을 것이다. 그래서 뒷면이 고무 재질인 천으로 다른 당구대를 수선하기로 결심했다. 이제부터 이 일로 생계를 이어 나가려면 기왕 할 거 제대로 해야 할 터였다.

때마침 메이휴가 들어왔고 그때 에디는 5번 테이블의 레일을 빼내 석판 작업을 하고 있었다. 메이휴는 아무 말하지 않았다. 에디가 작업을 하다가 자리에서 일어났을 때 그 늙은 남자는 카운터 뒤에 서서 인적이 없는 게임 공간 주변을 암울하게 바라보고 있었다. 에디는 석판 작업으로 돌아가 테이블을 평평하게 만들었다.

에디는 지난 20년 동안 뛰어났던 적이 없었다. 자신을 위해 일을 하고 자기 사업체를 운영할 때도 그는, 음울하고 무심한 메이휴를 위해 그리고 자기와 대화를 나누지 않는 대학생들을 위해 지금처럼 일을 한 적이 없었다. 당구대를 수선하고, 깨진 큐대를 고치고, 남자 화장실 수도꼭지의 나사받이를 교체하고, 더 밝은 전구로 조명을 재설치하고 있으니 절망감이 들었다. 아라벨라가 언젠가 그런 일을 왜 이렇게 열심히 하냐고 물은 적이 있었는데, 그때 에디가 할 수 있는 말은 "필요해서요."뿐이었다. 그건 사실이었다. 그에게는 인생에 있어서 제대로 된 무언가가 필요했다. 이를테면 적절히 수리된 당구대와 그 위에 짱짱하게 깔린 깨끗한 초록 천, 단단한 고무 쿠션, 평평한 테이블 표면. 다시 경기를 시작하게 되면서, 기술을 연마하고 용기를 일깨우면서, 에디는 쉽게 억눌러지지 않는 영혼 속의 무언가를 부활시켰다.

에디는 가끔 아라벨라와 침대에 있을 때면 흉포에 가까운 에너지를 뿜어내며 그녀와 사랑을 나누는 자신을 발견하곤 했다. 그러나 그 에너지의 분출은 그가 자신에게, 즉 쉰세 살의 육체에 요구하기에는 전혀 적합하지 않았다. 한번은 그녀가 "천천히 해요. 지금 대회에 나간 거 아니잖아요."라고 했다. 섹스가 끝나면 그는 만족했든 만족하지 않았든 간에 바싹 마른 입술과 요동치는 심장을 부여잡고 침대 뒤로 물러났다. 예전에 당구장을 운영할 땐 지금처럼 한 대학교의 별 볼 일 없는 휴게실에 에너지를 쏟아붓듯 일을 한 적이 전혀 없었기 때문에 마사와 사랑을 나눌 때도 그렇게 행동하지 않았었다. 돈을 따기 위해 밤새 당구를 치던 젊은 남자였을 때만, 오로지 그때만 그가 인생에서 원하는 걸 찾을 수 있었다. 그러나 그 시절은 정말 찰나였다.

　사람들은 허슬 당구가 부패하고 추잡하며 복싱보다 더 나쁘다고 생각했다. 하지만 당구에서 이기기 위해서는, 당구에 전문가가 되기 위해서는 반드시 해내야만 했다. 비즈니스에서는 단순히 운이 좋지 않아도, 일이 순조롭게 돌아가지 않아도 기술과 결단력이 당신을 양성한 척할 수 있었다. 당구 허슬러에게는 그런 걸 믿을 자유가 없었다. 부유한 사람 중 무능한데 돈을 잘 버는 사람들이 꼭 있었다. 그들은 미국 정부가 현명한 사람들한테 제공하는 것보다 교활하고 운 좋은 사람들에게 훨씬 더 많이 제공하는 고급 호텔 스위트룸과 리어 제트기를 가로채기 일쑤였다. 그들처럼 거짓으로 꾸미고 허세를 부리고 거기에 운까지 좋으면 이 모든 걸 누릴 수 있다.

캐리비안 프라이빗 해변이 보이는 호텔 스위트룸. 끝내주게 아름다운 여성의 오럴 섹스. 턱시도를 입은 웨이터 네 명이 서빙하는 레스토랑에서의 식사. 양고기나 오리고기 또는 아주 기품 있고 정밀한 두께로 슬라이스된 테린*, 그에 제격인 소스를 곁들인 요리. 그 요리가 올려진 새하얀 리넨 식탁보. 접시 옆의 묵직한 은색 포크. 그리고 브로드클로스 소맷동과 자개단추 아래에 자리 잡은, 깔끔하게 손질된 손의 광택. 운과 속임수만으로 이 모든 걸 얻을 수 있었다. 심지어 당신을 후원하는 사업체나 군대, 정부가 당신이 해 오던 일을 못하게 막아도 운과 속임수면 다 얻을 수 있었다. 이 세상과, 이 세상의 기업체는 어리석은 짓과 불신으로 인해 비탈 아래로 미끄러질 수 있지만, 회색의 기다란 리무진은 여전히 뉴욕 거리와 파리, 모스크바, 도쿄 거리를 웅웅대며 누비고 다닐 것이다. 그러나 12년산 스카치가 든 잔을 들고 리무진 뒷좌석의 부드러운 시트에 앉아 있는 한 남자는, 아마도 그 중요해 보이는 것들을 뛰어넘을 수 있는 능력이 없을 것이다. 좋든 싫든 세상이 언제나 지불해 줬던 옷과 헤어스타일, 몸가짐을 유지할 능력이 없을 것이다.

가끔 에디는 밤에 침대에 누워 분노 속에 그런 것들을 생각

---

* 프랑스의 전통 요리 방식 중 하나로, 고기나 내장을 으깨 묵의 형태로 굳힌 것

하곤 했다. 그 분노 아래에 질투가 늪처럼 깔려 있다는 걸 그도 알고 있었다. 당구 허슬러는 할 수 있다고 주장한 일을 해야 했다. 그리고 그가 감수한 위험은 보장이 되지도 않았다. 초록 천이—그 자체만으로도 돈의 색깔인 그 천이—깔린 경기장에서의 그의 기술은 결코 거짓일 수 없었다. 물론 당구 허슬러들은 종종 사기를 치고 거짓말을 하는 옹졸한 인간들이기도 했다. 허세로 가득한 삶을 사는 남자들이고, 자기 빚에서 벗어나기 위해 자기 여자를 지치게 하는 남자들이었다. 하지만 자욱한 담배 연기 속 머리 위로 조명이 켜져 있는 당구대에서 그들은, 싸구려 술집이든 뭐든 상관없이 새벽 네 시에도 그들 주위에서 묵묵히 자리를 지키며 구경하고 있는 사람들이 가득한 당구장의 당구대에서 그들은, 자기 내면에서 수단을 찾아야만 했고, 이미 주어진 뛰어난 재능 이상의 것을 해내야만 했다. 어떤 거짓말이 인생을 채울지라도 거기에는 뛰어난 재능이 존재해야 했다. 그렇게라도 반드시 해내야만 했다. 그걸 속임수라고 할 수는 없었다. 그러나 에디는 더는 그런 식으로 삶을 살아가지 않을 생각이었다.

7

3월의 어느 금요일, 에디가 집에 늦게 들어왔더니 아라벨라가 없었다. 집에 아무도 없는 것 같았다. 기분이 별로 좋지 않은 그는 주방으로 가 맨해튼을 만들고 거실로 가지고 갔다. 집안 분위기가 어딘가 기묘했다. 약간 이상해 보이는 것 같기도 하고……. 잠시 뒤 그는 얼마 전 코너스로 가던 길에 그 쓰레기장 같은 전시장에서 샀던 금속 조각품이—여자와 개 조각품이—없어졌다는 걸 알아챘다. 그 조각품은 지난 11월부터 아라벨라의 한국풍 초록 수납함 옆에 세워져 있었다. 에디는 그 조각품에 애정이 생겨서 크롬 범퍼 클리너를 사 와 광을 내기도 했었다. 솔직히 그런 물건에 500달러나 쓴다는 게 너무 과하다고 생각했지만, 어쨌거나 소유하고 있다는 것 자체에 자부심이 들기도 했다. 다른 방들도 돌아다니며 조각품을 찾아보았으나 어디에도 없었다.

두 번째 칵테일을 만들고 있을 때 아라벨라가 집으로 들어와 벽장에 코트를 거는 소리가 들렸다.

"조각품 어딨어요?" 에디가 소리쳤다.

"일단 진정해요." 아라벨라가 주방으로 들어왔다. "나도 한 잔 만들어 줘요. 말해 줄 테니까." 그녀의 얼굴은 상기되어 있고 눈은 밝게 빛났다.

에디는 위스키와 버무트를 유리 주전자에 더 추가한 다음 유리잔에 부었다. "어디 그럼 들어나 봅시다."

"팔았어요."

"뭐, 뭐라고요? 내 조각품이잖아요."

"나한테 준 선물이잖아요."

"뭐 맞는 말이지만…… 얼마나 받았는데요?"

"곧 말해 줄게요. 퀸시 포어맨 기억해요?"

에디는 어렴풋이 기억났다. 영문학과 교수, 라인 배커*처럼 생긴 사람이었다.

"그자가 얼마나 줬는데요?"

"에디, 그런 조각상은 값이 꽤 나가요."

아라벨라는 주머니가 달린 코듀로이 스커트를 입고 있었

---

* 미식축구의 포지션으로, 상대팀 선수들에게 태클을 걸며 방어하는 수비수

다. 그녀가 한쪽 주머니로 손을 뻗더니 가지런히 접힌 수표를 꺼냈다. 수표를 펴고 아래쪽으로 흘긋 눈짓하며 금액을 확인하고 에디를 바라보았다.

"오 이런, 아라벨라." 에디가 말했다. "나도 좀 보여 줘요."

아라벨라가 수표를 내밀었다. 에디는 돈을 받아 들었다. 중앙은행에서 발행한 1,250달러 수표였다.

"1,400에 맞추려고 했는데." 그녀가 말했다.

"세상에, 이럴 수가." 에디가 나지막이 내뱉었다. 그의 한 손에는 술이, 다른 손에는 수표가 들려 있었다. 그는 술을 내려놓았다. "아침 일찍 출발하면 점심시간쯤에 도착하겠군."

"어디를요?"

"딜리 마컴의 고물 처리장이요."

그녀는 깜짝 놀라 그를 쳐다보았다. "하나 더 사려고요?"

"세 개 더 사려고요." 에디가 말했다. "아니면 네 개. 1,250달러로 가능하다면."

아라벨라의 수표를 현금으로 바꾸기 위해 은행에 들른 뒤 에디는 니콜라스빌 파이크 방면으로 운전을 했다. "돈은 내가 가지고 있을게요." 에디가 말하자 아라벨라가 그에게 돈을 건넸다. 1,250달러였다. 그는 도로에서 눈을 떼지 않은 채 돈을 접은 다음 주머니에 쑤셔 넣었다.

델필드에서 A&P에 차를 세우고 몰슨 맥주 여섯 병이 한 팩을 사고 곧바로 고물 처리장으로 향했다. 그들이 도착했을 때 열두 시가 되기 15분 전이었다.

전날 밤 그는 침대로 가기 전에 어떤 조각품을 살지 결정했었다. 전에 봤을 때 그 고물 처리장에 그의 차 트렁크에 딱 들어가는 키 작은 여자 둘과 뒷좌석에 넣을만한 조각품 두 개가 더 있었다. 하나는 뒷좌석 시트 위에 놓고 다른 하나는 바닥에 놓을 생각이었다. 고려 사항은 크기뿐만이 아니었다. 무게도 따져 봐야 했다. 그리고 그는 자기가 작품 보는 눈이 꽤 괜찮다고 확신했다.

고물처리장으로 들어갔더니 얼마 전 그가 구입한 개와 함께 있는 여자 조각품과 똑같은, 선 자세의 여자 조각품이 또 있었다. 그 늙다리 양반이 그의 제안을 받아들인 모양이다. 에디는 잠시 발걸음을 멈추고 그 조각품을 살펴보다가 용접이 전보다 한결 나아졌다는 걸 알아챘다. 그러고는 맥주를 들고 마컴의 판잣집 같은 창고로 돌아갔다.

이번에는 에디가 딜리 마컴과 이야기를 하고 아라벨라는 밖에 있었다. 마컴은 지금 막 침대에서 나온 듯 부스스한 모습이었다. 그는 용접 장비 옆에 있는 더러운 싱크대에서 세수한 뒤 손바닥만 한 종이 타월로 물기를 쓱쓱 닦고는 고맙다는 말도 없이 에디한테 맥주를 받았다. 마컴은 머리를 뒤로 젖혀

가며 맥주병을 번쩍 들어 올리고 한 모금을 길게 입에 넣어 단숨에 다 마신 다음 팔로 입가를 쓱 문질렀다. 그러고는 에디를 본체만체하고 아라벨라에게 시선을 고정해 눈을 끔벅였다. "루이빌에서 내 헬리아크가 오고 있다더군." 그가 말했다.

"세상에!" 아라벨라가 뱉어냈다.

"아주 멋진 물건이라데. 직접 확인할 때까지 기다려야지."

에디는 말없이 맥주병을 따고 한 모금 마셨다. 날것 그대로의 2월의 어느 날 같았고, 차가운 맥주를 마시고 있으니 기분이 묘했다.

드디어 마컴이 이제 막 그를 본 척 행동했다. "여자와 개는 마음에 들었소? 지난번에 사 간 조각품 말이오."

에디가 그를 바라봤다. "개가 조금 더 좋았으면 싶지만, 뭐 괜찮습니다. 신중했어야 했는데."

마컴의 눈썹이 살짝 올라갔다. "개는 작업하기 어려웠지." 그가 말했다. "여자는 작업 경험이 더 많거든."

"개를 직접 키워 보시죠." 에디가 제안했다. "개 작업을 계속하실 거면."

"개는 여자보다 더 골칫거리지."

"가끔은 침대 밖으로 나오게 하기가 참 골치 아프죠."

마컴이 순간 그를 응시하다가 웃기 시작했다. 그러더니 아라벨라를 보았다. "이 사람하고 같이 있어야겠구먼." 그가 말했다. "아는 게 꽤 많네."

"작품을 네 개 더 사고 싶습니다." 에디가 말했다.

마컴이 눈을 끔벅였다. "네 개?"

"여자 네 개요. 같이 보시죠." 에디는 마컴을 밖으로 데리고 나가 사고 싶은 것들을 가리켰다. 라스베이거스 모델, 자유의 여신상, 소녀 보 피프, 올리브 오일*이라는 제목이 붙어 있는, 만화처럼 생긴 조각품들. 그들이 올리브 오일에 다다랐을 때 에디가 말했다. "네 개 모두 합해서 1,000달러에 주시죠."

마컴이 그를 빤히 쳐다보았다. "그렇게는 안 되오."

"저는 맥주나 마저 마셔야겠습니다." 에디가 말했다. 창고에 맥주를 두고 나와서 뒤돌아 창고 쪽으로 투벅투벅 걸어가기 시작했다.

마컴은 말없이 그를 따라갔다. 에디가 맥주를 마시고 있을 때 그가 물었다. "왜 네 개를 원하는 거요?"

에디는 아무 말하지 않았다.

"그 작품들 중 하나를 사고 싶어 하는 사람들이 종종 있었지만, 내가 원하는 금액을 제시했더니 다들 당황하더이다. 어쨌거나 네 개 전부를 원하는 사람은 이제까지 없었소."

"직접 팔아 보려고요."

---

* 뽀빠이의 여자 친구 이름

"이런 우라질!" 마컴이 내뱉었다. "무슨 꿍꿍이가 있을 것 같긴 했지⋯⋯. 저것들을 팔 수 있는 사람은 나밖에 없소. 당신이 아니라."

에디가 어깨를 으쓱했다. "맞는 말일 수도 있죠."

"빌어먹을, 내 말이 맞는 말이라고. 내 말이 맞지, 암 그렇고말고."

"누구한테 파실 건데요?"

"루이빌에 사는 부자들." 마컴이 답했다. "박물관이랑 갤러리에."

"그래요?"

"저런 원작들은 싸게 먹히지 않는다고." 아직도 손에 빈 병을 들고 있는 마컴이 저 밖의 한가득 있는 금속 여자들 쪽으로 마구 손짓을 해 댔다.

"루이빌에 사는 부자들을 어떻게 여기로 오게 할 거며, 어떻게 조각품을 사게 하려고요?" 에디가 물었다.

"내가 그들한테 갈 거요."

"집집마다 돌아다니게요?"

"갤러리 한 곳에 팔 거요. 팔 수 있다면."

"갤러리 한 곳은 내가 지불하려는 만큼 주지 않을 텐데요. 원하는 만큼 돈을 지불하지 않을 거예요. 이윤을 남겨야 하고 간접비도 내야 하니까요. 저것들을 루이빌로 가지고 가려면 트럭 먼저 사서야겠네요."

마컴의 얼굴이 조금씩 뿌루퉁해져 갔다. "저것들을 팔면, 사람들에게 보여 줄 게 하나도 없을 거요. 입장료가 내 생계인데?"

"1달러." 에디가 밖을 바라보며 말했다. "내가 여기 두 번째인데, 그동안 아무도 오지 않던데요."

"사람들 와요, 온다고." 마컴이 발끈했다. "가끔 가족 단위로 와서 한 사람씩 입장료를 내기도 한다고. 그리고 사진 찍으면 또 1달러 받고."

"그렇다면 잘하고 계시네요."

"정부 보조금이나 식료품 할인 구매권은 전혀 건드리지도 않았다고."

"잘됐네요." 에디가 거들었다. "재능이 있는 사람은 독립적으로 살아야 하죠."

"암, 그렇고말고."

"그렇게 생각하신다니 다행입니다." 에디가 말했다. 그는 주머니로 손을 뻗어 고이 접힌 100달러 지폐 여러 장을—대부분 신권인 지폐를—꺼내 차분하게 세기 시작했다. 50달러는 재킷 주머니에 넣고 1,200달러는 그들 옆 철제 테이블에 올려 돈이 날아가지 않도록 돈 위에 금속 뭉치를 얹었다. "마지막 제안입니다."

마컴은 돈을 보고 에디에게 눈을 돌렸다.

"헬리아크가 들어오면," 에디가 입을 열었다. "여자를 더 만들 수 있을 겁니다. 재료야 뭐 차고 넘치니까요."

"상상력도 풍부해질 거고요." 아라벨라가 끼어들었다.

"재킷에 넣은 50달러는 뭐요?"

"알겠습니다." 에디가 말했다. "그것도 드리죠."

"이제 우리 사업을 할 수 있겠네요." 아라벨라가 말했다.

"지금도 사업을 하고 있는 거예요. 이 차는 이동하는 박물관이고요."

"내 말은 이제 갤러리를 오픈할 수 있겠다는 뜻이었어요."

에디는 앞에 트럭이 지나가는 동안 잠자코 있었다. 렉싱턴으로 가는 길, 도착까지 절반 정도 남은 상태였고 뒷좌석에 있는 조각품들은 에디가 이럴 줄 알고 챙겨 온 담요와 수건으로 싸여 있었다. 그가 조금 전 차선으로 다시 돌아와서 말했다. "손님이 많진 않을 텐데. 저 네 개를 전부 팔려면 운이 좋아야 할 거고요."

"팔릴 거예요." 아라벨라가 말했다. "당신이 생각하는 것보다 사람들은 돈이 많아요."

"그러면 열몇 개씩 가져와서 물량 공세를 하지 그래요?"

"그 생각도 했었어요, 에디. 그런데 이쪽에도 공예가 같은 예술가들이 많아요. 그 가운데에서 우리는 작품의 다양성이라는 이점을 가질 수 있을 거예요. 내가 3년 동안 잡지 일을 했잖아요. 그런데 이쪽 지역에서는 다들 딜리 마컴을 알고 있더라고요."

"렉싱턴은 예술의 도시가 아니에요. 잠재적 소비자도 많아봐야 몇백 명일 거고. 당구장처럼."

"에디, 당구보다는 낫죠. 렉싱턴에는 돈 많은 사람이 많아요. 루이빌이랑 신시내티에서 온 사람들이요."

"흠, 글쎄요." 에디는 아라벨라의 의견에 동조하지 않았다. 그러면서도 마음속의 한 부분은 그녀의 말을 믿기 시작했다.

"민속 예술은 이제 막 유행이 시작되고 있어요. 내가 뉴욕에서 본 광고를 당신도 봐야 한다니까요. 그 광고에 못 쓰게 된 물건을 재생시켜 그런 상품을 판다고 나와 있어요, 에디. 진짜 어마어마하게 팔리더라니까요."

"렉싱턴은 뉴욕이 아니잖아요."

"그런 물건을 원하는 사람이 정말 많아요. 민속 예술은 크로와상이나 파스타처럼 보편적인 것이 될 거예요. 상류층이든 중산층이든 모든 미국인들은 주류에 편승하고 싶어 하죠. 다들 오 꾸형*을 원한다고요."

---

* 프랑스어로, '통찰력 있는'이라는 뜻

"나 불어 몰라요."

"그래도 내 말이 무슨 뜻인지는 알잖아요. 저런 걸 만드는 예술가들에 대해 내가 아는 정보와," 아라벨라가 뒤로 손을 뻗어 초록색 담요 밖으로 튀어나온 금속 여자 머리에 손가락을 댔다. "그리고 당신의 흥정 능력, 또 사업체 운영에 대한 당신의 경험까지……."

에디는 곰곰이 생각했다. 사실은 그 물건들을 거실 장식품 정도로만 팔아 보려는 계획이었다. 딜리 마컴과의 흥정도 꽤 흥미로웠고, 값을 올려 파는 행위 역시—300달러에 산 물건을 1,200달러에 판 일—신나고 재밌었다. 당구에서 내가 이길 거라는 걸 알고 돈을 거는 것과 상당히 비슷했다. "우리가 저것들을 뉴욕에서 팔 수 있을까요? 미술품 중개업자한테?"

"그건 딜리가 루이빌에서 조각품을 파는 것과 다를 게 없죠. 렉싱턴의 특징은 임대료가 싸고 간접비도 덜 든다는 거예요."

그의 귀에 꽤 그럴싸하게 들리기 시작했다. 예술 어쩌고 하는 거에 대해서는 빌어먹을 아는 게 전혀 없는데도……. 그리고 예술 관련된 일을 한다는 것이 아직도 기가 막혔지만……. "당신 돈은 얼마나 있어요?"

"많지는 않아요."

"임대료가 얼마나 되는데요?"

"한 달에 400달러요. 500이나."

"흐지부지될 수도 있는데 임대는 얼마나 할 생각이에요?"

"글쎄요, 여섯 달 정도?"

"최소 1년은 돼야 해요. 페인트칠도 하고 신문에 광고도 내야 할 테니까. 그런 다음 보험이랑 세금 문제도 처리해야 하고, 주와 시 그리고 워싱턴에 제출할 지긋지긋한 서류들도 전부 작성해야죠. 취득세도 부담해야 하고."

"에디, 역시 당신이 20년간 사업을 해 온 게 맞네요. 어떻게 처리하는지 다 알고 있잖아요. 나는 타이핑을 잘 치니까 서류 작성은 걱정 안 해도 되고요."

"내가 12,000달러를 투자하면 구입할 만한 미술품을 충분히 찾아낼 수 있겠어요?"

"오, 세상에, 에디. 나는 죽을 때까지도 할 수 있어요! 핸드메이드 퀼트랑 목판 조각도 가져올 수 있어요. 랭캐스터 근처에 나이 많은 흑인 약사가 있는데 목판에 환영 같은 그림을 조각하거든요."

에디는 말을 꺼내기 전에 잠시 골똘히 생각했다. "메인 스트리트에서 한 블록 가면 빈 가게가 있어요. 맨델 부동산이 그 가게를 소유하고 있고요. 헨레 멘델하고 아는 사이예요. 내가 전화 한 번 해 볼게요."

"어머나, 세상에!" 아라벨라가 눈앞의 도로에서 눈을 떼지 않고 감탄했다.

"잘 해결될 거예요." 에디가 말했다. "정말로."

"세상에 어쩜!" 아라벨라는 놀라움을 감추지 않았다.

그들은 홀리데이 모텔의 옥외 광고판을 지났고, 에디는 오른편 저 앞에 모텔 건물로 안내하는 초록색 표지판을 보았다. 렉싱턴까지 한 시간 정도 남아 있었다. 모텔에 더 가까워질수록 어떤 글자가 선명해졌다. **실내 당구장. 난방됨.** 그는 속도를 줄였다. "모텔에 들어갑시다."

"에디," 그녀가 말했다. "한 시간 뒤면 집이잖아요."

"나는 지금 이 상황이 좋아요."

잠자리에서 이런 느낌을 받은 건 수년만이었다. 그들은 눈 덮인 들판과 나무들이 보이는 안쪽 방을 받았다. 아라벨라가 옷을 벗는 동안 에디는 커튼을 열었다. 킹사이즈 침대였다. 둘은 침대에 누워 키스했다. 에디는 어느새 웃고 있는 자신을 발견했고 아라벨라도 그와 함께 웃었다. "이제 미술품 허슬러 커플이 되겠군요." 그가 그녀에게 다시 한번 키스를 하며 말했다. 그 후 두 사람은 프런트 데스크에서 일회용 수영복을 빌리고 30분 동안 오롯이 둘이서만 수영장에 있었다. 아라벨라는 에디만큼 수영을 잘했으며 머리가 물에 젖는 거에 별 신경을 쓰지 않았다. 그다음 바에서 술을 받아 방으로 가지고 갔다. 에디는 렉싱턴 접수처에 전화해 헨리 맨델의 전화번호를 알아냈다.

"바보 같은 짓이에요." 에디가 전화를 거는 동안 아라벨라가 말했다. "한 시간 후면 공짜로 전화할 수 있는데."

"가서 머리나 말려요." 에디가 말했다. "이런 일은 내가 잘 아니까."

헨리는 그 가게 임대료로 한 달에 575달러를 원했다. 난방비까지 추가해서. 임대 기간은 18개월로 하자고 했다.

"너무 비싸요." 에디가 말했다. 그는 머리를 말리고 맨몸으로 의자에 앉아 있었다. "12개월 임대에 월 450달러 드리죠. 거기에 임대료를 10퍼센트 인상해서 24개월까지 갱신할 수 있는 조건으로요."

"안 되죠." 헨리가 말했다. "거기 입지가 얼마나 좋은데요."

"그래도 한 칸짜리고 반년 동안 비어 있었잖습니까."

"그 가게에 관심을 보이는 사람들이 좀 있어서요, 펠슨 씨."

"그러면 그 사람들한테 빌려주면 되겠네요."

"지금 당장은 그 사람들한테 문제가 좀 있어요. 그래서 당신과 거래했으면 하는데."

"페인트칠을 해 주시면 475달러로 하겠습니다."

"페인트칠은 직접 해야죠! 나 참, 요새 작업자들 일당이 얼마인 줄 알아요?"

"헨리," 에디가 나지막이 말했다. "아직 불경기잖아요. 잘 아시잖아요. 나한테 그 가게 세 놓지 않으면, 그냥 계속 그 자리에서 당신 세금만 잡아먹을 거라고요."

헨리는 한동안 아무 말하지 않았다. 머리를 말리던 아라벨라가 방으로 돌아왔다. 그녀는 실오라기 하나 걸치지 않고 있었다. 그녀가 다른 의자에 앉아 에디를 바라보았다.

"에디," 헨리가 입을 열었다. "내가 페인트는 몇 통 사 놓을게요. 그렇지만 페인트칠은 당신이 해야 합니다."

에디가 숨을 깊게 들이마셨다. "월요일에 들러서 열쇠 가지러 갈게요. 그 가게 상태가 괜찮으면 오후에 계약서 쓰시죠."

"18개월로요?"

"12개월이요, 헨리. 12개월."

에디가 전화를 끊자 아라벨라가 감탄하며 말했다. "당신 정말 대단해요."

"그 옷 진짜 아름답군요. 우리 여기에서 하루 잡시다."

"뭐 때문에요?"

"아라벨라," 에디가 말했다. "우리 지금 막 약혼한 거예요. 이게 우리 허니문이고."

가장 좋은 건 시내에 자리 잡고 있다는 점이었다. 아라벨라의 아담한 아파트에서 느꼈던 감정처럼 그 가게가 마음에 들었다. 옷장 두 개와 카운터 책상, 두 부분으로 나뉜 화장실이 갖춰진 꽤 큼직한 공간이었다. 건물 전면이 유리창이어서 빛이 잘 들었고 뒤쪽 창문 너머에는 작은 마당이 있었다. 전에 세탁소로 운영되었던 터라 마당에 녹슨 행거들이 어지럽게 쌓여 있었다. 그리고 마당 한가운데에 그곳과 전혀 어울리지 않는, 벽돌로 만들어진 커다란 바비큐 그릴 공간이 있고 그 주위를 짓밟힌 잔디가 에워싸고 있었다. 하지만 봄에 마컴의 금속 여자들을 내놓기에는 퍽 괜찮은 장소일 것이다. 아라벨라에게 그런 제안을 했을 때 그녀는 무척 신나 하면서 옷걸이들을 집어 들어 치우기 시작했다. 가게 내부 벽이 지저분하고 곳곳에 굵직한 배관들도 있었다. 페인트 덧칠이 반드시 필요했다. 초록색 리놀륨 바닥도 철거해야 했다. 타일 한 조각을 떼어 내려고 상체를 구부렸다가 타일 아래 바닥이 꽤 괜찮은 오크나무 재질이라는 걸 알았다. 사포질이 좀 필요하긴 했지만. 200달러면 해결 가능했고, 그 위에 폴리우레탄 바닥재를 직접 붙이면 될 것이다.

에디는 페인트와 브러시, 롤러, 사다리 그리고 폴리우레탄 바닥재 값을 비용으로 처리하기 위해 첫 달 임대료에서 150달러를 깎아 달라며 헨리와 협상을 했다. 그는 물품을 어디에서 할인된 가격으로 살 수 있는지 알고 있었기에 오후 중반까지 정보를 취합해 놓았다. 그리고 모퉁이에 있는 공중전화 부스에서 전화 회사에 전화를 걸어 법인 통신 라인을 받았다. 그런 다음 전기 회사에 연락해 전기를 넣어 달라고 요청했다.

"작품들을 갖다 놓아야 할 것 같아요." 아라벨라가 말했다.

"물건을 놓기 전에 일단 준비가 되어 있어야 해요." 에디는 무척 들뜬 상태였고 무엇이 준비되어 있어야 하는지 잘 알았다. 오래된 청바지와 해진 플란넬 셔츠 차림의 그는 폭이 넓은 퍼티 나이프를 내려놓고 커다란 리놀륨 조각을 떼어 내 종이 박스로 던지기 시작했다. "이 지저분한 것들을 오늘 다 떼어 놓으려고요. 바닥 재가공 업체한테 얘기해 놨으니까 그쪽에서 내일 아침에 전기 사포를 갖고 올 거예요. 그리고 다음 날 광택제가 마르는 동안 예술가들을 섭외하면 되고, 그러고 나서 조각품을 세우려면 뭐가 필요한지, 벽에 퀼트를 걸어놓을 막대와 레일 조명은 어떤 게 좋을지 보면 돼요. 신문에 낼 광고랑 가게 앞에 놓을 간판도 생각해 놔야 하고."

"에디," 그녀가 입을 뗐다. "당신 정말, 혼자 모든 악기를 연주하는 길거리의 악사 같아요."

"조금만 기다려요. 조만간 노래 〈성조기여 영원하라〉를 듣게 될 테니까." 퍼티 나이프를 잘 쓰는 요령은 나이프를 오래된 리놀륨 아래로 부드럽게 밀어 넣어서 미끄러지듯 떼어 내는 것이었다. "최고급 바닥이 될 테니까." 그는 일하는 즐거움을 만끽하고 있었다.

엘렌 클루즈는 렉싱턴에서 한 시간 반 정도 떨어진 에스틸 카운티에서 주유소를 운영했는데, 주유소에 주유기가 하나뿐이었다. 그곳에는 페인트칠이 절실한, 방 세 개 딸린 목조 주택이 있고 어지러운 패턴의 퀼트가 방 전체를 가득 채우고 있었다. 현관문 앞에 이런 문구가 있었다. **퀼트 판매-오리지널 켄터키 공예품.**

"저 혼자 한 건 아니에요." 엘렌이 말했다. "여자들 여섯 명이 저와 함께 일하고 있어요. 저희 엄마는 퀼트를 하시고, 저는 대부분 주유소 일을 하죠." 50대인 그녀는 잘 웃지 않는 넓적한 얼굴에 푸른빛이 도는 회색 머리칼을 하고 있었다. 신고 있는 아디다스 운동화 끈이 풀려 있었다. "형편없는 퀼트들도 있지만 아주 훌륭한 것들도 꽤 많아요. 여기를 보면……." 그녀가 그들을 멀리에 있는 벽으로 이끌었다. "이 퀼트는 성서를 그림으로 표현한 거예요. 저 가운데에 있는 불타는 용광로 안에 들어갈 히브리인 아이들이 있고, 아래쪽 오른편 구석에 아브라함과 이삭이 있지요."

"아플리케네*요." 아라벨라가 말했다.

"그게 가장 좋은 기법이에요, 부인." 엘렌이 말했다. 그녀의 목소리는 남성적인 여자치고 놀라울 정도로 부드러웠다. 에디는 퀼트를 살펴보았다. 퀼트는 사람, 나무, 노아의 방주, 그

---

* 주로 천 위에 다른 천이나 가죽 등을 적당한 형태로 잘라서 깁거나 붙이는 기법

리고 가운데에 있는 용광로의 휘어지는 불꽃이 밝은색 천 다섯 조각으로 되어 있고, 그 다섯 조각이 이어 붙여져 있었다. 각 천의 이음새에 있는 바늘땀이 정교하고 가지런했다. 현란한 색감 너머를 가만히 들여다보면 무척 멋져 보였다. 이렇게 만들어 내기까지 엄청나게 오랜 시간이 걸렸으리라. 에디가 그녀를 쳐다보았다. "가격은 얼마나 합니까?"

"저 퀼트는 어바인에서 베티 조 머서가 만들었어요. 안타깝게도 돌아가셨고요. 작년에 난소암으로 사망했죠. 그분이 500달러를 받고 싶어 했어요."

"아주 가치 있는 퀼트네요." 아라벨라가 말했다.

"또 다른 괜찮은 퀼트도 보여 주시죠, 클루즈 씨." 에디가 부탁했다.

그녀는 두 사람을 데리고 벽이 온통 퀼트로 덮여 있는 방 세 개를 지나갔다. 세 번째 방에는 오래된 나무 침대 위에 퀼트가 스물에서 서른 장 정도 쌓여 있었다. 침대보와 베개 커버도 있었다. 퀼트 장식은 대부분 애국심이나 종교에 대한 신앙심, 이 두 주제로 나뉘었다. 그중 몇 장은 두 가지가 섞여 있기도 했는데, 예를 들어 예수가 머리 위로 성조기를 들고 구유에 있는 그림이 표현된 퀼트도 있었다. 애국적인 부분을 표현한 퀼트에는 **진주만을 기억하라**라는 문구가 달린 비행기들이 투박하게 재단되어 있었다. 그 퀼트 한편에 1943년이라는 날짜와 서명이 함께 기록되어 있었다.

세 번째였나 네 번째 퀼트를 볼 때쯤 에디는 이제 진짜 좋은 물건을 골라낼 수 있을 것 같았다. 많은 퀼트 중 일부는 디자인이 문제고 나머지는 구성의 문제였다. 어떤 것들은 값이 저렴하고 별 볼 일 없었지만, 다른 것들은—특히 사망한 베티 조 머서가 만든 것들은—사람에게 전달하는 에너지가 대단했고, 예술가의 기량 또한 세밀하고 훌륭했다. 하지만 돈으로 환산한 가치가 얼마나 될지는 가늠이 가지 않았다.

에디가 그 부분에 고민하기 시작하는 바로 그때, 밖에서 자동차 경적 소리가 들렸고 엘렌은 주유소 손님이 왔다며 잠시 기다려 달라고 부탁했다.

그녀가 밖으로 나가자 에디는 성서 내용이 그려진 퀼트로 가서 천의 감촉을 느껴 보았다. "우리가 이걸 얼마에 팔 수 있을까요?"

"글쎄요, 확답은 할 수 없죠." 아라벨라가 답했다.

"렉싱턴에 이런 걸 가지고 있거나 좋아하는 사람, 누구 알아요?"

"예술 잡지를 보는 그 여자도 퀼트를 갖고 있어요. 어디서 구했는지는 모르고요."

"그럼 그 여자가 관련한 책도 갖고 있을까요?"

"당연하죠."

"그거면 충분해요. 바닥에 니스칠한 다음에 그 여자를 만나러 갑시다."

바닥칠을 마감하고 나니 기대했던 것보다 훨씬 나았다. 그는 질 좋은 인테리어용 페인트와 묵직한 롤러를 사 왔다. 먼지덮개를 치우고 사다리를 펴서 천장 작업을 시작했다. 조명이 설치되고 나서 손을 봐야 하겠지만 그에게는 그리 어려운 일이 아니었다. 정오쯤 천장이 마무리되었고 벽 작업을 이어 갔다. 아라벨라가 길모퉁이에 있는 드러그스토어에서 윈덱스와 종이 타월을 사 와서 창문도 손보기 시작했다.

전화선이 들어왔고, 이제 바닥 가운데에 먼지덮개를 다시 깔았다. 쉬는 동안 에디는 커피와 빅맥을 가지고 먼지덮개 옆에 앉아서 업종별 전화번호부에서 간판 가게를 찾아 전화를 걸었다. 입구 위에 큰 간판을 거는 데 400달러 정도 들고, 창문에 금색 페인트로 **켄터키 민속 예술 갤러리**라고 쓰려면 130달러가 필요할 것이다. 그는 롤러를 들고 벽으로 다시 갔다. 아라벨라는 남은 창문 작업을 하고 마당에 널브러진 쓰레기를 치우기 시작했다. 두 번째 벽을 마무리하고 나자 어깨가 욱신거렸다. 그래서 어깨를 좀 쉬게 하려고 세면기와 변기를 문질러 닦았다. 한동안은 돈이 무서울 만큼 순식간에 사라질 터였다. 그러나 도박에서 돈을 내놓으려면 늘 돈이 준비되어 있어야 하는 법이었고, 에디는 그 사실을 알기에 개의치 않았다. 아라벨라가 사 온 윈덱스를 가져와 화장실 가구에 광을 내고 세면대 위의 거울을 깨끗하게 닦았다. 휘파람이 절로 나왔다. 조만간 가구도 들이고 진열해 놓을 스탠드도 세워 놓고 조명도 설치할 것이다. 아라벨라 말이 맞았다. 이 사업이 정말 잘될 수도 있었다. 아라벨라가 우아한 얼굴과 영국식 억양으로 손님과 대학 지인들을 맞이하면, 에디와 아라벨라는 새 출발을 하게 되는 것이다. 설령 그렇게 되지 않더라도 얼마간은 들떠 있을 것이다. 패배한 당구 경기를 만회하려 노력하거나 그 거지 같은 대학교 휴게실에서 메이휴와 일을 하는 것보다는 백번 나았다.

제인 스미스-로스의 벽난로 위쪽 벽에 커다란 퀼트가 걸려 있고, 양과 소들이 들판 위에 한가로이 있는 그림이었다. 에디는 그 퀼트의 아플리케 기법과 바늘땀을 자세히 살펴보았다. 바늘땀이 베티 조 머서의 퀼트처럼 세밀하지도 않고 정교하지도 않았다. 베티 조의 오래전 사진을 얻어서 확대한 다음 그녀의 출생일과 사망일을 적어 퀼트와 함께 가게 벽에 붙이면 될 것 같았다. 그녀를 퀼트의 유명 인사로 만드는 작업의 일환으로. 어차피 그런 사람에 대해 아는 사람이 없을 테니. 스미스-로스의 벽난로 선반 너머를 보면서 그는 베티 조 작품의 독보적인 느낌을 감각하고 있었다. 눈앞의 것보다 그녀의 작품이 훨씬 더 나았다.

"저걸 얼마에 사셨는지 말씀해 주실 수 있을까요?" 그가 물었다.

"수년 전에 남편이 생일 선물로 사 줬어요. 1930년대에 만들어졌고 아마 800달러 정도 줬을 거예요."

"혹시 어디에서 샀는지 아세요?" 아라벨라가 물었다.

"물론이죠." 제인이 살짝 미소를 띠었다. "모순적이게도, 켄터키 퀼트인데 남편은 신시내티에 있는 쉴리토 백화점에서 샀어요."

에디는 그 퀼트를 다시 보았다. 그림 속 동물이 베티 조의 작품만큼 좋지 않았다. 양은 멍청해 보이고 소에는 창의성이 담겨있지 않았다. 베티 조의 불타는 용광로는 정말 뜨거운 느낌이었고, 불꽃의 잎 하나하나에 개성이 있었다. 게다가 스미스-로스 집에 있는 퀼트는 베티 조의 것만큼 오래되지도 않았다. 엘렌 클루즈는 그 퀼트가 1950년대에 만들어졌다고 했다. 그런데도 이 퀼트가 800달러라면, 베티 조의 작품은 적어도 1,000달러의 가치가 있었다. 쉴리토 백화점에서 구입했다 하더라도.

제인 스미스-로스는 퀼트에 관한 사진첩 도서 두 권을 에디에게 빌려 주었다. 그날 밤 그는 책을 유심히 살펴보았다. 베티 조 머서가 주목받을 만한 인물이라는 것에 이견이 없었다. 문제는 마케팅이었다. 레일 조명과 한쪽 벽을 따라 선반을 설치할 사람을 고용할 예정이었다. 그는 엘렌 클루즈와 거래를 하는 게 좋겠다는 생각이 들었다. 그녀가 가지고 있는 베티 조 머서의 모든 퀼트를 거래하고 싶었다. 갤러리에 들어서자마자 새로 페인트칠한 새하얀 왼쪽 벽에 걸려 있는 불타는 용광로 퀼트를 보면 정말 멋질 것이다. 두세 장을 더 걸어 놓고, 나머지는 당구대 천처럼 선반에 가지런히 개어 놓으면 되었다. 딜리 마컴의 조각품인 라스베이거스 모델을 한쪽 바닥 위에—새롭게 니스칠을 한 오크나무 바닥 위에—벽에서 약간 떨어진 그 자리에 세워 놓으면, 퀼트와 아주 잘 어울릴 것이다. 그런 상상을 하니 그의 심장이 점점 빠르게 뛰기 시작했다.

목수와 전기 기술자를 구하는 건 어렵지 않았다. 겨울이라 다들 일이 필요했다. 하지만 그가 전기 기술자에게 창문 알람 시스템에 대해 물어봤을 때 그 기술자는 모른다고 했다. 에디는 업종별 전화번호부에서 다른 전기 업체에 전화를 걸었으나 연결이 되지 않았다. 다음에 더 고민해 보기로 결정하고 목수가 선반으로 쓸 판자를 자르고 있는 동안 전기 기술자에게 천장에 레일 조명을 설치해 달라고 했다. 아라벨라는 시청에서 인가 신청서를 받아 온 뒤 그녀의 친구들에게 전화해 갤러리 오픈 소식을 전하며 본격적으로 입소문을 내기 시작했다. 에디는 작업자들이 일을 하게 두고 광고 문의를 하러 신문사를 찾아갔다. 전에 운영하던 당구장 광고를 몇 번 내본 적이 있긴 하지만 그때는 단순한 광고였다. 이번에는 세련되고 우아한 느낌의 갤러리 오픈 광고가 필요했다. 라디오와 TV에도 광고를 낼 수 있었다. 그 부분은 에녹 또는 에녹의 비서가 도움을 줄 수 있으리라. 에녹이 아라벨라를 아침 프로그램에 출연시켜 켄터키 민속 예술에 대해 이야기하게 할 수도 있었다. 이런 일들이 다 마무리되면 에디와 아라벨라는 다른 예술가들을 더 알아보고 조사해야 했다. 금속 조각품과 퀼트 외에 다른 물건도 더 필요할 테니.

에디가 생각하기에, 지금 하는 이 일이 그리 정신 나간 짓 같진 않았다. 심지어 엉뚱하지도 않았다. 사실 지금까지 그에게 미술이란 무의미한 것이었고 아트 갤러리나 박물관에 가본 적도 아예 없었다. 그러나 요즘 그가 하고 다니는 일이 어쩐지 허슬처럼 느껴졌다. 허슬의 개념을 좋아하는 그는 이 일에 마음을 쏟는 게 좋았다. 허슬은 돈에 기반을 둔 것이었으며, 그는 돈을 무척 좋아했다. 돈을 다루는 것도, 버는 것도, 사용하는 것도 좋아했고, 액수가 큰 지폐 한 뭉치를 고이 접어 주머니 깊은 곳에 넣고 다니는 것도 매우 좋아했다. 알고 보면 인생을 살면서 이치에 맞지 않는 경우가 참 많았지만,

돈은 결코 그렇지 않았다.

"우리가 퀼트를 위탁할 수 있을 거예요. 군이 돈을 묶어 둘 필요 없어요." 아라벨라가 말했다. 그들은 차를 몰고 어바인 으로 가는 중이었다.

"그럼 엘렌에게 선금을 지불하지 않아도 된다는 거예요?"

"맞아요."

"우리 판매 방식이 더 낫다는 걸 그 사람이 어떻게 알아요?"

"당신이 잘 설득해야죠."

에디는 2년 된 도요타를 몰며 한동안 조용히 운전만 했다. 사실은 소형 밴이나 소형 버스를 마련해서 차량 옆면에 **켄터 키 민속 예술 갤러리**라고 써 붙이고 옆에 마컴의 여자와 개 옆모습을 로고로 만들어 함께 부착해서 다닐까 생각했었다. 아라벨라의 아이디어를 잠시 생각하다가 입을 열었다. "그래 도 반은 줘야 하잖아요. 게다가 나는 돈을 다 걸고 싶어요. 퀼 트를 300달러에 사서 900달러에 팔고 싶거든요. 그렇게 안 하 면 우리가 시간을 들일 가치가 없어요."

"오 이런, 엘렌이 안됐네요."

"안됐다고요? 애당초 엘렌은 퀼트를 만들지도 않았고, 두 번째로 에소 주유소나 등유 난로들이 즐비한 그런 폐기장 같 은 곳에서는 퀼트를 팔 수 없어요. 당신이 마음이 쓰인다면 베티 조 머서에게 마음이 쓰여야죠. 엘렌은 이 대규모 산업의 날강도 남작이나 다름없지. 희생자가 아니니까."

"당신 당구를 칠 게 아니라 대학에서 경제학을 가르쳐야겠네요."

"당구를 치면 저절로 돈에 대해 배우게 돼죠."

"에디," 아라벨라가 그를 불렀다. "운전 속도가 너무 빨라요."

에디는 아무 말도 안 했지만, 그렇다고 속도를 줄인 것도 아니었다.

"아홉 장 다 해서 2,700달러 드릴게요." 에디는 현금이 그만큼 있었고, 그 돈을 벽난로 근처 도일리*가 깔린 작은 테이블 위에 놓았다.

"순진하시군요." 엘렌이 말했다. "저건 전부 베티 머서 일생의 작품이에요. 그 정도면 퀼트 다섯 장값밖에 안 되죠."

"그 귀한 것들을 당신은 벽에 걸어 놓기만 하셨고요."

"저, 차 좀 내올게요." 엘렌이 말했다. 그러고는 주방으로 향했다. 돈은 쳐다보지도 않고서.

"에디," 아라벨라가 속삭였다. "아무래도 돈을 더 주거나 몇 장만 가져가야 할 것 같아요."

---

*그릇이나 컵을 놓기 전에 테이블 위에 까는 작은 깔개

"일단 두고 봅시다." 그는 벽난로 위의 불타는 용광로에 두 눈을 고정했다. 밧줄에 묶인 검은 머리 아이들 셋이 용광로에 빠질 준비를 하고 있었다. 적임자만 제대로 찾으면 저 퀼트를 1,200에 팔 수 있을 것 같았다.

엘렌이 머그컵이 올려진 쟁반을 들고 돌아왔을 때 에디가 말했다. "퀼트 아홉 장의 가치가 얼마나 된다고 생각하세요?"

"저 퀼트들에 완전히 진심인 거 맞죠?"

"저는 뛰어난 솜씨와 기량을 좋아합니다." 그가 쟁반에서 컵을 들었다.

엘렌은 고개만 끄덕일 뿐 말을 하지 않았다. 그들은 한동안 차를 마시며 앉아 있었다. 이윽고 그녀가 자리에서 일어나더니 두툼한 코듀로이 치마를 매만졌다. "그녀의 어머니의 작품에도 관심이 있으신지 모르겠네요."

에디가 그녀를 올려다보았다. "어머니요?"

"베티 조의 어머니요. 그분은 전쟁 전에 돌아가셨어요."

"퀼트를 하셨습니까?"

"그녀가 베티 조를 가르친 유일한 분이죠. 레아 다프네 머서는 최고의 퀼트 장인이셨어요."

"그 퀼트는 어디에 있죠?" 에디가 물었다.

"침실에요." 그녀는 벽난로 오른쪽 문으로 걸어갔다. "세 장뿐이에요."

침대 끝에 나무 수납함이 있었다. 엘렌은 수납함을 열고 내용물을 덮고 있는 천을 걷었다. 그 아래에 퀼트 여러 장이 비닐 재질의 깨끗한 양복 커버에 싸여 있었다. 그녀는 수납함에서 퀼트를 조심스레 꺼내 침대 위에 올려놓고 커버를 벗긴 다음 접혀 있던 퀼트를 펴기 시작했다. 퀼트가 펼쳐질 때 아라벨라는 숨을 참고 있었다.

"굉장히 오랫동안 갖고 있었어요." 엘렌이 말했다. "베티 조가 살아 있을 때 뉴욕에서 미술품 중개업자가 와서 이걸 사려고 했는데, 그 후 그 사람하고 연락이 닿지 않더라고요. 나는 파는 걸 별로 좋아하지 않아요. 아직도 그런지는 모르겠지만."

에디는 퀼트를 자세히 보려고 더 가까이 다가갔다. 그동안 제인 스미스-로스가 빌려준 책을 읽으면서, 특히 세밀한 삽화 위주로 주의 깊게 들여다보며 꽤 오랜 시간을 들였다. 이 퀼트는 정말 물건이었다. 트라푼토* 퀼팅이며, 꽃과 새들은 아플리케 기법으로 되어 있고 바늘땀은 마치 사진처럼 정교했다. 책에서 한 전문가가 뉴욕에 있는 미국 민속 예술 박물관의 소유라고 했던 어떤 퀼트가 생각났다. 책은 그 퀼트를 컬러 사진으로 두 페이지에 걸쳐 소개했고, 또 다음 페이지에는 그 퀼트의 바늘땀을 세세하게 보여 주었다. 그것보다 이 퀼트

---

* 모양을 전체로 떠오르게 하는 퀼팅이라는 의미로, 싱글 스티치로 모양의 윤곽을 만들고 안쪽의 면을 메워 도드라지게 한다.

가 더 나왔다. 그는 퀼트의 끝자락을 부드럽게 들어 보았다. 부드럽고 가벼웠으며, 꽃잎 퀼팅에도 흠잡을 데가 없었다. 그가 엘렌을 바라보았다. "다른 것들도 보면 좋겠습니다."

"7,000달러라니!" 아라벨라가 놀라워했다.

"시작했으면 끝을 봐야죠." 에디가 말했다. 그는 제한 속도로 차를 몰았다. 뒷좌석에는 각각 비닐로 싸인 베티 조 머서의 퀼트 아홉 장과 그녀 어머니의 매우 정교한 퀼트 세 장이 있었다. 그는 기분이 좋았다. 에디는 판돈을 올리는 걸 언제나 좋아했다.

"타자기용 스프링클러를 들이면, 내가 작성할게요. 그게 없으면 난 못 해요."

"스프링클러?" 에디가 반문했다. 생각지도 못했던 것이었다. "가격이 얼마나 되는데요?"

"꽤 나가죠. 그래도 스프링클러 없이는 양식 작성을 할 수 없어요. 퀼트에 대해서도, 다른 작품들에 대해서도."

"한번 알아볼게요." 에디는 그렇게 말하며 고개를 저었다.

"2주 정도 휴가 좀 쓰겠습니다." 에디는 천을 새로 갈아 끼운 4번 테이블 옆에 서 있었다. 메이휴는 막 들어온 참이었다.

"안 되네." 메이휴가 말했다.

"내가 오기 전에는 나 없이도 운영했잖습니까."

메이휴는 에디를 쳐다보기만 할 뿐 아무 말하지 않았다.

에디는 그를 후려치고 싶었지만, 꾹 참고 담배에 불을 붙였다. 그리고 이렇게 말했다. "나는 그럴 자격이 있어요."

"낡은 천도 많고 해진 데도 많아." 메이휴는 그를 보지 않았다. "나는 자네더러 새로 천갈이를 하라고 한 적이 없어."

에디는 그를 빤히 쳐다보았다. "당구대 천들이 완전히 해져 있었다고요."

메이휴는 금전 등록기를 열고 돈을 세기 시작했다.

"2주 뒤에 뵐게요." 에디가 밖으로 나서려고 뒤로 돌아서며 말했다. 당구 경기가 진행 중인 테이블은 하나뿐이었다. 3번 테이블이었다. 차분한 젊은 흑인 둘이 나인볼을 치고 있었다. "아니, 안 돼." 메이휴는 그에게 눈길조차 주지 않았다.

에디는 말없이 문으로 다가갔다.

"내일 안 온다면, 다시 돌아올 수 없을 거네." 메이휴가 말했다.

에디는 문밖으로 걸어 나가 팩맨과 스페이스 인베이더 게임기를 지나갔다. 밖에 눈이 내리고 있었다. 언젠가는 돌아와야 할 것이다. 발라부시카가 그곳에 있으니.

"에디," 아라벨라가 말했다. "나 무서워요."

"무섭다고요?"

"다 너무 빨라요. 우리가 정말 작품들을 팔 수 있을지 확신할 수 없잖아요."

자정이 다 된 시각이었다. 그들은 목제 진열대에 페인트칠하고 레일 조명을 테스트해 본 뒤 조금 전 집으로 들어왔다. 전면 유리창에 글씨를 넣는 작업은 그날 오후에 마무리되었다. 갤러리는 이번 토요일에 오픈할 예정이었다.

"잘될 거예요." 그가 그녀를 다독였다.

아라벨라는 하얀 소파에 축 늘어져 있었다. "그랬으면 좋겠어요." 그녀가 말했다. 그리고 소파 뒤에 머리를 기댄 채 눈을 감았다. "가끔 당신이 그렇게 해내는 걸 보면 겁나요. 막 밀어붙이는 거요."

에디는 잠시 눈을 감은 그녀의 피곤한 얼굴을 보았다. 별말은 하지 않았다. "결혼하고 당구장을 운영하면서 내내 참고 살았어요. 그냥 앉아서 TV만 엄청 봤거든요. 정말 별로였죠."

아라벨라가 지친 듯 눈을 떴다. "아닐 수도 있죠."

"전혀, 하나도 좋지 않았어요. 마사와 나는 아무것도 하지 않았어요. 우리는 술을 너무 많이 마셨고 집에 들일 물건을 과하게 많이 사 댔어요. 가끔 싸우기도 했고. 매일 아침 당구장으로 나가 테이블을 솔질하고 초크를 새것으로 교체하고

살다 보니까 어느새 나이가 쉰이더라고요." 의자 옆에 있는 재떨이에 담배를 비벼 껐다. "내가 할 수 있는 게 많지 않았어요. 다시 당구를 칠 수 있을지, 당구로 돈을 제대로 벌 수 있기나 할지 확신이 서지 않았죠. 다른 당구장을 매입할 수 있는 돈이 생긴다 해도 내가 그걸 진정으로 원하는지도 의심스러웠어요. 그냥 똑같을 거 같았으니까."

아라벨라는 에디를 바라보고 있었다. "당신은 전혀 지치지 않았어요. 이 일에 실패하더라도 다른 할 일을 찾을 수 있을 거예요."

그가 그녀를 쳐다보았다. "그러면 투잡이네요."

"에디," 그녀가 말했다. "나 자러 갈래요."

아라벨라가 침실로 들어가고 난 후 에디는 사업비에 대해 적어놓은 파란색 수첩을 꺼내 금액을 살펴보기 시작했다. 조명 설치 비용, 퀼트와 금속 조각품 구입 비용, 갤러리의 두 달치 월세 보증금, 자동차 수리 비용. 계좌에 5,000달러가 남아 있었다. 그게 20년간 당구장을 운영하고 남은 돈 전부였다. 한창 20대 때 하룻밤에 스트레이트 풀 몇 게임으로 번 돈보다 적은 금액이었다.

에디는 테이블에 책을 놓고 담배에 불을 붙였다. 토요일에는 매디슨 카운티로 가서 그 약사와 그의 목판을 볼 예정이었다. 아라벨라는 한 2년 전에 그레고리가 잡지 편집자였을 때 그 약사에 대한 기사를 썼었다. 그녀가 에디에게 사진이 첨부된 기사를 보여 준 적이 있었다. 그의 작품들은 베티 조의 퀼트처럼 성서 내용을 담고 있었는데, 강렬하고 직접적인 느낌이었다. 에디는 옷장으로 다가가 선반에서 비닐 커버 하나를 내려 퀼트를 밖으로 꺼냈다. 카우치 위에 쫙 펼치고 빛이 퀼트 가운데로, 불타는 용광로에 빠질 준비를 하는 히브리인 어린이들 위로 빛이 가장 환하게 떨어지도록 전등갓을 조절하였다.

아라벨라가 없었으면 그는 이런 퀼트를 절대 찾아내지 못했을 것이다. 지금 이 순간 거실 벽에 기댄 채 청중처럼 서 있는 금속 조각품도 마찬가지다. 켄터키에는 자칭 공예가 또는 민속 예술가라는 사람이 상당히 많았지만, 대부분 이류에 속했다. 아라벨라의 잡지사 근무 경험에 따르면, 그녀가 예전에 그레고리와 주 전체를 돌아다니면서, 예술로 생계를 이어 가고자 하는 수많은 사람을 만나면서 알게 된 사실에 의하면 그러했다. 그래서 에디는 쓸데없이 시간을 낭비하지 않아도 되었다. 그녀는 올바른 판단력과 지식을 제공해 주었다. 그는 돈과 용기만 댈 뿐이었다. 어쩌면 절망까지. 에디는 조명 아래 밝게 빛나는 아플리케 기법의 불꽃을 가만히 바라보았다. 불그스름한 주황빛의, 그사이에 노르스름한 색도 함께 섞인 불꽃이 용광로 문밖으로 활활 타오르고 있었다. 뜻밖에 그 장면이, 광고 속 노래나 돈에 대한 욕망처럼 끈질기게 그의 머릿속을 맴돌면서 며칠이 지나도 떠나지 않았다. 검은 머리 아이 셋은 빨간색 뱃대끈에 묶인 채 제빵사가 사용할 것 같은 커다란 삽에 매달려 있었다. 아이들은 겁에 질려 만화 캐릭터 같은 눈을 크게 뜨고 뻣뻣한 자세로 누워 있고, 입은 짙은 색의 짤막한 선으로 표현되어 있었다. 거대한 손 하나가 삽 끝을 잡고 그들을 용광로 안으로 넣을 준비를 하고 있다. 지난주에 봤던 모든 작품 중 그의 시선을 가장 강하게 사로잡았던 것이 바로 그 부분이었다.

에디는 결정을 내렸다. 내일 갤러리로 그 퀼트를 가지고 가긴 할 건데 남한테 팔지는 않기로. 퀼트를 직접 소유할 생각이었다.

에디는 그날 오후에 목제 받침대와 퀼트를 걸 막대를 설치하며 시간을 보냈다. 흰 벽 한쪽에는 막대 세 개를, 다른 두 벽에는 두 개를 설치했다. 베티 조의 불타는 용광로를 한쪽 벽 가운데에 걸고 났더니 어느새 밖이 어둑어둑해져 있었다. 사다리를 타고 올라가서 투광 조명 두 개가 퀼트를 비추도록 조절했다. 하얀색 벽을 배경으로 하니 퀼트의 색감이 환상적으로 보였고 덕분에 퀼트 속 다섯 장면이, 히브리인 아이들이 중앙에 배치되어 있는 그 모습이, 마치 신비로운 분위기가 물씬 풍기는 만화 같아 보였다.

밖에 주차된 차 트렁크에 이전 것보다 조금 더 작은 금속 조각품 두 개가 실려 있었다. 소녀 보 피프는 크기가 1미터 정도 되었다. 구입한 다섯 조각품 중 가장 키가 작은 것이었다. 트렁크에서 그 조각품을 꺼내 잠자는 아기를 다루듯 팔에 안았다. 소녀 보 피프는 범퍼 부품을 용접해 만들어졌고 일정 부분은 파란색 피나포어로 덮여 있었다. 보 피프의 머리는 작은 반구 모양의 자동차 바퀴 덮개 두 개가 함께 고정된 것이었고, 표정은 부루퉁했으며, 손에는 테일 파이프로 만든 양치기용 막대기가 들려 있었다.

에디는 그 조각품을 퀼트 오른편 목제 받침대 위에 세우고 레일 조명을 조절해 빛이 조각품을 향하도록 했다. 사다리에서 내려와 저 멀리 있는 벽으로 가 서서 그 광경을 한눈에 담아 보았다. 굉장히 매력적이었다. 그는 빈 받침대에 앉아서 어느 퀼트를 전시하고 선반에 접어 넣을지 정하기 시작했다. 그는 이제 퀼트를 퍽 잘 알았다.

에디는 처음엔 목판 조각을 좋아하지 않았다. 그리고 목판 조각을 만든 그 나이 든 흑인 남자 역시 대하기가 어려웠다. 그러나 목판 조각에 엄청난 작업이 들어갔다는 걸 인정할 수밖에 없었다. 하나의 시리즈로 구성된 여덟 개의 목판 조각

제목은 인간 세계로 들어가는 **미국의 출현**이었고, 이렇게 작업하기까지 분명 수년이 걸렸으리라. 목판은 나뭇결이 고운 짙은 색의 호두나무 원목이었다. 대략 사방 1미터 크기의 각 목판마다의 모든 형체가 조숙하게 그려진 아이들처럼 돋을새김으로 조각되어 있었다. 목판 조각 작업을 한 그 남자는 호리호리하고 나이가 아주 많았으며, 피부에는 까맣다 못해 보랏빛이 돌았다. 마컴처럼 그 역시 루이빌, 시카고의 박물관과 갤러리에 대해 부산스레 떠들어 댔다. 중요한 예술가가 되는 것에 대한 그의 의견을 에디가 질문하자 그는 약국 뒤편에 있는 낡은 철제 수납장에서 신문과 잡지들을 꺼내기 시작했다. 아주 오래전 신문의 칼럼들이었고—칼럼과 함께 그의 사진과 또 다른 목판 조각품 사진 여러 장도 있었지만—잘린 부분이 누렇게 바래 있었다. 그의 진정한 업적은 《선데이 쿠리어 저널》의 두 페이지에 걸쳐 실린 기사에 담겨 있었다. 그 기사에는 컬러로 인쇄된 목판 조각 사진과 약국 카운터에서 약사 가운을 입고 찍은, 목판 예술가 사진이 첨부되어 있었다. **켄터키의 나무조각가, 역사를 말하다**라는 캡션과 함께. 신문이 발행된 날짜는 1961년 9월이었다.

"대학에 저 목판 세트를 전시했었소." 그가 말했다. 그의 이름은 투생 뉴비였고, 말투에 프랑스어 억양이 있었다. "시카고에서 온 사람들이 사고 싶어 했지. 하지만 나는 신의 뜻을 누군가의 아파트에 걸어 놓고 싶지 않았소."

에디는 고개만 끄덕일 뿐 말을 하지 않았다. 벽에 고정되어 있는 목판은 빛을 제대로 받고 있지 않았다. 그는 안경을 끼고 왼편에 있는 목판을 응시하며 한 번에 하나씩 꼼꼼히 살펴보았다. 첫 번째 목판에는 새파란 바다 위를 항해하는 배가 있고 배의 갑판 위에서 순례자 같은 사람들이 줄지어 선 채로 눈을 크게 뜨고 천국을 바라보고 있었다. 그들 위로 짙은 구름이 드리워 있고 그 구름 속 노란 번개가 돋을새김으로 선명하게 조각되어 있었다. 사람들의 얼굴은 어린아이 같은 얼굴이었지만 굵고 강한 선으로 파여 있었다. 바다 물결은 하얗게, 번개는 노랗게 색칠되어 있고 그 외 나머지는 원목 그대로였다. 목판이 뿜어내는 힘은 무척 강렬하고 믿을 수 없을 만큼 대단했지만, 왠지 모르게 그런 부분이 에디를 불편하게 했다.

다음 목판은 인디언들이 바위가 많은 해변에서 근엄한 백인에게 절을 하는 모습이었다. 저 멀리 작은 만에 배 한 대가 정박되어 있고, 하늘에는 **인간에 대한 인간의 오용**이라는 문구가 돋을새김으로 새겨져 있었다. 그다음 목판에는 인디언 열두 명이 순례자들에게 화살을 쏘고 아이 얼굴을 한 순례자들이 겁에 질려 인상을 쓰며 화살을 바라보는 장면이었다. 마지막 목판은 전형적인 도시의 스카이라인을 보여 주었는데,

어두운 고층 건물과 함께 건물 아래의 길바닥에서 얼굴을 일그러뜨린 채 눈을 꼭 감고서 엉망이 된 몸으로 누워 있는 아이들의 모습이 담겨 있었다. 그 목판의 테두리를 따라 나무 프레임이 양각되어 있고, 프레임에는 **우리가 만든 미국**이라는 문구가 있었다. 목판이 전달하고자 하는 메시지가 명확하긴 했지만, 에디는 그것을 완전하게 받아들일 수 없었다. 언젠가 아라벨라의 잡지 기사에서 이 마지막 목판이 사진으로 재구성된 걸 본 적이 있었다. 그 안에 담긴 분노는 불안했고, 에디는 이 암울한 물건을 팔 수 있을지 확신이 서지 않았다. 예술가가 요구하는 금액으로는 팔리지 않을 터였다. 딜리 마컴의 작품은 그래도 만화에 가까울 만큼 직설적인 구석이 있었지만, 이 목판 시리즈에는 재밌는 부분이 눈곱만큼도 없었다. 종교적인 느낌의 칙칙한 그라피티 같을 뿐이었다. 이 목판 조각품을 보고 있으니, 그의 눈앞에 무엇이 나타나든 무턱대고 싫어하기만 하는 길거리 여자 노숙자가 떠올랐다.

"이 작품을 파신다면 세트로만 가능하겠군요." 에디가 말했다.

"나는 판다고 한 적 없소." 뉴비가 말했다.

아라벨라는 아무 말하지 않았다. 그녀는 두 남자의 얼굴을 번갈아 바라보며 코트 주머니에 손을 밀어 넣었다.

"내가 작업한 작품이라면 저 같아도 팔고 싶지 않을 겁니

다." 에디가 말했다. "이런 훌륭한 작품을 만들었다면 말이
죠." 그는 교회가 표현된 하나짜리 목판을 가리켰다. 교회 앞 계
단에 빨간색의 뿔 달린 악마가 삼지창을 들고 앉아 있고 있었
다. "또는 저런 삼미신*을 작업했다면 말이죠." 그건 투생 뉴비
가 에디와 아라벨라에게 가장 먼저 보여 준 조각품이었다. 놋
쇠 침대 아래에 놋쇠 요강 세 개가 있고 흑인 여성 세 명이 그
놋쇠 침대에 등을 댄 채 잠든 모습을 표현한 작품이었다.

뉴비가 바닥을 바라보았다. "500달러에 사 가시오."

"둘 다 합해서요."

"하나에."

에디는 말없이 가게 밖으로 걸어 나갔다. 세차게 차가운
3월 날씨였고, 인도는 얼어 있었다. 잠시 후 아라벨라가 나
왔다. 그녀는 니트 모자를 귀까지 덮어쓰고 있었다. 에디는
턱 위로 목도리를 두르고 모자를 푹 내려썼다.

"우리 이제 작품을 더 사면 안 될 것 같아요." 아라벨라가
그에게 다가오며 말했다.

"처음에는 목판 세트가 마음에 들지 않았는데 이제는 꽤 괜
찮아 보여요."

"세트에 1,000달러 달래요, 에디. 우리 아직 갤러리 오픈도

---

* 그리스 로마 신화에 등장하는 세 명의 아름다운 여신

안 했잖아요."

"시간이 조금만 더 지나도 저 목판 제목이 계속 생각날 걸요." 에디는 주머니 깊이 손을 밀어 넣었다. "음흉한 늙은이."

"일단 퀼트가 팔리고 딜리의 여자들이—"

"나는 기다리지 않아요." 에디는 단호했다. "퀼트와 마주 보는 벽에 저 목판 여덟 개 세트를 걸면—그리고 저 양반이 신문 기사를 빌려주면, 그러면 누군가 사고 싶어 할 거예요."

"에디," 아라벨라가 그를 넌지시 불렀다. "더는 돈을 위험하게 굴리고 싶지 않아요. 겁나요. 장사가 제대로 안 되면 어떡해요? 아무도 사려 하지 않으면 어떡하죠?"

에디는 뼛속까지 파고드는 추위를 느끼며 고개를 들어 새하얀 하늘을 바라보았다. "나는 안전하게 가고 싶지 않아요. 안전하게 경기해서 이긴 적이 단 한 번도 없었으니까."

아라벨라는 무슨 말을 하려는 듯 잠시 그를 쳐다보았지만 결국 아무 말도 하지 않았다.

"다시 들어갑시다." 에디가 제안했다. "밖은 진짜 지독하게 춥네요."

에디는 수표와 현금을 섞어서 지불했다. 이제 계좌에 2,000달러도 남아 있지 않았다. 아라벨라는 매달 1일에 들어오는 이혼 수당과 저축으로 통장에 2,300달러가 있었다. 그게 전부였다. 에디는 그 정도면 괜찮다고 생각했다. 20대 시절 시카고에서 뚱보와 경기할 때, 돈을 잃고 있는 상황인데도 주머니를 탈탈 털어 판돈을 두 배로 올렸었다. 당시 두 사람은 5,000달러를 걸고 스트레이트 풀을 쳤고, 에디는 한 게임에 그렇게나 큰돈을 걸 수 있는 자신에게 놀라워하며 그 어느 때보다 멋지게 경기를 했다. 반면 버트와 찰리는, 그 신중한 인간들은 에디가 공을 포켓에 하나씩 또 하나씩 넣는 걸 하염없이 지켜보고만 있었다.

이제, 여덟 개의 목판 세트와 또 다른 목판 세 장이 에디의 차 뒷좌석과 트렁크에 실려 있었다. 무언가를 손에 넣었다는 장악력은 오랜만이었다. 렉싱턴으로 들어섰더니 눈이 내리기 시작했고 얼음 알갱이가 펼쳐진 도로 위에 새하얀 눈가루가 뽀얗게 내려앉아 있었다. 에디는 자그마한 차를 살살 몰며 꿈속처럼 운전했다. 신경계가 전체적으로 편안해지면서 제자리를 찾아갔고, 그의 정신은 현존하는 위험성을 유의하며 서서히 강화되었다.

렉싱턴에 도착하니 자정이 다 된 시각이었다. 에디는 차를 몰고 목판을 갤러리로 가지고 가게로 가서 안으로 들였다. 투광 조명을 받은 목판의 모습을 보고 싶어서였다. 게다가 잠에 들기에는 아직 정신이 말똥말똥하기도 했고.

아라벨라가 카운터 위에 따뜻한 음식과 커피를 준비해 놓았고, 에디는 끈을 이용해 오른쪽 벽면에 동일한 거리를 재서 표시한 다음 0.6센티미터 드릴로 구멍을 뚫고 몰리 볼트를 끼웠다. 목판 뒷면마다 고리가 탄탄하게 박혀 있어서 하나씩 순서대로 벽에 걸었다. 사다리에 올라가 조명이 양쪽 벽을 사이좋게 비추도록 조절했다. 새하얀 벽에 닿은 조명 빛이 눈부셨다. 레볼로사의 블라인드는 하루 전날 설치되었다. 그는 블라인드로 다가가 아래로 내려 창문을 가리고 벽을 하얗게 했다. 그리고 가게 안의 가운데로 가 섰다. 맨바닥을 딛는 발걸음 소리가 기겁할 만큼 크게 들렸다.

"여기 왠지 으스스하네요." 아라벨라가 말했다. "좀 무서운데요?"

"벽 좀 봐 봐요." 그가 말했다. "이럴 수가. 너무 멋지군!"

그녀가 고개를 들어 주위를 돌아보다가 투생 뉴비의 호두나무 목판을 한참 쳐다보았다. 그러더니 에디를 바라보며 웃었다. "그렇네요. 정말 멋져요."

아라벨라는 집에 들어가자마자 침대로 갔다. 그러나 에디는 퀼트와 목판, 그리고 벽에 기댄 채 그를 마주 보고 있는, 마치 화가 난 작은 성가대 같아 보이는 발칙한 금속 여자들에게 둘러싸인 채 약 한 시간 동안 거실에 머물렀다. 잠자리에 들려고 보니 벌써 새벽 세 시였지만 도통 잠이 오지 않았다. 갤러리 안에 전시된 모습을 떠올리고 또 상상했다. 그가 팔아야 할 물건들은 크기가 작지도 않고 저렴하지도 않았다. 일주일에 하나만 팔아도 월세를 내고 먹고살 정도는 될 것이다. 그 다음에 남은 돈은 전부 수익이 될 테고.

토요일 아침 아라벨라는 마흔 명분의 커피와 크로와상을 준비했다. 그러나 아무도 들어오지 않았다. 그녀는 주변에 오픈 소식을 알리고 지인들에게 전화를 걸었다. 교수들 여럿이 갤러리에 들르겠다고 했지만 아무도 오지 않았다. 에디가 창문에 OPEN이라는 소박한 안내문도 붙였고 목요일과 금요일 석간에 광고를 실었는데도 누구 하나 가게 문을 열지 않았다. 창밖으로 슬쩍 보고 지나가거나, 가끔씩 가게 앞에 잠시 멈춰서서 밖을 바라보고 있는 라스베이거스 모델과 올리브 오일, 그 뒤에 걸린 **진주만을 기억하라** 퀼트를 구경만 할 뿐이었다. 아무래도 시간이 조금 걸릴 것이다. 그러나 이렇게 아무도 들어오지 않은 채로 일주일이 지나가면 공황 상태에 빠질 터였다. 에디는 오전 중에 가게 밖으로 나가 메인 스트리트에 있는 알렉산드라 사진관으로 가서 플라스틱판에 올리려고 주문한 흑백 확대본 사진을 가지고 나왔다. 그 사진을 들고 가게 뒤편으로 가서 머리가 둥근 나사에 박아 벽에 고정했다. 옛날 사진의 사본인 그 흑백 사진들은 사이즈가 꽤 크고 입자가 거칠었다. 그래도 벽에 걸어 놓으니 적당히 예술적인 느낌이 났다. 회색 머리칼을 쪽 진 무표정한 베티 조 머서와, 예전 신문에 나왔던 눈을 가늘게 뜨고 있는 민머리의 딜리 마컴, 《선데이 쿠리어 저널》 두 페이지에 걸쳐 실렸던 기사에 나온 뉴비의 사진이었다. 뉴비의 사진은 원래 크기보다 두 배 확대된 것이었다. 그 작업을 다 마치고 나니 열한 시 반이었다.

한 시 반에 한 커플이 들어왔다. 남자는 대학의 과학 계열 학과에 종사하는 사람이었다. 아라벨라는 그를 알지 못했다. 그와 그의 부인은 중산층 사람들이 박물관을 관람하듯 공손하고 조용히 갤러리를 둘러보았다. 남자는 펑퍼짐한 낙타털 오버코트 뒤로 뒷짐을 지고 있었고, 부인은 앞으로 팔짱을 낀 채 한쪽 발에 체중을 싣고서 퀼트와 금속 조각품을 자세히 살피다가 이쪽 목판에서 저쪽 목판으로 넘어갔다. 두 사람 모두 남의 시선을 의식하는 편이었다. 둘 다 전시된 작품들 그 자체보다 작품을 올바르게 관람하는 방식에 더 신경을 썼다. 부인이 뉴비의 목판 세트의 가운데 부분을 자세히 들여다보던 중 어느 특정한 순간 작품이 지나치게 과하다고 판단했는지 턱에 손가락을 대고 입술을 샐쭉 오므렸다.

"굉장히 흥미로운 작품들을 들이셨군요." 남자가 말했다. "독특합니다."

"독특하긴 하지만……" 여자가 말했다. "한편으로는 너무 과해요."

에디가 그녀를 쳐다보았다. 그는 딜리 마컴이 여자를 어떻게 생각하는지 잘 알고 있었다. 딱 그 순간만큼은 마컴과 같은 생각이었다. "민속 예술입니다." 그가 말했다.

"그런 것 같네요……." 여자가 말했다. 그러더니 애써 환하게 미소를 지었다. "다음에 다시 올게요. 잘 봤습니다." 남자는 미안한 듯 고개를 끄덕였고, 두 사람은 가게를 떠났다.

"딜리라면 저 여자도 범퍼로 만들 수 있겠군." 그들이 사라지자 에디가 내뱉었다.

그러나 그 커플이 출발선을 끊은 건지 다른 손님들이 하나둘 들어오기 시작했다. 아라벨라는 커피를 다시 데우고 하얀색 머그컵에 커피를 따라 플라스틱 쟁반 위에 크로와상, 버터와 함께 내왔다. 갤러리에 여섯 일곱 명 있을 때 로이와 팻 스캐머 부부가 들어왔다. 두 사람은 부한 다운 점퍼를 입고 두툼한 목도리까지 두르고 있었다.

"패스트 에디," 로이가 그를 불렀다. "당신의 재능에 정말이지 끝도 없이 놀라고 있습니다."

"나인볼보다 쉬워요."

"어때요?" 팻이 물었다. "물건 좀 팔았어요?"

"아직요."

"여기 있는 것 중에 제일 싼 게," 아라벨라가 거들었다. "400달러예요."

"그거 내가 사죠." 로이가 나섰다. "어떤 거예요?"

"화장실 옆에 있는 퀼트요. 꽃무늬 있는 거."

"난방비 댈 돈도 부족하잖아." 팻이 말했다.

로이가 상냥하게 웃었다. "저 퀼트를 덮고 자면 되지."

"바보 같은 소리." 팻이 화를 냈다. 그러더니 에디를 보고 미소 지었다. "저희는 그냥 잠깐 들른 거예요. 번창하길 바랄게요."

교육 대학 학과장이 들어온 건 다섯 시 반이 되기 전이었다. 학과장은 몇 분 동안이나 마컴의 조각품을 꼼꼼히 살피고는 에디에게 이렇게 말했다. "이 라스베이거스 모델, 사고 싶습니다. 수표도 받으시면요."

간단했다. 에디는 판매세를 계산하고 그의 수표를 받은 다음 길 건너에 주차된 볼보 트렁크에 조각품 싣는 걸 도와주었다. 에디가 그 조각품 아래에 부착해 놓은 가격표에 950달러라고 적혀 있었다. 마컴한테 사 올 때는 400달러도 안 줬으니까 500달러가 넘게 남은 셈이었다.

월요일과 화요일, 꽤 여러 명이 관심을 보이긴 했으나 작품을 매입하는 사람은 하나도 없었다. 화요일 아침, 방송국 채널3에서 어떤 여자로부터 전화가 왔다. 그리고 오후 두 시 손님 서너 명이 전시품을 보고 있을 때 그 방송국 여자는 카메라맨과 함께 갤러리 안으로 들어와 월요일 아침 토크 쇼에 방송될 영상을 30분간 촬영했다. 그녀는 카메라맨에게 갤러리 내부를 찍고 퀼트와 조각품을 클로즈업해 촬영하라고 지시한 뒤 마이크에 대고 설명을 시작했다. 그녀의 설명 방식은 진지하기도 하고 거만하기도 했다. 퀼트를 '미국의 아이템'이라고 칭하다가도, 카메라맨이 그녀와 올리브 오일을 한 화면에 담으면 어이없다는 듯 눈썹을 치떴다. 그러고는 여덟 개의 목판 세트를 카메라로 빠르게 쓱 훑게 한 후 아라벨라와 인터뷰를 했다. 아라벨라는 상냥했지만, 말을 많이 하지는 않았다. 그녀의 영국 억양이 평소보다 더 돋보였다. 방송국 여자가 그녀에게 마컴의 작품에 대해 물었을 때 그녀는 미국 본연의 민속 예술에 속한다고 말했다. 그 조각품들은 희극적이고 풍자적이며 독창적이었다. 에디는 아라벨라가 방송국 여자를 대하는 태도가 마음에 들었다. 그래서 별달리 인터뷰에 관여하지 않았다. 당구 선수가 어떻게 미술품 중개업자가 됐는지 같은 질문은 받고 싶지 않았으니까.

어떤 남자가 가게 주변을 서성이는 걸 몇 번 본 적이 있었다. 가게 문을 열기 전 어느 날 그 남자가 창문 앞에서 전시품을 응시하며 한참을 서 있었고, 또 다른 날은 길 건너편에서 거의 반나절 동안 서 있기도 했다. 하지만 절대 가게 안으로 들어오지는 않았다. 머리칼과 눈썹이 아주 새까맣고 음울한 표정의 그 젊은 남자는 피부가 창백했고 애팔래치아 사람처럼 이마에 머리털이 나 있었다. 시골 주유소에 가면 종종 마주치곤 했던 애팔래치아 사람은 보통 초록색 작업복 셔츠 소매를 팔꿈치까지 말아 올려 입었고, 그들 팔에는 새하얀 피부와 확연히 구분되는 검은 털이 덥수룩하게 나 있었다. 그리고 그들은 오렌지 크러쉬와 R.C. 콜라를 마셨다.

에디가 점심 식사를 마치고 막 돌아와 주차하고 있는데, 그 젊은 남자가 유리창이 깨질 정도로 세게 문을 쾅 닫으며 가게 밖으로 쏜살같이 뛰쳐나왔다. 에디는 고개를 돌려 그가 길 아래로 내려가는 모습을 시야에서 사라질 때까지 지켜보았다.

에디는 가게 안으로 들어가서 코트를 걸었다. 아라벨라가 어두운 얼굴로 금전 등록기 옆에 서 있었다. 그녀에게 다가가 그녀의 등에 손을 올렸다. "무슨 일 있어요?"

"저 미친놈 때문에요."

"뛰어나가는 거 봤어요. 무슨 일이에요?"

"가게 문 닫으면 술 한잔하재요."

"꽤 어려 보이던데." 에디는 그놈보다 나이가 훨씬 많은 건 아니었던 그레고리 얘기를 꺼내려다 속으로 삼켰다.

"내 말이 그 말이에요." 아라벨라가 말을 이었다. "아주 끈질기더라고요. 다른 게 다 괜찮으면 나이는 문제가 되지 않는다나 뭐라나. 그래서 꺼지라고 했어요."

에디는 셔츠 주머니에서 담배를 꺼내 불을 붙였다. "걱정

마요. 당신 잘했어요."

아라벨라도 그녀의 주머니에서 담배를 꺼냈다. 그녀는 평소에 담배를 거의 피우지 않았다. 화가 났을 때만 손을 댔다. "그런 것 같아요." 그녀가 말했다.

월요일 모닝 쇼에 갤러리가 6분 정도 방송되었다. 시간을 재 보니 그랬다. 마컴의 여자들은 밝은 느낌으로 나와 괜찮아 보였고, 아라벨라도 아주 전문적이고 똑똑하며 여유 있어 보였다. 틀림없이 방송이 많은 도움이 될 것이었다.

열한 시쯤 가게 안에 사람들이 북적북적해졌다. 적어도 열두 명은 되는 것 같았다. 어떤 이들은 TV 방송을 언급했고, 몇명은 잘 생각해 보겠다며 구매에 관심을 보였다. 그러나 아무도 작품을 사지 않았다. 여섯 시, 손님들이 모두 가게에서 나갔고 여섯 시 반, 에디와 아라벨라는 가게 문을 잠그고 밖으로 나섰다. 그제야 에디는 쌓인 피로가 느껴졌다.

"휴우," 아라벨라가 말했다. "우리 완전히 장사꾼이 다 됐네요. 피곤에 찌든 장사꾼 둘."

"일식 먹으러 갑시다." 에디가 제안했다. "아직 집에 가고 싶지 않아요."

레스토랑은 두 블록 떨어진 곳에 있었다. 그들은 차를 갤러리 앞에 세워 두고 걸어갔다. 저녁 식사를 마친 후 영화관에서 영화를 보고 나와서 시내를 산책했다. 그리고 열한 시 전에 차로 돌아갔다. 갤러리 쪽으로 이어지는 어둑어둑한 길을 건너고 있을 때 갤러리 전면 창에 무언가 어슴푸레 보였다. 가까이 다가갈수록 선명해졌다.

하얀 스프레이가 갤러리 간판을 뒤덮고 있었다. 그 아래에는 흰색 유광 페인트로 이런 문구가 적혀 있었다. **켄터키 개지랄 예술 갤러리.**

"이 개새끼." 에디가 이를 꽉 물고 중얼댔다. "빌어먹을 미친놈이."

"경찰에 신고할게요." 아라벨라가 말했다.

30분 후에 도착한 형사가 다른 형사들에게 갤러리를 감시하라고 했지만, 사실 경찰은 별 도움이 되지 않았다. 에디는 면도칼로 페인트를 벗겨 냈고, 다행히 금색 글자들이 유리 안쪽에 붙어 있어서 실제적인 피해는 없었다.

단추 하나가 떨어진 회색 트위드 오버코트를 입은 그 남자는 호감 가는 스타일이 아니었다. 나이는 예순 정도 되어 보였고, 가게 안으로 들어서자마자 곧장 퀼트로 가서 아주 한참 동안, 특히 베티 조의 불타는 용광로를 유심히 바라보았다. 그 퀼트 아래에는 아주 작은 글씨로 비매품이라고 표시되어 있었다. 그 옆에 레아 다프네 머서의 새와 꽃이 그려진 퀼트가 있었는데, 그것 역시 머리를 기울이고 오랫동안 살펴보았다. 에디는 카운터에 있는 의자에 앉아 커피를 마시고 있었다. 가게에는 그 남자 말고 아무도 없었다.

갑자기 남자가 침묵을 깼다. "트라푼토가 인상적입니다." 그가 말했다. "바늘땀도 완벽하고 충전재도 짱짱하군요."

"레아 다프네 머서의 퀼트입니다." 에디가 말했다. "최고의 장인이죠."

"그래 보입니다." 남자가 답했다. "1930년대에 만들어진 거 맞죠?"

"네. 제작자는 전쟁 중에 사망하셨구요."

"1,800달러는 달라고 하실 것 같군요."

"값이 꽤 나가 보이긴 하죠." 에디가 말했다.

"박물관에나 있을 법한 작품이군요." 남자가 말을 이었다. "그럴 만하네요."

에디는 커피를 마저 마시며 아무 말 하지 않았다. 남자는 금속 조각품을 보기 시작했다. 몇 분 후 그가 카운터로 다가왔다. 손에 수표장이 들려 있었다. "트라푼토 퀼트 사겠습니다." 그가 말했다. "그리고 저 자유롭지 않은 여신상도 같이요. 저 두 작품을 같이 전시해 놓은 게 아주 탁월하군요."

금속 조각품은 1,100달러였다. 에디는 금방 판매세를 계산하고 영수증을 작성했다. 에디가 그 수표를 신뢰해도 될지 의심하던 중 남자가 물었다. "배달도 가능합니까?"

"렉싱턴이십니까?"

"여기에서 몇 킬로미터 가야 합니다. 매니토바 농장이요."

에디는 놀라움을 감추지 못했다. 매니토바 농장의 말들은 켄터키 주 루이빌에서 열리는 경마 경주인 켄터키 더비에 출전했고, 그중 적어도 한 마리는 우승하고도 남았을 것이다.

"제 이름은 아서 보인턴입니다." 남자가 말했다.

"내일 아침에 배달해 드릴 수 있어요."

"좋습니다. 열 시에 뵙죠." 그는 에디에게 수표를 건넸다.

"당신도 봤어야 했어요." 에디는 금전 등록기 옆에 차 키를 내려놓으며 신이 나서 말했다. 가게에는 아라벨라와 에디, 두 사람뿐이었다. "현관에 대리석 조각품이 있고 거실에는 추상화가 있더라니까요. 말과 관련된 물건은 하나도 없고."

"그냥 돈이 많은 사람인가 보죠." 아라벨라가 대꾸했다.

에디가 그녀를 바라보았다. 그녀는 무언가에 집중한 듯 인상을 쓰고 있었다. "맞아요." 그가 받아쳤다. "돈이 많겠죠." 갑자기 불편한 분위기가 돌았다. "뭐 때문에 기분이 안 좋은데요?"

"모르겠어요." 아라벨라는 조금 전 어떤 손님에게 값이 덜

나가는 퀼트의 패턴을 보여 주기 위해 퀼트를 계산대 위에 펼쳐 놓았다가 다 보여 주고 나서 다시 접고 있었다. "내가 속이 좁았나 봐요. 미안해요, 에디." 그녀가 말했다. "그런데 내가 당신을 위해 일하고 있는 기분이 들어요. 당신이 전부 결정하고 그에 대한 책임을 지니까요."

에디는 자유롭지 않은 여신상이 있던 받침대 위에 앉았다. "당신 덕분에 마컴과 다른 예술가들을 찾아간 거잖아요." 그가 말했다. "당신이 돈을 만들어 낸 셈이라고요."

"그건 달라요. 민속 예술을 알고 있는 사람은 나인데, 당신이 매입할 작품들을 선정하고 있다고요. 당신이 그 역할을 대신했어요."

에디는 그녀의 마음이 이해가 가긴 했지만, 기분이 조금씩 안 좋아지는 건 어쩔 수 없었다. "스스로 약자가 될 필요는 없어요."

아라벨라는 한동안 말이 없었다. 그러더니 "당신 말이 맞을지도 몰라요. 당신은 처음부터 날 당혹하게 했어요. 당신이 그렇게 빨리 움직일 줄은 몰랐거든요."

"난 잃어버린 시간을 되찾아 가는 중이었어요." 에디가 셔츠 주머니에서 담배를 꺼내 불을 붙였다. "지금도 여전하고."

아라벨라는 퀼트를 다 개고 다른 퀼트들이 보관된 곳으로 가지고 가서 제일 위에 올려놓았다. 다시 돌아와 에디 옆에

서서 그의 어깨에 손을 올렸다. "지난 몇 년 동안 내가 쓴 기사들을 모으고 대여섯 개만 더 추가하면 책 한 권이 될 거예요. 출판계 사람들과 이야기를 좀 나눠 봤는데, 내 아이디어를 마음에 들어 하더라고요."

에디가 고개를 들어 그녀를 쳐다보며 담배를 내밀었다. "잘됐네요." 그가 말했다. "그럼 이제 일이 제대로 돌아가기 시작했으니 우리 둘 다 여기에 있을 필요 없겠군요."

아라벨라가 담배를 받아 불을 붙였다. "문제는 대학 출판부에 돈이 없다는 거예요. 그리고 일도 많지 않고요. 사진도 직접 찍어야 하고 인터뷰도 해야 해요. 내가 그런 걸 할 준비가 됐는지 잘 모르겠어요."

"그게 당신이 하고 싶어 하는 일 아닌가요?"

아라벨라가 담배를 길게 빨고 천천히 내뿜었다. "그런 일 잘하죠. 하지만 나에게 그 일은 당신한테 당구와 같은 존재예요. 이젠 확신이 없다, 이 말이죠."

에디는 아직도 휴게실의 큐대 받침대에 보관 중인 발라부시카를 떠올렸다. "잠깐만요." 그가 말했다. 갑자기 화가 났다. "그거랑 달라요. 나는 그 젊은 애들과 경기하고 싶지 않은 거죠. 걔들을 이길 수 없으니까."

"에디, 그게 백 퍼센트 확실한 건 아니잖아요."

"백 퍼센트 확실해요. 철부지 쿨리가 나를 어리석은 늙은이처럼 보이게 만들었다고요."

아라벨라의 눈썹이 위로 올라갔다. "늙은이요? 바보 같은 소리 말아요. 당신의 문제는 당신이 나한테 헌신적인 만큼 당구에 헌신적이지 않다는 거예요." 그녀는 화가 났는지 연기를 빠르게 뿜어내고 피우다 만 담배를 비벼 껐다. "뚱보를 이기는 것에도 전혀 헌신적이지 않았죠. 전혀."

에디는 화가 나서 벌떡 일어나 베티 조 머서의 불타는 용광로로 성큼성큼 다가가 비매품이라는 표시를 뚫어지게 응시했다. 그 퀼트는 보면 볼수록 마음에 들었다. 보고 있으면 마음이 차분해졌다. 아라벨라에게 돌아서서 말했다. "당신 말을 맞을지도 몰라요. 어쨌든 당신과 나 사이에 벽이 생긴 것 같군요."

"벽이라고요?"

"우리 사이에 뭐가 있든 그게 당신에게 중요한 의미라면, 그레고리 웰스의 사망 기사는 왜 서랍 가득 갖고 있는 거죠?"

아라벨라는 말없이 그를 쳐다보았다. 그러더니 차분하게 말했다. "당신, 질투가 대단하네요."

"그럴지도." 에디가 대답했다. "난 그 신문이 정말 싫어요."

아라벨라가 어깨를 으쓱했다. "좋아요. 벽, 맞아요. 더 안 좋은 것들도 있을 거고."

두 사람은 서로 예의를 지켰고 아침 식사를 할 때는 거리를 유지했다. 에디가 가게로 갈 시간이라고 말했을 때, 아라벨라는 아침 식사 뒷정리를 하며 그에게 먼저 가라고 했다. 한 시간 정도 뒤에 도착할 거라면서. 별문제는 아니었지만, 지금까지 그녀는 그렇게 하지 않았었다. 그는 차를 몰고 혼자 가게로 갔다.

차에서 내리자마자 에디는 무언가 잘못되었다는 걸 알아챘다. 유리창이 깨진 것도 아닌데 창문 사이로 보이는 작품들이 사라졌다. 열쇠로 문을 따고 벌컥 열어젖혔다. 가게 안에 차갑고 축축한 연기 냄새가 자욱했다. 그는 기침하며 손전등을 켰다. 희부연 연기 사이로 뉴비의 작품이 걸린 곳에 **켄터키 개지랄 예술**이라는 글자가 보였다. 이번에는 파란색으로, 더 큰 글씨로 비스듬하게 쓰여 있었고, 페인트가 벽 아래로 흐를 때까지 공들여 스프레이로 여러 번 덧대어 적은 듯했다. 가게 안에는 작품이 하나도 남아 있지 않았다.

어디를 확인해 봐야 하는지 번뜩 떠올랐다. 자물쇠 바로 옆 미닫이 유리문에 접시만 한 크기의 구멍이 뻥 뚫려 있었다. 그 미친놈이, 그 검은 머리 새끼가 자물쇠를 따려고 팔을 밖으로 빼내 박살 내 놓은 게 분명했다. 그런 다음 유리문을 밀어 연 것이다. 가게 안이 무척 추웠다. 문이 지금도 열려 있었다.

전부 다 작은 마당에 있었다. 불씨가 아직 남아 있는 바비큐 화덕 속에 퀼트가 검게 물들어 뭉쳐져 있었다. 어떤 게 레아 다프네 머서의 트라푼토 기법 퀼트인지, 또 어떤 게 베티 조 머서의 아프리케 기법 퀼트인지, 즉 히브리인 아이들을 묘사한 우아하고 섬세한 불타는 용광로인지 구분이 가지 않았다. 놈이 퀼트들을 태우고 또 태운 다음 마당에 있는 호스로 물을 뿌려 불을 적셨다는 사실만 확실히 알 수 있었다. 퀼트 테두리에는 딜리 마컴의 여자들이 모조리 해체되어 시커먼 철제 더미가 되어 있었다. 그 미친놈이 밤새 이렇게 만들어 놓은 게 분명했다.

소녀 보 피프의 팔이 땅에 떨어져 있었다. 에디는 팔을 들어 올려 철제 더미 아래로 쑥 밀어 넣었다. 그 아래에는 목판 조각들이 검게 타 숯이 되어 있었다. 빌어먹을 그 새끼가 뉴비의 신비로운 조각을 불쏘시개로 썼다. 불쏘시개로.

8

 우거진 숲처럼 진한 초록색 카펫이 벽 위로 중간쯤까지 이어져 있었다. 방 한가운데에 높이가 15센티미터밖에 되지 않은 움푹한 침대가 불꽃처럼 쨍한 주황색 스웨이드 천으로 덮여 있었다. 그 주위에 인조 대리석 재질의 커다란 원형 욕조가 있고, 번쩍번쩍 광이 나는 거울들이 방을 둘러싸고 있으며, 저쪽 구석에는 반짝반짝 윤이 나는 검은색 대리석 세면대가 보였다. 세면기와 수전은 금색이었다. 칫솔꽂이 위의 선반에 작고 하얀 TV가 놓여 있었다. 에디가 호텔 방으로 들어섰을 때 TV가 켜져 있었는데, 시저스 타호 호텔&카지노에서 진행되는 바카라 게임 규칙이 나오고 있었다. 방 안 사방에 조명이 있고, 크롬으로 도금된 조명 밑 부분은 광나는 거울처럼 무척 밝았다.

벨보이가 커튼 끈을 당기며 묵직한 초록색 커튼을 열었다. 창밖으로 짙은 파랑의 하늘과 푸르른 타호 호수의 일부가 보였다. 타호 호수의 상당 부분은 고속도로 건너편 사하라 호텔에 가려져 있었다. 카펫, 벽지 색과 같은 초록색 천으로 덮인 로마식 소파가 창문 쪽을 향하고 있었다. 벽에는 그림 하나 걸려 있지 않았다. 호텔 방 안에 예술품이라고는 하나도 없었다.

에디는 벨보이에게 팁을 넉넉하게 주었고, 벨보이가 방을 나서자 반바지를 벗고 로마식 벤치에 앉아서 한동안 하늘을 바라보았다. 호텔 창밖에도, 방 안에도 대학교 휴게실의 삶과 연관된 것이 전혀 보이지 않았다. 그 사실을 인식한 그 자체만으로도 기운이 나고 팔팔해진 느낌이었다. 에디는 침대 옆 탁자에 100달러짜리 여행자 수표 뭉치를 내려놓았다. 이제 그는 기혼도 아니고 사업도 하지 않으며 직업도 없었다. 상관없었다. 앞으로 2주 동안은 그런 것들을 생각할 필요가 없었다. 이런 호텔과 이런 뷰가 그에게 더 잘 어울렸다. 이 호텔 방에서 열두 개의 층 아래에는 카지노와 레스토랑 네 곳, 술집, 영화관 그리고 당구대 다섯 개가 설치된 거대한 연회장이 있었다. 이런 것들이 그가 알고 지내던 삶보다 더 잘 알고 있었던 세계였다. 그는 바로 여기, 그 세계의 높은 곳에, 이 시간과 장소를 누리기에 충분히 부유한 서부 사람이 되어 우뚝 올라서 있었다.

에디는 자리에서 일어나 맨발로 짐 가방 쪽으로 사뿐히 걸어가 옆에 있는 큐대 케이스를 들었다. 견고하며 우아한 발라부시카를 꺼내 창가로 돌아가서 그 자리에 선 채로 하늘과 저 멀리 사하라 호텔 뒤에 줄 지어 있는 우거진 소나무를 바라보며 발라부시카의 상대와 하대를 하나로 연결했다.

에디는 비행기를 타고 샌프란시스코에 도착한 다음 공항에서 렌터카를 빌리고 베이 브리지부터 시작해 4차선 고속도로를 따라 달리며 캘리포니아주 320킬로미터를 가로질러 오클랜드로 향했다. 그가 태어난 도시로 가려면 오클랜드에서 몇 킬로미터 더 가야 했지만, 그런 건 이제 그에게 아무 의미 없었다. 출구 표지판에 익숙한 길 이름도 없었고 예전에 도로에서 보이곤 했던 키 큰 빌딩도 없었다. 아침 하늘의 햇빛과 베이 브리지의 극심한 교통 체증을 뚫고 나온 뒤 언뜻 보이는 해안의 모습이 그나마 익숙했다. 에디가 살던 집은 도로 밖 어딘가, 주유소와 모랫바닥의 건물 뒤편에 있었다. 정확히 어디였는지 도통 알 수가 없었다. 그럼에도 이 우회로를, 미국의 다른 우회도로와 비슷한 이 길을 운전하자 잠시나마 고향에 왔다는 기분이 들었다. 뒷좌석에는 짐 가방과 큐대가 실려 있고, 주머니에는 돈이 있었다. 지난 2주 동안 그는 자기가 유일하게 할 수 있는 일인 당구를 치며 지냈고 그 외엔 아무것도 하지 않았다.

호텔 방 한가운데에 있는 욕조 안에 서서 오랫동안 천천히 샤워했다. 커튼이 반밖에 쳐지지 않는 욕조에서 따뜻한 물로 몸을 푹 적시고 비누칠을 했다. 침대를 향해 있는 거대한 TV를 켰다. 샤워를 마저 하고 있는데 TV에서 룰렛 테이블의 베팅 방법을 자세하게 설명하는 소리가 들렸다. "각 선수는 정해진 색깔의 칩을 받습니다." 마치 아이들에게 설명하듯 이목을 집중시키는 목소리였다. "그리고 게임 내내 그 칩을 가지고 있어야 합니다. 딜러가 모든 질문에 답을 해 줄 겁니다." 화면에서 젊은 여자 딜러가 도박하는 사람에게 칩을 건네는 장면이 나왔다. 돈은 언급되지 않았다. 모든 것이 쾌적하고 밝아 보였다. 호텔 방 한가운데에서 샤워하며 볼 만한 방송이었다. 침대에 올려져 있는 발라부시카의 연결 부위가, 크롬으로 도금된 그 깨끗한 연결 부위가 네바다 하늘의 환한 빛을 받아 반짝이며 실력을 발휘할 준비를 하고 있었다.

유리를 깨끗하게 유지하는 일은 마피아 조직 절반의 노동력에 의해 이루어진 것일 수도 있다. 엘리베이터는 사방이 거울로 되어 있고, 메인 층으로 나가서 복도를 따라 걷다 보면 티끌 하나 없이 깨끗한 다이아몬드 모양의 큰 거울이 줄 지어져 있는 모습이 보였다. 그리고 왼쪽으로 돌아서 카펫이 깔린 계단을 몇 개 내려가면 카지노였다. 카지노 입구에 들어서자

크롬 도금과 유리로 이루어진 슬롯머신이 어마어마하게 많이 깔려 있었다. 한 무리의 사람들이 흐리멍덩한 눈으로 니켈 슬롯, 다시 말해 50센트짜리와 25센트짜리 슬롯에서 빠져나와 달러 슬롯 쪽을 어슬렁거리며 머신들 사이를 오가고 있었지만, 넋 나간 사람들과 달리 슬롯머신은 하나같이 번쩍번쩍 광을 내며 티 없이 깨끗한 자태를 뽐내고 있었다. 모든 머신 앞 유리에 색이 입혀져 있고 기계 내부에서 환한 빛이 쏟아졌다. 어떤 사람들은 한 번에 몇 시간씩 한 머신 앞에 꼼짝하지 않고 서서 종이컵에서 은색 동전을 꺼내 슬롯 안으로 집어넣고 연신 핸들을 당겨대고 있었다. 그리고 머신 아래쪽의 활송 장치로 이따금 떨어지는 동전을 하나둘 모아두었다가 종이컵에 동전에 다 떨어지면 동전을 리필해 오곤 했다. 승률이 형편없군. 에디가 생각했다. 하지만 사람들은 신경 쓰지 않는 듯했다. 아마 그들은 승률이 더 괜찮은 게임을 하다가 쿠르피어*나 딜러 앞에서 무언가 어리석은 행동을 하게 될까 봐 두려워 슬롯머신에 코를 박고 있는 듯했다. 슬롯머신을 하기로 마음먹은 결정이 슬롯머신을 하는 데 있어 유일한 실수일 터였다.

빵빵한 에어컨이 군중이 만들어 내는 연기보다 빠르게 공기 중의 연기를 빨아들였다. 밖에는 네바다의 강한 햇살이 내

---

* 돈과 칩을 모으고 지불하고 게임 테이블에서 베팅을 관리하는 카지노 직원

리쬐고 있지만, 카지노를 관통하는 자연광은 단 한 줄기도 없었다. 그 대신 백만 와트의 전기 조명이 영원히 끝나지 않을 것 같은 포르노나 뮤지컬 영상 속에서처럼, 금빛과 파랗고 노란빛 유리로 이루어진 그 거대한 공간을 가득 채우고 있었다.

슬롯머신 너머에 당구대의 초록 천이 덮여 있는 크랩스와 블랙 잭 테이블이 있었다. 왼편에는 벨벳 끈의 저지선이 쳐져 있는 조용하고 후미진 곳이 있었는데, 턱시도 차림의 남자들과 레이스가 달린 강렬한 파란색 셔츠를 입고 무대용 화장을 한 여자들이 무언가를 감시하고 있는 그 테이블에서는 바카라가 진행 중이었다. 지금은 급이 높은 사람이나 영화배우 같은 유명인이 그 테이블에 앉아 있지 않았다. 그러나 그런 유명 인사가 시저스 타호 호텔에 온다면, 그들이 있어야 할 곳은 바로 그곳이었다. 빨갛고 파란 두툼한 카펫에 스며든 슬롯머신 소리가 뚜렷한 조성이 없는 무자크처럼 그 조용한 구역 안으로 스며들었다. 그나마 큰 소음은 어떤 독특한 크랩스 도박꾼이 주사위에 뭐라고 지시를 하는 소리가 전부였다.

크랩스와 바카라 너머에 레스토랑과 초밥집이 있었다. 에디는 초밥집으로 향했다.

카지노가 한눈에 보이는 빈 테이블로 갔더니 예약석이라는 표시가 있었다. 에디는 기분이 별로 좋지 않았다. 그는 술 마시는 사람들을 뚫고 저쪽으로 넘어갔다. 한쪽 벽에 작은 테이블이 보였다. 거기에 앉아 길이가 반 뼘도 안 되는 미니스 커트에 망사 스타킹을 신은 웨이트리스에게 맨해튼을 주문 했다. 그녀의 이름표에는 '마지'라고 적혀 있었다. 초밥이 크 로와상과 어깨를 나란히 하기 몇 년 전에는 피아노가 있었을 레스토랑 한가운데에 뷔페 테이블이 있고, 그 위 부서진 얼음 조각들 사이에 초밥 세트가 놓여 있었다.

마지가 그의 음료를 가져오고 있는 바로 그때, 레스토랑을 가로질러 에디에게 다가오는 익숙한 얼굴이 눈에 들어왔다. 부머였다. "아직도 그 전자 제품 같은 발라부시카 갖고 계시 나?" 부머가 말을 걸었다.

"내 방에 있지." 에디는 술값으로 수표에 사인을 했다. "앉아."

"드람부이 온 더 락으로 한 잔 줘, 마지." 부머가 한숨을 내 쉬며 앉았다. "내 첫 라운드 상대가 당신이면 운영진한테 항 의할 거야."

에디는 술을 홀짝 마셨다. 달아도 너무 달았다. "당구대 아 직 못 봤나?"

"이제 막 도착한 거라." 부머는 왠지 그답지 않아 보였다. 어쩐지 목소리가 정말 시무룩해져 있었다. 드람부이가 나오 자 부머는 급하게 들이켜고 한 잔 더 주문했다. 마지가 바로 가고 있을 때 에디는 눈으로 그녀의 다리를 좇다가 밝은 옷을 입은 젊은 남자 셋이, 취한 듯 보이는 그들이 카지노에서 나와 그의 자리 쪽으로 다가오는 모습을 포착했다. 맨 앞에 있는 남자는 철부지 쿨리였다. 옆에 얼 보차드도 있었다. "저 개새끼들."

젊은 남자들이 낄낄대고 웃었다. 그들은 예약석 표시가 놓인 테이블로 가서 자리에 앉았다. 웨이터 두 명이 환하게 미소를 지으며 그들에게 다가가 음료 주문을 받기 시작했다.

"저 재수 없는 애송이들." 부머가 침울하게 말했다.

에디는 아무 말 없이 그의 맨해튼으로 시선을 돌렸다.

호텔의 메인 층은 원치 않는 물건을 살 기회를 가져야만 원하는 물건을 살 수 있는 슈퍼마켓처럼 배치되어 있었다. 즉 어디든 가려면 카지노 전체를 통과해야만 했다. 토너먼트가 열릴 연회장은 긴 복도 끝에 있었다. 엘리베이터나 레스토랑에서 나와 복도로 가기 위해서는 슬롯머신과 크랩스 테이블, 바카라, 블랙잭, 룰렛, 챠카락, 행운의 돌림판을 지나쳐야만 했다. 키노 역시 사방에 널려 있었다. 번호가 매겨진 보드는 사람들이 서 있는 곳마다 시선을 사로잡았고, 초록색 치마를 입은 키노 러너*도 어느 곳에나 있었다.

연회장은 에디가 예상했던 것만큼 크진 않았지만 충분히

---

* 게임자와 키노 라운지 사이에 돈과 티켓을 운반하는 카지노 종업원

널찍했다. 당구대 다섯 개가 나무 의자 관중석으로 에워싸여 있었다. 연회장 저 끝의 연단 위에 연사를 위한 마이크가 설치된 테이블이 있었다.

당구대는 새것이었고 아름다웠다. 옷을 잘 차려입은 젊은 남자 몇 명이 가죽 큐대 케이스를 들고 당구대 근처에 서 있었다. 에디가 연회장 안으로 들어갔을 때 한 청년이 깨끗한 초록 천 위를 손바닥으로 부드럽게 문지르고 있었을 뿐 아무도 당구를 치고 있지 않았다. 삼사십 명 정도가 관중석에 앉아 있었다. 연사 테이블에 있는 한 남자가 한 손에 음료를 들고서 다른 손으로 마이크를 조절하고 있었다. 오늘 경기는 없을 테지만 아홉 시 반에 개회식이 있고 아직 도착하지 않은 선수들도 더러 있었다. 개회식에 반드시 참석해야 하는 건 아니었다. 지금 시각은 일곱 시 반이었다.

에디는 관중석 두 줄 사이에 서서 몇 분간 당구대를 구경했다. 젊은 남자 여럿이 연회장으로 들어와 그의 옆을 성큼성큼 지나쳤다. 오른쪽을 보니 관중석 너머에 이런 팻말이 있었다. **연습 구역: 선수들만 이용 가능.** 당구대 모서리와 새로 덧댄 초록 천 조각이 눈에 들어오자마자 래크된 공이 탁 흩어지는 소리가 들렸다. 누군가 연습을 시작했다. 순간 배 속이 사르르 아팠다. 에디는 그대로 돌아서서 연회장 밖으로 나갔다.

에디는 전화하기로 한 걸 모르는 체하고 커다란 TV를 켰다. 아라벨라에게 도착하면 전화하겠다고 했었지만 지금은 누구와도 통화하고 싶지 않았다. 창밖에는 사하라 호텔의 네온사인만 번쩍일 뿐 이미 사방이 어두워져 있었다. 저녁도 먹어야 하고 개회식에 참석한 다음 당구 연습도 해야 했으나 아무것도 하고 싶지 않았다. 당구도 치고 싶지 않고, 당구 치는 걸 보고 싶지도 않았다. 다른 선수들 이름도 듣기 싫었고, 그들의 트로피와 타이틀, 챔피언십 출전 경력에 대해서도, 그리고 심판들 이름도, 토너먼트에 사용될 장비를 제공한 당구대 제조업체와 점수를 기록할 토너먼트 관리 직원들, 행사 전체를 지휘할 책임자와 관련 보조원들에 대한 감사 인사도 전부 듣고 싶지 않았다. 그리고 무엇보다—당황스럽게도—발라부시카를 손에 들고 당구를 치고 싶지 않았다.

TV 화면에 경찰 관련 프로그램이 방송 중이었는데, 연한 파란색의 경찰차들이 샌프란시스코의 길모퉁이를 끼이익 돌아서 차체를 낮춰 통통 들썩이며 굉음을 내고 내리막길을 내달리며 베이 브리지를 향해 돌진하고 있었다. TV 소리가 나직하게 웅웅거렸다. 속삭임에 가까운 소리였다. 에디는 전화기를 들어 룸서비스로 전화를 해서 미디엄 레어 햄버거와 맨해튼 두 잔을 주문했다. 침대에 등을 대고 TV를 보았다. TV 화면 속 해안가가 이제 더 가까워졌다. 저 멀리 앨커트래즈 섬이 창백하고 희미하게, 마치 실체가 없는 듯 보였다.

에디에게 있어 철부지 쿨리의 문제점은, 그를 보면 아라벨라의 죽은 애인이 떠오른다는 것이었다. 철부지 쿨리는 자신감이 대단했다. 그리고 혈기 왕성했다.

두 번째 맨해튼의 반을 한 번에 들이켜고 에디는 잠에 들었다. 여섯 시 반, 목이 따끔거려서 잠에서 깼는데, 밤새 커튼을 젖혀 놓고 자서 창밖으로 어스름한 빛이 하늘 가득 번져 있는 모습이 보였다. 에어컨 온도도 낮게 설정되어 있고 이불도 덮지 않고 있었다. 그는 옆에 발라부시카를 둔 채 불꽃같이 쨍한 주황색 침대보 위에 누워 있었다. TV에서는 선생님 같은 여자가 스페인어를 가르치고 있었다. 몸이 뻣뻣해진 느낌이었다. 감기에 걸린 모양이었다.

그 순간 에디는 옷을 입은 채로 이불 속으로 들어가서 다시 잠에 들고 싶었다. 아직 잠에 취해 있기도 했고, 최소 열 시간 정도는 잔 것 같았지만, 더 잘 수 있었다. 일어나기에는 너무 이른 아침이었다. 전에도 이런 적이 있었다. 마사와 결혼해 같이 살던 시절, 주말이면 가끔 열여섯 시간을 내리 자다가 일어나서 남은 하루를 커피와 담배로 보내곤 했었다.

에디는 그때의 기억에서 벗어나려 머리를 세게 흔들고 몸을 일으켜 앉았다. 밖이 조금 전보다 확실히 밝아졌다. 구겨진 셔츠를 벗고 욕실로 가서 뜨거운 물로 얼굴을 적셔 가며 면도를 시작했다. 이제 잘 헤쳐 나가야 할 시간이었다. 어찌

면 연회장에 들어가서 연습을 할 수 있을지도 모른다.

그러나 연회장은 닫혀 있었다. 문도 잠겨 있었다. 당연히 카지노는 닫혀 있지 않았다. 아침 일곱 시의 카지노는 그리 활기차지 않았지만, 그래도 사람이 아예 없진 않았다. 피곤해 보이는 크랩스 도박꾼 다섯이 한 테이블에 옹기종기 모여 앉아 있었다. 블랙잭도 여섯 게임이 진행 중이었다. 슬롯머신을 돌리는 사람들도 있었다. 대부분 여자들이고 대개 중년 정도 되어 보였다. 에디는 그들을 지나 커피숍으로 가서 아침 식사를 했다. 그 후 한 도시의 메인 스트리트처럼 생긴 호텔의 가장 번화한 층을 돌아다니며 탐험하다가 상점들이 모여 있는, 기다란 거울로 장식된 아케이드를 발견했다. 몇몇 상점이 문을 여는 중이었다. 프랑스제 수영복, 이태리제 트위트 재킷 같은 고급 의류들이 창가에 진열되어 있었다. 한 가게에서 크뢴 초콜릿을 팔았고, 다른 가게에는 까르티에 시계를 팔고 있었다. 그는 큐대 케이스를 들고 계속 걸었다. 아케이드 끝 출입구 너머에 **헬스클럽&수영장**이라고 적힌 표지판이 있었다. 그 안으로 들어갔다.

수영장은 천장에 채광창이 나 있고 규모가 컸으며 자유로운 형식으로 꾸며져 있었다. 작은 동굴처럼 보이는 효과를 내기 위해 회색 바위가 수영장을 에워싸고 있는 부분이 드문드문 있었다. 에디가 있는 곳에서 물 건너편 저쪽에 진짜 동굴처럼 생긴 입구가 있었다. 동굴 입구를 바위로 만들어 놓은 곳이었는데, 수영을 해서 그 안으로 들어갈 수 있었다. 동굴 안에 작은 야자나무도 몇 그루 있었다. 한쪽에는 한 번에 열두 명 정도가 충분히 들어갈 수 있는 월풀 욕조가 있고, 그 뒤에 나무들이 나란히 서 있었다. 나무들 사이로 유리문과 하늘이 살짝살짝 보였다. 이 호텔의 메인 층에서 볼 수 있는 유일한 자연광이었다. 수영장 반대편에는 레스토랑이 있었고, 아직 오픈 전이었다. 수영장 테두리를 따라 놓여 있는 레스토랑 테이블에 분홍색 천이 깔려 있었다. 어딘가의 스피커에서 클래식 음악이 흐르고 있었다.

레스토랑 왼쪽에 헬스장 입구가 있고, 유리문 너머를 들여다보니 데스크에 여자 한 명이 서 있었다. 에디는 아무도 없는 수영장 가장자리의 콘크리트 바닥을 따라 걸어가서 헬스장 문을 밀어 열었다.

데스크에서 몇 걸음 더 안으로 들어가자 역시나 아무도 없는 운동 공간이 나왔다. 새것 같은 운동 기구들이 대여섯 개 있었고, 운동 기구의 금속 부분에 번쩍번쩍 광이 나고 짙은 빨간색 가죽 시트와 벤치에도 윤기가 흘렀다. 운동 공간 너머에 남자 탈의실&사우나라는 표시가 보였다.

에디는 돌아서서 여자를 바라보며 물었다. "수영복 빌릴 수 있나요?"

그녀가 승무원처럼 환하게 웃었다. "물론이죠."

에디는 그녀에게 호텔 방 키를 보여 줬고, 그녀는 그에게 격자무늬 일회용 수영복을 건넸다. 아라벨라와 그가 갤러리 사업을 하기로 결심한 그날 홀리데이 모텔에서 입었던 것과 같은 무늬였다. 카운터에 커다란 노란 수건이 겹겹이 쌓여 있었다. 에디는 수건 두 개를 들고 탈의실로 가서 수영복으로 갈아입었다. 수영복 안쪽에 달린 속바지가 별로여서 수영복 안에 속옷을 입었다. 콘크리트 바닥을 사뿐히 밟으며 수영장으로 가서 숨을 깊게 들이마신 다음 물속으로 뛰어들었다. 아직도 사람이 없었다. 그는 팔을 길게 뻗어 강하게 저으며 물살을 가르기 시작했다.

20분 후 물기를 닦고 운동 기구들 사이를 배회하면서 렉싱턴에서 헬스장 다닐 때와 같은 무게로 운동을 했다. 엉덩이와 등 근육 기구, 레그 컬, 다리 늘이기 기구, 삼두근과 이두근 기구, 가슴과 어깨 근육 기구를 했다. 이 호텔 수영장이 에디가 여태 가 본 실내 수영장 중 가장 좋았던 것처럼 운동 기구들도 전에 사용했던 것들보다 더 나았다. 운동 기구 기어가 조용히 움직였고 무게를 바꿀 때도 덜컹대지 않고 부드러웠다. 그는 땀을 흠뻑 흘리며 운동 중인 근육이 지칠 때까지 기구 하나에 계속 매달려 있었다. 스피커에서 나오던 음악이 멈추더니 어떤 교양 있는 목소리가 〈피가로의 결혼〉 서곡을 소개했다. 모차르트의 음악이 흐르기 시작했다. 물에 젖은 수영복을 입고 있는 그는 땀을 줄줄 흘려가며 무게를 올렸다 내렸다 했다. 오버헤드 프레스를 할 때만 평소보다 9킬로미터 정도 줄여서 운동했다. 어깨에 무리가 가게 하고 싶지 않았다. 나인볼을 치려면 어깨가 부드럽게 움직여야 할 테니.

토너먼트는 한 시에 시작될 예정이었지만, 연회장은 열 시에 열었다. 에디는 15분 전에 방으로 가서 젖은 팬티를 갈아입었다. 연회장 앞으로 갔더니 문이 열려 있었다. 연습용 테이블로 가서 당구공 열다섯 개를 초록 천 위에 놓고 큐대를 하나로 연결한 다음 당구를 치기 시작했다. 스트로크가 상쾌하고 날카로웠으며 시야도 깨끗했다. 푹 자고 일어나 운동을 했더니 몸이 개운했고 피곤함도 느껴지지 않았다. 그는 래크된 공을 한 번에 처리하고 또 래크를 했다. 젊은 남자들이 관중석 뒤에 있는 당구대에서 연습 게임을 시작했다. 에디는 그들을 신경 쓰지 않고 공을 계속 포켓에 넣었다.

"……이 시대 최고의 선수, 패스트 에디 펠슨!" 아나운서가 열광하는 척 부자연스럽게 그를 소개했다. 박수 소리가 드문드문 흩어졌다. 휘파람을 부는 사람도 있었다.

이 토너먼트의 아래쪽 명단에 해당하는 경기였다. 에디는 앨러미다 출신의 보석 세공인과 경기를 치렀다. 그러나 보석 세공인은 지독하게 진지해 보이는 얼굴과 달리 겨우 공 서너 개를 성공시켰다. 철제 테 안경을 쓴 그는 배가 불룩 튀어나와 있었고, 승리에 전혀 관심이 없어 보였다. 에디는 특별히 잘 친 것도 아닌데 그를 쉽게 이겼다. 연습이 더 필요했다.

에디는 전화기를 들기 전 여러 번 망설이다가 결국 전화기를 들고 켄터키 번호를 빠르게 쿵쿵 눌렀다. 아라벨라와 연결이 되었을 때, 상기되어 있지 않은 그녀의 목소리에 조금 흠칫했다. 그리고 자기도 모르게 마음이 편안해지는 걸 느끼며 다시 한번 흠칫했다. 서로 떨어져 있는 게 두 사람에게 효과가 있었던 모양이다. 그는 그녀에게 경찰한테서 무슨 얘기가 있었느냐고 물었다.

"찾아보고 있대요." 그녀가 답했다. "그런데 경찰이 뭘 증명할 수 있을지 모르겠어요. 그놈을 잡는다 해도 말이에요."

"그 생각은 더 하고 싶지 않군요." 그는 담배를 잡으려 침대 쪽으로 손을 뻗었다. "첫 번째 경기에서 이겼어요."

"잘됐네요. 돈을 받으려면 얼마나 더 이겨야 해요?"

"다음 상대를 이기면 참가비는 나와요. 1,500달러." 에디가 잠시 머뭇댔다. "다시 내려가서 연습해야 해요." 다른 할 말이 떠오르지 않았다.

"그래야죠." 아라벨라가 빠르게 답했다. "또 전화 줘요. 어떻게 됐는지도 알려 주고."

연회장으로 들어서자 두 번째 라운드가 시작되고 있었다. 철부지 쿨리는 1번 테이블에서 경기 중이었고, 관중 대부분이 그 당구대 근처에 모여 있었다. 에디는 최대한 가까이 가 맨 뒷줄에 서서 앞에 있는 사람들 머리 너머로 그의 경기를 얼마간 지켜보았다. 철부지는 말없이 포지션에 집중하며 래크되어 있는 공을 처리하려 하고 있었다. 브레이크 샷을 할 때 그의 유연한 몸에서 뿜어져 나오는 에너지는 정말이지 경이로웠다. 공 아홉 개가 유성이 폭발하듯, 불꽃이 터지듯, 무거운 원자가 중성자에 의해 산산조각 나듯 사방으로 흩어졌다. 철부지는 남은 공들이 멈추기를 기다렸다가 초크 칠을 한 다음 상체를 숙여 스트로크를 해서 남은 공을 전부 포켓에 넣었다.

에디는 돌아서서 관중석 뒤로 내려가 연습용 당구대를 찾아 나섰다. 연습용 테이블에 공 열다섯 개를 올리고 하나씩 포켓에 넣기 시작했다.

30분 후, 고개를 드니 부머가 그를 보고 있었다.

부머는 이제 작업복을 입고 있지 않았다. 밝은 노란색 셔츠에 몸에 딱 붙는 디자이너 청바지 차림이었다. 면도도 깔끔하게 되어 있었다.

"패스트 에디," 부머가 입을 열었다. "열다섯 개 치지 마셔. 나인볼 치라고."

에디가 당구대에서 몸을 일으켜 그를 쳐다보았다.

"내가 왜 이런 말을 하는지 모르겠지만," 부머가 말을 이었다. "나인볼 경기를 앞두고 스트레이트를 치는 건 별로 좋지 않아서 그래. 다른 게임이니까."

"나도 알지. 다른 거."

"스트로크도 다르잖아. 나인볼에서는 공을 애지중지하지 않아. 단호하게 때려 박아야 한다고."

"나도 알아, 부머." 에디가 답했다.

"그러면 스트레이트 풀에서 나와, 이제. 스트레이트 풀은 죽은 게임이야. 이런 얘기해 봤자 소용 있겠나 싶지만. 당신이 신사적인 스트레이트 풀 선수가 되고 싶은 거라면 그냥 그대로 하든지."

부머는 다른 선수가 비워 둔 연습용 당구대로 걸어갔다. 공을 다이아몬드 틀 안에 래크한 뒤 케이스에서 큐대를 꺼냈다. "그리고 브레이크할 때 품위 따위 버리라고." 부머가 말했다. "발라부시카를 살살 다룰 필요 없어. 쾅 때려 박으라 이 말이야." 그는 큐대를 마지막으로 단단하게 조였다. "내가 왜 이런 소리를 하는지 모르겠네, 나 참." 그러고는 큐대를 뒤로 빼 강하게 샷을 때려서 래크를 오픈했다.

부머 말이 맞았다. 에디는 잘 인식하지 못했지만 큐대를 아끼고 있었다. 그는 숫자가 큰 공 여섯 개를 테이블에서 치우고 남은 아홉 개를 래크했다. 그리고 큐볼을 래크 아래쪽에 내려놓고 발라부시카를 단단하게 붙들어 평소보다 더 많이 뒤로 뺀 다음 아주 잠깐 주저하다가 세게 밀어냈다. 공이 사방으로 흩어졌다. 두 개가 포켓으로 들어갔다. 괜찮은 브레이크였다. 뉴런던에서 했던 브레이크보다 더 나았다. 스윙할 때 오른쪽 어깨에 들어가는 힘이 느껴졌다.

에디가 다시 래크를 하고 있을 때 경기가 진행되는 구역에서 박수 소리가 들려왔고 아나운서의 흥분된 목소리가 뒤따랐다. "쿨리가 10 대 3으로 승리했습니다." 에디는 이를 꽉 물고 래크를 쾅 때렸다. 공들이 산산이 흩어졌다. 9번 공이 테이블을 가로지르다가 코너 포켓 바로 앞에서 멈춰 섰다.

연회장 에어컨에 무슨 문제가 생긴 게 분명했다. 에디가 관중석 뒤편 연습용 당구대를 떠나 경기 구역으로 돌아나가는데 천장 아래에 담배 연기가 묵직하게 자리 잡고 있었다. 햇빛이 구름을 뚫고 나오듯 환한 조명이 뿌연 연기를 가르고 있었다. 토너먼트 첫날 저녁이었다. 마침내 관중석이 하나둘 채워졌다. 칵테일 웨이터들은 주문을 받고 계산을 했다. 에디는 관중석 사이에 서 있는 사람들을 지나가며 경기 구역을 훑어 보았다.

다섯 개의 테이블 위 중앙에 저마다 빨간색 버드와이저 로고가 그려진 90센티미터 정도의 기다란 철제 갓이 매달려 있고, 양끝에는 이름표 홀더가 걸려 있었다. 흰 소매의 남자가 가운데 당구대 앞에 스툴을 놓고 그 위로 올라가 이름표를 바꾸었고, 또 다른 남자는 굵은 솔로 초록 천을 솔질하며 초크 자국과 탤컴파우더를 털어 냈다. 스툴 위에 올라서 있는 남자가 한쪽 홀더에 **메이크피스**라고 적힌 이름표를, 반대쪽에는 **펠슨** 이름표를 넣었다. 에디는 그곳으로 걸어가서 큐대를 들고 기다렸다.

얼마 뒤 말끔한 갈색 정장을 입은 키 큰 흑인 남자가 다가왔다. 그는 에디에게 큼직한 손을 내밀었고 에디는 그의 손을 잡았다. "메이크피스라고 합니다."

"펠슨입니다."

"패스트 에디요?"

"네, 맞아요."

심판이 스툴을 치우고 턱시도 재킷을 입은 다음 타이를 단단하게 고쳐 맸다.

그는 큐볼 두 개를 가져다 놓고 에디와 흑인 남자를 쳐다보왔다. "래깅 준비됐습니다."

스피커에서 아나운서의 목소리가 나왔다. "1983년 동부 나인볼 챔피언십 2위에 오른 뉴저지의 오렌지 출신, 브라이언 메이크피스가 3번 테이블에 출전합니다!" 가벼운 박수 소리가 나왔다. "그의 상대는 미네소타 뚱보와 함께 미드 아메리칸 TV 시리즈의 스타가 될, 켄싱턴의 렉싱턴 출신, 패스트 에디 펠슨입니다!"

박수는 거의 없었다. 얼 보차드가 1번 테이블에서 경기 중이었고, 관중 대부분이 그에게 시선을 고정하고 있었다. "미드 아메리칸 TV의 스타." 그게 최선이었을까? 에디는 타이틀이 전혀 없었다. 지역 토너먼트에서 2위에 오른 적도 없었다. 그가 가진 거라고는 이름뿐이었고, 가끔 스피커에서 자신의 이름을—패스트 에디라는 이름을—들을 때마다 자신이 전정 '패스트(빠른)'한지 곱씹고는 그렇지 않다고 생각했다.

허리를 숙여 래깅을 했다. 공이 생각보다 많이 굴러갔다. 브레이크 샷을 따낸 메이크피스가 테이블 헤드 쪽에 허리를 꼿꼿하게 펴고 서 있다가 상체를 구부려 큐대를 급하게 내려치며 큐볼이 래크로 쿵 부딪히게 만들었다. 7번이 포켓으로 들어갔다. 그는 입술을 삐쭉 오므린 채 학자처럼 공의 배치를 가만히 연구하더니 1번 공에 샷을 넣었다. 침착하고 초연한 사람이었다. 에디는 그에게 어떤 위협도 느끼지 않았다.

차분함을 유지하며 가차 없이 샷을 치면서, 필요에 따라 수비를 하면서 그를 지치게 할 생각이었다. 메이크피스가 공 여덟 개를 헝클어 놓았다. 8번 공이 뒤쪽에 탁 부딪치고 코너 포켓으로 되돌아가 그 앞에 걸리자 그는 그 공을 노려보다가 고개를 돌렸다. 굳이 나인볼 전문가가 아니어도 그자가 패배할 거란 걸 알 수 있었다. 에디는 주의 깊게 초크를 칠하고 8번을 포켓에 넣었다. 그런 다음 9번을 사이드포켓 속으로 떨어뜨렸다. 다음 게임의 브레이크에서 그는 부머를 떠올리며 온 힘을 다해 큐볼로 래크된 공을 강타했고 뒤이어 9번을 처리했다. 2 대 0이었다. 나인볼 경기에서 처음으로 기분이 좋아지기 시작했고, 이제야 게임에서 승리하는 다양한 방법을 하나의 혼란이 아니라 하나의 자산이라고 여기기 시작했다. 다음 브레이크에서 에디는 9번을 처리해 냈다. 브레이크 후에는 콤비네이션 샷으로 처리할 수 있었던 샷이었다. 실패한다 해도, 스트레이트 풀에서와 마찬가지로 남은 공 여덟 개를 테이블 밖으로 내보낸 뒤 9번을 해결하면 되었다. 한 시간 만에 그는 10 대 2로 승리했다. 에디의 플레이는 뛰어나진 않았지만 견고했다. 메이크피스는 다섯 번째 게임에서 대담성을 잃었고 나머지 게임은 당연한 수순으로 흘러갔다.

심판이 점수를 발표했을 때의 박수 소리는 아까보다 한층 커졌다. 두 경기를 이겼다. 한 번 더 이기면 돈이 손에 들어올 터였다.

그날 저녁 에디는 관리자 테이블 왼쪽 모퉁이에 있는 2번 테이블에서 어린 소년과 경기를 했다. 소년의 이름은 파슨즈였다. 열일곱 살밖에 안 된 놀라운 소년이었다. 스트레이트 풀 월드 오픈에서 3위에 입상한 적이 있긴 했지만, 나인볼은 이번이 첫 토너먼트였다. 실력이 꽤 괜찮았다. 메이크피스보다 훨씬 잘했으나 에디의 상대가 되기엔 충분하진 않았다. 에디는 경기 내내 소년을 앞섰고, 최종 점수는 10 대 7이었다. 이런 소년은 그에게 아무 문제도 아니었다. 128명 선수 중 열댓 명이 문제였다.

에디는 큐대의 나사를 풀고 당구대 아래에서 케이스를 꺼내 두 조각으로 나뉜 큐대를 케이스에 넣고 뚜껑을 꽉 닫았다. 그리고 고개를 들었다. 천장 아래에 자욱했던 연기가 사라진 걸 보니 에어컨이 수리된 모양이다. 무척 피곤했다. 손에 돈이 들어오니까 좋았다. 이제 진짜 시작이다. 사람들 사이를 밀치고 나가는데 낯선 사람들 여럿이 축하를 해 주었다. "패스트 에디, 파이팅!" "훌륭한 스트로크였어요!" 연회장을 떠날 땐 휘파람 소리도 들렸다.

밤 열 시였고 아직 저녁 식사 전이었다. 절대 문을 닫지 않는 카지노와 세계 표준 시간 따위 필요 없어 보이는 이곳에서는 문제 될 게 전혀 없었다. 에디는 최소 25달러를 걸어야 하는, 거의 빈 블랙잭 테이블 앞에 멈춰 서서 칩 네 개를 사고 처음으로 블랙잭을 했다. 자정쯤 게임을 그만뒀을 때는 900달러가 손에 쥐어져 있었다. 딜러에게 팁을 주고 저녁 식사를 하러 호텔 내의 폴리네시아식 레스토랑으로 들어가 거대한 관엽 식물 사이로 졸졸 흐르는 인공 분수 옆에 자리를 잡고 지나치게 달달한 돼지고기 요리를 젓가락으로 집어 먹었다. 코코넛에 든 음료는 거들떠보지도 않고 아라벨라가 그랬듯 식사와 함께 와인 보졸레 누보 반 병을 주문했다. 그리운 아라벨라. 방금 블랙잭으로 딴 돈이면 그녀를 여기로 데리고 올 수 있었다. 웨이터가 와인을 따라 주는 동안 곰곰이 생각해 보다가 그러지 않기로 했다. 혼자가 좋았다. 곁에 있어줄 사람도, 도움도, 섹스도 필요 없었다. 마음속의 편안함과 싱그러움을 즐겨야 했고, 땀을 흘려 번 돈의 느낌을 음미해야 했다. 그리고 나인볼을 연습해야 했다.

한 시에 에디는 연회장으로 돌아갔다. 관중석 뒤에 빈 테이블을 발견하고 공 아홉 개만 래크한 다음 세 시에 연회장이 닫힐 때까지 연습했다. 와인과 피로감에도 불구하고 플레이가 훨씬 괜찮았다. 전체적으로 통합된 테이블의 형태가 한눈에 들어왔고, 아홉 개의 서로 다른 공이 패턴화된 하나의 실체로 보였다. 그는 게임 하나를 한 큐에 끝낼 수 있었다. 예전에 스트레이트 풀을 할 때 언젠가 그런 적이 있긴 했지만 까

많게 잊고 있었다. 신비롭고 직관적이었다. 공들이 마치 무언가에 매혹된 것처럼 에디에게 달려들었다.

그렇게 시간이 흐른 뒤 에디는 감지할 수 없을 정도로 낮게 웅웅대는 에어컨 소리를 들으면서, 사하라 호텔의 거대한 네온사인이 내뿜는 밤하늘의 불빛을 커튼 사이로 슬쩍슬쩍 보면서, 바삭바삭한 침대보 사이에 누워 있었다. 이틀간 나인볼 경기를 세 번 이겼고, 매일 아침 호텔 헬스장에서 혼자 운동하고 거대한 호텔 수영장을 열두 바퀴 정도 돌고 호텔 레스토랑에서 식사하고 호텔 카지노에서 블랙잭을 했다. 영혼이 평온해지고 있었다. 메이휴와 일하느라, 퀼트와 조각품 그리고 목판 작품을 구매하느라, 갤러리를 페인트칠하고 청소하고 배선 연결을 하느라 정신없이 보냈던 나날들이 중년의 혼란 —섹스, 돈 그리고 사랑—과 함께 전부 흘러 나갔다. 그는 여기, 이 호텔 방에 속해 있었다. 계단 아래의 연회장에, 카지노에, 천상의 상점들로 이어지는, 거울이 붙어 있는 미로 같은 긴 복도에 속해 있었다. 에디는 호텔 밖으로 발을 내딛지 않았고 앞으로 그럴 계획도 없었다. 이 호텔은 개미집이나 우주선처럼 에디가 원하는 모든 걸 제공하는 주거지 같았다. 이번 한 주는 피정을 온 느낌이었다. 새벽 네 시, 침대보 사이에 누워 있는데 과했던 큐질 때문에 어깨가 희미하게 떨렸다. 그는 도박꾼 삶의 매혹적이고 황홀한 경험을 심장이 경험할 수 있게 했다. 헌신적인 삶과, 세상의 가장자리에 살면서도 부분적으로는 꿈속에 사는 삶을. 윤이 나는 공들이 빛나는 초록 천 위를 가로지르는 꿈 그리고 그의 기술이 자욱한 연기 아래에서 빛을 내는 그런 꿈. 에디의 삶 속 자신의 모습인 수도승 또는 몽유병자 같기도 했다. 신에 사로잡힌 수도승처럼—또는 그 순간만 그렇게 되도록 허락한 것처럼—에디는 돈에 매료되어 있었다. 그는 돈을 위해 당구를 쳤고, 돈을 진정으로 깊이 사랑했다. 심지어 멋들어진 신권 지폐에 새겨진 짙은 그림과 숫자도 사랑했다. 에디는 당구라는 경기와 당구 장비, 원목 레일과 천, 페놀 수지로 만든 반짝이는 공, 남근 같은 큐대의 마감재, 당구공 소리와 색깔까지도 사랑했을지 모른다. 어쨌거나 그가 가장 사랑하는 건 돈이었다.

다음 날 패자들이 당구대를 점령했고, 만약 에디가 승리를 거둔다면, 딱 한 번만 경기하면 되었다. 토너먼트는 이런 식으로 진행되었다. 첫 번째 라운드가 끝나면 승자 예순네 명이 결정되고 패자도 똑같이 정해진다. 두 번째 라운드 후에는 승자 서른둘이 남는다. 그리고 세 번째 라운드에서는 열여섯이 남는다. 그렇게 다음번에는 여덟, 그리고 넷, 다음엔 결승에 나갈 둘이 결정되는 것이다. 선수들 숫자가 줄어들고 우승자의 자리가 확실해지려면 매번 하루가 필요했다.

그게 끝이 아니었다. 살아남은 선수는 패자 결승 경기의 우승자와 게임을 치러야 했다. 그게 패자부활전이었다. 패자 결승전은 아침 열 시부터 자정까지 계속되었다. 승자 명단에 있던 스타들이 점점 사라지듯이 다섯 당구대에서도 끊임없이 경기가 이어졌다. 에디는 보차드나 쿨리처럼 무패 행진을 계속하는 열여섯 선수 중 하나였다. 간신히 버티는 중이었지만 어쨌든 부머도 그에 포함되었다.

에디의 경기는 오전 열 시에 있었다. 그는 아래층에서 식사한 뒤 수영을 먼저 하고 가볍게 기구 운동을 한 다음 수영으로 몇 바퀴 더 돌고 나서 월풀 욕조에 앉아 뜨거운 물로 어깨를 마사지하며 커피를 마셨다. 아홉 시쯤이었다. 15분 뒤 욕조 밖으로 나와 물기를 닦고 수영장 가에 있는 레스토랑에 앉아 수영을 시작하는 비키니 차림의 젊은 여자 둘을 구경하며 달걀 스크램블을 먹었다. 그 여자들의 가슴은 아담하지만 훌륭했고, 엉덩이도 빵빵했다. 에디는 커피를 한 잔 더 마시면서 여자들이 사람들 시선을 의식해 배시시 웃으면서 젖은 머리칼을 얼굴에서 밀어내며 수영장 밖으로 나오는 모습을 지켜보았다. 스피커에서 모차르트 음악이 흘렀다. 그는 토스트를 마저 먹고 자리를 떠났다.

경기는 매우 힘들었다. 이기려면 운이 좋아야 했다. 에디는 다행히 운이 좋았다. 세 번째 래크에서 젊은 상대 선수가 나인볼을 만들었지만, 그에게 운이 따르지 않아 공이 키스*되는 바람에 스크래치가 발생했다. 에디가 5번 공에 샷을 하는데 큐볼이 예상치 못하게 길게 굴러갔고, 간단한 콤비네이션을 남겨 놓은 채 물러났다. 또한 그는 두 번이나 어처구니없이 공을 놓쳤는데, 운 좋게도 그때마다 테이블 위 공의 배치가 나름 안정적이었다. 최종 점수는 10 대 7이었고, 이번엔 박수 소리가 컸다. 다른 경기보다 에디의 경기를 구경하는 관중이 더 많았고, 그가 열 번째 게임에서 9번 공을 포켓에 넣자 박수를 크게 치며 휘파람을 불었다. 이제 에디는 여덟 선수중 한 사람이었다. 앞으로는 운이 문제가 아닐 것이다. 드디어 그가 그 자리까지 올라갔다.

에디가 자리를 뜨자 여전히 뚱한 얼굴의 부머가 큐대를 조이며 다가왔다.

"잘하네." 부머가 말했다. "다음에 내 차례야."

"누구랑 붙는데?"

부머가 얼굴을 찡그렸다. "보차드."

"내가 응원하지."

"놈이 들어오면 팔이나 부러뜨려 줘."

에디는 관중석 사이로 간신히 비집고 들어갔다. 관중들이

---

* 큐볼이 1적구에 부딪히고 1적구가 2적구에 맞는 샷

그에게 자리를 내주었다. 경기는 오래 지속되지 않았다. 부머에게 기회가 없었다. 보차드는 침착하고 평온하게 공을 깎아 치면서 마법사처럼 샷을 쳤고, 반면 부머는 땀을 뻘뻘 흘리며 구시렁대다가 큐팁에 초크를 칠하면서 숨죽여 욕을 내뱉더니 결국 공을 놓치고 말았다. 점수는 10 대 1. 우레와 같은 박수가 쏟아졌다.

경기 후 에디는 부머와 악수를 했다.

"이런 개자식." 부머가 나직이 중얼댔다. "그 새끼가 몬순*처럼 나를 후려치고 지나갔잖아."

에디는 연습용 당구대로 되돌아가서 샷을 치기 시작했다. 보차드를 지켜보다가 그 어린 청년의 포지션 플레이에 무언가 다른 부분이 있다는 걸 알아챘다. 큐볼에 회전을 먹이지 않고 중간 강도로 샷을 치면서 쿠션이 공의 롤링을 제어하게 만드는, 스트레이트 풀 선수보다 훨씬 더 많이 제어하도록 하는 방식이었다. 에디도 그렇게 해 보고 싶었다. 꽤 까다로운 기술이었다. 지난 30년간 배워온 걸 어기는 행위였다. '그를 이길 수 없다면 그에게 합류하라'라는 말을 되새기며, 큐볼에 회전을 주지 않고 중속으로 샷을 쳤다. 큐볼이 코너에서 죽거나 사이드 레일에서 벗어나지 않도록 노력했다. 시간이 좀 걸

---

* 계절에 따라 주기적으로 일정한 방향으로 부는 바람을 뜻한다. 여름에는 바다에서 대륙으로, 겨울에는 대륙에서 바다로 분다.

렸지만, 에디는 그 기술을 서서히 받아들이고 있었다.

에디는 점심을 먹기 전 세 시간 동안 연습을 했다. 그는 프랑스식 레스토랑으로 가는 길에 블랙잭 테이블 앞에 20분 동안 머물렀다. 게임을 할 때마다 딱 맞는 카드를 내밀었고 결국 600달러를 벌었다. 다시 에디에게 행운이 찾아왔다. 게임의 승률이 별로 높지 않은 편이었기 때문에 순전히 운빨로 그런 결과가 나왔다는 걸 그도 알고 있었다. 돈을 챙기고 레스토랑 메뉴판에서 제일 비싼 음식을 시키고 와인 대신 페리에를 마셨다. 잠시 뒤에 있을 연습을 위해 머리를 맑게 하고 싶었다. 이제 나인볼이 파악되기 시작했다. 배 속에서 사르르한 느낌이 났다. 다음 공의 포지션과 그다음 공의 포지션에 큐볼을 세팅하는 방법을 지켜보면서 당구를 계속 치고 싶었다.

연회장으로 돌아가는 길, 빈자리가 있나 쳐다보지도 않은 채 블랙잭 테이블을 무사히 지나치고 난 뒤 연회장으로 이어지는 길목의 마지막 도박 게임 구역에 다다랐을 때, 많이 들어본 걸걸한 목소리가 고함치는 소리가 들렸다. "오 이런, 신이시여! 제발 나와라!" 크랩스 테이블을 스윽 훑어보니 부머가 온몸을 테이블 속으로 집어넣을 기세로 주사위를 던지고 있었다.

에디는 발걸음을 멈추었다. 부머는 나인볼 복장을 하고 있지 않았다. 실크 셔츠와 딱 붙는 바지가 아니었다. 구깃구깃한 갈색 코듀로이 바지에 황갈색 면 셔츠를 입고 워커를 신은 채 발을 직직 끌었다. 머리에는 칙칙한 올리브색 카우보이모 자가 얹혀 있고, 모자챙의 양옆이 반쯤 접혀 안전핀에 고정되어 있었다. 말아 올려진 소매 밖으로 털이 수북한 팔이 드러나 있고, 넙데데하고 못난 얼굴에는 열정이 가득했다. "지금이야. 바로 지금!" 주사위가 멈추자 그가 소리를 꽥 지르더니 얼굴을 심술궂게 일그러뜨렸다. "크랩스." 턱시도를 입은 남자가 말했다. "주사위 던지세요." 에디는 연회장으로, 가던 길을 계속 갔다.

에디는 공을 래크하고 9번을 노리며 온 힘을 다해 브레이크했다. 그러나 9번은 몇 센티미터밖에 움직이지 않았다. 다시 래크하고 또 브레이크를 했다. 9번이 사이드 레일로 가서 통 튕기더니 멈춰 섰다. 다시 래크하고 또 브레이크를 했다. 이번에는 9번이 포켓으로 들어갔다. 스트로크의 스윙을 통제하는 동시에 최대한 세게 내려쳐야 했다. 그는 공 위쪽에 회전을 주고 큐대를 끌어당기며 브레이크를 해 보기도 하고, 회전을 아예 안 주기도 하면서 스트로크가 제대로 된 느낌이 들 때까지 계속 브레이크를 시도했다. 스트레이트 풀에서는 그렇게 강하게 샷을 할 필요가 전혀 없었지만, 이건 스트레이트 풀이 아니었다. 에디가 원하는 대로 브레이크가 된 후, 그는 공들을 넓게 펼쳐 한 번에 포켓으로 넣을 계획으로 다시 세팅했다. 한 큐에 끝내려면 큐볼이 테이블 위를 사방으로 돌아다녀야 했다. 스트레이트 풀에서는 색깔 공을 아래쪽 레일에서 맞은편 레일로 쫓아냈다가 다시 돌아오게 하는 식의 3레일 포지션으로 경기를 하지 않기 때문에, 그는 그런 부분에서도 상당히 약했다. 여덟 시까지 계속 그 연습을 했다. 어깨 통증이 에디를 옭아맸지만 그래도 무언가를 터득하고 있었다. 큐대를 분리하고 고개를 들었더니 나인볼 복장으로 갈아입은 부머가 큐대를 들고 서 있었다. 부머의 실크 셔츠는 반짝이는 파랑색이고 바지는 하얀색이었다. 그는 그 카우보이 모자를 쓰고 있지 않았다.

"당신은 참 고결한 인간이야." 부머가 말했다. "하루 종일 여기에 있었잖아. 밤이든 뭐든 상관없이."

"어이, 잘 있었나?"

"술이나 마시자고."

에디는 오른쪽 어깨가 욱신거렸다. "자쿠지*에 좀 들어가야겠어."

"여기에 그런 것도 있어?"

에디가 고개를 끄덕였다.

"술 가지고 자쿠지로 가지."

---

* 욕조, 수영장 및 기타 목욕 제품을 제조 및 판매하는 미국의 회사이자 기포가 나오는 욕조 브랜드

그들이 카지노를 통과할 때 에디가 입을 뗐다. "크랩스 하는 거 봤어."

"나참, 빌어먹을 온 세상이 이 따위라니까. 크랩스 테이블에서 젠장할 남들 구경거리나 되고. 맨날 그렇지. 나는 태생적으로 엔지니어야. 도박은 내 재능으로 할 일이 아니라고."

"어떻게 됐는데?"

부머가 주머니에 손을 쑤셔 넣었다. "탈락했지."

"크랩스에서? 아니면 당구에서?"

"둘 다." 부머가 두 사람이 지나고 있는 크랩스 테이블 쪽으로 경멸하듯 고갯짓을 했다. "그 메이크페이스 말이야. 당신이랑 겨뤘던 그 소극적이었던 놈이 나랑 나인볼을 하는데, 글쎄 아주 개 같은 주술사처럼 하더라니까." 그가 고개를 절레절레 흔들었다. "완전히 파산했어." 그들은 수영장으로 이어지는 복도를 따라 내려갔다. "나랑 겨룬 자들은 전부 악마처럼 경기했어. 차라리 라디오나 조립하는 게 낫겠어."

에디는 포켓으로 손을 뻗어 블랙잭에서 딴 100달러 지폐두 장을 꺼냈다. "여기, 다음에 갚아."

"어이구, 아주 고맙소." 부머가 그를 쏘아보았다.

"내가 빚진 거야." 에디가 말했다. "나인볼에 대해 나한테 했던 말, 맞는 말이었어."

월풀 욕조에 두 사람밖에 없었다. 말랐지만 강단 있어 보이는 부머는 털이 많았고 피부는 창백했다. 그는 지나치게 주의를 기울이며 물에 들어갔다. 둘은 타일에 등을 기대고 30센티미터 정도 떨어져서 나란히 앉았다. 부머는 드람부이를 두 잔 마신 반면 에디는 맨해튼을 딱 한 잔만 마셨다. 물에 들어가니 어깨가 한결 부드러워졌고, 술은 긴장을 풀어 주었다.

술을 세 잔 마시고 난 뒤 부머는 기분이 약간 좋아졌다. 거품 아래로 다리를 쭉 뻗어 발가락 끝을 물 밖으로 꺼내더니 꼼지락대기 시작했다. "이 생활도 끝내야겠어." 그가 털어놓았다. "이 쓰레기 같은 도박 따위. 도박을 하기엔 이제 나이가 너무 많다고."

"몇 살인데?"

"서른일곱."

"난 쉰이야, 부머."

부머가 고개를 돌려 에디를 바라보았다. 여전히 발가락을 꿈틀대면서. "우린 달라." 그가 말했다. "나는 도박을 좋아하지만, 나한테 승리가 전부는 아니야. 난 그냥 노닥거리는 걸 좋아하지."

"나는 어떤데?"

"음," 부머가 말을 이었다. "당신도 편치는 않겠지. 하지만 당신은 승자잖아."

에디는 잠시 그를 쳐다보았다. "드람부이 한 잔 더 마셔."

그가 말했다.

　다음 날 아침, 에디는 게임에서 졌다. 전날 했던 그대로 했는데도. 푹 자고 운동하고 수영하고 아침 식사를 한 뒤 단단히 준비된 기분으로 연회장에 도착했었다. 그와 겨룬 젊은 남자는 이름이 윌리 플러머였다. 작년 토너먼트에서 3위에 올랐던 사람이었고, 올해 서부 해안 지역 나인볼 오픈 챔피언이었다. 체구가 작고 마른 그는 기계처럼 당구를 쳤다. 실수 같은 건 할 줄 모르는 사람 같았다. 에디는 지금까지 살면서 그 어느 때보다 나인볼을 잘 쳤지만 10 대 7로 패배했다. 상대의 작은 손을 맞잡아 악수한 후 관중석 뒤편 벽에 붙어 있는 차트로 가서 그의 이름이 패자 명단 어디쯤에 올라왔는지 확인하는 것 외엔 할 일이 없었다.

　저녁에 헤이스팅스라는 사람과 겨루게 될 예정이었다. 그후에도 에디가 토너먼트에 남아 있다면 다음 날 세 경기가 더 있을 것이다. 그러고 나면 세 경기가 또 있다. 그는 숨을 깊게 내쉬었다. 또다시 늪으로 밀려나 있었다. 다시 공중으로 돌아가려면 그의 방식과 싸워야만 했다. 부머 같은 선수들이 정말 많이 탈락했고, 심지어 이제는 패자 명단에도 상대하기 쉬운 선수들 이름이 없었다. 볼 것도 없이 힘겨운 전투가 될 것이었다. 꼭대기는 아주 많이 어려울 것이다.

9

에디는 등을 대고서 어깨 위로 세차게 흐르는 뜨거운 물살
과 앞에 보이는 벽을 따라 길게 늘어선 관엽 식물들에 집중하
려 노력했지만, 패배한 기억은 사라지지 않았다. 감염된 것처
럼 그 기억은 머릿속에 계속 남아 있었다. 그는 윌리 플러머
가 당구대에서 연이어 샷을 치고 또 치며 게임을 차분하게 통
제하는 모습을 몇 발짝 떨어진 작은 테이블에 앉아서 속절없
이 구경만 하고 있었다. 윌리 플러머라는 이름은 한 번도 들
어 본 적이 없었다. 윌리 플러머는 얼 보차드나 철부지 쿨리
같은 선수가 아니었고, 매춘 알선업자처럼 옷을 화려하게 입
고 있었다. 초록색 상어가죽 바지에 갈색 네모 모양이 그려진
회색 실크 셔츠를 입었다. 거기에 폭이 좁은 이탈리아 풍 신
발까지. 게다가 볼과 손도 새하얬다. 플러머는 콤비네이션 샷

으로 단번에 9번을 처리했고, 그러자 관중들이 기립 박수를 쳤다. 그는 뱅크 샷과 킥 샷*으로 공을 포켓에 넣었으며, 큐볼을 테이블 위를 가로지르며 날아다니게 하다가 정확한 지점에 멈춰 세우기도 했다.

"너무 기죽어 있지 마셔." 부머의 목소리였다. 에디는 고개를 들었다. 반바지를 입은 부머가 다리를 약간 구부린 채 한 손에 드람부이를, 다른 손에는 또 다른 술을 들고 서 있었다. "당신 주려고 맨해튼 가져왔지." 부머가 말했다.

"그 개새끼는 실수하는 방법을 모르더라고."

"이미 벌어진 일이야." 부머가 말했다. "술이나 마시는 게 최고지."

에디는 술을 받았고, 부머는 월풀 안으로 들어왔다. "당구라는 게임은," 부머가 말을 시작했다. "내 중년 인생의 절망이야. 스무 살 때 당구가 날 남자로 만들었다고 생각했어. 에잇볼로 다른 놈들을 이기는 것이 내 인생의 의미라고 생각했다고."

에디가 몸을 일으켜 술을 한 모금 마셨다.

"네 말이 맞을 수도 있지."

부머가 물속으로 들어와 앉아 욕조 옆에 있는 타일을 따라 팔을 쭉 뻗었다. "솔직히 말해서," 그가 말을 이었다. "나는 그

---

* 큐볼이 쿠션에 먼저 닿고 목적구를 맞추는 샷

생각을 대체할 철학을 한 번도 발견한 적이 없어."

"나 역시 스무 살 이후로 뭘 많이 배우질 못했어." 에디가
말했다. 술을 마저 마시고 잔을 욕조 가장자리에 내려놓았다.
"연습을 더 해야 해."

"골든 트라이앵글에 갈 건데," 부머가 말했다. "같이 가면
어때?"

"골든 트라이앵글이 뭐야?"

부머가 눈썹을 쓱 올렸다. "게임이 있는 곳이지."

우락부락한 맥 트럭을 가지고 있을 것 같은 부머는 먼지투
성이 포르셰를 몰았다. 다시 밖으로 나갔더니 어둑한 밤을 타
호 호수의 메인 스트리트의 조명이 카지노처럼 휘황찬란하
게 비추고 있고 길거리에 사람들이 가득했다. 왠지 낯설게 느
껴졌다. 부머가 1.5킬로미터 정도 운전하다가 어느 순간 골목
길에 차를 세우더니 주차를 했다. 평범한 벽돌 건물의 네온사
인에 **골든 트라이앵글: 당구**라고 되어 있었다. 그들은 안으로
들어갔다.

그곳은 좁고 담배 연기가 가득했다. 에잇볼 당구대와 뒤편
에는 맥주 간판이 달린 작은 바가 있었다. 그곳 뒤쪽에 있는
당구대에 사람들이 모여 있었는데, 인파 때문에 무슨 일인지
잘 보이지 않았다. 그 옆 당구대에서 메이크피스가 에디가 모

르는 누군가와 침울한 얼굴로 당구를 치는 중이었다. 토너먼
트에 출전한 다른 두 선수는 앞쪽 당구대에서 뱅크 풀을 치고
있었다. 바 의자마다 큐대 케이스를 든 남자들이 앉아 있었
다. 그중 한 사람이 부머를 보고 미소 지었다. "어이, 부머." 그
가 아는 척했다. "에잇볼 어때?"

부머가 그에게 인상을 찌푸리며 "50달러로 하면."이라고
말했다.

남자는 가죽 케이스를 열고 자리에서 일어섰다. 앞쪽 테이
블 중 하나가 비어 있었다. 두 사람은 그쪽으로 걸어갔다. 부
머는 50달러 넘는 돈이 없을 것이니 첫 게임에서 패배하지 않
는 게 좋을 터였다. 에디는 부머를 따라가서 그가 8번 공을 떨
어뜨리고 다음 게임을 래크할 때까지 경기를 구경했다. "혹시
모르니까." 그러고는 뒤쪽에 사람들이 모여 있는 곳으로 다가
갔다. 그들 중 두 명이 에디를 알아보고 자리를 내 주었다. 테
이블에서 무슨 일이 벌어지고 있는지 충분히 볼 수 있을 만큼
가까이 다가섰다. 철부지 쿨리가 허리를 숙여 샷을 확인하고
있었고, 당구대 옆에 큐대를 들고 구경하고 있는 사람은 얼
보차드였다. 그들은 나인볼을 치고 있었다. 둘은 말없이 치열
하게 집중하고 있었다. 철부지가 나머지 래크된 공들을 쳐대
며 9번 공을 신중하게 포켓에 넣었다. 누군가 공을 래크했다.
에디가 옆에 있는 남자에게 돌아섰다. "판돈이 얼마요?"

"500달러요." 남자가 속삭였다.

"몇 게임에요?"

"한 게임에 500달러요."

철부지가 브레이크 샷에서 9번 공을 처리했다. 어떤 남자가 다시 공을 래크했고, 철부지가 또 브레이크를 했다. 상대가 볼을 처리하기 아주 어렵게 만들어 놓으며 섬세하고 완벽하게 수비를 했다.

두 남자가 앞서거니 뒤서거니 하는 동안 에디는 한 시간 정도 구경했다. 좌절감이 점점 커지고 있었다. 둘 다 아름답게 당구를 쳤다. 둘의 스트로크는 치명적이었지만, 그 경기에서는 그조차 잔인해 보이지 않았다. 에디를 더욱더 불편하게 만든 건 두 남자 모두—호텔의 연회장을 차지하고 있었던 것처럼 이 공간 역시 소유하고 있는 듯한 그 두 청년 모두—타의 추종을 불허한다는 점뿐만 아니라 에디가 지금껏 쳐왔던 그 어떤 샷보다도, 아는 게 당구 밖에 없었던 20대 시절의 최고 전성기 때보다도 그들이 더 잘 친다는 사실이었다.

30분이 지난 시점부터는 보차드가 앞서기 시작했다. 브레이크 샷에서 9번 공을 처리하거나, 샷을 빠르고 느슨하게 치며 단 한 번도 실수하지 않고 공을 톡 깎아 치거나 또는 쑥 찔러서 한 번에 포켓에 넣는 일이 점점 빈번해졌다. 마침내 쿨리가 그답지 않게 부드러운 말투로 말했다. "이만하면 충분해." 그러면서 큐대를 분리했다. 에디는 시계를 확인했다. 자정이 조금 넘은 시각이었다.

에디가 앞쪽 당구대로 다가갔을 때, 부머가 사이드포켓에 8번 공을 잘라치고 있었다. 그는 고개를 들어 에디를 보고 윙크를 하더니 바지 뒷주머니로 손을 뻗어 돈 한 마름을 꺼냈다. 200달러를 빼서 에디에게 건넸다. "내 건강을 회복하는 중이야." 그가 말했다.

다른 당구대가 비어 있었다. 에디는 바 뒤에 있는 남자에게 시간을 넣어달라고 말하고 큐대를 꺼낸 다음 나인볼을 치기 위해 공을 래크했다. 브레이크 샷으로 래크를 활짝 오픈하고 공을 하나씩 넣기 시작했다. 패자 명단에서 빠져나오려면 다섯 경기를 더 치러야 했다. 만약 경기에서 이기면 쿨리나 보차드와 게임을 해야 했다. 샷을 아주 강하게 쳤다. 색깔 공들이 뒤쪽 포켓으로 밀려들어 갔다. 남자 두 명이 다가와 에디 옆의 또 다른 빈 당구대에 기대어 서서 구경했다. 그는 공을 마무리하고 다시 래크한 후 브레이크 샷을 친 다음 실수 없이 한 번에 모두 처리했다. 다시 래크하고 있을 때 고개를 들었더니 얼 보차드가 다른 당구대에 기대어 서서 그를 보고 있었다. "샷이 상당히 깔끔하시네요." 시골 소년 같은 그의 말투는 얼음처럼 차가웠다.

에디는 원목 재질의 래크 틀을 가져와서 테이블 아래로 밀어 넣었다.

"나인볼 한 경기 하시겠어요?" 보차드가 공손하게 물었다.

에디는 그를 바라보았다. "글쎄."

"스트레이트 풀 선수라는 거 알고 있습니다. 제가 핸디캡을 갖고 할 수도 있겠죠."

"어떤 핸디캡인지?"

"2점 더 주고 경기하죠."

뺨을 한 대 맞은 기분이었다. 에디는 살면서 한 번도 핸디캡을 받은 적이 없었다. "판돈은?"

"5,000달러요."

"난 그만큼이 없소."

"친구분이 도와줄 수도 있죠."

"어떤 친구?"

"저, 그런데 말입니다." 보차드가 차갑게 웃으며 말했다. "3점은 어때요? 3점을 먹고 들어가는데 질 리 있겠습니까?"

"난 그만큼이 없소." 에디는 같은 말을 반복했다. 청년의 미소가 그를 분노케 했다.

"나는 있지." 또 다른 목소리였다. 뒤를 돌아봤더니 건 샷 올리버가 그를 쳐다보고 있었다. 건 샷은 뉴런던에서보다 더잘 차려입고 있었고 술을 마신 것 같지도 않았다. 그의 한 손에 지갑이 들려 있었다. "내가 돈을 대겠어." 그가 말했다. "자네가 나인볼 치는 거 봤네."

에디는 그를 가만히 쳐다보았다. 그는 건 샷을 고장 나 버린 늙은 놈팡이라고 생각했었다. 그러나 이곳에서의 건 샷은 두둑한 지갑을 들고 5,000달러 후원을 제안하고 있었다.

"자네가 이기면," 올리버가 목청을 가다듬으며 말했다. "자네 몫을 나눠주지. 만약 진다고 해도 자네가 잃을 건 없어."

당구장 안 사람들이 조용해졌다. 다들 멈춰 서서 무슨 게임이 시작될지 지켜보고 있었다. 부머가 큐대를 손에 들고 다가왔다.

에디는 보차드와 게임을 하고 싶지 않았지만, 빠져나갈 방법이 없었다. 그는 보차드의 무성한 콧수염과 초크로 얼룩진 셔츠 그리고 작은 손을 바라보았다. 그 누구도 그를 이길 수 없었다. "좋습니다." 에디가 말했다.

"자, 래깅하시죠." 보차드가 말했다.

에디가 래깅에서 이겼고, 래크를 향해 강하게 샷을 쳐 오픈시켰다. 하지만 9번은 테이블 아래로 떨어지지 않았다. 다른 공 다섯 개를 처리하고 난 뒤 큐볼을 레일 옆 7번 공 뒤에 두어 수비를 했다. 보차드는 느긋한 움직임으로 6번 공을 간신히 쳐 냈고, 역시나 샷을 남겨놓지 않았다. 대단한 사람이었다. 에디는 주위 사람을 둘러보았다. 군중 속 어떤 남자 둘이 갈색 코트를 입은 남자에게 돈뭉치를 건네고 있었다. 이 개 같은 당구장 전체가, 바에 앉은 사람들까지 포함해서 전부 에디의 게임을 구경하고 있었다. 그는 상체를 숙이고 다시 수비를 할 생각으로 샷을 쳤다. 큐볼이 살짝 멀리 굴러갔다. 만약 보차드가 이번에 공을 놓친다면 그건 가장 형편없고 파멸적인 커트일 것이다. 그러나 그는 샷을 제대로 쳤다. 보차드는 침착하게 초크 칠을 하고 허리를 구부려 스트로크했다. 그의 스트로크는 녹은 얼음처럼 부드러웠다. 6번이 테이블을 가로지르고 코너 포켓 속으로 떨어졌다. 큐볼은 테이블 위 전체를 활보하다가 7번 샷 포지션에 우뚝 멈춰 섰다. 보차드가 7번을 톡 깎아 쳐 포켓에 넣었다. 그리고 8번과 9번도 넣었다. 군중속 한 남자가 앞으로 나와 래크를 시작했다.

에디는 저쪽으로 건너가서 부머 옆의 빈 당구대에 몸을 기댔다. 부머가 에디의 팔에 손을 얹었다. "약해지지 마서."

보차드가 큐볼을 발사했다. 9번 공이 두 번 키스되더니 포켓으로 떨어졌다. 에디의 뱃속이 팽팽해졌다. 이제 보차드는 여덟 게임을 이기면 되었다. 그가 브레이크를 했다. 게임이 시작되고 5분 만에 에디가 설 자리가 거의 사라져 버렸다. "분명 놈이 놓칠 때가 와." 부머가 말했다. "기다려야 해."

그러나 보차드는 놓치지 않았다. 그는 공 네 개를 처리하고 수비를 하며 테이블 길이만큼 멀리 떨어져 있는 주황색 5번 공을 에디에게 남겨 주었다. 5번은 풋 레일 중앙에서 몇 센티미터 떨어져 있지 않았다. 잘라 쳐서 들어갈 위치가 아니었다. 그러나 7번 공이 테이블 위쪽에, 코너 포켓에 들어갈 수 있는 자리에 놓여 있었다. 에디는 안경을 벗고 안경알에 앉은 먼지를 확인했다. 문제없었다. 7번을 다시 유심히 보았다. 톡 치기만 하면 될 터였다. 숨을 깊게 들이마시고 상체를 숙여 공에 회전을 먹이지 않으며 중간 속도로 스트로크를 했다. 큐볼이 5번 가장자리를 톡 치자 5번이 풋 레일 코너에서 튕겨져 나와 테이블을 대각선으로 가로지르다가 7번 쪽으로 쭉 굴러가 7번을 툭 쳤다. 7번이 포켓으로 떨어졌다. 큐볼은 테이블 위를 계속 구르다가 헤드 레일에 부딪히고 테이블 절반 아래쪽으로 되돌아갔다. 그 사이 5번 공은 아래쪽 코너 포켓에서 30센티미터 정도 멀어지고 있었다. 군중 속에서 누군가 휘파람을 불렀다. 저음의 목소리가 말했다. "바로 그거지!" 부머였다. 이제야 한층 단단해진 에디는 5번 공에 샷을 넣은 다음 남은 공을 해결하고 결국 9번을 사이드포켓으로 아주 확실하게 떨어뜨렸다.

공이 래크되는 동안 에디는 발라부시카를 들어 올리고 브레이크에 집중하려 노력했다. 불현듯 어떤 생각이 번뜩 들었다. 왼쪽 벽면 거치대에 당구장 비치용 큐대가 걸려 있었다. 그쪽으로 다가가 큐대들에 적힌 숫자를 유심히 살피다가 23을 발견했다. 가장 무거운 큐대였다. 다시 테이블로 돌아가서 부머에게 발라부시카를 건네고 비치용 큐대에 초크 칠을 한 다음 당구대 헤드로 다가가 큐볼을 쿵 때렸다. 스트로크의 속도와 맞물려 큐대에 무게가 더욱 묵직하게 실리는 것이 느껴졌다. 공들이 활짝 오픈되고 9번이 포켓으로 들어갔다.

그러나 에디는 그다음 브레이크에서는 9번을 손에 넣지 못했다. 9번 공은 그저 데구루루 굴러가기만 했다. 하지만 다른 공 두 개가 포켓으로 들어갔다. 에디는 보차드를 보지 않은 채 다시 발라부시카를 사용해서 남은 공들에 집중하며 한 번에 전부 다 매끈하게 처리했다. 9번 공을 포켓으로 떨어뜨리는 것 역시 간단했다.

"무슨 버터 바른 빵 같네." 부머가 말했다.

"에잇볼은 어떻게 됐어?"

"600달러." 부머가 말했다. "당신한테 다 걸었지." 그렇게 말하며 돈내기를 하고 있던 갈색 코트 남자에게 고갯짓을 했다.

"잘 걸었군." 에디가 말했다. "내가 공을 놓칠 리 없지."

그 뒤로 래크가 세 번 더 되는 동안 에디는 한 번도 공을 놓치지 않았다. 이 게임을 통제하고 있다는 느낌이, 전날 밤 침대에서 감각했던 선명함이 조금씩 느껴지는 듯했다. 그는 또다시 브레이크에서 9번을 밖으로 빼내지 못했지만, 다른 공을 먼저 포켓에 넣은 다음 한 큐에 전부 성공시켰다. 스트레이트 풀 같았다. 포지션 문제나 자신감에 관한 부분 그리고 이 나인볼이라는 게임에 대한 지식이 이제야 근본적으로, 정말 놀라울 만큼 쉽게 느껴졌다.

그러나 네 번째 브레이크에서 에디는 23온스짜리 비치용 큐대로 강타를 날렸지만, 공이 하나도 떨어지지 않았다. 3번이 사이드포켓으로 향하기는 했으나 마지막에 7번이 3번을 툭 건드리는 바람에 저쪽으로 밀려났다. 9번은 풋 레일 코너 포켓 몇 센티미터 앞에 멈춰 있었다.

그래도 점수는 5 대 2였다. 두 경기만 더 이기면 되었다. 보차드는 여덟 경기를 이겨야 했다. 보차드가 포지션이 간단한 공에 첫 샷을 넣는 동안 에디는 바(Bar)로 가서 맨해튼 한 잔을 주문한 뒤 어깨 너머로 보차드가 콤비네이션으로 9번을 포켓에 넣는 걸 지켜보았다. 어느새 5 대 4가 되었다. 저 개자식. 보차드가 브레이크 샷에서 공 하나를 포켓으로 떨어뜨리며 연속으로 처리하기 시작했다. 공 두 쌍이 테이블 각 끝에 프로즌되어 있었다. 통상적으로 두 쌍 중 한 쌍만 프로즌되어 있어도 연속 처리를 멈추고 수비를 해야 하는 상황이었다. 하지만 그는 연속 처리를 멈추지 않았다. 다시 말해 수비를 하지 않았다. 스트레이트 풀 선수처럼 큐대를 한 쌍의 공 쪽으로 가볍게 그러나 과감하게 밀어 넣었다. 그러자 3번 공이 들어갔고, 그다음 샷에서 남은 한 쌍이 분리되었다. 그렇게 그는 남은 공을 모두 처리했다. 5 대 5였다.

다음 래크에서 보차드는 승점을 연속으로 따내는 중인 그 세 번째 경기의 세 번째 샷에서 9번을 또 포켓에 넣었다. 다음 경기에서는 브레이크 때 공 두 개를 포켓으로 떨어뜨린 뒤 한 번에 마무리 지었다. 또 그다음에는 브레이크에서 9번을 넣었다. 에디와 부머는 아무 말하지 않았다. 어느덧 8 대 5였다. 보차드는 멈출 생각이 없어 보였다. 구경꾼들 역시 말을 삼키고 있었다.

보차드가 앞으로 나와 차분하게 집중하며 브레이크를 했고, 7번 공이 들어갔다. 1번 공에 대한 포지션이 괜찮아 보였다. 1번을 바로 포켓에 넣고 2번과 3번을 처리했다. 4번은 식은 죽 먹기였고 5번도 마찬가지였다. 보차드가 4번을 보며 망설였다. 그러더니 상체를 숙이고 샷을 했다. 그가 공을 놓쳤다. 4번을 포켓 앞에서 놓치고 말았다. 그는 하늘을 향해 눈썹을 힘껏 올리더니 어깨를 툭 떨구며 중얼댔다. "이런 제기랄."

일이 나고야 말았다. 이런 일은 누구에게나 일어날 수 있다. 에디는 큐대에 초크 칠을 하고 한 발짝 앞으로 나섰다. 보차드가 그에게 오픈 테이블과 일종의 로드 맵을 남겨 준 셈이었다. 4번과 5번, 6번, 8번 그리고 9번은 쉬워도 너무 쉬웠다. 이제 게임이 한 판 더 남아 있었다. 보차드는 초크 칠을 하거나 눈을 깜빡이거나 불안해하는 등 선수라면 누구든 한 번쯤

하는 행동을 내비쳤고, 그의 그런 행동은 그가 에디에게 남긴 테이블 위 로드맵과 같은, 또 다른 무언가를 암시했다.

에디는 4번에 샷을 쳐 포켓에 넣은 다음 큐볼을 5번 공에 대한 최적의 포지션에 두었다. 5번을 처리한 다음 6번과 8번도 마무리했다. 9번 공에 대한 포지션이 치명적일 만큼 정확했다. 9번을 톡 밀어 넣었다. 8 대 6이었다.

에디는 큼직한 큐대를 단단하게 붙들고 공들을 강타했지만 공들은 그의 강타를 받아들이지 못하고 느릿느릿 움직였다. 9번 역시 간신히 움직일 뿐이었다. 1번 공이 불안하게 흔들대더니 포켓으로 떨어졌다. 2번 공은 어려운 위치에 있었다. 테이블 길이만큼 멀리에 떨어진 곳에 있었는데, 에디가 싫어하는 샷, 즉 반대 방향으로 깎아 치는 샷으로 처리해야만 했다. 그는 자기 실패를 벼르고 있는 보차드를 흘긋 본 다음 부머에게 고개를 돌렸다. 부머가 에디에게 눈짓했다. 그는 침착해 보였다. 확신하고 있는 듯했다. 이런 빌어먹을. 에디가 생각했다. 2번 저거 내가 꼭 처리한다. 다시 2번을 보았다. 더럽게 까다로운 샷이었다. 순간적으로 2번을 놓치는 모든 경우의 수가 머릿속에 떠올랐지만, 그 즉시 그런 생각이 치명적인 실수를 일으킨다는 걸 깨닫고 바로 떨쳐 냈다. 괜히 쉰 살이 아니었다. 실수에 대해선 생각조차 하지 말아야 했다. 반드시 2번을 처리할 것이다. 그러면 무척 기쁘겠지.

에디는 간단히 스트로크를 하고 큐볼을 탁 쳤다. 큐볼이 테이블 아래로 굴러가서 적당한 견고함과 속도로 파란색 2번 공을 툭 쳤다. 2번이 큐볼에서 떨어져 대각선으로 구르다가 코너 포켓으로 떨어졌다. 큐볼은 계속 구르는 중이었다. 그사이 3번 공이 헤드 레일에 프로즌되었다. 큐볼이 테이블 위쪽으로 되돌아가 속도를 줄이더니 3번 공 라인에 자리를 잡았다. 당구장 안이 고요했다.

에디는 조금 더 힘을 빼고 3번을 포켓에 넣었고, 큐볼은 4번 뒤에 멈춰 섰다. 4번도 포켓으로 들어갔다. 그런 다음 5번도 해결했다. 그다음 6번과 7번, 8번 역시 내보냈다. 연한 노란 띠의 9번 공은 브레이크 이후 한 번도 머문 적 없던 지점에 자리 잡고 있었다. 에디는 앞으로 다가서서 큐대에 초크 칠을 하고 9번을 포켓 안으로 세차게 밀어 넣었다. 9번이 아래쪽 레일에 통 부딪히는 소리는 무척 아름다웠다.

"음," 부머가 차를 몰고 돌아가는 길에 말을 꺼냈다. "1,200달러면 한 사람의 철학을 믿을 수 없을 만큼 완전히 바꿔 놓을 수 있지."

"그 돈으로 크랩스는 하지 말고." 에디가 말했다.

"에잇볼이지. 나는 에잇볼을 치려고 태어난 사람이야."

에디의 바지 주머니에는 2,500달러가 들어 있었고, 그는 엄지손가락으로 돈을 꾸욱 눌러 보았다. 뒷자리에 10달러 주고 사 온 23온스짜리 큐대가 눕혀 있었다. "그놈은 여덟 게임만 했어. 나랑 똑같은 조건으로 했으면 놈이 이겼을 거라고."

"아이고, 철학자 같은 소리 하지 마시고." 부머가 말했다. "놈이 졌어. 당신이 이겼고."

패자 명단에 있는 에디에게 여섯 라운드가 남아 있었고, 전부 단판 승부였다. 목요일에 세 번, 금요일에 세 번 경기가 있었다. 그가 이긴다면 말이다. 만약 지면, 그대로 끝이었다. 토요일 밤, 한 번도 진 적 없는 한 선수는 패자 명단에서 무패로 간신히 빠져나온 누군가와 경기하게 될 것이다. 그 경기가 결승이니, 그때 1등과 2등이 정해진다. 그 전날 우승자가 꺾었던 누군가가 3등이 된다. 3등은 7,000달러를 받고 2등은 15,000달러를 받는다. 우승 상금은 30,000달러와 트로피다.

에디는 세 시에 침대로 가서 여덟 시 반까지 자고 일어나 짧게 수영을 하고 월풀에서 반신욕을 한 다음 아침 식사를 했다. 서둘렀는데도 운동할 시간이 없었다. 오전 열 시, 그는 상대 선수를 쉽게 이겼다. 열한 시 반쯤 경기가 끝났고 주위에 부머가 보이지 않아 곧장 노틸러스 머신을 하러 헬스장으로 갔다. 땀이 꽤 날 정도로 딱 한 세트만 가볍게 하고 나서 월풀에 몸을 담갔다. 다음 경기는 두 시에 있었다. 오늘은 연습을 하지 않을 생각이었다. 곧 있을 두 경기에 그의 모든 걸 쏟아

부어야 했다. 어제 내기 당구에서 보차드를 이겼는데, 그 경기 한 번으로 전에 퀼트를 사는 데 들어간 돈만큼을 벌었다. 순간 베티 조 머서의 둥글고 까무잡잡한 얼굴과 오므린 입술이 떠올랐다. 무슨 일이든 온전한 자기 일을 하며 사는 여자는 정말 별로 없었다. 그 퀼트들을 잃었던 일은—특히 삽 위에 아이 셋이 올려져 있는, 불꽃이 활활 타고 있었던 그 불타는 용광로 퀼트를 잃었던 일은—에디에게 당구에서 진 것만큼 가슴이 아픈 일이었다. 게다가 그 퀼트는 되찾을 수도 없이 영영 사라져 버렸다. 가능한 그 생각을 훌훌 털어 버려야 했다. 그는 뜨듯한 타일에 목덜미를 대고 물살이 목과 턱 밑까지 출렁이게 두고서 어깨 근육을 이완시켰다. 물속에서 다리를 앞으로 쭉 뻗었다. 현악 4중주 가락이 널따란 수영장을 가로질러 에디의 오른쪽에 있는 관엽 식물 사이로 스며드는 햇살의 섬세함과 함께 사뿐히 들어왔다. 눈을 감고 잠의 경계 사이를 둥둥 떠다니는 느낌을 감각하고 있었다. 그 청년들을 이길 수 있다. 보차드도 이겼으니까. 나인볼도 어쨌거나 당구였다. 게다가 그는 한평생 당구만 쳐 왔다.

한참을 월풀에 머물다가 느긋하게 물기를 닦고 옷을 입었다. 점심으로 샌드위치를 먹고 연회장에 돌아가 10분간 연습용 당구대에서 몸을 풀고 경기했다. 전날 패배했던 선수 윌리 플러머를 이번에는 이겼다. 점수는 10 대 3이었고, 에디는 단

한 샷도 실수하지 않았다. 플러머는 에디가 두 손 놓고 있을 때만, 그러니까 브레이크에서만 두 번 점수를 냈고 한 번은 에디의 수비 중에서 운 좋게 샷을 찾아내 점수를 가져갔지만, 에디와 견줄 실력이 아니었다. 다음 경기는 밤 아홉 시였다.

연습용 당구대로 돌아갔더니 부머가 토너먼트 관리 직원과 에잇볼을 치고 있었다. 에디가 잠깐 들르자 그가 샷을 치다가 고개를 들고 말했다. "쿨리가 깨졌어. 정오에."

"누구한테?"

부머가 줄무늬 공 하나를 사이드포켓에 넣었다. "누구라고 생각하는 건데? 당연히 얼 보차드지."

에디는 복도를 따라 걷다가 카지노로 갔다. 패자 명단에서 나오려면 그 또는 누군가 쿨리를 이겨야 했다. 그다음엔 10 대 7 같은 핸디캡 없이 보차드와 붙어야 했다. 사람들로 빽빽한 블랙잭 테이블 옆을 지나쳐 길게 나열된 슬롯머신 앞을 지나가는데 문득 기운이 쭉 빠지는 느낌이 들었다. 샌프란시스코로 가서 비행기를 타고 아라벨라에게 가고 싶었다. 메이드가 조금 전에 깨끗하게 청소해 놓은 호텔 방으로 올라가 깔끔한 침대에 누워 낮잠을 청했다. 곧바로 잠이 들었다.

밤 아홉 시, 경기는 아슬아슬하게 진행되었고 에디는 하마터면 질 수도 있는 결정적인 샷을 두 번이나 놓칠 뻔했지만, 다행히 문제없이 넘어갔다. 상대 선수는 그보다 더 지쳐 있고 불안정했다. 경기의 끝자락, 에디는 상대에게 6번 공에 대한 쉬운 샷을 남겨 주었고, 결국 그는 6번에 이어 7번과 8번을 처리하고 9번을 강하게 때렸다. 에디는 그럴 거라 예상하고 자리에 앉지도 않았다. 곧장 당구대로 다가가 9번 공을 탁 쳐서 포켓에 넣고 간신히 승리했다. 그때가 열 시 반이었다. 그는 연회장 밖으로 나가서 바로 침대로 갔다.

다음 날 아침 경기 역시 아슬아슬했다. 이 토너먼트에는 운 좋게 남겨진 사람이 없었다. 선수 절반 이상이 이미 집으로 돌아갔다. 에디는 열 시간 동안 잠을 자며 휴식을 하고 맛있는 아침을 먹었다. 그의 눈앞에 있는 청년은 밤새 한숨도 자지 않았는지 메스암페타민*이나 코카인을 먹어가며 깨어 있으려 애쓰는 사람처럼 보였다. 그의 눈 아래에는 붉은 줄이 지익 그어져 있고 샷을 치기 위해 브리지를 한 손가락은 덜덜 떨리고 있었다. 그리고 주구장창 머리를 빗어댔다. 에디는 그를 10 대 6으로 이겼다. 두 경기가 더 남았다. 윈게이트라는 사람과 3번 테이블에서 경기하고 그다음엔 9번 테이블에서 쿨리와 겨루게 될 것이다.

점심을 먹으러 초밥집으로 갔다. 줄을 서서 기다려야 했다. 음식을 들고 빈 테이블이 있나 두리번거리고 있는데 저

---

* 흔히 필로폰이라 불리는 마약

건너편에서 어떤 남자가 에디에게 손을 흔들었다. 토너먼트에서 본 남자였으나 이름은 기억나지 않았다. "앉으세요." 그가 말했다. 테이블에 다른 남자도 있었고 빈 의자가 두 개 있었다. 에디는 자리에 앉았다. 대화를 나눌 기분이 아니었지만, 앉을 데가 여기밖에 없었다. "올드필드입니다." 남자가 말했다. "여기는 베르겐이고요."

"만나서 반갑습니다."

올드필드는 입 안에서 씹고 있던 걸 마저 씹어 삼켰다. "지난 몇 년간 당신에 대해 들었습니다. 어젯밤 이전에는 당신이 경기하는 걸 전혀 본 적이 없었죠."

에디는 그를 쳐다보기만 할 뿐 아무 말하지 않았다.

베르겐은 턱수염이 있고, 순진해 보이는 인상의 키 작은 남자였다. 그가 유감이라는 듯한 말투로 말했다. "올드필드 씨가 돈을 많이 잃었어요. 보차드한테 돈을 걸었거든요."

"보차드는 좋은 큐대를 쓰죠." 에디가 말했다.

"압니다. 알죠." 올드필드가 거들었다. "이번 토너먼트에서 그를 후원하고 있어요. 작년에도 후원했고요."

"여기 청년들 대부분이 땡전 한 푼 없거든요." 베르겐이 끼어들었다.

"꼭 그렇진 않을 겁니다." 에디가 말했다. "지금까지 얼마나 잃었나요?"

"열두 장이요."

"1,200달러요?"

"12,000달러요."

에디가 고개를 절레절레 흔들었다. "어이구, 큰돈이군요."

마치 올드필드가 자기를 비난하는 것 같아 에디는 기분이 썩 좋지 않았다. 올드필드가 자리에서 일어나자 베르겐도 일어섰다. "또 봅시다, 패스트 에디." 그가 인사했다. "점심 맛있게 드시고요." 두 사람은 그렇게 떠났다. 에디는 골똘히 생각하며 식사를 마쳤다. 어제 분명 사람들이 그 경기에 돈을 걸고 있었다. 갈색 오버코트를 입은 남자가 돈을 한 주먹 쥐고 있었고 군중 사이에서 돈이 여기저기로 오갔다. 아주아주 오래된 방식이긴 한데 내기 당구 바닥에서는 '두 형제와 낯선 사람'이라는 시스템이 아직 존재했다. 남자 둘이 동업을 하고 그 둘 중 한 사람이 자기 동업자의 상대 선수에게 돈을 지원해 준 다음 동업자와, 그러니까 '형제'와 내기를 하는 시스템이었다. 보차드와 건 샷이 그런 식으로 이루어진 관계라면, 다시 말해 두 사람이 동업자라면, 에디는 낯선 사람이고 그의 승리는 아무 의미가 없는 것이다.

점심 식사 후 한 시간 동안 에디는 헬스장과 월풀에서 시간을 보내고 방으로 올라가서 깨끗한 셔츠와 청바지로 갈아입었다. 연회장으로 들어가 만석인 관중석 사이에 서 있는 사람들 사이를 밀치고 경기 구역으로 입장했다. 그 순간 철부지 쿨리와 마주 보게 되었다. 철부지는 몸에 딱 달라붙은 검은 바지에 검은색 구두, 그리고 하얀 실크 셔츠를 입고 있었다. 얼굴은 상기되어 있고 눈은 밝게 빛났다. 그는 2번 테이블 앞에 서 있었다. 에디는 3번 테이블에서 경기할 예정이었다.

"나의 전설이여, 지난밤 슈팅은 대단했습니다." 철부지가 차갑게 웃었다. 그는 수건으로 큐대 끝에 광을 내고 있었다.

"고맙네." 에디가 말했다.

"한 자리에서 온 힘을 다 쓰지는 마시고요."

에디가 그를 뚫어지게 쳐다보았다. "2,500달러면," 계속 말을 이었다. "네 오른팔을 부러뜨릴 사람을 살 수 있지."

쿨리의 웃음은 흔들리지 않았다. "그러면 왼팔로 당신을 이기면 되겠네요."

에디는 3번 테이블로 걸어가며 케이스에서 큐대를 꺼냈다.

에디의 상대 선수는 이탈리아 이발사처럼 생긴 30대 남자였다. 이름은 로스 아르네티. 아나운서가 군중에게 두 사람을 소개할 때 아르네티의 타이틀이—물론 전부 2위 또는 3위의 기록이었지만—수도 없이 많이 나왔고, 그 부분이 무척 인상적이었다. 그는 스트레이트 풀 올드 오픈에서 두 번이나 2등을 했고, 역시 스트레이트 풀 대회인 U.S. 초청 경기에서 3등,

지역 나인볼 토너먼트에서 2등을 두 번 했다. 아나운서가 에디를 소개했다. "이번 대회에서 좋은 모습을 보여 주고 있는 역대 전설 중 한 사람입니다. 패스트 에디."

에디가 래깅에서 이겼다. 브레이크를 하러 다가섰을 때 옆 당구대에서 공들이 쿵 부딪히는 소리가 들리길래 눈을 흘기며 철부지 쿨리가 경기를 시작하는 모습을 보았다. 에디는 23온스짜리의 강타 도구를 들어 꽉 쥐고 래크를 오픈시켰다. 9번 공이 풋레일 코너 근처에 멈추었고, 공 세 개가 바로 그 뒤에 자리를 잡았다. 5번이 들어갔다. 에디는 1번과 2번을 처리하고 샷을 주의 깊게 살펴본 뒤 콤비네이션으로 공을 때렸다. 9번이 포켓으로 떨어졌다.

초밥집에서의 대화가 그를 약간 불편하게 했지만, 지금 느끼고 있는 철부지 쿨리에 대한 증오심이 불편한 감정을 싹 지웠다. 아르네티는 상냥하고 내실이 단단한 전문가 같았다. 싫어할 만한 구석이 없는 사람이었다. 에디는 옆 당구대의 저 젊은 남자에 대한 확산하는 증오심을 인정하며 경기를 이어 나갔다. 그러자 스트로크도 날카로워지고 시야도 선명해졌다. 그는 아름답게 경기했다. 경기 중간쯤 상대 선수의 내면이 무너지고 있는 것이 느껴졌다. 아르네티는 등을 꼿꼿이 하고 의자에 앉아 있었지만, 에디가 그의 쪽을 흘긋 쳐다보자 별 관심 없는 척 보이려 애썼다. 그러나 그의 손에 들린 유리

잔은 힘없이 축 처져 있었다. 9번 공을 손쉽게 처리한 뒤 찰나의 순간 에디는 테이블 위 공들에게 붙들려 돌아설 곳이 없는 아르네티에게 미안한 마음이 들었지만 이내 떨쳐 냈다. 자비를 베풀 시간이 없었다. 다음 래크에서 그는 브레이크 샷으로 9번을 넣었다. 경기는 빨리 종료되었다. 10 대 4. 박수 소리가 우렁찼다. 에디가 큐대 두 개를 모두 들고 자리를 떠나려는데, 또다시 박수가 터져 나오더니 아나운서의 흥분한 말소리가 들렸다. "쿨리가 10 대 6으로 승리했습니다." 에디는 돌아보지 않았다.

옷을 갈아입는 공간은 호텔 방문 안쪽 바로 옆에 있었다. 방에 들어섰더니 카펫 위에 지퍼가 열린 회색 더플코트가 보였다. 그 옆에 휴대용 타자기가 있었다. 물이 틀어져 있는 소리가 들렸다. 방 한가운데에 있는 샤워 커튼도 닫혀 있었다. 에디는 욕실로 다가가 커튼을 젖혔다. 아라벨라가 맨몸으로 욕조 가장자리에 앉아 물에 발을 담그고 물이 채워지기를 기다리고 있었다.

"내가 본 중 가장 큰 욕조네요." 그녀가 말했다.

"아니, 여기는 어떻게 왔어요?"

아라벨라가 에디를 올려다보았다. "레노행 비행기를 타고 왔죠. 버스도 타고요. 메이드가 들여보내 줬어요. 어디에 있었어요?"

"당구 경기 중이었어요."

"발이 아팠는데 물속에 넣으니까 좋네요. 이겼어요?"

"네."

"오, 세상에." 아라벨라가 말했다.

"오늘 밤 아홉 시에 쿨리와 경기가 있어요."

"이런." 아라벨라가 탄식했다. "이길 수 있겠어요?"

"그놈이 뉴런던에서 날 이겼었죠."

아라벨라는 손을 뻗어 물을 잠그고 욕조 속으로 미끄러져 들어갔다. "그건 뉴런던에서의 일이잖아요." 계속 말을 이었다. "그 이후로 많은 일이 있었는데요, 뭘."

"나는 그 자식이 싫어요." 에디가 말했다. "당신의 그 젊은 옛 애인만큼 싫다고요."

아라벨라는 아무 말하지 않고 몸에 비누칠을 시작했다. 에디는 셔츠를 벗고 담배에 불을 붙인 다음 푹신한 벤치에 앉아 창밖을 내다보았다. 잠시 후 욕조에서 물이 빠지는 소리가 났고 뒤이어 그녀가 드라이하는 소리가 들렸다. 아라벨라가 말을 꺼냈다. "가게의 지저분한 것들을 전부 치웠어요. 경찰은 아무도 데려오지 않았고요."

"지문은요?"

"없어요. 전부 지워지고 뭐, 그랬대요."

"내가 이번에 이기면," 에디가 말했다. "다시 그 사업을 시작할 수 있어요."

"에디," 아라벨라가 그를 넌지시 불렀다. "이제 나는 아무래도 상관없어요. 그 사업을 이어 가든 아니든. 그냥 이기기만 해요."

에디는 고개를 돌려 아라벨라를 바라보았다. 그녀는 이제 옷을 입고 있었다. 회색 치마에 검은색 스웨터 차림이었다. "쿨리가 두려워요." 그가 고백했다. "빌어먹을, 무섭다고요."

아라벨라가 좋은 자리에 앉고 싶어 했기에 두 사람은 일찍 도착했다. 그녀는 관중석 세 번째 줄에, 쿨리와 동행인 조용한 금발 여자 옆에 겨우 들어가 앉았다. 연회장 중앙에는 이제 당구대가 딱 하나뿐이었다. 에디는 연습 구역으로 가 공을 치기 시작했다. 스트로크가 뻣뻣한 것 같았다. 코에 얹혀 있는 안경 브리지가 어딘가 모르게 거슬리기 시작했고 손에도 냉기가 돌았다. 스트로크에 힘을 조금 더 빼고 부드럽게 샷을 밀어 넣었다. 연습에 몰두하고 있을 때 안내 방송이 나왔다. "마지막 패자부활전 결승 경기가 3분 뒤 시작될 예정입니다. 선수는 고든 쿨리와 에디 펠슨입니다." 에디는 긴장이 되었다. 벽에 기대어 있는 곳으로 가 당구장 비치용 큐대를 들어 올리고 오른손에 발라부시카와 함께 꽉 움켜쥔 다음 관중석 사이로 향했다. 사다리꼴 모양으로 비추는 조명 아래에 빈 당구대가 설치되어 있었다. 관중들이 숨을 죽였다. 쿨리가 관중석 옆쪽에서 나와 조명 속으로 걸어오고 있었다. 마치 복싱 선수권 대회가 시작되기 전 같았다. 에디는 부들대는 손을 감추려 빈손을 주머니에 밀어 넣었다.

쿨리에게는 추종자들이 있었다. 그가 큐대 케이스를 테이블에 올리고 뚜껑을 열자 관중석에서 누군가 외쳤다. "할 수 있다, 철부지!" 또 다른 사람이 고함쳤다. "죽여!" 쿨리는 큐대를 내려다보며 씨익 웃고는 케이스에서 꺼낸 뒤 고개를 들어 에디를 짧게 쳐다보았다. 아무 말 없이.

아나운서가 두 사람을 소개했다. 뉴런던과 이 토너먼트의 전년도 기록을 포함하여 수십 개에 달하는 쿨리의 타이틀을 읊어댔다. 반면 에디는 "전설의 패스트 에디."라고만 소개되었다.

심판의 흰색 셔츠 앞자락이 조명을 받아 반짝였다. 새옷 같아 보이는 그의 턱시도는 빳빳하게 다림질되어 있었다. "래깅을 시작하겠습니다." 그는 하얀 장갑을 끼고 흰 공 두 개를 가져와 테이블 헤드 쪽에 공을 내려놓았다. 공이 테이블 위쪽으로 다시 돌아와 살짝 아래로 통 튀어나갔다. 쿨리의 래깅은 완벽했다.

쿨리는 유능하게 그만의 침착함을 뽐냈다. 그는 라인에 큐볼을 놓고 큐대를 뒤로 당겼다가 공을 쿵 때리며 래크를 오픈했다. 5번과 8번이 들어갔다. 초록 천에서 눈을 떼지 않고 초크 칠을 하더니 남은 공들을 처리하기 시작했다. 2분 만에 테이블 위의 모든 공이 사라졌다. 박수가 터져 나왔다. 심판이 다시 래크를 했다. 에디는 의자에 앉아 침착함을 유지하려 노력하며 그를 지켜보고 있었다.

쿨리가 브레이크를 하려고 팔을 뒤로 뺐을 때 어떤 목소리가 들렸다. "한 번에 끝내 버려, 철부지!" 그의 큐대가 공들에게 달려들었다. 9번이 들어가진 않았지만 공들이 그에게 유리하게 오픈되었다. 그는 공을 한 번에 마무리 지었다. 이번에는 박수 소리가 더 컸다. 2 대 0. 에디는 발로 바닥을 탁탁 두드리기 시작했다.

다음 브레이크에서 쿨리는 9번 공을 포켓으로 떨어뜨렸다. 우레와 같은 박수가 터져 나왔다. 철부지가 초크 칠을 하다가 멈칫하더니 가장 사람이 많은 관중석으로 고개를 돌렸다. "그럼, 그렇게 해야지." 그가 중얼댔다. 그러고는 돌아서서 브레이크를 하고 콤비네이션으로 9번을 해결했다. 4 대 0. 에디의 뱃속이 얼음처럼 차가워졌고 손바닥에서 땀이 배어 나왔으며 입이 바싹 말랐다. 철부지가 그의 쪽을 흘긋하더니 다시 테이블로 시선을 돌렸다. 에디의 귀에 그의 당돌한 속삭임이 들렸다. "이 당구공으로." 에디는 심장이 요동치는 걸 느꼈다. 무기를 잡듯 큐대를 꽉 움켜잡았다.

철부지가 브레이크에서 공 하나를 처리한 뒤 계속 이어 가기 시작했다. 하지만 4번 공에 대한 포지션이 빗나가 있었고, 풋 스폿 근처에 모여 있던 공 세 개도 제대로 떨어져 있지 않았다. 그는 공의 배치를 가만히 연구하다가 큐볼을 아래쪽 레일로, 5번 공을 테이블 윗부분으로 보내 에디가 5번을 칠 수 없게끔 수비했다. 에디는 최대한 차분하게 자리에서 일어났다. 5번 공 잘라 치기는 잘하면 성공할 수도 있었지만, 쿨리 같은 선수와 대결할 때는 그런 샷을 시도하지 말아야 했다. 그가 해야 할 일은 다시 수비를 하는 것이었다. 당구대에 도착한 에디는 어떤 샷을 할지 결정하기보다는 마음을 침착하게 가라앉히기 위해 공의 배치를 자세히 살폈다. 그런데 그 샷이 가능할 것 같았다. 아마도. 전에 그보다 더 어려운 샷도 해냈었다. 쿨리는 안전하게 경기를 할 것이다. 뚱보가 그랬던 것처럼. 4 대 0인 상황에서 공격적으로 경기를 운영하는 건 멍청한 짓이니까.

에디는 쿨리를 쳐다보았다. 철부지는 자리에 앉지 않았다. 얼마 지나지 않아 다시 샷을 치게 되리라 기대하는 모양이었다. 에디가 테이블 가장자리에서 큐브 모양 초크를 들고 큐대를 문질렀다. 그때 관중석에서 사이에서 거칠고 걸걸한 목소리가 흘러나왔다. "한 번 죽도록 해 보라고, 에디!" 부머였다.

긴장된 마음이 조금 풀렸다. 그는 초크를 내려놓고 발라부시카를 균형 있게 든 다음 테이블 위로 허리를 굽혔다. 5번 공이 보였다. 270센티미터 떨어져 있는 5번 공의 가장자리가 그의 시야에 예리하게 들어왔다. 또 공 세 개는 따로 떨어뜨려야만 했고, 5번만 처리한다면 그건 아주 큰 의미가 될 것이었다. 숨을 깊게 들이마시고 스트로크를 하면서 큐볼에 큐대의 팁을 단단하게 쿵 때려 박았다. 하얀 공이 테이블 아래로 굴러가 5번 가장자리에 톡 부딪히고 코너에서 튕겨 나와 헤드 스폿으로 되돌아오면서 모여 있는 공 세 개를 흩뜨렸다. 그사이 5번이 코너 포켓 테두리로 느긋하게 굴러가 포켓 가장자리에 아슬아슬하게 자리를 잡는가 싶더니 안으로 통 떨어졌다. 포켓 한가운데로. 군중들의 박수가 폭발처럼 터져 나왔다.

에디는 고개를 들지 않았다. 6번에 대한 샷이 절대 간단하지 않았고, 7번 공 역시 좋지 않은 위치에 있었다. 또 다른 기회를 잡을 최고의 방법은 큐볼로 6번을 뱅크하고 큐볼이 자연스럽게 7번으로 가도록 하는 것이었다. 그는 다시 숨을 훅 들이마시고 뱅크 샷을 쳤다. 6번이 사이드포켓 정 가운데로 쏙 들어갔다. 큐볼이 레일 아래쪽에, 7번을 치기에 완벽한 위치에 멈추었다. 7번도 포켓으로 떨어뜨렸다. 8번도 내보냈고 다음은 9번이었다. 에디는 9번을 마무리 지었다. 또다시 박수가 쏟아졌다.

에디는 고개를 들었다. 쿨리는 이제 자리에 앉아 있었다.

그다음부터는 간단했다. 에디의 집중력과 몸의 균형은 결코 흔들리지 않았다. 그는 9번을 두 번 더 처리했고, 이후 브레이크 샷을 제대로 치지 못해 수비 경기를 할 수밖에 없었지만 그의 수비는 치명적인 자물쇠나 다름없었다. 쿨리는 그 수비에 아무런 대항도 하지 못했다. 에디는 큐볼을 손에 넣고 래크를 마무리 지었다. 다음 경기 때 그는 브레이크에서 9번 공을 내보냈고, 그다음 경기에서는 5번을 콤비네이션으로 내보내면서 9번도 처리했다. 수비를 해야만 하는 순간이 몇 번 있었고 쿨리가 겨우 이기기도 했지만, 그건 문제가 되지 않았다. 에디가 공을 브레이크하는데 누군가 소리쳤다. "한 번에 끝내 버려, 패스트 에디!" 관중들 목소리 사이에서 아라벨라의 강한 영국 억양의 여성스러운 목소리와 부머의 걸걸한 목소리가 에디의 귀에 들렸다. "한 번에 끝내 버려."

에디는 거의 잊고 지냈던 그때 그 시절로 돌아가 있었다. 스트로크가 잔인할 만큼 정확하고 또렷한 정신을 당구대 위로 둥그렇게 구부릴 수 있었던 시절, 그리고 공들이 굴러다니는 초록 테이블 위에서 그가 하고 있는 행위가 굉장히 단순하고 명료하게 느껴졌던 시절로 돌아가 있었다. 안내 방송이 나올 때까지 그 어떤 동요 없이 시간이 흘렀다. "10 대 4, 패스트 에디!" 박수 소리가 그에게 밀려왔고 그는 그 시절에서 현재로 되돌아왔다.

발라부시카를 케이스에 집어넣은 다음 안경을 벗었다. 다시 쉰 살이 되었다. 에디는 그들을 이겼다. 나인볼에서 보차드를 이겼고, 지금 이 의기양양한 천재 녀석을 이겼다. 쿨리는 이미 자리를 떠나고 없었다. 아라벨라가 관중석 사이에서 나와 부머와 함께 그의 쪽으로 오고 있었다. 부머가 먼저 도착해서 그와 포옹하고 드람부이 냄새를 풍기며 말했다. "재수 없는 애송이 새끼들. 완전 밥맛이었다고." 그에게 다가오는 아라벨라의 얼굴이 환하게 빛났다. 에디가 부머를 떼어내자 그녀가 그를 안아 주었다.

조금 전 쿨리는 연회장을 나갔었지만, 다시 연회장으로 돌아오고 있었다. 아라벨라가 에디에게서 떨어지자 쿨리가 다가와 손을 내밀었다. 에디가 그의 손을 잡았다. "좋은 경기였습니다, 나의 전설." 쿨리가 억지 미소를 지었다.

"고맙네." 에디는 그가 싫었다.

"얼이," 쿨리가 말했다. "당신을 때려눕힐 겁니다."

"지난번에 내가 얼을 이겼지."

쿨리는 잠시 말없이 그를 바라보았다. 미소를 유지하면서. "두 형제와 낯선 사람. 아시죠?" 그가 말했다.

결승전은 두 시에 시작할 예정이었다. 토요일 아침이었다.

아라벨라는 역도 벤치에 앉아 에디가 운동하는 모습을 지켜보고 있었다. 그런 다음 둘은 수영을 했고 함께 월풀에 들어갔다. 아침 아홉 시였다.

따뜻한 물속에서 아라벨라가 말했다. "영국 아이들은 학교에서 미국에 대해 굉장히 많이 배워요. 예를 들어 그랜드 캐니언 같은 거요."

"우리도 그렇죠."

"그랜드 캐니언이 당신한테는 별로 이국적이지 않겠네요. 영국 3학년 교과서에 타호 호수 사진이 나와요. 기억이 생생해요."

"호텔 밖에 바로 있는 걸로 알아요." 에디가 멀리 있는 벽쪽으로 고갯짓을 했다.

"세상에서 가장 특별한 산 호수죠. 수심이 수천 미터이고 물이 정말 맑잖아요." 월풀 속에서 그의 옆에 앉아 있던 그녀가 그의 팔에 손을 얹었다. "호숫가에 바이킹스홀름이라는 맨션이 있어요. 거기에 가보고 싶어요. 거기에 도시락을 싸 가서 간단히 점심으로 먹으면 괜찮을 것 같은데."

에디는 지난 며칠간 호수를 잊고 있었다. 호텔 방 창밖으로는 사하라 호텔 조명이나 하늘만 보였다. 창밖으로 보이는 호수의 새파란 조각을 사실 제대로 인식하지 않고 있었다.

"한 시에 돌아와야 해요." 그가 말했다.

"당연하죠. 갈 수 있어요?"

"그 맨션까지 얼마나 걸리는데요?"

"몰라요. 호수 전체 둘레가 113킬로미터 정도라던데."

"데스크에서 브로서를 좀 가져오면 되겠군요."

"데스크에 브로서가 없어요. 투숙객이 호텔 밖을 나가지 않길 바라나 봐요."

구불구불한 도로를 32킬로미터 정도 운전했다. 아라벨라는 소나무와 삼나무가 빽빽하게 우거진 도로에 있으면서도 가끔씩 호수의 광경에 감탄하며 소리쳤다. 에디는 널찍한 공간에 차를 세웠고 둘은 구경하러 밖으로 나갔다. 물 색깔이 하늘보다 파랬고, 하늘은, 네바다와 캘리포니아에 속하는 이곳 하늘은 몹시 새파랬다. 물 뒤편으로 산봉우리를 덮은 만년설이 빛을 내고 있었다. 나무들은 너무 푸르러서 검게 보였고, 호수의 표면은 물속 90미터 아래까지 훤히 보이는 유리 같았다. 아직도 보차드 생각을 하고 있는 에디는 담배에 불을 붙이고 아라벨라가 호수를 바라보는 모습을 지켜보았다. 공기가 가볍고 차가웠다. 주머니에 손을 집어넣고 담배 연기를 뿜어내며 그녀를 기다렸다. 야외에 나와 있다는 사실이 충격이었다. 이런 호수가, 이렇게 크고 완벽한 호수가 있다는 것이 충격이었다. 어쩐지 호수에 압도되는 느낌이었다. 시저스 타호 호텔의 카지노보다 비현실적이고, 블랙잭 테이블보다 슬롯머신보다 비현실적이었다. 소나무와 구름 한 점 없는 하늘, 산 위의 만년설을 배경으로 이런 호수는 엽서에나 나오는 광경이었다. 에디는 담배를 다 피우고 도로 끝 가장자리에 있는 자갈 위에 비벼 끄고 호수 쪽을, 어수선하지 않으며 차갑도록 고요한 호수를 내려다보았다. 플로리다의 새파란 만과 미네소타 뚱보 생각이 났다. 뚱보는 승자로 생을 마감했다. 가능한 일이었다. 그리고 중요한 건 용기였다.

아라벨라가 지선 도로 가장자리에서 돌아왔다. 차가운 공기에 볼이 발갛게 상기되어 있었다. "교과서에 나온 대로 작은 부분 하나까지 전부 사랑스러워요." 그녀가 잠시 에디의 팔에 팔짱을 끼며 말했다. 그러더니 고개를 들어 그를 쳐다보았다. "에디, 일단 지금은 잊어요. 이따가 생각해요."

관광 시즌이라기에는 너무 일렀다. 그래서 자그마한 주차장 안의 바이킹홀름이라고 적힌 표지판에 더 작은 글씨로 관광객 받지 않음이라고 되어 있었다. "그냥 무시하고 들어가요." 아라벨라가 말했다. 두 사람은 줄을 넘어서 호숫가를 따라 저 아래 0.8킬로미터 정도를 느릿느릿 걸었다. 조금씩 따뜻해지면서 소나무 향이 강해졌다. 길을 따라 걷다가 이따금 진한 화강암 아래로 쏟아지는 물길을 지나기도 했다. 봄이 오니 눈이 녹아내리는 것이었다. 호수는 그렇게 만들어졌다. 다

람쥐 두 마리가 바닥에 떨어져 있는 통나무를 따라 관엽 식물 사이로 쏜살같이 달려갔다. 에디와 아라벨라는 모퉁이를 돌았다. 저 아래에 거대한 나무들로 둘러싸인, 돌과 목제로 지어진, 그리고 지붕이 높고 박공 모양인 건물이 있었다. "저기 안에서 아침 식사를 하며 밖을 내다보면 진짜 끝내주겠네요." 아라벨라가 말했다.

에디는 아무 말도 하지 않았다.

"어떤 여자가 지었대요." 아라벨라가 말했다.

"남편이 돈이 많나 보군."

그녀가 에디를 쳐다보았다. "돈 많은 남편이 둘이었대요."

그 집에서 조금 떨어져 있는 삼나무 아래에 벤치가 있었다. 그들은 벤치에 앉아 스위스 식 호밀빵 샌드위치와 도넛, 커피를 먹었다. 아라벨라가 맥주 두 병을 가져왔지만 에디는 머리를 맑게 유지하고 싶어서 거절했다. 그는 나무껍질에 기대어 긴장을 풀었다. 당구대의 쨍한 초록 천과 당구공을 머릿속에서 떨쳐내려 노력했다. 그리고 오른손에 붙들린 발라부시카의 느낌과 뱃속의 매듭도 없애고 싶었다.

"우리가 함께 지내기 시작하면서," 아라벨라가 말을 꺼냈다. "내가 당신에게 도움이 됐던 것 같아요. 그때 당신은 자존감이 낮았고 당신 자신을 믿지 않았잖아요. 당신은 자기가 뭐 하는 사람인지 나에게 말하고 싶어 하지 않았죠. 내가 당구를 좋아한다는 걸 알게 된 뒤 밝혔으니까. 당신한테 도움이 된 거 맞죠?"

"맞아요."

"에디, 내 문제점은, 남자들과의 관계에는 능숙한데 나 자신과는 그렇지 않다는 거예요. 해리슨을 떠날 때도 정말 두려웠거든요." 아라벨라가 커피가 담긴 플라스틱 컵을 든 채 에디를 바라보았다. "정말 무서웠어요. 결혼 생활도 순탄했고 충분히 안락했으니까요. 해리슨에 대해서 더 이상 신경 쓰지 않아도 된 이후에도 수년간 두려움에 빠져 살았어요. 그런 뒤에 잠깐이었지만 그레고리와 사랑에 빠졌죠. 그게 나에게 큰 힘이 되었어요. 그레고리처럼 젊고 밝은 남자를 사로잡을 수 있다는 것만으로도. 그런데 얼마 뒤 사고가 났죠."

"나도 알아요."

"당신이 알고 있는지 몰랐어요, 에디. 그레고리의 가슴이 전부 으스러졌어요. 그의 가족은 날 싫어했고, 난 장례식에도 가지 못했죠. 몇 달 동안 무릎에 붕대를 하고 있었는데, 그때 무슨 일이 있어도 나는 절대 해리슨을 떠날 수 없구나라는 생각이 들더라고요."

에디는 담배에 불을 붙였다. "나도 좀 줘요." 그녀가 그의 담배를 가져갔다. "내 손에는 빌어먹을 돈이 하나도 없었어요. 3,000달러짜리 신용카드 한 장뿐이었어요. 계좌에는 400달러가 전부였고. 용기를 내고 집 밖으로 다시 걸어 나오는데 1년이 걸렸어요. 돈 없어서 죽을까 봐 두려워지더라고요."

에디는 다른 담배에 불을 붙였다. "나도요." 그가 말했다.

"알아요."

"민속 예술 사업을 계속하고 싶어요? 내가 투어를 다니는 동안?"

"투어 다닐 거예요?"

"글쎄요." 그가 답했다. "오늘 밤이 지나면 더 분명해지겠죠. 지금 당장은 확신할 수 없어요."

"당구에 대해서요?"

"내가 당구로 먹고살 수 있을지 여전히 모르겠어요. 토너먼트에 참가하고 다니면서 살 수 있을지." 에디는 자기 옆에 앉아 있는 아라벨라를 바라보았다. 그녀의 볼이 추워서 발갛게 되어 있었다. "우리에 대해서도 확신할 수 없고."

아라벨라가 이마를 찌푸리며 눈을 깜빡였다. "나 역시 마찬가지였어요. 레노행 비행기 티켓을 살 때까지는."

"지금은 확신해요?"

"그 신문들 다 버렸어요."

에디는 한동안 생각에 잠겼다. 이윽고 입을 열었다. "나한테 그런 게 있었다면, 나도 다 갖다 치웠을 거예요."

아라벨라가 그를 바라보았다. "거래가 성사된 것 같네요."

연회장 출입구부터 달랐다. 그와 당구대 사이의 관중석도 달랐다. 조명도 전보다 두 배는 더 밝았다. 관중석 사이를 가득 메우고 있는 군중 사이를 뚫고 지나가 보니 조명이 그렇게 밝은 이유를 알 수 있었다. TV 때문이었다. 경기 구역 위로 6미터가 넘는 철제 재질의 붐 스탠드가 있고 거기에 카메라와 투광 조명이 걸려 있었다. 당구대 근처에서 낯선 사람 둘이 사람들이 기다리는 걸 의식하지 못했는지 서서 이야기를 나누는 중이었다. 그들은 어깨에 방송사 ABC의 원형 패치가 달린 파란색 나일론 재킷을 입고 있었다. 와이드 월드 오브 스포츠. 에디와 뚱보가 촬영했던 방송에는 눈길도 주지 않더니 지금 여기에 떡하니 와 있었다. 개자식들. 당구대 주위에 있는 수레에 카메라 세 대가 설치되어 있고, 카메라마다 나일론 재킷의 남자가 서 있었다. 스피커 테이블 위에는 TV 모니터가 한 줄로 늘어서 있었다.

보차드가 보이지 않았다. 한 시 반이었다. 아라벨라는 쿨리의 여자에게 자리를 맡아 달라고 부탁하고 자리를 비운 상태였다. 에디는 따뜻한 스포트라이트 아래에서 눈을 가늘게 뜨며 당구대 밖으로 걸어 나왔다. 방송국 사람들이 아직 준비를 마치지 못한 게 분명했지만, 어쨌든 조명 밝기에 익숙해지는 편이 좋을 것이다. 파란 재킷의 남자들은 그를 신경 쓰지 않았다. 당구대 옆 두 남자가 클립보드로 상체를 숙였다. 에디가 가까이 가자 그들은 잠깐 고개를 들었다가 무심하게 다시 무언가에 열중했다. 보차드가 관중석 사이로 사람들을 뚫고 지나오는 모습이 그의 눈에 들어왔고, 그는 괜히 기분이 나빠졌다. 사람들이 박수를 치기 시작하고 방송국 남자들이 하던 일을 멈추었다. 한 사람이 보차드에게 손을 흔들었고, 방송국 직원 둘은 그에게 다가가 옹송그리고 모여 서서 대화를 나누었다. 박수 소리가 더 커졌다. 에디는 케이스를 열고 발라부시카를 꺼냈다.

선수를 위해 준비해 놓은 회전의자 두 개 중 하나에 앉아 물 한 잔을 마시고 마음을 가라앉히는 동안 20분이 지났다. 번쩍이는 재킷을 입은 방송국 사람들은 마치 자기들이 스타라도 된 것처럼 행동했다. 그들의 붐 마이크 스탠드와 커다란 회색 카메라가 설치된 고무바퀴의 받침대, 그들의 두꺼운 고무 케이블, 그들의 수많은 모니터와 클립보드가 연회장을 장악하고 있었다. 드디어 재킷을 입은 남자 중 하나가 에디에게 다가와 이름을 어떻게 발음하는지 확인했다. "패스트 에디, 맞죠?" 에디는 그렇다고 했다. 붐 마이크 스탠드가 테이블 위쪽으로 약간 떨어져 있고, 각 스탠드마다 청바지를 입은 젊은 남자가 한 명씩 붙어서 맡고 있었다. 청바지 남자들이 금속 핸들을 돌리기 시작하자 붐 마이크가 서커스 공연을 준비하듯 위로 천천히 올라갔다. 그러더니 천장 아래 30센티미터 떨어진 지점에 멈추었다. 데스크에서 누군가 카메라를 조종했는지 카메라 렌즈가 테이블을 향해 고개를 숙였다. 청바지에 셔츠를 입은, 마치 무대 담당자처럼 보이는 보차드는 관중석 맨 앞줄에 있는 여자들과 이야기를 나누고 있었다. 잠시 후 에디 쪽으로 다가와 물과 수건 두 장, 재떨이, 당구용 초크가 올려진 작은 테이블 옆 회전의자에 앉았다. 그는 에디를 쳐다보지 않았다.

붐 마이크 스탠드 위의 카메라가 꿈틀꿈틀 대며 벽 쪽을 가리키기 시작했다. 에디는 시계를 확인했다. 두 시 반이었다.

스피커에서 치직치직 소리가 났다. "경기가 지연되고 있습니다. 여러분의 양해 부탁드립니다. 천장 카메라가 교체되어야 한다고 합니다. 약 한 시간 뒤에 경기가 재개될 거로 예상됩니다. 불편을 끼쳐 죄송합니다."

"제길." 보차드가 중얼댔다.

에디는 자리에서 일어났다. 아라벨라가 관중석에서 내려와 그에게 다가왔다. "커피 한잔하러 가요."

에디가 아라벨라를 쳐다보며 말했다. "잠깐 혼자 있고 싶어요." 그녀가 어깨를 으쓱했다. "그래요. 나는 커피 마실게요."

수영장에 사람이 열댓 명 정도 있었고 헬스장에는 더 많았지만, 월풀은 비어 있었다. 에디는 월풀 안으로 들어가 가장자리에 등을 기대고 턱을 가슴 쪽으로 내린 다음 눈을 감았다. 별 효과가 없었다. 아직도 뱃속이 뒤틀린 느낌이었고 힘이 다 빠진 것 같았다. 방송국 사람들은 오만하게 바쁜 척하며 촬영에 집착했고, 그 때문에 경기가 지연되었다. 그들은 기술자일 뿐이었다. 자기들에게 문제가 될 그런 위험을 감수할 리 절대 없었다. 개자식들. 에디는 머리가 지끈거렸다.

40분 후에 다시 돌아가야 했다. 돌아가고 싶지 않았다. 월풀에 누워 있는데 에디는 자신이 늙었다는 생각이 들었다. 두려웠다. 따뜻한 물이 솟구치면서 몸 위로 거품이 일었다. 뱃속 뒤틀림이 서서히 풀려갔다. 물이 몰려드는 소리가 들리고 천장 스피커의 음악이 들리기 시작했다. 몸에 힘을 빼고 물의 움직임에 따라 팔다리가 흐느적거리게 했다. 아주 잠깐이지만 기적적으로 깜빡 잠에 들었다. 아니면 지금 여기가 어디인지 모를 만큼만, 딱 그만큼만 잠에 빠져드는 중이었거나.

에디는 연회장으로 돌아갔다. 공 아홉 개가 원목 래크 틀에 있고 심판은 래깅 공을 꺼냈다. 보차드는 당구대 옆에 서 있었다. 에디가 큐대를 꺼내 하나로 조이고 있을 때 아나운서가 군중에게 두 선수를 소개했다. 에디를 뭐라고 소개하는지 그의 귀에는 들리지 않았다. 보차드의 큐대를 쥔 손이 견고해 보였다.

보차드의 래깅은 완벽했고 브레이크 역시 압도적이었다.

9번 공이 아래쪽 레일에서 팅겨져 나와 테이블을 따라 굴렀다. 9번은 들어가지 않았지만 다른 공 두 개가 포켓으로 떨어졌다. 그가 공의 배치를 유심히 살피고 있는데 한 카메라맨이 가까이 다가왔고, 그사이 다른 카메라맨은 조금 떨어진 위치에 무릎을 꿇고서 에디의 얼굴에 카메라를 들이밀었다. 에디는 그들을 무시했다. 남은 공들을 포켓에 넣고 9번도 마무리 지었다. 관중이 힘찬 박수를 보냈다. 에디는 심판이 래크하는 걸 보며 담배에 불을 붙였다. 보차드는 무언가를 특별히 보고 있지 않았다. 그저 앉아만 있을 뿐이었다. 아라벨라는 관중석에 앉아서 당구대에 굉장한 관심을 보이고 있었다. 그녀의 위쪽, 관중석 맨 뒷줄에 부머가 있었다. 에디는 재떨이에 담배를 넣고 23온스짜리 큐대를 들고 브레이크를 했다. 9번이 코너 포켓에 들어갔다. 또 브레이크를 했고, 이번에도 래크를 전부 처리했다. 그리고 토너먼트의 청년들이 그랬던 것처럼 큐볼이 스크래치 될 가능성이나 큐볼의 속도에 전혀 신경 쓰지 않고서 공이 테이블 위를 마구 돌아다니게 했다. 큐볼이 그가 원하는 곳에 정확히 안착했다. 3 대 0이었다.

그러나 네 번째 브레이크에서 스트로크에 힘이 살짝 많이 실렸고, 공들이 활기차게 굴렀음에도 불구하고 단 하나도 포켓에 들어가지 않았다. 아무것도. 더 심각한 건 큐볼이 1번을 처리하기 아주 쉬운 위치에 있다는 것이었다. 에디는 잠시 테이블을 노려보았다. 할 수 있는 일이 없었다. 의자로 돌아가서 자리에 앉자 보차드가 일어섰다.

당구에서는, 본인이 아무리 준비가 되어 있다 해도, 영혼이 만반의 준비를 갖췄다 해도—에디의 영혼이 준비된 것처럼—스트로크가 아무리 치명적이라 해도, 만약 상대가 제대로 된 샷을 한다면 그런 건 아무 의미 없었다. 에디는 공을 처리해 내느라 팔이 아팠지만, 일단은 의자에 앉아 있어야 했다. 상대가 당구 치는 걸 지켜보고 있을 수밖에 없었다.

상대의 실력은 탁월했다. 보차드는—아래로 늘어진 무성한 턱수염의, 크레이프 고무창을 댄 신발을 신은 섬세하고 조용한 동부의 시골 출신 소년은—공을 마음대로 조종하는 것 같았다. 관중 쪽이나 심판, 에디 쪽은 전혀 보지 않고 9번 공에만 모든 집중을 쏟아내면서 하나씩 하나씩 포켓으로 넣었고, 큐볼은 언제나 멈춰야 할 자리에 멈추었다. 보차드는 샷을 한번 끝낼 때마다 초크 칠을 했는데, 그러는 중에도 절대 테이블에서 눈을 떼지 않았다. 9번 공이 떨어질 때마다 카메라맨은 그와 당구대 주위에서 스텝을 밟으며 천천히 춤을 추었고, 관중은 박수를 점점 더 세게 쳤다. 보차드의 표정과 집중력은 흔들리지 않았다. 그는 9번 공을 내리 여섯 번 처리했다. 그러다가 브레이크에서 공이 잘못 굴러가는 바람에 수비를 해야 하는 상황에 이르렀다. 점수는 6 대 3이었다. 보차드는 네 게임만 더 이기면 되었고 에디는 일곱 게임을 압도해야 했다. 에디가 자리에서 일어났다.

포지션이 최악이었다. 큐볼이 7번 뒤 아주 어려운 위치에 있었다. 수비는커녕 1번 공을 건드리기만 해도 행운일 터였다. 공을 가만히 바라보고 있는데 순간 도망치고 싶은 기분이 들었다. 보차드가 당구대에서 몇 걸음 떨어진 곳에 선 채 그 앳된 얼굴에 차갑고 은밀한 미소를 띠고서 에디가 실수하기를 기다리고 있었다. 악몽 같은 포지션이었고 그가 해낼 수 있는 샷이 없었다. 그럼에도 일단은 큐볼을 쿡 찌르고 간절히 기도라도 해야 했다.

에디는 이를 악물고 큐대의 이음 부분을 단단히 조인 다음 샷을 바라보았다. 바로 그때 머리 위 붐 스탠드 조명에서 불이 탁 나갔다.

관중석에서 누군가 박수를 쳤고 몇 사람은 킥킥 웃었다. 에디는 그대로 서서 잠시 기다렸다. 스피커 테이블을 쳐다보았다. 토너먼트 책임자가 그 앞에 앉아 인상을 쓰며 통화 중이었다. 잠시 뒤 그가 전화를 끊고 마이크를 들었다. 그의 목소리가 스피커를 통해 나왔다. "퓨즈가 나갔다고 합니다. 10분간 휴식을 갖겠습니다."

여럿이 야유하기 시작했다.

"경기가 지연된 점 사과드립니다." 책임자가 말했다.

보차드는 서 있는 사람들 사이를 거칠게 지나갔다. 남자 관중들이 그에게 뭐라고 말했지만, 보차드는 그들 쪽으로 고개를 돌리지 않았다. 그의 입술은 굳게 닫혀 있었다. 그는 안전 따위 신경 쓰지 않고 수많은 사람을 마구 헤치며 나갔다. 마치 중요한 회의에 늦은 사람처럼.

에디는 테이블에 큐대를 두고 관중석 뒤에 있는 선수 휴게실로 걸어갔다. 안에 아무도 없었다. 환한 조명이 달린 폭넓은 거울 앞에 우두커니 섰다. 눈도 흐릿하고 머리도 푸석했다. 손을 내려다보았다. 손톱 테두리를 따라 초록색 천 부스러기가 묻어 있고 왼손바닥 볼록한 부분에 짙은 얼룩이 있었다. 수도꼭지를 돌리고 뜨거운 물이 차오르는 세면기를 지켜보며 비누를 싸고 있는 비닐을 떼었다. 물을 잠그고 손바닥에 비누칠한 다음 손등과 손목까지 거품을 묻혔다. 손가락 하나하나에 거품이 나도록 세게 벅벅 문지르면서 왼손의 짙은 얼룩과 오른 손가락의 때를 벗겨내기 시작했다. 세면기에 다시 물을 채우고 헹구고 또다시 물을 채우고 헹구기를 반복했다. 비누를 들고 얼굴에도 비누 거품을 묻혀서 코와 눈을 깨끗이 닦은 후 뒷목과 턱 아래도 비누칠을 했다. 마음이 차분해졌다. 물을 빼낸 뒤 다시 채우고 상체를 숙여 거품을 헹구었다.

종이 타월로 물기를 닦고 있는데 문이 열리더니 얼 보차드가 들어왔다. 보차드는 그를 쳐다보지도 않고서, 에디의 반대쪽 벽에 있는 소변기로 다가가 코가 벽에 닿을 만큼 가까이 서서 멍하니 앞만 바라보며 요란한 소음을 내며 볼일을 봤다. 에디는 머리를 빗기 시작했다.

물 내리는 소리에 에디는 고개를 돌렸고, 보차드의 머리가 대리석 칸막이 안으로 들어가 문을 쾅 닫는 모습이 보였다. 에디는 머리 빗질을 마무리했다.

바지 뒷주머니에 빗을 넣고 있는데 보차드가 칸막이에서 나왔다. 여전히 에디를 쳐다보지도 않았다. 그는 거울로 다가가 에디 옆에 서서 거울을 들여다보며 빗을 꺼냈다. 환한 형광등 불빛을 받은 그의 얼굴 위로 분홍색 반점들이 보였다.

보차드는 자만심이 강하고 신경질적인 청년이었다. 그 모습이 큐대를 놓은 그의 본모습이었다. 에디가 그에게 돌아서서 말했다. "가끔, 인생은 참 뭐같이 안 풀릴 때가 있지. 안 그런가?"

보차드가 날카롭게 휙 돌아섰다. "난 그쪽 친구가 아닌데요." 그가 입술을 거의 움직이지 않으며 받아쳤다.

보차드는 에디에게서 고개를 돌리고 벽에 고정된 디스펜서에서 종이컵을 빼 반쯤 물을 받더니 갑자기 에디 쪽으로 다시 얼굴을 돌렸다. "당신, 내가 눌러 버릴 거야." 그가 손에 든 물을 내려다보며 미소 짓더니 눈도 깜빡이지 않고 에디의 얼굴을 되돌아보았다. "이게 당신을 눌러 버릴 거거든." 그러더니 입술을 반쯤 벌렸다. 혀 위에 축축한 약이, 초록과 검정이 섞인 캡슐이 놓여 있었다.

에디의 반응은 반사적이었다. 그 즉시 손가락을 쫙 펼치고 들어 올려 보차드의 뺨을 강하게 후려쳤다. 부모가 건방진 아들을 때리듯이. 보차드의 손에 들린 물컵이 아래로 툭 떨어졌다.

약이 바닥을 탁 치고 핑그르르 돌더니 몇 걸음 떨어진 곳에 멈추었다. 보차드는 에디의 반응에 그대로 얼어붙어 멍청하게 서 있었다. 에디가 약 쪽으로 저벅저벅 다가가 구두 굽으로 으스러뜨렸다. 뒤에 보차드가 있었지만 조심할 필요 따위 없었다. 어차피 그 애송이는 에디를 때리지 못할 테니. 에디는 그대로 문으로 갔다.

"여기 더 있거든." 에디가 문을 밀자 보차드가 말했다.

"몇십 알은 더 처먹어." 에디가 말했다.

"선수들이 돌아오는 대로 경기를 재개하겠습니다." 스피커에서 목소리가 나왔다. 에디는 군중을 뚫고 지나가 조명이 다시 초록 천 위로 쏟아지고 있는 토너먼트 당구대로 갔다. 심판이 뒷짐 지고 서 있었다. 에디는 당구대로 올라서서 큐대를 높이 올린 다음 레일을 향해 큐볼을 부드럽게 톡 쳤다. 큐볼이 레일에서 튕겨져 나와 매끄럽게 굴러가다가 반대쪽 레일 가장자리에 딸각 부딪히고 멈추었다. 공이 몇 센티미터 구르다가 에디가 정확히 원하던 곳에, 보차드에게 그 어떤 샷도 남기지 않으며 멈추었다.

보차드가 당구대로 올라오기 전에 심판이 그에게 샷을 칠 차례라고 말했다. 그는 테이블로 다가와 포지션을 확인하고는 잠시 얼굴을 찌푸렸다. 그는 에디를 쳐다보지 않았다. 찡그린 표정으로 고개를 흔들며 수비를 했다. 다시 에디의 차례였고, 에디는 큐볼을 공에서 멀리 떨어뜨려 놓았다.

관중석의 누군가 외쳤다. "힘내, 얼!" 보차드는 당구대로 다가와 상체를 숙이고 집중했다. 머리를 절레절레 흔들더니 큐대를 올리고 샷을 세게 쳤다. 큐볼이 아래쪽 레일로 빠르게 굴러가서 1번 공을 탁 쳤지만 속도가 너무 빨랐다. 큐볼이 뒤로 다시 돌아가 에디가 처리할 수 있었던 1번 공 앞을 지나며 다른 공 한 쌍을 분리시켰다. 상당히 어려웠지만 해결 가능한 포지션이었다.

보차드는 재빨리 돌아서서 작은 테이블로 성큼성큼 걸어가 자리에 앉았다.

문득 에디는 자신이 젊어진 기분이 들었고, 발라부시카 역시 마찬가지였다. 주저하지 않고 1번을 잘라 쳐서 포켓에 넣었다. 그런 다음 2번과 3번도 해결했다. 그는 공을 놓치지 않았다. 4번을 향해 허리를 숙이고 속삭이듯 아주 살짝 잘라 쳐서 밖으로 내보냈다. 5번과 6번, 7번, 8번 그리고 9번까지 마무리 지었다. 9번이 떨어질 때는 박수 소리가 거의 들리지 않았다. 발라부시카를 의자에 기대어 놓고 묵직한 비치용 큐대를 잡았다. 심판이 공을 래크했다. 브레이크에서 에디는 2번을 포켓에 넣고 한 큐에 나머지도 전부 해결했다. 심판이 또 래크를 했고, 에디는 다시 브레이크 샷을 쳤다. 공을 연달아 포켓에 넣었다. 마치 공에서 공으로 떠다니는 느낌이 들었고, 카메라의 하얀 불빛 아래에 놓인 공을 겨냥하는 그의 시야는 강철 칼날 끝처럼 날카로웠다. 공들이 저마다 가야 할 길을 따라 굴러 가 반드시 들어가야만 하는 포켓 속으로 떨어졌다. 어느덧 테이블 위에 아무것도 남아 있지 않았다.

에디가 브레이크를 준비하려고 자리에서 일어섰을 때 "한 번에 끝내 버려, 패스트 에디!"라며 "9번, 에디, 9번이라고!"라는 목소리가 들렸다. 그는 9번 공이 들어갈 거라 예상하며 큐볼을 쾅 밀어 쳤다. 9번이 들어갔다. 심판이 다시 래크를 하는 동안 박수가 계속 이어졌다. 또다시 브레이크 샷에서 9번을 넣었고 관중이, 마음에선 멀어졌지만, 그의 정신 일부를 감싸고 있는 수많은 사람들이 폭발적으로 박수를 쳤다. 다시 브레이크를 했다. 이번엔 공 두 개가 포켓으로 떨어졌고 동시에 남은 공들도 전부 포켓 속으로 빨려 들어갔다. 또다시 콤비네이션으로 9번을 처리했다. 아무도 그를 건드리지 않았다. 그 누구도 에디가 공을, 밝은색의 단순한 공을 놓치게 만들 수 없었다. 브레이크를 다시 했다. 큐볼이 1번 공 뒤에 자리 잡는 모습을 지켜본 뒤 1번과 2번, 3번 그렇게 9번까지, 레일을 따라 코너 포켓으로 들어간 그 9번 공까지 모두 성공시켰다. 그 후 에디는 스피커에서 나오는 목소리에 깜짝 놀라 주위를 둘러보았다. 관중석의 사람들이 박수를 치고 있었고 몇몇은 휘파람을 불며 소리를 지르고 있었다. 모두들 자리에서 일어나 박수를 보냈다.

에디는 깊은 물속으로 다이빙해 손을 뻗으면 수심 3미터 60센티미터의 거칠거칠한 콘크리트 바닥이 닿을 때까지 아래로 쭉 내려갔다. 수면 위로 천천히 올라와 팔다리를 휘저었다. 머리를 흔들고 눈을 떴더니 아라벨라가 수영장 가장자리에 앉아서 그를 바라보고 있는 모습이 보였다. 반대쪽으로 몸을 확 뒤집어 팔을 천천히 길게 저으면서 수영장을 가로질러 저 끝에 있는 작은 동굴로 들어갔다. 물에 젖은 돌 내음이 났다. 그곳은 수심이 얕고 따뜻했다. 물속에 설치된 램프가 부드럽게 깜빡이고 있었다. 이제 아라벨라가 보이지 않았다.

30,000달러였다. 에디가 그들을 이겼다. 먼저 쿨리를 꺾었고 다음은 보차드였다. 물 근처에 툭 튀어나온 바위가 있었다. 상체를 가볍게 물 밖으로 빼고 발과 종아리를 따뜻한 물에 담근 채 걸터앉았다. 축축한 허벅지가 거친 돌의 표면에 딱 달라붙었고 몸에서 물이 후두둑 떨어졌다. 그는 쉰 살이었다. 그런 그가 젊은이들을 이겼다. 이제는 긴장을 풀고 하루

종일 뱃속을 뒤엉켜 놓은 매듭을 서서히 풀며 그 편안한 기분이 따뜻한 옷처럼 몸 전체를 감싸도록 두었다. 팔 윗부분에 닭살이 돋았다. 지금 스트레칭을 하며 늘어지게 하품을 하는 그는 우승자였다. 살면서 이보다 더 좋았던 적은 정말이지 단 한 번도 없었다.

"돌아가기 전에 호수 전체를 한번 돌아보고 싶어요." 에디가 수영을 해서 아라벨라에게 돌아갔을 때 그녀가 말했다.

"내일 아침에 제일 먼저 가 봅시다." 에디는 수영장에서 천천히 몸을 일으켜 아라벨라 옆에 앉았다.

얼마 뒤 스피커에서 나오던 음악이 멈추더니 상냥한 여자 목소리가 나왔다. "5분 뒤 수영장이 문을 닫습니다." 에디는 고개를 돌리고 헬스장 출입문 위에 있는 시계를 확인했다. 한 시가 되기 5분 전이었다. 슬슬 피곤함이 느껴지기 시작했다.

아라벨라가 일어서서 수건으로 몸을 닦았다. "여기 교회 같아요." 그녀가 수영장의 거대한 콘크리트 재질의 원주를 빙 둘러본 뒤 고개를 들어 넓고 검은 천장의 채광창을 보았다.

"마음에 들어요." 에디는 천천히 물에서 발을 빼고 손을 뻗어 수건을 잡았다. "옷 갈아입읍시다."

두 사람은 모퉁이를 돌았다. 그곳은 카지노였다. 카지노의 휘황찬란한 조명이 어쩐지 편안했다. 크랩스 세 게임이 한창이었다. 블랙잭 테이블도 꽉 차 있었다. 슬롯머신이 줄 지어져 있는 거대한 구역에도 사람들이 무리 지어 북적북적 모여 있었다. 토요일 밤이었으니 당연한 일이었다. "당신 운이 어떤지 한번 확인해 볼래요?" 에디가 물었다.

그녀는 팔짱을 끼며 초조한 듯 몸을 감쌌다. "글쎄요. 정신이 아직 멍해서요."

"그럼 자러 갑시다."

아라벨라는 팔짱을 풀지 않은 채 희미한 미소를 띠며 에디를 바라보았다. 그들은 아직 비어 있는 바카라 테이블로 이어지는, 천장이 낮고 폭이 넓은 복도 끝에 서 있었다. "당신 정말 이겼잖아요? 정말로 이겼다고요."

두 사람은 사람과 돈이 막힘없이 자유롭게 돌고 도는 카지노를 통과했다. 아라벨라가 에디의 팔에 팔짱을 꼈다. 몸은 피곤했지만, 발걸음은 가벼웠다. 마지막 크랩스 테이블을 지나칠 때 나이가 지긋한 남자가 주사위를 열성적으로 흔들고 있었다. 그러더니 크고 광범위하게 몸짓하며 기다란 초록 테이블 위로 주사위를 힘껏 던졌다. 에디와 아라벨라는 멈춰 서서 밝은 불빛 아래에서 반짝이는 주사위가 통통 튕기는 모습을 구경했다. 11이 나왔다. "이거 뭐, 타고났구먼!" 늙은 남자가 지폐 더미를 끌어오려 몸을 앞으로 숙이며 즐겁게 소리쳤다.

컬러 오브 머니

초판 1쇄 2024년 7월 17일

지은이 월터 테비스
옮긴이 나현진

책임편집 이윤형
편집 이정
표지디자인 [★] 규

펴낸이 차보현
펴낸곳 어느날갑자기
출판등록 2017년 8월 31일 제2021-000322호
연락처 070-7566-7406, dayone@bookhb.com
팩스 0303-3444-7406

컬러 오브 머니 ⓒ 월터 테비스, 2024
ISBN 979-11-6847-813-8 03840